L'ART de SÉDUIRE

mon coup d'un soir

L'art de séduire mon coup d'un soir
Traduit de l'anglais par Jennifer Spinninger
Photographe : Ashraf El Bahrawi, @byashrafb
Conception de la couverture : Sommer Stein, Perfect Pear Creative

PENELOPE WARD
VI KEELAND

HAPITRE 1

— *La Terre à Owen.*

Billie, la femme de mon ami, agita sa main devant mon visage.

Je clignai plusieurs fois des yeux.

— Désolé, tu disais quoi ?

— Je n'ai rien dit, répondit-elle en désignant mon téléphone. Mais ça fait une demi-heure que tu es sur ce truc. On est dans un bar pour l'*happy hour*, et tu n'as même pas remarqué la femme qui est venue près de toi et qui essayait d'attirer ton attention.

Je regardai sur ma gauche. Le siège était vide.

Billie secoua la tête.

— Elle est partie depuis longtemps, mon pote. Mais qu'est-ce qu'il y a de si important sur ton téléphone ?

— Pas grand-chose. Je rattrape juste mes e-mails professionnels.

— Tu sais ce dont tu as besoin ?

— Quoi donc ?

— D'un tatouage, d'un piercing au téton, et de quelques shots de tequila.

Je me mis à rire.

— Tout d'abord, on dirait que cette liste est dans le mauvais ordre. J'aurais besoin de tequila pour pouvoir ne serait-ce qu'envisager les deux autres propositions, et il me faudrait bien plus que quelques shots pour que je me fasse faire un piercing au téton. Je n'ai jamais compris cet engouement.

— C'est sexy, indiqua Billie en haussant les épaules.

— Qu'est-ce qui est sexy ? demanda Colby en revenant des toilettes, avant de poser son bras sur les épaules de sa femme. Il y a intérêt que ce soit de moi que vous parliez.

— Je parle de piercing au téton.

Colby grimaça.

— Ça fait sacrément mal, mec.

J'écarquillai les yeux.

— Toi, Colby Lennon le coincé, tu as un piercing au téton ?

— Ma femme aime ça, alors pourquoi pas ?

— Je n'aurais jamais imaginé ça, mec, affirmai-je en secouant la tête.

Colby avala le reste de sa bière.

— D'ailleurs, pourquoi vous parlez de ça ?

— Il faut qu'Owen lève le nez de son téléphone. Cet endroit est rempli de femmes magnifiques, et il reste assis ici à répondre à ses e-mails, précisa Billie en désignant le bar bondé.

Elle n'avait pas tort, mais je n'étais simplement pas d'humeur à parler ce soir. En réalité, ça faisait un moment que ça durait. Personne n'éveillait mon intérêt, alors je m'étais plongé dans le travail encore plus que d'habitude ces derniers mois.

— Tu sais ce qu'il faut que tu fasses ? demanda Colby.

— Laisse-moi deviner... un tatouage, un piercing au téton et boire quelques shots de tequila ?

Il sourit.

— Non. Il faut que tu paies l'addition, parce que ma femme et moi n'avons plus qu'une demi-heure avant de devoir libérer la baby-sitter, et je vais t'abandonner pour pouvoir aller embrasser cette fille magnifique dans la ruelle juste à côté avant qu'on soit obligés de rentrer.

— Ça marche, mec. Allez profiter. On se parle plus tard.

Après nos au revoir, je tentai d'attirer l'attention du serveur pour régler l'addition, mais il était occupé. Alors je me rendis dans les toilettes des hommes pour éliminer un peu de la tequila et du soda que j'avais bus. La file d'attente pour les toilettes des femmes était longue, mais elle était presque inexistante chez les hommes. Pendant que je vidais ma vessie, mon téléphone se mit à sonner. Lorsque je finis par le sortir de ma poche pour décrocher, je me rendis compte que le bruit ne venait pas de mon portable. L'autre type venait juste de partir, alors je remontai ma braguette et fis le tour des toilettes pour chercher d'où venait la sonnerie. Je trouvai le coupable dans la seconde cabine, posé sur le support à papier toilette.

Les téléphones valaient au moins mille dollars ces temps-ci, alors je me dis qu'il vaudrait mieux l'apporter au barman, sinon un mec bourré risquait de le mettre dans sa poche. Toutefois, avant que je puisse retourner jusqu'au bar, il se remit à vibrer. J'imaginai que c'était peut-être le propriétaire qui appelait son propre numéro pour savoir où il l'avait laissé, alors je décrochai.

— Allô ?

— Euh... Qui est-ce ? demanda une femme.

— Je m'appelle Owen.

— Owen, pourquoi vous avez le téléphone de Devyn ?

— Je viens de le trouver dans les toilettes des hommes.

— Les toilettes de quel endroit ?

— D'un bar. Polo Place sur la 21e rue.

— Mince. C'est bien ce qui m'inquiétait. Mon amie a passé une mauvaise journée. Une mauvaise semaine, en réalité.

— Il ne tient pas l'alcool ou quoi ?

— Ce n'est pas il, mais elle, et non, elle ne tient pas très bien l'alcool. Elle boit un shot en trois gorgées, et le temps qu'elle boive la moitié d'une Frozen margarita, la glace a déjà fondu.

— Devyn est une fille ? J'ai trouvé son portable dans les toilettes des hommes.

— Est-ce qu'il y avait une longue file d'attente pour aller chez les femmes ?

— En fait, oui.

— Alors elle a dû aller chez les hommes. Devyn *déteste* les toilettes publiques, alors elle se retient jusqu'au dernier moment en pensant pouvoir attendre d'être rentrée chez elle. Et quand ça devient urgent, elle va où elle peut. Et c'est souvent dans les toilettes des hommes dans les bars.

— Pourquoi elle déteste les toilettes publiques ? Elle est germaphobe ?

— Non, elle a vécu deux mauvaises expériences. La première fois, c'était à l'adolescence chez Applebee's. Les toilettes ne se verrouillaient pas, alors elle a fermé la porte comme elle a pu, mais une femme bourrée a débarqué et a vomi sur ses cuisses pendant qu'elle était en train de vider sa vessie, en équilibre au-dessus de la cuvette.

— Vous plaisantez ?

— Non. J'aurais préféré. Elle s'est vite redressée, mais c'était trop tard. Elle était couverte de vomi, mais elle a aussi fini par faire pipi sur ses vêtements en se relevant.

— J'ai presque peur de demander quelle était la deuxième mauvaise expérience.

— Oh, la deuxième fois, elle était à un rencard arrangé quand elle a dû aller aux toilettes. Apparemment, la femme dans la cabine juste à côté d'elle était accompagnée de son fils. Le petit garçon a passé sa tête sous la séparation et l'a regardée faire pipi, et ensuite, quand il l'a recroisée dans le restaurant, il l'a pointée du doigt et a demandé en hurlant à sa mère pourquoi elle n'avait pas de poils sur sa minette.

— C'est plutôt drôle, indiquai-je en riant.

— Pour nous, oui. Pour elle... pas tellement. Mais ça résume assez bien la chance que peut avoir mon amie. Ces derniers temps, c'est même pire.

J'ignorais pourquoi, mais j'étais curieux.

— Qu'est-ce qui s'est passé récemment ?

— Elle a une mère indigne qui décharge ses problèmes sur elle. Et puis il y a ce type dont elle est amoureuse depuis des années qui la mène en bateau. Et ne me faites même pas parler de ses frère et sœur diaboliques qu'elle prend pour des anges. Je suis quasiment sûre que ce sont les enfants de Satan.

— Je suis navré pour elle.

— Vraiment ? s'enquit la femme.

J'y réfléchis.

— Oui, vraiment. Ça craint d'avoir des parents merdiques et de se faire mener en bateau.

— Vous avez l'air d'être un type bien. Vous vous appelez comment déjà ?

— Owen. Et vous ?

— Mia, répondit-elle avant de marquer une pause. Écoute, maintenant qu'on est potes, tu voudrais bien jeter un coup d'œil dans le bar pour voir si mon amie est là ? Comme ça tu pourrais lui rendre son téléphone et je pourrais m'assurer qu'elle va bien.

— Oui, je peux faire ça. Mais cet endroit est bondé. Tu peux me la décrire un peu ?

— Elle a de longs cheveux auburn ondulés, le teint pâle et des yeux verts. Elle est petite, mais plantureuse. On dirait un peu qu'elle sort des années soixante-dix avec son allure un peu bohème chic. Comme Stevie Nicks à cette époque, mais encore plus sexy.

J'examinai la pièce, mais personne ne correspondait à cette description.

— Désolé, je ne la vois pas.

La femme soupira.

— Laisse-moi t'envoyer une photo. Si la pièce est sombre, tu ne verras peut-être pas ses cheveux auburn. Attends, je l'envoie sur son téléphone. Je suis tout le temps en train de lui crier dessus parce qu'elle n'a pas de mot de passe, mais cette fois-ci, ça nous arrange bien.

Quelques secondes plus tard, le portable sonna dans ma main. J'ouvris le message, et une photo apparut. Au risque de passer pour une lavette, mon cœur manqua un battement. La femme était magnifique, mais c'était plus que ça. Elle rejetait la tête en arrière en riant... et je mourus d'envie d'entendre son rire.

— Waouh, lâchai-je.

J'étais encore en train de fixer la photo sur le téléphone sans le tenir à mon oreille. J'avais totalement oublié que j'étais en appel avec quelqu'un, jusqu'à ce que j'entende la voix distante de Mia.

— Allô ? Owen, tu es toujours là ?

— Mince. Désolé, m'excusai-je en portant de nouveau l'appareil à mon oreille. La photo a mis un peu de temps à s'ouvrir.

— Oh, d'accord. J'ai pensé que tu étais occupé à baver dessus. C'est ce que les hommes ont tendance à faire quand ils voient Devyn.

Je fronçai les sourcils. *Génial.*

Je repoussai les pensées ridicules empreintes de jalousie qui me passèrent par la tête, et j'examinai encore une fois les lieux.

— Je vais faire un tour dans le bar pour essayer de voir un peu mieux.

Je me frayai un chemin parmi la foule venue pour l'*happy hour*, et qui était désormais *très* joyeuse, et je parcourus toute la pièce. J'étais sur le point d'abandonner et de dire à Mia que j'allais laisser le téléphone de son amie au barman, quand je repérai la femme sur la photo.

Et ça recommença. *Mon cœur manqua de nouveau un battement.* Cependant, cette fois-ci, je me rendis compte que c'était simplement parce que j'avais bu trop de café dans la journée. La caféine pouvait provoquer des palpitations. Mon cœur ne s'affolait pas simplement qu'il avait aperçu une femme que je ne connaissais même pas. Ces derniers temps, ça n'arrivait même pas lorsque l'une d'entre elles m'invitait à venir chez elle.

Je traversai un groupe de hipsters en train de boire des Moscow mule dans des tasses en cuivre, afin de mieux voir le type avec qui elle parlait.

Merde. *Evan Cooper*, aussi connu sous le nom de *McLoser* dans mon cercle d'amis. Cet homme était un vrai connard.

— Du nouveau ? demanda Mia au téléphone.

— Oui, je crois que je l'ai trouvée.

— Oh, c'est génial !

— Mais... on dirait qu'elle est en train de fricoter avec ce type dont je ne suis vraiment pas fan.

— Argh. Laisse-moi deviner. Il est mignon, mais c'est un coureur de jupons. Il ressemble sûrement à une star de cinéma ou à un rocker, c'est ça ?

— Comment tu sais ça ?

— Parce que mon amie est géniale, mais elle a mauvais goût en matière d'hommes.

— Ce mec est beau, même moi je peux l'admettre. Il pourrait passer pour le frère de Jared Leto. Mais c'est un gros menteur. Il raconte aux femmes qu'il est propriétaire d'une chaîne de fast-food, alors qu'il travaille chez McDonald's.

Mia soupira dans l'appareil.

— Ça ne m'étonne pas.

— Est-ce que tu veux rester au téléphone pendant que je vais le lui rendre ?

— Ce serait super. Merci pour tout, Owen.

— D'accord, attends.

Je m'approchai du coin où McLoser et Devyn étaient retranchés, mais je m'arrêtai net quand celle-ci lui lança son verre au visage. McLoser posa ses mains sur ses épaules pour la pousser, et je me dépêchai de les rejoindre.

— Qu'est-ce qui se passe ici ? hurlai-je.

Le type leva les mains en l'air.

— Cette garce vient de me jeter son verre en pleine face.

— Oui, et je t'ai vu la pousser. On ne touche pas aux femmes, même si elle t'avait craché au visage.

— En quoi ça te regarde, Dawson ?

Je fis un pas vers lui, bombai le torse, et le regardai de haut. McLoser mesurait quinze centimètres de moins que mon mètre quatre-vingt-dix, et il était maigre. J'aurais pu couper cette brindille en deux.

— J'en fais mon affaire. Maintenant, excuse-toi et dégage d'ici.

— Je ne m'excuserai pas.

J'avançai de nouveau en envahissant son espace personnel.

— Alors je te laisse encore moins de temps pour dégager d'ici, Cooper.

McLoser grommela, mais il se retourna et s'éloigna.

— Et ne reviens pas sans une boîte de dix nuggets de poulet pour moi ! ne puis-je m'empêcher d'ajouter.

Je l'observai se frayer un chemin dans la foule, content de moi. Cependant, lorsque je me retournai, la femme qui me fit face n'avait pas l'air aussi amusée.

— Vous trouvez ça drôle ? Un type pose ses mains sur moi et ça vous fait sourire ?

— *Oh là*. Ce n'est pas du tout ça. Je ne trouve pas ça drôle.

— Partez aussi. Je n'ai pas besoin de me faire draguer par un autre *abruti* ce soir.

— Abruti ? répétai-je, surpris.

— Exactement. Vous êtes tous les mêmes. Vous ne voulez qu'une seule chose.

Je secouai la tête. J'aidais cette femme, et voilà qu'elle m'insultait.

— Ne t'en fais pas, ma belle. Je ne veux rien de toi. Tu n'es pas mon genre.

Je me retournai pour faire demi-tour, mais je me rendis compte que je tenais toujours son téléphone dans ma main. Je ne savais pas si son amie avait raccroché ou non, mais je posai l'appareil sur le comptoir.

— Oh, de rien pour avoir pris ta défense *et* pour t'avoir rendu ton téléphone. Passe une bonne soirée.

Mon cœur ne manqua aucun battement lorsque je repartis de l'autre côté du bar. J'étais énervé. Je serais bien sorti directement, mais il fallait que je paie l'addition. Alors je retournai à l'endroit où j'avais passé du temps avec mes amis, et je ruminai en attendant que le barman arrive. Au moins, je n'eus pas à attendre longtemps.

— Hé, est-ce que je peux régler, s'il vous plaît ? lui demandai-je quand il s'approcha.

— Bien sûr.

— En fait... est-ce que je peux avoir un shot de tequila avant d'avoir l'addition ? Je viens de me faire rembarrer en essayant d'aider quelqu'un.

Le barman sourit, puis il récupéra une bouteille de tequila et un verre à shot.

— Pas de souci.

Il me servit et fit glisser ma commande jusqu'à moi.

— C'est moi qui offre. Je reviens dans une minute avec le reçu.

Je portai le verre à mes lèvres et jetai un coup d'œil de l'autre côté du bar. La femme était désormais au téléphone et regardait dans ma direction. Je secouai la tête, puis j'avalai mon shot cul sec. Quelques minutes plus tard, j'étais en train de signer le reçu du bar quand je sentis quelqu'un s'approcher de moi.

— Alors, quel est ton genre ? demanda une femme d'un ton enjoué et amical.

Je levai les yeux, et j'aperçus la dernière personne que j'aurais imaginé me parler gentiment, à savoir Devyn, la femme qui venait de me repousser. Je récupérai ma carte bancaire et la rangeai dans mon portefeuille.

— Mon genre ? répétai-je sans lui faire l'honneur de la regarder. Pour commencer, les femmes qui ne me traitent pas d'abruti alors que j'essaie de les aider.

— Je suis venue pour m'excuser pour ce qui s'est passé. J'étais pleine d'adrénaline, et j'ai été en colère contre tout le monde cette semaine. Je n'aurais pas dû me défouler sur toi.

Elle semblait sincère, alors je tentai un coup d'œil dans sa direction, et... *boum boum*.

Putain. C'est quoi ça ?

Même si ça m'était déjà arrivé tout à l'heure, ça me prit quand même au dépourvu. Je la fixai en tentant de comprendre ce qui était en train de se passer, mais elle dut prendre mon silence pour un refus de ses excuses.

— Est-ce que je peux au moins t'offrir un verre ? proposa-t-elle. Je m'en veux. Mon amie Mia m'a raconté tout ce que tu as fait pour me retrouver et me rendre mon téléphone. Elle a dit que tu avais l'air d'être un type bien. J'ai vraiment merdé.

J'étais hésitant. Les dramas, ce n'était pas mon truc. Toutefois, les yeux de cette femme étaient envoûtants, et ça faisait longtemps que je ne m'étais pas senti attiré par quelqu'un. Quoi qu'il en soit, un *red flag* était un *red flag*…

Mais elle se mit à sourire. Et son sourire était éblouissant. Éclatant. Radieux. Sublime.

Et voilà que je deviens soudain le roi des adjectifs.

Elle battit des cils.

— Juste un verre ?

— D'accord. Juste un, acceptai-je en hochant la tête. Mais bien sûr…

CHAPITRE 2

Owen

J'avais la tête complètement ailleurs cette semaine.

Pour la première fois de ma carrière, j'avais emmené quelqu'un sur la mauvaise propriété. J'avais aussi perdu un gros contrat au profit d'un concurrent. Et j'avais été plusieurs fois en retard pour retrouver des clients. Ce n'était pas comme ça que j'étais devenu l'un des meilleurs agents immobiliers de luxe de cette ville, c'était certain.

Toutefois, je savais très bien ce qui n'allait pas. Ces derniers jours, j'avais été obsédé par l'une des meilleures et des pires soirées de ma vie. Celle où j'avais rencontré cette femme fascinante et bohème aux cheveux auburn. Mais aussi celle où elle... m'avait ghosté. Il y avait une première fois à tout, pas vrai ?

Comment avais-je pu la laisser partir comme ça ? Mais qu'est-ce que j'étais censé faire ? Lui courir après ? Ça ne me ressemblait pas. Owen Dawson ne courait pas après les femmes. C'étaient les femmes qui me couraient après, et la plupart du temps, je ne m'intéressais pas à elles. Cependant, trois journées s'étaient écoulées depuis le moment que j'avais passé dans cette chambre d'hôtel avec Devyn, et je n'avais pas arrêté de penser à elle. C'était ironique qu'après avoir passé des mois – ou plutôt des années – à être incapable de ressentir quoi que ce soit pour une femme, la première qui était parvenue à éveiller quelque chose en moi avait disparu juste après.

Rien de tout ça n'avait de sens. Devyn et moi avions eu une conversation intéressante, nous avions beaucoup ri, et lorsque nous avions quitté le bar ensemble, j'avais été certain que c'était le début de quelque chose qui aurait pu être incroyable. Nous nous étions rendus dans l'hôtel le plus proche, à seulement quelques pas de là, car nous n'avions pas pu attendre plus longtemps. Voilà à quel point notre alchimie avait été explosive. Et ce qui s'était passé entre ces murs ne pouvait être décrit que comme une pure extase.

Pourtant, tout ce qu'il me restait à présent, c'était son prénom et le souvenir de son goût, de son odeur, et à quel point j'avais adoré être en elle.

J'avais déjà eu des coups d'un soir, mais jamais je n'avais eu envie de ralentir le temps pour pouvoir savourer chaque instant. C'était exactement ce que j'avais ressenti en sa présence, même avant de coucher avec elle. C'était ça le truc : ce n'était pas *juste* le sexe. C'était *tout*. Et j'avais eu envie de plus qu'une seule nuit. Pas une seule fois je n'avais envisagé qu'elle allait s'enfuir sans me laisser son numéro. Devyn était comme Cendrillon, sauf qu'elle n'avait pas laissé de chaussure derrière elle ni même le moindre indice. Rien d'autre que son prénom.

— *Je suis désolée.*

C'était tout ce qu'elle avait dit avant de me laisser dans cette chambre d'hôtel, sans voix, mon sexe encore en érection.

Désolée pour quoi? C'était la meilleure partie de jambes en l'air de ma vie, et même si je ne la revoyais jamais, j'étais quand même heureux d'avoir vécu ça. Je n'aurais échangé ce moment pour rien au monde. Alors elle n'avait pas à être désolée. Cette soirée m'avait sorti d'une très longue déprime. J'avais pensé que quelque chose était brisé en moi, car rien, et aucune femme, ne m'avait stimulé depuis une éternité.

Peut-être qu'un jour, je raconterais cette histoire à mes amis, mais je devais d'abord tourner la page. Même si j'étais certain qu'au moins l'un d'entre eux allait comprendre que quelque chose n'allait pas rien qu'en me regardant.

Mes trois meilleurs amis et moi étions propriétaires d'un immeuble de quarante logements à New York, dans lequel nous habitions tous. Colby était le plus âgé d'entre nous, et il avait été le plus grand play-boy de notre bande pendant plusieurs années, avant sa rencontre avec l'amour de sa vie, Billie. Holden était batteur dans un groupe et avait été un sacré coureur de jupons, jusqu'à ce qu'il se pose avec Lala, la sœur de notre ami Ryan. Brayden était celui dont j'étais le plus proche, et nous étions les deux seuls célibataires. Nous étions tous constamment ensemble. Nous étions plus comme des frères et nous nous racontions tout. Sérieusement, si l'un d'entre nous pétait, les autres étaient au courant même de l'autre côté de l'immeuble.

Cependant, s'ils apprenaient *ça*, ils me casseraient les pieds. Enfin, ils ne pourraient sûrement pas me fustiger plus que j'étais déjà en train de le faire moi-même.

Un coup frappé à la porte de mon appartement interrompit le fil de mes pensées.

Lorsque j'ouvris, Brayden entra, en répandant derrière lui l'odeur de son parfum préféré.

— On va tous à l'hôpital pour voir le nouveau-né. Tu viens ?

Holden et Lala venait d'avoir leur premier enfant. Le cinquième membre de notre bande, Ryan – le frère aîné de Lala – était décédé d'une leucémie alors que nous avions à peine vingt ans. Nous avions utilisé l'héritage qu'il nous avait laissé pour acheter cet immeuble. Il n'était plus là physiquement, mais son esprit ne nous quittait jamais.

J'avais été tellement perdu dans mes pensées que j'avais presque oublié que nous avions prévu d'aller rendre visite à bébé Hope.

— Oui, je viens, confirmai-je. Mais je vous rejoins là-bas. J'ai un truc à faire avant.

Brayden parut sceptique.

— Quel truc ?

— Holden m'a laissé une liste de choses à faire pendant son absence, et il y en a une que je n'arrête pas de repousser. J'ai envie de pouvoir lui dire que tout est sous contrôle et que j'ai fait tout ce qui était sur la liste, alors je dois régler ça avant d'y aller.

— C'est quoi ?

— C'est la famille du 410. Cette femme, Vera, avec ses deux adolescents turbulents, ceux qu'on surnomme Tic et Tac. Il y a eu encore des plaintes à cause du bruit ces derniers jours. Il faut qu'on les avertisse que si ça ne s'arrête pas, ils seront expulsés.

— Ouch. Ça va être sympa.

— En effet, acquiesçai-je en arquant un sourcil. C'est pour ça que j'ai repoussé ce moment. Tu ne veux pas t'en charger pour moi ?

— Non, tu es meilleur que moi pour ce genre de trucs. C'est toi le méchant du groupe.

C'était sûrement vrai.

— Merci.

— Pas de souci, ricana-t-il, avant de m'examiner plus attentivement en penchant la tête. Tu vas bien ?

Mes lèvres se crispèrent.

— Oui, pourquoi ?

— Je ne sais pas. Tu as l'air... préoccupé.

— Non, mentis-je. Je vais bien.

Il plissa les yeux.

— D'accord. Si tu le dis.

Après le départ de Brayden, je montais au 410 sans vraiment savoir comment aborder ça. Tout ce que je savais sur la femme qui vivait ici, c'était qu'il s'agissait d'une mère célibataire. J'avais de la peine pour elle à cet égard. Ça ne devait pas être facile de gérer ces enfants. Toutefois, elle ne répondait jamais et ne faisait jamais rien concernant les autres avertissements qu'elle avait reçus ces derniers mois. Je savais qu'il n'était pas toujours possible de contrôler des adolescents, mais il y avait des limites à ce que les autres locataires pouvaient supporter.

Je pris une grande inspiration avant de frapper à la porte, qui ne tarda pas à s'ouvrir.

— Enfin. Il était...

Elle marqua une pause.

Quoi ?

J'eus l'impression que tout l'oxygène quittait mes poumons. En fait, je devais être en train d'halluciner, car la femme devant moi n'était *pas* la quarantenaire qui vivait dans cet appartement avec ses enfants.

Pas du tout, même.

Mais je connaissais cette personne.

Je connaissais intimement cette beauté bohème. Je pensais simplement que je ne la reverrais jamais.

Qu'est-ce qu'elle fiche ici ?

— Devyn ? prononçai-je, presque sans voix.

Elle secoua la tête.

— Non, je suis désolée.

La porte claqua.

« Je suis désolée. »

C'était la dernière chose qu'elle m'avait dite avant de me laisser à l'hôtel, et voilà que c'était la dernière chose qu'elle prononçait avant de me claquer la porte au nez.

Réfléchis.

Réfléchis.

Je fais quoi ?

Ma fierté prit le dessus. Je décidai de ne pas frapper de nouveau. *Et puis merde.* Je n'étais pas du genre à me prosterner ou à forcer les choses. Sur le moment, je ne savais pas si je devais être énervé ou perdu.

Elle ne voulait clairement pas me voir. Cependant, j'avais une tâche à accomplir, et elle n'était même pas la personne à qui je devais parler. *Est-ce qu'elle est la nounou ?* Ça devait être ça.

Il allait me falloir un peu de temps pour réfléchir à la façon de procéder.

Est-ce que tout ça venait vraiment de se produire, ou est-ce que j'étais en plein milieu d'un mauvais rêve ?

Après avoir quitté l'hôpital, je décidai de rentrer en marchant pour me vider la tête.

Je n'avais pas prévu de raconter à Holden ce qui s'était passé avant que je vienne le voir, mais quand il m'avait demandé pourquoi je faisais cette tête, je lui avais tout avoué maladroitement. Brayden avait entendu une partie de la conversation – seulement qu'il y avait une femme mystérieuse dans l'immeuble, et pas que j'avais passé une soirée avec elle.

Il avait admis avoir déjà vu cette personne dans le coin ces derniers jours, mas il ne savait pas qui elle était ni qu'elle vivait dans l'appartement 410. Comment est-ce que j'avais pu ne pas la voir ? Mais plus que ça, qui était Devyn ? Pourquoi est-ce qu'elle habitait dans cet appartement problématique ? Est-ce que c'était vraiment la nounou ? Ces deux tyrans étaient trop âgés pour avoir une baby-sitter, pas vrai ? Même si le fait d'avoir quelqu'un pour les surveiller aurait pu aider vu les ravages qu'ils causaient.

Quand j'arrivai chez moi, je pris une bière dans le frigo pour me détendre. J'en avalai environ la moitié avant de la poser sur le comptoir, de prendre mon courage à deux mains, et de retourner au 410.

L'adrénaline se répandit en moi lorsque je traversai le couloir et que je montai dans l'ascenseur. Pour autant que je sache, Devyn n'était peut-être même plus là. Peut-être qu'elle avait fini sa journée et qu'elle était rentrée chez elle. Toutefois, je n'avais toujours pas adressé l'avertissement à la locataire, et il fallait que je le fasse, qu'elle soit là ou non.

Du moins, c'était l'excuse que j'avais trouvée pour y retourner.

Quand j'arrivai à destination, j'hésitai quelques secondes et me préparai psychologiquement à frapper.

Toc.

Toc.

Toc.

Quelques minutes s'écoulèrent sans aucune réponse. Peut-être qu'il n'y avait personne ? Cependant, mon instinct me disait qu'une certaine femme aux cheveux auburn m'ignorait peut-être délibérément derrière la porte. J'étais sur le point de faire demi-tour quand elle finit par s'ouvrir.

Les beaux yeux de Devyn avaient l'air fatigués, et son air insouciant du soir où je l'avais rencontrée avait disparu. J'imaginais que le fait de me voir tout à l'heure l'avait secouée tout autant que moi. Et voilà qu'elle aussi était sans voix.

Nous restâmes là pendant probablement dix secondes, seulement à se regarder. Mais chaque seconde qui passait sans qu'elle me claque la porte au nez me détendait.

C'était une victoire.

— Qu'est-ce que tu fais là ? finit-elle par demander.

Aussi stressée qu'elle semblait l'être, Devyn était magnifique. J'avais envie de poser mes mains sur ses joues, d'approcher ma bouche de la sienne et de la goûter encore. Au lieu de ça, je me rappelai qu'elle ne voulait apparemment plus rien avoir à faire avec moi.

Je croisai mes bras.

— D'abord, dis-moi pourquoi tu m'as claqué la porte au nez, tout à l'heure.

— Comment tu as réussi à me retrouver ?

— Te *retrouver* ?

Bordel.

C'était peut-être parce que j'avais eu la tête ailleurs ces derniers jours, mais je n'avais pas envisagé une seule seconde qu'elle pourrait penser que je la *traquais*. D'ailleurs, ça me blessa un peu.

— Ce n'est pas toi que je cherchais, Devyn. Vu ta façon de quitter l'hôtel la dernière fois, j'ai bien compris le message. Crois-moi, je ne suis pas un harceleur.

— Alors qu'est-ce que tu fais là ?

— C'est mon immeuble.

Elle écarquilla les yeux.

— C'est toi le propriétaire ?

— Oui. Je venais pour donner un avertissement pour nuisances sonores à la personne qui vit ici.

— Tu ne savais pas que j'étais là ? s'enquit-elle d'un air plus doux.

Je fixai ses beaux yeux verts.

— Non, je ne le savais pas.

— Je suis...

Elle secoua la tête en baissant les yeux.

— Bon sang, je suis désolée.

— Tu dis souvent ça.

— Quoi donc ? m'interrogea-t-elle en levant la tête.

— Que tu es désolée.

— Je suis... hésita-t-elle. Bon sang, j'ai failli le redire. Elle déglutit.

— Je suis nerveuse.

Elle est nerveuse ?

— Détends-toi, répondis-je en tentant de prendre un air confiant. Il n'y a pas de raison d'être nerveuse. Je découvre cette situation en même temps que toi. Quand tu m'as ouvert tout à l'heure, j'étais choqué. Tu avais l'air énervée avant de me claquer la porte au nez, alors j'ai laissé tomber. Mais je savais que j'allais devoir revenir. Je travaille aussi ici, alors je ne pouvais pas laisser les choses telles qu'elles sont.

Je soupirai.

— Est-ce que je peux entrer un instant ?

Elle hocha la tête et s'écarta sur le côté. J'entrai dans un appartement en désordre, avec une pile de linge non plié sur le canapé et des piles de livres par terre.

Lorsque nous nous installâmes l'un face à l'autre dans le salon, notre alchimie me parut encore réelle. Elle n'avait pas du tout faibli – du moins pas pour moi – depuis la dernière fois, malgré les circonstances bien différentes. J'avais envie de lui dire à quel point le moment nous avions passé ensemble avait été génial et à quel point j'étais heureux de la revoir, mais rien ne sortit de ma bouche. Et je gardai ça pour moi, car son langage corporel me disait qu'elle n'était pas prête à l'entendre. Elle était tendue et elle peinait à respirer. Cette femme était méfiante. Son armure était bien solide.

— Comme je disais... repris-je en me raclant la gorge. Je suis venu parce qu'on a reçu des plaintes de la part d'autres locataires. Les deux adolescents qui vivent ici posent problème dans l'immeuble depuis un moment. Mais ces derniers temps, c'est arrivé au point où il faut qu'on agisse. Où est la femme qui vit ici... Vera Marks ?

— Elle n'est pas là.

— Elle est où ?

— En fait, je ne sais pas, marmonna Devyn. Elle est partie.

— Tu t'occupes des enfants ? Combien elle te paie ? J'espère qu'elle est généreuse.

— Elle ne me paie pas.

— Quoi ? Comment c'est possible ? m'étonnai-je en fronçant les sourcils.

Devyn regarda au loin pendant un moment.

— Je suis la grande sœur de Heath et Hannah.

Je sentis mes yeux s'écarquiller.

— Vera Marks est ta mère ?

— Si on peut dire... répondit-elle en levant les yeux au ciel. Elle m'a donné naissance, oui. C'est à peu près tout.

Je me souvins que Mia, l'amie de Devyn, m'avait dit qu'elle avait une mère indigne. Alors naturellement, il y avait de la rancœur – sûrement une longue histoire que je n'entendrais pas aujourd'hui ou peut-être jamais. Je ne voulais pas la bombarder de questions alors qu'elle se remettait toujours de mon apparition soudaine. Cependant, ma curiosité était sans fin.

Qu'est-ce qui l'avait fait venir au bar la dernière fois ?

Pourquoi s'était-elle enfuie de l'hôtel ?

Qu'est-ce que sa mère lui avait fait ?

Est-ce qu'elle habitait ici, à New York ?

Depuis combien de temps était-elle dans cet appartement ?

Avant que je puisse réfléchir à ce que j'allais dire ensuite, la porte s'ouvrit brusquement, et Tic et Tac entrèrent. Le frère et la sœur étaient adolescents, et le garçon avait l'air un peu plus âgé que la fille. Peut-être quinze ans. Je n'arrivais pas à croire que ces gamins terribles, dont je connaissais désormais les prénoms, étaient liés à Devyn.

— Une femme bizarre vient de nous embêter dans l'ascenseur, déclara le garçon.

Il avait de longs cheveux châtains ébouriffés qui couvraient presque ses yeux, et il portait un T-shirt vintage de Def Leppard.

— Elle faisait peur et elle nous a demandé de l'argent, ajouta sa sœur. On pense qu'elle n'habite pas dans l'immeuble parce qu'on ne l'a jamais vue ici.

— Vous devriez aller jeter un coup d'œil, indiqua Heath en pointant du doigt la sortie.

Je traversai rapidement le couloir pour rejoindre l'ascenseur. Quand les portes s'ouvrirent, je paniquai en voyant une femme aux longs cheveux blonds étendue par terre, sans vie.

Mon cœur s'emballa. *Putain !*

Lorsque je me penchai pour la toucher, je me rendis compte que le corps était en plastique et que ses cheveux s'étaient détachés de sa tête.

C'est un mannequin.

Un foutu mannequin.

Je serrai les dents en le sortant de la cabine, puis je le calai contre le mur du couloir.

Je me retournai, prêt à retourner dans l'appartement, mais les deux garnements se trouvaient juste derrière moi, leurs téléphones rivés sur mon visage. Apparemment, ils avaient enregistré tout leur canular. Et maintenant que leur secret était révélé, ils se moquaient ouvertement de moi.

J'étais sur le point de leur régler leur compte, mais j'aperçus derrière eux Devyn, qui ne souriait pas du tout. Visiblement, elle était débordée et ne contrôlait pas du tout ces enfants. Je ne voulais pas avoir l'air d'un enfoiré, alors au lieu de hurler sur Tic et Tac, je me forçai à rire – même s'il n'y avait rien d'amusant dans tout ça.

Devyn les réprimanda.

— Où est-ce que vous avez eu ce mannequin ?

— On l'a volé chez Macy's, répondit la fille. On l'a pris et on est sortis.

Leur sœur pointa du doigt l'appartement.

— Rentrez tout de suite et allez vous laver. Tous les deux !

Ils disparurent, nous laissant là, face à face dans le couloir.

Ma poitrine se soulevait au rythme de ma respiration, alors que j'étais partagé entre la colère et l'impression d'être un animal en chaleur à cause de cette femme magnifique. Mais par-dessus tout, j'avais envie de la prendre dans mes bras et de lui assurer que tout ce qu'elle traversait actuellement allait s'arranger.

— Il faut que j'y aille, finit-elle par déclarer, avant de faire demi-tour.

— Devyn, attends, répliquai-je en la suivant. On devrait parler.

Elle se retourna et secoua la tête, les yeux pleins de regret.

— Je ne peux pas.

— Je comprends que tu sois très occupée. Je ne voulais pas forcément dire ce soir.

— Il ne vaut mieux pas, Owen. Je suis désolée.

Elle marcha à reculons.

Si je gagnais un dollar chaque fois que cette femme s'excusait...

Devyn retourna dans l'appartement et me claqua la porte au nez.

Encore une fois.

CHAPITRE 3

— Qu'est-ce qu'il y a ? Il s'est passé quelque chose ?

Deux jours plus tard, je passai la porte d'entrée de l'immeuble après ma journée de travail, alors que l'entrée était pleine de policiers.

— Vous vivez ici ? demanda le plus grand de la bande. J'acquiesçai.

— Au deuxième étage. Je suis aussi l'un des propriétaires.

— Je suis l'officier Wells. Et voici mon équipier, l'officier Tambour, ajouta-t-il en désignant un autre policier, qui nous rejoignit. L'une des résidentes de cette immeuble est rentrée chez elle et a interrompu un cambriolage dans son appartement. Elle s'appelle madame Unger.

— Mince. Elle va bien ?

L'agent hocha la tête.

— Oui. L'auteur des faits est un enfant. On l'a trouvé sur le toit. La seule chose qu'il avait avec lui, c'était l'un de ses chats. Un persan qui vaut très cher, apparemment. Il a été vandalisé.

Je fronçai les sourcils.

— Le *chat* a été vandalisé ?

— Oui. Il était blanc. À présent, il est rayé orange et noir. Il ressemble un peu à un tigre.

Je fermai les yeux. Un adolescent qui volait un chat pour le teindre ? J'avais une idée de qui avait fait ça.

— Est-ce que vous connaissez le nom du gamin ?

Le policier secoua la tête.

— Non, il ne veut pas parler. Mis à part pour insulter mon équipier de porc.

Bon sang.

— Il est encore dans l'immeuble ?

— Il est déjà en route pour le commissariat.

Mince.

— D'accord. Est-ce que je peux monter chez moi ?

— Bien sûr. On va partir d'ici quelques minutes.

Plutôt que d'appuyer sur le bouton du deuxième étage dans l'ascenseur, je me rendis au quatrième. Je ne savais pas si Devyn était là, mais je supposais que Heath était absent – puisqu'il était sûrement en route pour aller en *prison*.

Je frappai à la porte de l'appartement 410 et patientai, mais personne ne répondit. J'étais sur le point de partir quand j'entendis quelqu'un éternuer à l'intérieur. Alors je frappai de nouveau, plus fort cette fois.

— Devyn ? Tu es là ? C'est important.

Ce ne fut pas Devyn qui ouvrit la porte, mais Hannah, la plus jeune du duo Bonnie et Clyde.

Je posai mes mains sur mes hanches.

— Tu ne m'as pas entendu frapper la première fois ?

— Je croyais que c'était quelqu'un d'autre.

— Comme qui ? La *police*, peut-être ?

Hannah passa sa tête par la porte, avant de regarder à droite, puis à gauche.

— Ils sont là ?

— Pas à cet étage, mais ils sont en bas.

— Ils ont eu Heath ?

Je soupirai.

— Qu'est-ce qu'il lui a pris d'entrer par effraction chez madame Unger ?

— On n'est pas entrés par *effraction*. Elle a laissé la porte ouverte. Comme toujours.

— On ? Donc tu es dans le coup aussi ?

Hannah pinça ses lèvres, et je secouai la tête.

— Ta sœur est là ?

— Non.

— Elle est où ?

— Comment je le saurais ?

Bon sang, ces enfants n'étaient pas faciles.

— Il faut que tu l'appelles et que tu lui dises ce qui se passe.

Elle croisa ses bras.

— Je ne suis pas une balance.

— Ils ont emmené ton frère en *prison*, Hannah. Il a besoin d'aide.

Elle écarquilla les yeux.

— En prison ? Juste pour avoir teint un chat ? Ce n'est même pas permanent. Les sprays temporaires étaient moins chers.

— Appelle ta sœur, ordonnai-je en pointant du doigt le téléphone dans sa main.

— Je l'ai déjà fait. Elle ne répond pas.

Je secouai la tête. Pourquoi elle me tenait tête si elle l'avait déjà appelée ?

— Tu lui as laissé un message ?

— Oui, mais elle ne m'a pas rappelée.

— D'accord, soupirai-je. Raconte-moi exactement ce qui s'est passé et je verrai ce que je peux faire.

— On est descendus au troisième étage pour sonner chez les gens, mais quand on est sortis de l'ascenseur, la porte de l'appartement de la vieille dame qui habite au bout du couloir était ouverte, et son chat qui a l'air prétentieux est sorti. Alors on l'a emprunté.

Emprunté.

— D'accord, et ensuite ?

— J'ai dit qu'il ressemblait à un tigre, et Heath a proposé d'accentuer la ressemblance. Alors on a enfermé le chat chez nous pendant qu'on est allés au magasin pour acheter des bombes de coloration pour les cheveux. Quand on a terminé, la porte de la vieille dame était encore ouverte. Elle n'a même pas remarqué que son précieux chat avait disparu. Heath voulait filmer sa réaction quand elle verrait le résultat, alors il est entré en douce avec son chat. Il n'était pas censé se faire prendre.

— Je suis presque sûr que les prisons sont remplies de personnes qui *n'étaient pas censées se faire prendre.*

— Est-ce que vous pouvez aider Heath ? C'était juste une blague.

Madame Unger avait effectivement l'habitude de laisser sa porte ouverte pour que ses chats puissent se promener dans le couloir, alors cette histoire semblait plausible. Je ne savais pas si j'allais pouvoir faire quelque chose, mais ça ne me coûtait rien d'essayer.

— Reste là, ordonnai-je en pointant Hannah du doigt. Ne va pas créer d'autres problèmes.

La petite leva les yeux au ciel.

— Je ne ferai rien.

— De rien, surtout.

Je descendis au troisième étage, chez madame Unger, en prenant les escaliers. Je ne savais pas pourquoi je m'impliquais dans ce merdier, mais je frappai quand même.

Elle ouvrit, son chat *vandalisé* dans ses bras. Je n'allais pas le dire, mais ils s'étaient plutôt bien débrouillés pour les rayures. Il ressemblait vraiment à un tigre.

— Bonjour, madame Unger. Comment ça va ?

— J'ai vu mieux, répondit-elle en fronçant les sourcils. Des voyous ont torturé mon petit Snowball.

— J'en ai entendu parler. Je suis venu vous en parler.

— De meilleurs verrous aux portes ne seraient pas inutiles.

Je mordis ma langue pour me retenir de lui dire qu'il faudrait commencer par fermer sa porte pour profiter des avantages d'un verrou.

— C'est une bonne idée. Je me renseignerai. Mais j'espérais qu'on pourrait discuter du garçon qui a teint Snowball.

— Vous voulez parler de quoi ?

— Eh bien, est-ce que j'ai une chance de vous convaincre de ne pas porter plainte ? Je connais cette famille. Ce n'est pas un mauvais gamin, c'est juste un enfant perturbateur.

Madame Unger n'avait pas l'air très compréhensive, alors j'en rajoutai.

— Sa mère est partie. Elle l'a laissé seul avec sa petite sœur. Ils ont fait des choses stupides et ont voulu les filmer pour essayer d'attirer l'attention de quelqu'un puisqu'ils n'ont personne chez eux.

Son expression s'adoucit.

Avec un peu de chance, peut-être que ce que j'inventais était vrai. Madame Unger avait l'air d'y croire, alors je poursuivis.

— En réalité, le petit adore les chats. Il a utilisé une teinture temporaire parce que c'est plus doux. Il ne voulait faire de mal à personne. C'est juste une façon maladroite d'attirer l'attention.

— Je ne sais pas...

Il me fallut quinze minutes de plus, et une promesse de retirer la teinture des poils de son chat, pour que la locataire finisse par accepter de ne pas porter plainte. Je savais que la police pouvait décider d'aller plus loin sans elle s'ils en avaient envie, mais en général, ils laissaient tomber si le témoin plaignant ne coopérait pas. À moins bien sûr qu'ils décident de faire un exemple de cette situation. *Mince.* Surtout concernant un gamin irrespectueux ayant traité un policier de *porc* et qui avait besoin d'une bonne leçon.

Il y avait de grandes chances que Heath soit en train de creuser sa propre tombe en ce moment même, alors je me dis que je ferais mieux d'aller au commissariat. J'appelai mon père en chemin. Il était retraité à présent, mais il avait fait partie de la police de Philadelphie pendant trente ans, dont les quinze dernières années en tant que détective. Je le contactai pour avoir des conseils, mais il me proposa encore mieux – appeler le poste pour voir ce qu'il pouvait faire. Il avait quelques amis au sein de la police de New York après avoir passé des années à travailler conjointement avec leurs équipes.

J'entrai dans le commissariat et me dirigeai droit vers le bureau d'accueil.

— Bonjour, je cherche Heath...

Mince. Est-ce que le petit porte le même nom de famille que Vera ?

— Euuh... Il a environ quinze ans et il a été emmené ici il y a peut-être une heure.

Le type leva la tête.

— Vous êtes le fils de Frank Dawson ?

— Oui, confirmai-je en souriant.

— Bonne idée d'avoir appelé votre père. Ce gamin est un vrai casse-pieds. Vous avez de la chance que je sois du genre à faire des faveurs, ajouta-t-il en secouant la tête. J'ai contacté la plaignante. Elle ne désire pas porter plainte, alors on va le laisser partir... pour l'instant. Mais croyez-moi, ce petit reviendra vite si rien ne change.

— Merci beaucoup, officier. C'est gentil.

— Je vais les appeler pour qu'ils le fassent venir. Ça prendra peut-être quelques minutes.

— Super. Merci beaucoup.

Les quelques minutes dont il m'avait parlé se transformèrent en presque une heure. Visiblement, ils n'avaient pas dit à Heath qui était venu le tirer d'affaire, parce qu'il eut l'air choqué de me voir.

— Qu'est-ce que vous...

Je levai la main pour l'arrêter.

— On parlera dehors. Et quand je dis *on parlera*, je veux dire que *je* parlerai et que *tu* écouteras.

Heath fronça les sourcils, mais acquiesça.

Le policier à l'accueil leva de nouveau la tête.

— Bonne chance avec lui.

Une fois dehors, j'attendis d'avoir parcouru quelques dizaines de mètres avant de me tourner vers Heath.

— À quoi tu pensais, bon sang ?

— Je me suis dit qu'on aurait beaucoup de vues.

— Pour commencer, donne-moi ton téléphone, ordonnai-je en tendant ma main.

— Pour quoi faire ?

— Je vais effacer la vidéo. Et si tu me tiens tête, je te ramène au commissariat. J'ai dû convaincre madame Unger de ne pas porter plainte, et je me suis servi de mon père qui est un policier à la retraite pour qu'il puisse demander un petit service.

Heath me tendit son portable, alors j'effaçai la vidéo et le lui rendis.

— Vous allez en parler à ma sœur ? demanda-t-il.

— Bien sûr que je vais en parler à Devyn. Elle est responsable de toi.

Le gamin fronça les sourcils, mais ne dit rien.

Je désignai la station de métro d'un signe de tête.

— Viens, on y va.

— Cette station mène au centre-ville.

— On va faire un petit détour.

— Où ça ?

— Tu verras.

Ça ne valait pas Angelo's à Philadelphie, mais c'était vraiment bon. J'avais emmené Heath chez Joe's Pizza à Greenwich Village, chose que faisait toujours mon père quand il voulait avoir une conversation avec moi. En général, ça voulait dire que j'avais des ennuis, mais au fil des années, j'en étais venu à apprécier que mon père ne se contente pas de me hurler dessus et de me punir pendant un mois comme le faisaient la plupart des autres parents. Nous parlions d'homme à homme tout en partageant une pizza, ce qui rendait presque impossible le fait de penser à autre chose et de ne pas l'écouter. En fin de compte j'étais quand même puni pendant un mois, mais mon père faisait en sorte que je l'écoute d'abord.

J'attendis que Heath prenne sa deuxième part avant de me lancer.

— Alors, discutons un peu. Pourquoi ta sœur et toi êtes toujours aussi casse-pieds ?

Heath haussa les épaules.

— On s'ennuie ici. Il n'y a rien à faire.

— Vous vivez à *New York*. Cette ville est beaucoup de choses, mais pas du tout ennuyeuse.

Il haussa de nouveau les épaules.

— Qu'est-ce qu'il y a à faire ?

— Les devoirs, les révisions, aider votre grande sœur à la maison.

— Comme je l'ai dit, c'est ennuyeux.

— Qu'est-ce qui ne le serait pas ?

— Je ne sais pas.

— Tu as des passe-temps ? Tu fais du sport ?

— Pas vraiment.

Je grattai mon menton.

— Tu filmes beaucoup de vidéos. Tu aimes faire ça ?

— Oui.

— Est-ce qu'il y a un club cinéma ou photographie auquel tu pourrais t'inscrire dans ton école ?

— Je ne sais pas.

— Eh bien, pourquoi tu ne poserais pas la question ?

— Oui, peut-être.

— Voilà le marché. Vous ne pouvez plus continuer à faire le bazar comme vous l'avez fait ces derniers mois. Plus d'objets lancés du toit, plus de vol de mannequins dans les magasins, plus de teinture de chats. Si vous vous ennuyez, il va falloir trouver quelque chose qui ne vous attirera pas d'ennuis. Mais je pense que si vous faites ça, ce n'est pas seulement parce que vous vous ennuyez. Tu veux savoir ce que je pense ?

Heath fronça les sourcils.

— Pas vraiment.

— Ravi que tu veuilles le savoir. Je pense que vous cherchez à attirer l'attention. Votre mère n'est pas là, et même quand elle est présente, elle ne s'occupe pas de vous. Ce n'est pas rare que les adolescents, et parfois même les adultes, cherchent l'attention négative – après tout, on s'intéresse à vous même si on vous crie dessus, pas vrai ?

— Je ne cherche pas à attirer l'attention.

— Ah bon ? Alors pourquoi poster des vidéos sur les réseaux sociaux ?

Évidemment, il n'eut aucune réponse à me donner.

Je soupirai.

— Écoute, ce n'est pas mon rôle de te faire la morale. En réalité, je ne sais même pas si je te dis ce qu'il faut. Mais pour une raison complètement dingue, j'ai décidé de m'impliquer. Et je ne fais pas les choses à moitié. Alors j'aimerais vous aider.

Heath enfourna sa part de pizza et resta silencieux pendant quelques minutes. Je fus surpris quand il se mit à parler.

— J'avais une vraie caméra. J'aimais faire des films.

— Ah oui ? Qu'est-ce qui lui est arrivé ?

— On l'a vendue à un prêteur sur gage.

— Pourquoi faire ça si tu aimais faire des films ?

— Parce qu'on avait déjà vendu tous les bijoux bon marché de ma mère après son départ, et on n'avait plus de boîtes de conserve.

Mon cœur se serra.

— Désolé, mon grand.

Il haussa encore les épaules. Mais puisqu'il avait abordé le sujet, je décidai de creuser un peu.

— Ça arrive souvent que votre mère vous laisse ?

— Très souvent.

— Est-ce que tu sais où elle va quand elle part ?

— Elle dit qu'elle a besoin d'espace, répondit Heath en levant les yeux au ciel. En général, ça veut dire qu'elle a rencontré quelqu'un et qu'il ne veut pas côtoyer ses enfants. Alors ils disparaissent pendant un moment.

— Je suis désolé.

— Ne le soyez pas, répliqua-t-il. Je n'ai pas besoin de votre pitié.

Bon sang, ce gamin avait un sacré passif pour son âge.

— Est-ce que ta sœur vient toujours quand ta mère part ?

Heath secoua la tête.

— En temps normal, on ne l'appelle pas, parce que si on le fait, elle vient chez nous. Mais on n'avait pas d'argent pour acheter à manger. On ne veut pas l'embêter.

Je ne savais pas quoi dire, alors je me contentai d'acquiescer, et chacun finit sa pizza en silence.

— On peut y aller maintenant ? demanda-t-il en essuyant sa bouche.

— Bien sûr.

Nous montâmes dans le métro, et quinze minutes plus tard, nous étions devant notre immeuble. J'allais sûrement le regretter, mais cet enfant avait vraiment besoin de quelqu'un. Alors, au moment de monter dans l'ascenseur, je n'appuyai pas immédiatement sur le bouton du quatrième étage.

— Écoute, si jamais vous avez envie de pizza un jour, venez chez moi. On pourra discuter, ou on pourra juste manger en silence. Peu importe.

Heath haussa les épaules, comme toujours.

— Merci.

Je me dis que je devrais avoir une conversation avec sa sœur à propos de tout ce qui s'était passé, alors je le raccompagnai chez lui. Il n'avait pas sa clé, alors il frappa à la porte.

Devyn lui ouvrit, et elle fronça les sourcils.

— Owen ? Qu'est-ce que tu fais avec Heath ?

— Hannah ne t'a pas raconté ?

— Me raconter quoi ?

Mince. Voilà que j'allais devoir lui annoncer la mauvaise nouvelle. Heath en profita pour tenter d'entrer dans l'appartement, afin d'échapper à la conversation. Je l'attrapai par le T-shirt lorsqu'il franchit le seuil.

— Pas si vite, petit.

Devyn plissa les yeux.

— Il se passe quoi? Ton rencard ne s'est pas passé comme prévu, Heath?

— Un rencard? répétai-je.

— Hannah a dit que son frère avait un rendez-vous ce soir, m'informa-t-elle en désignant sa sœur d'un geste du pouce.

— À moins qu'il ait un rencard avec l'officier Wells, je pense qu'elle t'a raconté des bobards.

— La police? Qu'est-ce qui s'est passé, Heath?

— On a emprunté le chat de la vieille dame au troisième étage et on l'a rendu plus cool. Elle s'est emportée.

Devyn me regarda.

— Est-ce que tu peux traduire? me demanda-t-elle.

J'acquiesçai.

— Il ont pris le chat persan de madame Unger et ont teint son pelage en noir et orange. Ensuite, Heath s'est faufilé chez elle pour pouvoir filmer sa réaction quand ils ont rendu l'animal. Elle a appelé la police, et ils ont trouvé Heath sur le toit. Ils l'ont emmené au commissariat pour tentative d'effraction et vandalisme.

Devyn écarquilla les yeux.

— Tu as perdu la tête? s'emporta-t-elle en fixant son frère.

— C'était juste une blague.

— Alors pendant tout ce temps, tu n'étais pas en rencard, mais en état d'arrestation?

— Ils m'ont laissé sortir quand madame Unger leur a dit qu'elle ne voulait pas porter plainte.

Le regard de Devyn se posa sur moi.

— Et qu'est-ce que tu as à voir avec tout ça ?

— J'ai parlé à madame Unger et je suis allé le chercher au commissariat.

— Sans m'appeler ? s'indigna-t-elle en levant la voix.

— Hannah a dit qu'elle t'avait déjà appelée et qu'elle t'avait laissé un message, alors je me suis dit qu'elle te raconterait tout.

Devyn pointa Heath du doigt.

— Toi, va à l'intérieur. Prends une douche et pose tes fesses sur le canapé. On va discuter.

Le gamin était assez intelligent pour ne rien ajouter et obéir. Quand je me retrouvai seul avec Devyn, elle sortit dans le couloir et ferma la porte derrière elle. J'imaginai qu'elle voulait me confier à quel point il était difficile de gérer les enfants, ou peut-être même me remercier de l'avoir aidée aujourd'hui. Mais je me trompais lourdement...

— Pourquoi tu as fait tout ça ? m'interrogea-t-elle en posant les mains sur ses hanches.

— Quoi donc ?

— Pourquoi tu t'es impliqué ? Pourquoi tu es allé au commissariat ?

Elle était sérieuse ?

— Je pensais que c'était évident. J'essayais d'aider.

— Pourquoi ?

— Comment ça, pourquoi ?

— Je ne vais pas coucher avec toi en échange, si c'est ce que tu penses.

Je secouai la tête en sentant mes joues s'enflammer.

— Tu sais, parfois les gens aident simplement parce que ce sont de bonnes personnes.

— Pas selon mon expérience. Quand quelqu'un veut *m'aider*, il attend en général quelque chose en retour.

— Tu sais quoi ? Je ne veux pas entendre tes conneries. Tu ne me connais pas assez bien pour imaginer le pire à mon sujet.

Je me penchai pour que nos yeux soient au même niveau.

— De rien.

Puis je fis demi-tour et m'éloignai rapidement.

Quelques heures plus tard, j'étais encore furieux. J'avais un gros nœud au niveau de la nuque, sans parler du mal de tête lancinant juste au-dessus de mes sourcils. Et voilà que ma chemise à cent dollars était couverte de coloration orange et noir. J'avais été trop en colère pour réfléchir et la retirer avant de nettoyer le foutu chat de madame Unger. J'étais sur le point de me servir un verre de whisky pour me calmer lorsque quelqu'un frappa à ma porte.

Devyn était la dernière personne que je m'attendais à voir. Elle me tendait un verre rempli d'un liquide clair.

— Je ne sais pas cuisiner, mais je voulais m'excuser pour mon comportement de tout à l'heure. Et puis, je me suis dit que tu aurais besoin d'un verre après la soirée que tu as passée avec mon petit frère. C'est un soda à la tequila. Tu en as bu un le soir de notre rencontre.

Je m'en voulais de fléchir si facilement. J'avais été énervé pendant des heures.

— Je n'ai pas aidé parce que je voulais quelque chose en retour, affirmai-je.

— Je sais. C'était juste une réaction instinctive, et c'était totalement déplacé, admit-elle en souriant. J'ai la mauvaise habitude d'être toujours sur la défensive. Il faut croire que je ne suis pas habituée aux gentils garçons. Tu penses pouvoir me pardonner ?

— Tu veux entrer ? proposai-je en ouvrant davantage la porte. On pourrait partager ce verre. Je suis sûr que là, tout de suite, tu en aurais bien besoin aussi.

— Merci pour l'invitation, mais je ne devrais pas.

Je la regardai droit dans les yeux.

— Tu ne *devrais* pas, ou tu ne veux pas ?

— Je ne devrais pas, insista-t-elle en mordillant sa lèvre inférieure.

Je tendis ma main et elle me passa le verre.

— Excuses acceptées.

— Merci. Et merci pour tout ce que tu as fait pour Heath.

— Pas de souci, acquiesçai-je.

— Passe une bonne soirée.

— Toi aussi.

Je restai à ma porte pour observer Devyn rejoindre l'ascenseur.

— Hé ! l'interpellai-je juste au moment où les portes s'ouvrirent.

Elle se retourna.

— Tu ne devrais pas entrer parce que le duo de choc est sans surveillance, ou tu ne devrais pas entrer parce que tu ne te fais pas confiance si tu te retrouvais seule avec moi dans mon appartement pour boire un verre ?

Ses lèvres s'étirèrent légèrement lorsqu'elle entra dans la cabine.

— Les enfants dorment. Je ne pense pas qu'ils pourraient s'attirer des ennuis.

Eh bien... peut-être qu'il y a encore de l'espoir en fin de compte.

❤CHAPITRE 4

Devyn

Crunch.

Crunch.

Crunch.

Les bruits de bouche de Heath qui mangeait ses céréales me tapaient sur les nerfs. Je pensais ne pas aimer les bruits de bouche en général, mais l'entendre croquer était encore pire. Peut-être que j'étais juste à cran ces derniers temps, et que tout ce qui me dérangeait habituellement était amplifié.

Il but du lait.

Slurp.

Slurp.

Slurp.

C'était pire que le craquement des céréales.

Heath essuya sa bouche avec sa manche.

— Ce type, Owen, est plutôt sympa.

Rien qu'entendre son prénom fit accélérer mon cœur. Un souvenir fugace de mes ongles s'enfonçant dans son dos me revint à l'esprit. Je le repoussai en souhaitant soudain pouvoir revenir aux bruits de bouche.

Je posai mes coudes sur la table.

— Qu'est-ce qui vient de te faire penser à lui ?

— On a discuté lui et moi l'autre jour, pendant qu'on mangeait une pizza.

— Vous avez parlé de quoi ?

Heath but le reste de son lait directement dans son bol.

— De plusieurs trucs.

— Quels trucs ?

Il hésita.

— Je lui ai parlé de maman.

Argh. Une raison de plus pour qu'Owen ait pitié de nous.

— Tu ne devrais parler d'elle à personne.

— Pourquoi ?

— Ils ne comprendront pas, et ça ne regarde personne.

— Ce n'est pas comme si je pouvais l'éviter. Les gens vont commencer à se demander où elle est si elle ne revient pas.

— Qu'est-ce que tu lui as dit exactement ? soupirai-je.

— Que ce n'était pas la première fois qu'elle disparaissait.

Je dus me retenir de le réprimander de nouveau. La vérité, c'était que ce que je ressentais à ce sujet était lié à *mes* traumatismes, à la honte que je ressentais d'avoir été abandonnée par ma propre mère. J'aurais dû me demander quel genre de parent partait en laissant son enfant. Au lieu de ça, mon esprit se demandait quel genre d'enfant donnait envie à sa mère de partir sans lui.

Je me rappelai que Heath devrait pouvoir parler de sa situation familiale merdique avec qui il voulait. Que c'était bon pour lui. Il fallait que je le respecte.

— D'accord. Je comprends pourquoi tu as eu l'impression de devoir expliquer la situation, repris-je.

— Il a dit que je pouvais passer chez lui si j'avais besoin de parler.

Ça me mit mal à l'aise, mais comment pourrais-je en vouloir à Owen d'avoir offert à mon frère une épaule sur laquelle se reposer ?

— Eh bien, c'est sympa de sa part.

Visiblement, il y avait beaucoup de choses *sympa* chez cet homme. J'aurais aimé pouvoir apprendre à mieux le connaître, mais je ne pouvais pas me permettre de m'impliquer émotionnellement avec quelqu'un pendant mon séjour ici.

Dans l'après-midi, je déposai Heath et Hannah à la maison des jeunes du quartier. Ils rentreraient à pied tout seuls plus tard, mais il fallait que je les accompagne pour payer leur adhésion. Heath allait jouer au basket, et j'avais inscrit Hannah à un cours d'art. C'était difficile de trouver quelque chose à leur faire faire pendant leur temps libre pour qu'ils évitent de s'attirer des ennuis. Cet endroit, où ils seraient surveillés pendant quelques heures, me semblait être une bonne solution plutôt que de les laisser semer la pagaille dans l'immeuble.

Ça signifiait aussi que j'avais un peu de temps pour moi, alors je décidai d'aller me promener pour me changer les idées.

Lorsque je revins à l'immeuble, une belle femme avec des cheveux blonds et bouclés se tenait devant l'entrée, et portait un nourrisson dans un porte-bébé. La mère, ou la nounou, était bien habillée. Il était presque illégal de ne pas s'arrêter pour admirer ce petit bout de chou, alors je marquai une pause avant d'entrer.

— C'est un garçon ou une fille ?

— Une fille, répondit-elle en souriant, les yeux posés sur l'enfant. Elle s'appelle Hope.

Ooh. Elle ne devait pas avoir plus d'une semaine.

— C'est la vôtre ?

— Oui, je suis sa maman, confirma-t-elle en riant. Bon sang, ça fait bizarre de dire ça. C'est parfois difficile à croire.

— J'imagine que ça doit être surréaliste.

— Vous habitez dans l'immeuble ? demanda-t-elle.

— Temporairement. Je surveille mes frère et sœur pendant que notre mère... est en voyage.

— Oh, c'est gentil de votre part. Moi, c'est Lala, se présenta-t-elle en me tendant la main. Enfin, je m'appelle Laney, mais tout le monde m'appelle Lala. J'habite ici avec mon fiancé et notre fille.

— Enchantée. Moi, c'est Devyn.

— Vous êtes dans quel appartement ?

— Quatre cent dix.

Elle marqua une pause, puis je vis qu'elle comprit.

— Oh... vous êtes la sœur des adolescents.

Je me tendis.

— Je sais que Heath et Hannah ont une petite réputation ici...

— C'est vrai. Mais ils sont jeunes. Je comprends. On a tous fait des choses un peu dingues quand on était jeunes, pas vrai ?

— Sûrement.

— En tout cas, c'était le cas de mon frère et de ses amis, soupira-t-elle. Vous travaillez pendant votre séjour ici ?

— Je suis directrice de casting à Los Angeles. Je peux travailler à distance, même si c'est plus facile d'être sur la côte Ouest évidemment.

— Ça a l'air d'être un métier passionnant, remarqua Lala en berçant sa fille. Je suis en congé maternité pour l'instant, mais je suis scientifique. Je mène des projets de recherche. Je retournerai au travail dans une certaine mesure, mais je n'y ai pas encore vraiment réfléchi.

— Waouh, une scientifique. C'est vraiment cool.

Lala leva les yeux vers le bâtiment.

— Vous avez déjà rencontré d'autres personnes ici ?

— Quelques-unes, oui, hésitai-je en mordillant ma lèvre. Si je peux me permettre, est-ce que vous connaissez le propriétaire de cet immeuble ?

Lala se mit à rire.

— Qu'est-ce qui est si drôle ? demandai-je en inclinant la tête.

— Eh bien, le propriétaire de cet immeuble est le père de mon bébé, alors… je le connais plutôt bien.

L'adrénaline monta soudain en moi.

Oh, mon Dieu.

Quoi ?

C'est le bébé d'Owen ?

Ce n'est pas possible.

Je déglutis.

— Owen est le père de votre enfant ?

— Owen ? répéta Lala en écarquillant les yeux. Oh, bon sang. Non, non, non. *Holden* est mon fiancé. Owen est l'un de ses meilleurs amis. Ils sont tous les deux propriétaires, ainsi que Colby et Brayden. Ils ont monté tous les quatre une entreprise, à laquelle appartient techniquement cette propriété.

Le soulagement m'envahit. L'espace d'un instant, j'avais cru faire une crise cardiaque.

Lala expliqua que les quatre hommes avaient grandi ensemble en Pennsylvanie. Le frère de Lala, Ryan, avait été le cinquième membre de la bande, avant de mourir d'une leucémie. Ses amis étaient les bénéficiaires de son assurance décès, et ils avaient utilisé son héritage pour acheter l'immeuble en son honneur. Ils étaient très soudés.

Je hochai doucement la tête en digérant toutes ces informations.

— C'est une histoire fascinante. Je n'en avais aucune idée.

— Y a-t-il une raison qui explique votre curiosité à propos d'Owen? s'enquit-elle en me faisant un clin d'œil. Il fait partie des deux seuls célibataires.

Je sentis mes joues s'enflammer.

— Je l'ai rencontré, c'est tout. Il... est venu un soir pour nous donner un avertissement à cause du bruit, en s'attendant à tomber sur ma mère. J'ai juste présumé qu'il était le seul propriétaire.

— Oh, je vois.

Elle couvrit la tête de son bébé avec un petit bonnet.

— Vous savez combien de temps vous allez rester à New York?

— Non. Ça pourrait être des semaines ou peut-être des mois...

— Eh bien, vous devriez rencontrer Billie. Elle tient le salon de tatouage au rez-de-chaussée, et c'est une fille géniale. Elle est mariée à Colby, l'un des garçons, précisa-t-elle, avant de claquer des doigts. D'ailleurs, pourquoi vous ne monteriez pas lui dire bonjour? Elle est en train de m'attendre parce qu'elle m'aide à préparer la première séance photo de Hope. Son amie est photographe. On organise une petite fête pour ce *photoshoot*.

Je secouai la tête.

— Oh, je ne veux pas m'imposer...

— N'importe quoi! Il n'y a pas beaucoup de femmes de notre âge dans l'immeuble. C'est vraiment une fille bien. Et c'est rare qu'elle ne soit pas en train de travailler, alors c'est le moment parfait pour que je vous présente. Je ne sais pas ce que j'aurais fait sans elle quand j'ai emménagé ici.

Elle sembla remarquer mon air hésitant.

— Vous n'êtes pas obligée de rester longtemps. Venez juste dire bonjour.

Je n'en avais pas envie, mais je ne savais pas non plus comment refuser, alors je haussai les épaules.

— D'accord. Pourquoi pas.

Je suivis Lala jusqu'à l'appartement de cette fameuse Billie.

Lorsque celle-ci ouvrit la porte, je fus aussitôt frappée par sa beauté. Elle avait de longs cheveux noirs, et ses bras étaient couverts de tatouages colorés. Elle ressemblait à une œuvre d'art humaine.

— Salut, Lala ! commença-t-elle, avant de se tourner vers moi. Qui est-ce ?

— Je te présente Devyn. Elle vit temporairement dans l'appartement 410.

Billie ouvrit la bouche, puis la referma, et elle me tendit sa main avec un petit sourire en coin.

— Ravie de te rencontrer.

Pourquoi ce sourire en coin ? J'imaginais que ça avait quelque chose à voir avec ma famille. Visiblement, tout le monde était au courant de la pagaille qu'ils avaient semée dans le coin.

La photographe était en train de s'installer dans un coin de la pièce, où se trouvait un fond noir géant. Il y avait aussi une table avec des amuse-bouche et des boissons.

— Comment se passe l'installation ? demanda Lala.

— Bien, répondit Billie en arrangeant quelques petites choses sur la table. On est prêtes dès que vous l'êtes aussi.

La tatoueuse nous présenta son amie Cash, la photographe.

— Où est Colby ? s'enquit Lala en regardant autour d'elle.

— Il est sorti avec Saylor et Mav le temps qu'on installe tout. Ils devraient bientôt rentrer.

Billie se tourna ensuite vers moi.

— Bon, il faut que je t'avoue un truc, Devyn. Ta réputation te précède...

— Comment ça ?

— Eh bien, pendant un certain temps, des petits curieux se demandaient qui tu étais. Tu as été aperçue plusieurs fois dans l'immeuble, mais tu étais un mystère.

J'arquai un sourcil.

— Il y a beaucoup de petits curieux par ici ?

— Tu n'imagines même pas, m'apprit-elle en riant. Bref, je suis désolée si j'ai eu l'air un peu bizarre quand tu es arrivée. C'est juste que j'ai fait le lien. Je suis vraiment contente de pouvoir faire ta connaissance.

La porte s'ouvrit, et un bel homme tatoué portant un bonnet sur ses cheveux mi-longs entra. Je supposai que c'était le père du bébé de Lala puisqu'il enroula son bras autour d'elle en l'embrassant sur la joue. Il lui prit aussitôt bébé Hope des bras.

Lala le fit venir près de moi.

— Mon cœur, je te présente la femme mystérieuse de l'appartement 410. Elle a même un prénom ! Devyn.

— Ah ! s'étonna Holden, les yeux brillants. Enchanté, Devyn.

Il me tendit sa main, et je la lui serrai.

— De même.

Quelques instants plus tard, un autre homme qui avait l'air d'approcher la trentaine entra à son tour. Il tapa dans la main de Holden, et je me demandai s'il était l'un des propriétaires de cet immeuble. Lui aussi était super mignon. Est-ce qu'il y avait quelque chose dans l'air par ici ? Tous les hommes étaient canon.

Il arbora un immense sourire en se dirigeant droit vers moi.

— Mais qui voilà ?

— Je te présente Devyn, la femme du 410, révéla Lala en souriant.

— Je sais. Je l'ai reconnue, avoua-t-il. Je m'appelle Brayden. C'est sympa de faire enfin ta connaissance.

— Je ne m'étais pas rendu compte que des gens attendaient de faire ma connaissance, admis-je en riant. Mais je suis ravie aussi.

Toute cette attention me donna un peu chaud. Peut-être qu'il fallait que je sorte d'ici avant que ça devienne trop pour moi.

— Eh bien, c'est juste que, pendant un certain temps, personne ne savait qui tu étais, expliqua Brayden. Et en général, on est au courant de tout ici, alors ça nous a pris au dépourvu.

Il se mit à rire.

— Qu'est-ce qui t'amène à New York ?

— C'est juste temporaire. Je m'occupe de mon frère et de ma sœur pendant l'absence de ma mère.

— Elle est partie en vacances ? demanda-t-il.

— Quelque chose comme ça, répondis-je en serrant les dents.

— Cool. Eh bien, bienvenue.

— Merci.

Je soupirai.

Quelques minutes plus tard, un homme tout aussi mignon que les autres entra à son tour, accompagné de deux enfants : une petite fille et un bambin dans un siège auto.

La petite courut vers moi – encore plus vite que Brayden un peu plus tôt.

— Tu es qui ?

— Je m'appelle Devyn, et toi ? m'enquis-je en lui souriant.

— Saylor Lennon. Et c'est mon petit frère, Maverick Ryan Lennon, ajouta-t-elle en pointant le bébé du doigt.

Ça doit être les enfants de Billie.

Je posai les yeux sur le petit.

— Il a énormément de cheveux noirs.

— Je sais. Ça ressemble à un tipi !

— Une toupie, rectifia son père en me tendant sa main. Je suis Colby, le mari de Billie. Enchanté.

— Colby, Devyn habite au 410, lui apprit sa femme. C'est elle, la femme mystérieuse.

— Ah… la fameuse femme mystérieuse, ricana-t-il.

Je me sentis rougir.

— Apparemment, c'est moi.

Quelques instants plus tard, Saylor m'apporta son cochon d'Inde.

— Je te présente Guinevere, annonça-t-elle.

Je caressai l'animal dodu.

— Il est trop mignon.

— C'est une fille…

Argh. Évidemment, c'est un prénom féminin.

Brayden se rapprocha de moi.

— Qui est mignon ? Moi ? demanda-t-il en me faisant un clin d'œil.

Celui-ci *adorait* flirter.

— Je plaisante, bien sûr, ajouta-t-il. Alors, tu aimes vivre ici, Devyn ?

Je passai les minutes suivantes à discuter avec lui, à lui parler de mon travail en évoquant brièvement le défi de m'occuper de mes frère et sœur. Brayden était un vrai charmeur, attentif à chaque mot qui sortait de ma bouche et qui semblait s'intéresser à moi. C'était un problème pour de multiples raisons.

Puis Holden l'attrapa par l'épaule et l'éloigna.

— Je reviens, m'assura Brayden en levant un doigt, alors qu'il marchait à reculons, l'air confus.

Bizarre.

Je restai là en me sentant un peu mal à l'aise au milieu de ce groupe d'amis proches. Ça me semblait être le moment parfait pour partir puisque tout le monde commençait à se servir à manger, et que Holden et Lala se préparaient pour prendre une photo de famille.

J'hésitai à partir en douce, mais je décidai de dire au revoir rapidement à Billie, qui n'était pas occupée pour l'instant.

— Je dois rentrer chez moi. Ça m'a fait plaisir de faire ta connaissance.

— Pourquoi tu ne restes pas ? On a largement assez de nourriture !

Je posai ma main sur mon ventre.

— Oh, merci, mais il faut que j'y retourne avant que mon frère et ma sœur rentrent de leurs activités.

— D'accord, eh bien... on devrait déjeuner ensemble un de ces jours. Lala, toi et moi.

— Avec plaisir, acceptai-je en souriant.

Accepter son offre me paraissait inoffensif. C'étaient des femmes gentilles, et ça ne me ferait pas de mal d'apprendre à les connaître. C'était sûrement plus sûr que d'apprendre à connaître *Owen*. Billie et moi échangeâmes nos numéros.

Lorsque je me dirigeai vers la porte, Brayden me rattrapa.

— Tu pars déjà ?

— En effet.

— Tu ne peux pas partir maintenant.

Il fit presque la moue en battant des cils – des cils scandaleusement longs pour un homme.

— Reste juste boire un verre. Tu n'auras pas à conduire pour rentrer au 410, n'est-ce pas ?

Avant que je puisse répondre, Brayden récupéra un verre.

— Qu'est-ce que tu préfères ? Du vin ? De la tequila ?

Je ne voulais pas passer pour une garce antisociale, alors je cédai. J'avais un peu de temps avant le retour des enfants.

— D'accord, juste un verre rapide. De la tequila avec de l'eau gazeuse et du citron vert, ce serait parfait.

— Je te sers ça tout de suite.

Au moment où Brayden me tendit ma boisson, je me tournai et découvris qu'une nouvelle personne venait d'entrer dans l'appartement.

Mon corps frissonna et je déglutis. *Owen.*

J'aurais dû me douter qu'il allait venir. Il était sur son trente-et-un et avait l'air de sortir du travail, alors même que nous étions samedi.

Il adressa un regard désapprobateur à Brayden et se tourna vers moi.

— Qu'est-ce que tu fais là ? Tu me suis ou quoi ?

Je le méritais.

— Je ne reste pas pour la séance photo, l'informai-je. J'ai rencontré Lala devant l'immeuble, et elle m'a invitée à venir pour me présenter Billie. Je ne m'étais pas rendu compte que ça allait être une fête.

Owen posa les yeux sur mon verre.

— On dirait que tu y participes pourtant.

— Brayden m'a convaincue de rester pour boire un verre, avant que je sois obligée de partir.

— Il a fait ça, hein ? souffla-t-il en posant les yeux sur son ami.

— Quoi de neuf, mec ? Tu reviens du travail ? l'interrogea Brayden.

Owen joua nerveusement avec sa montre de luxe.

— Eh bien, ma présentation a été annulée, alors je suis rentré. Normalement je n'étais pas censé venir.

— Je pensais que tu étais juste en retard, comme d'habitude, le taquina son ami.

— De ton côté, on dirait que tu ne perds pas de temps, comme d'habitude, rétorqua Owen.

C'était tendu entre eux deux. Je compris que Brayden ne devait pas savoir que je connaissais déjà Owen, et qu'il me faisait des avances sous les yeux de son ami. Je respectais le fait qu'il ne semblait pas être du genre à révéler ses secrets.

— J'apprends juste à connaître notre nouvelle voisine, en agissant en bon voisin, précisa Brayden, en nous regardant tour à tour. Mais je ne m'étais pas rendu compte que vous vous connaissiez déjà.

— Oui, en fait, on s'est parlé quelques fois, lui apprit Owen. N'est-ce pas, Devyn ?

Je me raclai la gorge.

— Owen m'a aidée quand j'ai eu un problème avec mon frère et ma sœur, finis-je par expliquer. Ils se sont attiré des ennuis. Owen a fait en sorte que son père tire quelques ficelles.

Brayden ricana.

— C'est très gentil de ta part, Owen. Je suis sûr que tes intentions étaient parfaitement innocentes.

Owen avait l'air d'avoir envie de le tuer. La testosté-rone dans l'air était irrespirable, et il avait l'air particu-lièrement jaloux. Raison de plus pour créer une barrière entre lui et moi. Même si la façon dont mon corps réagis-sait à sa présence était une raison encore plus suffisante.

J'avalai une grande gorgée de ma boisson, jusqu'à ce que mon verre soit presque vide, puis je le posai sur une table basse.

— Il faut vraiment que j'y aille. Mon frère et ma sœur vont bientôt rentrer, et il faut que je commence à préparer le dîner. Ça m'a fait plaisir de faire ta connaissance, Brayden, déclarai-je, avant de me tourner vers Owen. Et c'est toujours un plaisir de te voir. Je vous souhaite de passer une très bonne fin de journée.

Je me retournai et partis presque en courant, en fuyant encore une fois Owen. Il n'essaya pas de m'arrêter, et je lui en étais reconnaissante.

De retour chez moi, je m'occupai en cuisine. Cependant, alors que je remuais de la sauce tomate sur le feu, je n'arrêtais pas de penser à la petite fête chez Billie. Ils formaient une bande si soudée. Je n'avais jamais fait partie d'un groupe d'amis comme celui-ci. Je n'avais jamais eu non plus le sens de la famille à cause des décisions de ma mère et du fait d'avoir été séparée de Heath et Hannah pendant tant d'années. J'avais toujours dû me débrouiller seule, alors je savais qu'avoir quelqu'un sur qui se reposer était un cadeau merveilleux. Mia était probablement ma seule véritable amie. Et, évidemment, elle habitait en Californie. Il était plus que temps que je lui raconte ce qui s'était passé après ma rencontre avec Owen... Plus vite je pourrais retrouver ma vie à Los Angeles, mieux ce serait. Mais puisque ma mère avait disparu, je me demandais si les choses reviendraient un jour à la normale. Plus le temps passait, plus j'avais l'impression que j'allais devoir ramener mon frère et ma sœur avec moi en Californie.

La porte s'ouvrit, interrompant le fil de mes pensées, et les enfants entrèrent en trombe.

— Comment ça s'est passé ? leur demandai-je.

— C'était nul, répondit Heath en retirant ses chaussures. J'étais le plus âgé.

— Nul, c'est mieux que de s'attirer des ennuis, répliquai-je, avant de me tourner vers Hannah. Comment s'est passé ton cours d'art ?

— J'ai peint une girafe, et elle ressemble à un gros pénis poilu.

— Elle est où ? ricanai-je.

— Je l'ai déposée devant la porte d'Owen pour le remercier d'avoir aidé Heath.

Génial. Je ne trouvai rien à dire.

— Allez vous laver avant de dîner. C'est presque prêt.

Alors que nous nous installâmes pour manger un peu plus tard, Heath n'arrêtait pas de jeter des coups d'œil à son téléphone.

— Pose ce truc pendant le repas, le réprimandai-je.

— Je ne peux pas.

— Pardon ?

— Il faut que je regarde. Ça n'arrête pas de monter.

— Qu'est-ce qui monte ?

— Le nombre de vues et de commentaires sur la vidéo que j'ai postée d'Owen qui découvre le mannequin dans l'ascenseur en pensant que c'est un cadavre.

Je récupérai le portable et vérifiai ses réseaux sociaux.

Quatre millions de vues.

CHAPITRE 5

— Hé ! Retiens l'ascenseur !

Je trottinai en direction des portes qui se refermaient. Holden était déjà à l'intérieur, et il appuya sur le bouton, faisant s'ouvrir de nouveau la cabine, juste au moment où je traversai l'entrée.

— Merci.

— Pas de souci, acquiesça-t-il. Tu rentres seulement du travail ?

— Oui. Longue journée. Et on n'est que mercredi.

J'appuyai sur le bouton du deuxième étage, mais je remarquai que celui du quatrième était allumé, et non celui du troisième, où se trouvait l'appartement de Holden.

— Tu vas au quatrième ou tu n'as pas encore appuyé sur le trois ?

Il leva sa boîte à outils.

— Je dois changer un pommeau de douche avant de terminer ma journée. J'ai dit à Devyn que je m'en chargerais ce soir pour que les enfants puissent se doucher avant l'école demain matin.

Mon pouls accéléra en entendant son nom.

— Devyn, hein ?

Holden arqua un sourcil.

— C'était un peu tendu entre Brayden et toi l'autre jour, pendant la séance photo chez Billie.

Je passai une main dans mes cheveux.

— Cet enfoiré drague tout ce qui bouge.

— Ne t'en fais pas. J'ai l'impression qu'il a compris quand tu lui as grogné dessus.

— Je n'ai pas grogné.

Holden sourit.

— Tu as clairement marqué ton territoire, mec.

— Je devrais lui parler, lui dire qu'il s'est passé quelque chose entre Devyn et moi, soupirai-je.

— C'est une bonne idée. À sa place, j'aimerais le savoir. Il ne la draguerait pas s'il savait qu'elle t'intéresse.

— C'est vrai, admis-je en secouant la tête. Même si être intéressé ne me mène nulle part. Devyn ne veut rien avoir à faire avec moi.

— Ça craint. Désolé, mec.

— Je ne sais pas ce qu'il y a chez cette femme, mais je n'arrête pas de penser à elle.

— Oh là. C'est énorme venant de toi. Ça fait un moment que personne n'avait attiré ton attention.

— Je sais. Et, évidemment, il fallait que je choisisse quelqu'un encore plus renfermé que moi.

— C'est quoi son problème ? Est-ce qu'elle a un petit ami là où elle habite ?

Je haussai les épaules.

— Tu en sais probablement autant que moi. On a passé une super soirée ensemble. Ensuite, elle a disparu avant que je puisse avoir son numéro, et maintenant, chaque fois que je m'approche d'elle, soit elle me claque la porte au nez, soit elle file avant que je puisse prononcer plus d'une ou deux phrases. La seule raison pour laquelle je suis au courant de sa situation, c'est parce que le gamin, Heath, m'a parlé la dernière fois.

Les portes s'ouvrirent à mon étage. J'avais travaillé treize heures aujourd'hui et j'avais hâte de retirer ce costume, mais...

Je regardai Holden.

— Tu veux bien que j'aille changer ce pommeau de douche ?

— Évidemment, accepta-t-il avec un grand sourire.

Il me tendit la boîte à outils et appuya sur le bouton de son étage.

— Bonne chance, mon pote. On dirait que tu vas en avoir besoin.

Il me fit au revoir de la main en sortant de l'ascenseur. Lorsque les portes s'ouvrirent de nouveau, je traversai le couloir du quatrième étage. Ça m'avait semblé être une bonne idée, mais une fois devant la porte de Devyn, la boîte à outils et le pommeau de douche à la main, je me mis à douter.

C'est une mauvaise idée.

Combien de fois tu vas devoir te faire rejeter avant de comprendre le message, Dawson ?

Après quelques minutes, je m'apprêtais à faire demi-tour, mais je m'arrêtai quand la porte s'ouvrit brusquement.

— Owen ? Qu'est-ce que tu fais là ? demanda Devyn.

— Euh... bafouillai-je en levant le matériel que j'avais apporté. Je suis venu réparer ta salle de bains.

— Je croyais que Holden s'en chargerait.

— Il, euh... doit s'occuper du bébé ce soir. On se relaie tous pour le laisser profiter dès qu'on le peut, étant donné qu'il n'a pas pris de congé paternité officiel.

— Pourquoi tu es resté là si longtemps ? Pourquoi tu n'as pas frappé ?

Mince.

— J'essayais de me souvenir si j'avais la bonne clé dans la boîte à outils.

Elle plissa les yeux.

— Mmm mmh...

— Comment tu sais que j'étais là ?

— J'ai entendu du bruit, alors j'ai regardé par le judas en pensant que c'était mon frère ou ma sœur. Tu as fixé ma porte pendant presque cinq minutes.

— Si tu m'as vu, pourquoi tu n'as pas ouvert la porte ?

Elle haussa les épaules.

— J'étais curieuse de voir combien de temps tu allais attendre avant de frapper.

— Eh bien, est-ce que tu vas m'inviter à entrer pour que je puisse réparer ton pommeau de douche, ou est-ce que tu vas me laisser là pour t'amuser un peu plus longtemps ?

Le coin de ses lèvres s'étira, mais elle recula de quelques pas et ouvrit grand la porte pour me laisser entrer.

— Merci, soufflai-je en passant devant elle.

L'appartement était silencieux. Je posai le matériel sur le comptoir de la cuisine et jetai un coup d'œil autour de moi.

— Où sont Tic et Tac ?

— Ils sont restés à l'école après les cours.

— *Volontairement ?*

Devyn ferma la porte en riant.

— Je me suis aussi posé la question. Je me suis dit qu'ils devaient avoir des heures de colle, mais Hannah voulait passer des essais pour une activité, et apparemment,

Heath craque sur une fille qui passe aussi les essais. Ils m'ont promis de rentrer ensemble juste après.

Je hochai la tête.

— Heath semble être un bon gamin quand il baisse la garde.

— Euuuh… tu vas peut-être changer d'avis une fois que je t'aurais appris qu'il a posté sur les réseaux la vidéo où tu cours pour sauver un mannequin dans l'ascenseur. À ce qu'il paraît, elle est devenue virale.

— J'aurais dû lui dire d'identifier mon agence immobilière pour en tirer quelque chose, au lieu de passer seulement pour un idiot, répondis-je en secouant la tête.

Devyn sourit.

— En parlant de travail, est-ce que tu vas changer le pommeau de douche en costume ?

J'inclinai la tête.

— Es-tu en train de suggérer que je retire mes vêtements, Devyn ?

— Non, répliqua-t-elle en rougissant. C'est juste que je ne voudrais pas que tu te salisses.

— Mmm mmh.

Elle leva les yeux au ciel.

— Viens. Laisse-moi te montrer ce qui se passe.

Je la suivis dans la salle de bains. Celle-ci était un peu petite pour deux personnes, ce que j'appréciai. Je retirai ma veste et la lui tendis.

— Tu veux bien accrocher ça au crochet derrière la porte pour moi, s'il te plaît ?

— Bien sûr.

Je montai dans la baignoire et relevai mes manches.

— Alors, qu'est-ce qui se passe quand tu t'en sers ?

— L'eau part dans cinq directions différentes, partout sauf vers le bas, et tout le sol est trempé.

Je me penchai vers la boîte à outils posée sur la vasque. Lorsque je l'ouvris, je sentis l'odeur du parfum de Devyn près de moi.

— Est-ce que tu portes du Baccarat Rouge ?

Elle cligna plusieurs fois des yeux.

— Oui, mais comment tu sais ça ?

Après la soirée que nous avions passée ensemble, j'avais passé deux heures au rayon des parfums pour essayer de retrouver le sien. Je l'aurais probablement aussi acheté s'il n'avait pas coûté trois cent cinquante dollars.

Je haussai les épaules.

— Une collègue de travail le porte.

— Oh.

Je lui jetai un coup d'œil en prenant une clé anglaise dans la boîte à outils.

— Il est plutôt cher.

— Ah bon ? C'était un cadeau.

Je ne pus m'empêcher de me demander qui lui offrait du parfum. Mais plutôt que de prendre des risques en lui posant la question, je gardai le silence et me concentrai sur le pommeau de douche à retirer. Ce n'était pas si serré, alors il ne me fallut que quelques tours de clé, mais au moment où je l'enlevai, de l'eau jaillit partout.

— *Putain.* C'est quoi ce bordel ?

— Qu'est-ce que je dois faire ? s'écria Devyn.

— Rien, décale-toi pour que je puisse regarder sous l'évier.

Je descendis de la baignoire, ouvris le placard, et tendis ma main à l'intérieur pour fermer le robinet d'arrivée d'eau. Le jet s'arrêta de couler, mais j'avais déjà eu droit à une douche gratuite. Une douche glacée. Je secouai mes mains trempées.

— Il ne devrait pas y avoir d'eau dans le pommeau quand le robinet n'est pas ouvert. La colonne de douche doit être cassée aussi.

— Quelle partie de la colonne ?

— La totalité, expliquai-je en pointant l'objet du doigt.

— Oh, réagit Devyn en mordillant sa lèvre. Je crois que j'aurais dû parler du fait que le robinet d'eau froide tourne dans le vide. On doit utiliser une pince pour ouvrir et couper l'eau. Je n'en ai pas parlé à Holden parce que les enfants l'ont cassé. Heath faisait une vidéo.

Je fronçai les sourcils.

— Eh bien, je peux remplacer le pommeau de douche et voir ce qui se passe quand je remets l'eau, mais le magasin de matériel de plomberie ferme à dix-huit heures, alors je ne pourrai pas changer la colonne avant demain.

— Fais comme tu peux, répondit-elle en m'observant de haut en bas. Ta chemise est trempée. Laisse-moi regarder si je trouve quelque chose pour que tu puisses te changer.

— Je suis quasiment sûr de ne pas rentrer dans tes vêtements.

— Je reviens.

Je retirai ma chemise pendant que Devyn se rendit dans sa chambre. Le T-shirt que je portais en dessous n'était pas aussi mouillé, mais il avait commencé à absorber l'eau de la première couche.

Devyn revint avec un T-shirt gris plié.

— Ça devrait t'aller.

Je le pris et le dépliai. C'était un haut de running Nike en polyester en taille extra large.

— Ça ne peut pas être à toi.

— Ce n'est pas le cas, confirma-t-elle.

— C'est à qui ?

Elle pinça ses lèvres.

— Euuh… à un ami.

— Et tu l'as pris *par hasard* avec toi à New York ? demandai-je en fronçant les sourcils.

— J'aime dormir avec parfois.

Il était hors de question que j'enfile le T-shirt d'un autre homme – *d'un homme dont elle aimait porter les vêtements pour dormir*. C'était pire que lorsqu'une femme nous volait notre sweat à capuche.

— Non merci, refusai-je en secouant la tête.

— Pourquoi ? Je pense que ça t'ira.

— J'en suis certain, mais je ne porterai pas le T-shirt d'un homme que tu apprécies au point de porter ses fringues pour dormir.

Devyn secoua la tête.

— Tu préfères rester dans un T-shirt mouillé ?

— Absolument.

Elle leva les yeux au ciel.

— Comme tu veux. Je vais mettre ta chemise dans le sèche-linge.

Il me fallut moins d'une demi-heure pour changer le pommeau de douche. Après avoir terminé, tout fonctionnait, même si ça ne résolvait pas le problème du robinet d'eau froide qui tournait dans le vide.

— Vous allez devoir vous servir de la pince encore demain, mais j'irai acheter une nouvelle colonne de douche en rentrant du bureau.

— D'accord. Merci.

Je rangeai mes outils et jetai le reste à la poubelle.

— Tu veux de l'eau ou quelque chose à boire ? me proposa Devyn.

Même si j'étais encore en train de me tracasser au sujet du stupide T-shirt qu'elle avait essayé de me donner, je ne voulais pas déjà partir.

— Pourquoi pas. Je te remercie.

Mais une fois à la cuisine, le fichu T-shirt était plié sur le comptoir. Je n'arrêtai pas d'y jeter des coups d'œil en buvant ma bouteille d'eau. Devyn suivit mon regard. Lorsque nos yeux se croisèrent de nouveau, je ne pus me retenir plus longtemps.

— Qu'est-ce qui se passe, Devyn ? Tu es mariée ou quoi ?

Elle sembla offensée.

— Bon sang, non. Je n'aurais pas couché avec toi si c'était le cas.

— Alors à qui est ce T-shirt ? À ton petit ami ?

— Pas vraiment.

— Un ex ?

Elle soupira.

— Je ne sais pas comment appeler ma relation avec Robert.

— Robert ?

— C'est un homme que je vois depuis quelques années. Je pense qu'on pourrait dire que c'est une relation occasionnelle.

— C'est ce que tu recherches ? Une relation occasionnelle ?

Elle haussa les épaules.

— Je ne sais pas. Robert est un acteur. Je suis directrice de casting. C'est comme ça qu'on s'est rencontrés. Mais c'était avant qu'il devienne célèbre. Maintenant, il est très occupé et il voyage pour tourner des films.

— Il a joué dans quoi ?

Devyn détourna le regard.

— Je ne devrais pas le dire. Il aime garder sa vie privée, y compris notre relation.

Si on me demandait mon avis, ce Robert avait l'air d'être un imbécile. À sa place, j'aimerais que tous les hommes de la Terre sachent que cette femme était à moi. Pourtant je gardai le silence encore une fois, et je finis le reste de mon eau.

— Directrice de casting, hein ? Est-ce que ça veut dire que tu choisis quels acteurs décrochent les rôles ?

— Pas exactement, mais je prends part à la décision. Je collabore avec des producteurs et des réalisateurs pour trouver le meilleur talent pour chaque rôle. Mais ce sont eux qui ont le dernier mot.

Je hochai la tête.

— Ça a l'air cool. Comment tu t'es lancée dans ce métier ?

— Je suis passionnée de cinéma depuis que je suis petite. J'ai toujours su en quelque sorte que je voulais travailler dans ce milieu. Je ne suis pas à l'aise devant la caméra, alors je suis allée à la fac pour devenir scénariste. J'ai fait un stage pour un producteur qui fait beaucoup d'adaptations de romans. Il était en plein tournage d'un projet et il était en train d'en adapter deux autres. L'actrice d'un des seconds rôles a dû abandonner le tournage, et je lui ai dit que je pensais qu'une actrice peu connue serait une bonne remplaçante. Le producteur n'avait encore jamais entendu parler d'elle, mais il a fini par regarder son travail et par l'engager. Après ça, il m'a demandé quels acteurs j'aurais choisis pour un autre scénario qu'il venait d'acquérir. Il a aimé toutes mes recommandations, et il m'a suggéré de faire un stage dans une agence de casting pour voir si cette carrière m'intéresserait. Je n'ai jamais regardé en arrière après ça. Cinq ans plus tard, j'ai ouvert ma propre société, et ce producteur a été mon premier gros client.

— Waouh, c'est une super histoire. Tu dois être très douée dans ce que tu fais.

Devyn sourit.

— J'aime à penser que c'est le cas. En tout cas, j'adore mon métier.

— Alors tu travailles à distance pendant ton séjour ici ?

— Oui, mais ce n'est pas l'idéal, précisa-t-elle. Il faut vraiment que je sois accessible pour mes clients. Les gens à Los Angeles aiment prendre des déjeuners et organiser des rendez-vous pour faire avancer les choses, et pas passer par des appels vidéo.

— Tu prévois de rester combien de temps à New York ?

Elle poussa un grand soupir.

— Je n'en ai aucune idée. Il faut vraiment que les enfants terminent leur année scolaire, ce qui représente encore deux mois. Je ne veux pas les faire changer d'établissement en plein semestre. Dieu sait que j'ai dû le faire un paquet de fois quand j'étais petite, et je détestais ça. Mais si Vera n'est pas de retour avant la fin de l'année scolaire, je crois que je vais devoir les faire venir avec moi en Californie. Je ne veux pas les faire déménager encore une fois. Ça fait maintenant quatre ans qu'ils sont à New York, et ils n'étaient encore jamais restés aussi longtemps dans le même État. C'est difficile de déménager et de changer d'école, peu importe notre âge, mais ce n'est vraiment pas simple quand on est au lycée. Les enfants forment leurs groupes d'amis, et ce n'est pas aussi facile que lorsqu'on est petits de s'en faire de nouveaux.

J'avais le même groupe d'amis depuis la maternelle, mais elle avait sûrement raison.

— Est-ce que tu as une idée de l'endroit où ta mère pourrait être ?

— Non, aucune.

— Heath a mentionné le fait que c'était lui qui t'avait appelée. Alors elle est partie sans même savoir qui allait s'occuper d'eux ?

Devyn acquiesça.

— Malheureusement, c'est normal pour elle. Selon Vera, une fois qu'on a plus de dix ans, on peut se débrouiller seul.

La porte d'entrée s'ouvrit brusquement. Hannah entra la première, et Heath était juste derrière elle et portait une pizza.

— J'ai trouvé un travail! annonça-t-il.

— Un travail? répéta Devyn en fronçant les sourcils. Où ça? Tu n'as que quinze ans.

— À la pizzeria en bas de la rue.

— Pour faire quoi?

— Je débarrasse les tables, je prépare les boîtes et d'autres trucs.

Heath me fit un signe de tête.

— Quoi de neuf, Rubber Ranger?

J'inclinai la tête.

— Rubber Ranger?

— C'est votre nouveau nom de super-héros, puisque vous avez sauvé Judy, répondit-il avec un sourire en coin.

Je supposai que Judy était le mannequin qu'il avait volé.

— C'est mignon que tu donnes un nom à tes poupées avant d'en faire tes petites amies.

Heath se mit à rire, et il jeta la boîte à pizza sur la table.

— Venez manger. Le gérant m'a offert une pizza gratuite quand il m'a engagé.

— J'ai préparé du poulet avec du brocoli, répliqua Devyn.

Hannah fronça le nez.

— Encore?

— Je suis désolée si mon menu n'est pas aussi varié que tu l'aimerais.

— On ne peut pas juste manger la pizza? proposa Hannah en faisant la moue. Elle sent trop bon. On pourra manger du poulet ennuyeux demain.

Devyn secoua la tête, d'un air frustré.

— Très bien. Mais vous mangerez le poulet demain.

Heath ouvrit la boîte.

— Vous voulez une part, Rubber Ranger?

Je jetai un coup d'œil à Devyn, qui avait l'air d'hésiter. Et puis merde. Je n'avais pas mangé, et j'étais déjà resté bien plus longtemps que nécessaire. Alors pourquoi pas rester un peu plus?

— Avec plaisir, acceptai-je en haussant les épaules. Ça sent bon.

La dynamique entre les trois était intéressante à observer pendant le repas. Devyn avait plus l'air d'être une mère pour Tic et Tac qu'une sœur.

— Comment se sont passés les essais, Hannah? demanda-t-elle.

— Bien, je crois, répondit l'adolescente en haussant les épaules.

— C'était la meilleure du groupe, répliqua Heath. À part Daisy, évidemment.

Hannah leva les yeux au ciel.

— Daisy ne chante même pas si bien que ça. Elle est juste belle et elle a de gros seins.

J'essuyai le gras sur mes mains avec une serviette en papier.

— Tu as passé des essais pour quoi, Hannah?

— *PS Idol.* C'est *American Idol* revisité par mon école débile.

— Tu chantes? m'enquis-je.

— Hannah est une chanteuse incroyable, affirma Devyn en souriant. Elle joue aussi de la guitare et de la batterie. Elle aimerait aller à Juilliard plus tard.

— Vraiment ? C'est super. J'ai toujours rêvé de savoir chanter. Mon ami Holden est batteur, mais il a aussi une belle voix. Il vit dans cet immeuble. Peut-être que tu l'as déjà vu dans le coin.

Hannah s'empourpra.

— Oh, elle l'a déjà vu en effet, confirma Heath.

Il joignit ses mains comme pour prier, avant de les coller à sa joue.

— *Holden le beau gosse*, ajouta-t-il avec une voix aiguë.

Hannah se leva et jeta sa serviette sur la table.

— Tu n'es vraiment qu'un crétin, Heath.

— Au moins, je ne suis pas amoureux d'un cinquantenaire.

Puisque Holden et moi avions le même âge, je pris mal ce commentaire.

— Hé, calme-toi. Holden n'a que trente ans.

— C'est la même chose, déclara Heath en haussant les épaules.

Hannah se précipita dans sa chambre.

— Tu es obligé de tout le temps embêter ta sœur ? demanda Devyn.

— Quoi ? C'est la vérité. Elle est amoureuse de ce type. La dernière fois, elle a trébuché quand elle l'a vu dans l'entrée.

Devyn secoua la tête.

— Contente-toi d'aller faire tes devoirs, Heath.

Après son départ, je ramassai les assiettes en carton et les jetai à la poubelle.

— Alors, Hannah a un petit coup de cœur ?

— Apparemment.

Je secouai la tête.

— Qu'elles aient treize ou trente ans, les femmes ne peuvent s'empêcher d'aimer ce type. Holden est un aimant à filles. Depuis toujours.

— Je comprends pourquoi. Il a quelque chose de spécial.

Une vague de jalousie me submergea.

— Ah oui ? Toi aussi tu craques pour lui ?

— Moi ? Non, ce n'est pas mon genre, répondit-elle en secouant la tête. Mais ça ne veut pas dire que je ne peux pas voir qu'il a du charme. Il a ce côté musicien un peu froid que les femmes adorent, surtout les jeunes filles comme Hannah.

Je passai mon pouce sur ma lèvre inférieure.

— Il n'est pas ton genre, hein ? Alors quel est le tien, exactement ?

Elle posa les yeux sur mes lèvres l'espace d'un instant, avant de détourner le regard.

— Je n'ai pas de genre en particulier, mais il se fait tard, alors...

— Alors... n'oublie pas de fermer la porte derrière toi ?

— Je ne voulais pas...

Je levai une main.

— Ce n'est rien. J'ai compris le message.

Je récupérai ma boîte à outils et Devyn me suivit jusqu'à la porte. Toutefois, je m'arrêtai après l'avoir ouverte.

— Je peux te poser une question ?

— Quoi donc ?

— Tu as dit que ta relation avec cet acteur est occasionnelle, c'est ça ?

— Oui.

— Est-ce que ça vient de moi, alors ? Est-ce que tu n'as pas apprécié notre soirée ensemble ?

Devyn se décomposa.

— Oh, bon sang, non. La soirée qu'on a passée ensemble était géniale. Ça n'a rien à voir avec toi, Owen. C'est juste que ma vie est déjà assez compliquée sans que je sorte avec quelqu'un pendant mon séjour ici. Je ne resterai pas longtemps.

Je hochai la tête. Elle avait beaucoup de choses à gérer.

— D'accord. Je comprends.

— Vraiment ?

— Bien sûr.

Je me penchai pour l'embrasser sur la joue, et je lui fis un clin d'œil.

— Mais ça ne m'empêchera pas d'essayer.

CHAPITRE 6

Devyn

Une semaine s'écoula sans que je croise Owen, et sans qu'il prenne de mes nouvelles. J'étais partagée, mais surtout soulagée. Parce que chaque fois que j'étais près de lui, j'envisageais d'arrêter de le repousser. Ses yeux, son odeur, sa façon de me regarder, et les souvenirs de notre soirée passée ensemble étaient difficiles à contenir quand il était juste en face de moi.

La fenêtre à côté du petit bureau dans le salon offrait une vue parfaite sur la rue devant l'immeuble. Heath et Hannah venaient de partir à l'école, et tout était silencieux. Je ne pouvais m'empêcher de jeter des coups d'œil à l'extérieur de temps en temps pour voir si je repérais Owen. Je ne savais pas vraiment à quelle heure il partait au travail en général, mais j'étais quasiment sûre qu'il était déjà parti étant donné qu'il était plus de neuf heures du matin. Toutefois, ça ne m'empêcha pas de regarder occasionnellement, dans l'espoir de pouvoir observer sans honte cet homme sans qu'il le sache.

Je parvins à repérer Billie qui revenait vers l'immeuble avec un café à la main. Ses longs cheveux noirs se balançaient dans le vent. Elle ne m'avait pas reparlé depuis le jour de notre rencontre, alors même qu'elle avait évoqué l'idée d'un déjeuner ensemble. Ça ne faisait pas si longtemps que ça, mais je me demandais si je devais faire le premier pas. Ça ne me ressemblait pas. Et mon instinct me disait de ne pas insister pour commencer une amitié qui serait quoi qu'il arrive de courte durée. J'étais venue ici pour des raisons familiales, et non pas pour le plaisir – même si le plaisir était une chose qui n'avait pas manqué lors de ma rencontre avec Owen.

Mon téléphone sonna, mettant un terme à ma séance d'observation. Le nom de Robert s'afficha sur l'écran. Je pris une grande inspiration avant de décrocher.

— Tu t'es levé tôt...

— Salut, ma belle. En fait, je n'ai pas encore dormi.

— Ah. J'aurais dû m'en douter.

— Comment ça se passe de ton côté ? demanda-t-il.

— J'ai été... occupée.

— Ah oui ? Pourquoi ?

Pourquoi ?

— Eh bien, pour commencer, m'occuper de mon frère et ma sœur n'est pas de tout repos, et...

— Il faut que tu rentres, Devyn, m'interrompit-il. Ils ont avancé la date de début du tournage en Italie. Je pars dans moins de trois semaines, et je ne serai pas de retour aux États-Unis avant quatre mois.

Il est sérieux ?

— Pourquoi tu ne viens pas à New York ?

— J'ai des événements presse presque tous les jours ici, à L.A. Laisse-moi t'offrir un billet d'avion. Tu n'es pas obligée de rester longtemps.

C'était encore un exemple qui montrait à quel point Robert était égocentrique.

— Je ne peux pas simplement laisser Heath et Hannah tout seuls pour venir m'envoyer en l'air avec toi pendant trois jours.

— Ta mère a le droit de les laisser en permanence, mais tu ne peux pas les laisser pendant trois jours ?

Ma mâchoire se décrocha.

— Est-ce que c'est censé être de l'humour ?

— D'accord, je suis désolé. Ce n'était pas drôle, répondit-il, avant de marquer une pause. Et si tu venais avec eux ? Je pourrais leur offrir leurs billets.

— Ils vont à l'école, Robert ! m'écriai-je en jetant mon stylo. Et je n'arrive même pas à les maîtriser ici, dans leur propre environnement. Je ne peux certainement pas leur faire confiance à Los Angeles. Il faudrait que je garde un œil sur eux en permanence, et ça va à l'encontre de la raison pour laquelle tu veux me faire venir.

Je secouai la tête.

— Je suis désolée. Ça ne va pas le faire.

— Qu'est-ce qui ne va pas le faire ? Ton voyage ici... ou notre histoire ?

Les deux.

Je crois ?

— Qu'est-ce qu'il y a entre nous, Robert ? On n'est pas en couple. On n'est même pas vraiment amis.

Il soupira.

— Tu comptes pour moi, Devyn. Je sais que je suis très occupé, mais je veux que tu fasses partie de ma vie.

— Tu as toujours voulu avoir le beurre et l'argent du beurre. Mais j'ai ma propre vie et des responsabilités que tu ne comprends visiblement pas.

— Je crois que tu as raison, souffla-t-il. Eh bien, j'aurais essayé. Et je ne voulais pas te mettre dans tous tes états – du moins pas de cette façon-là. Si tu changes d'avis, tiens-moi au courant. Je réserverai les billets.

Je poussai un soupir frustré.

— Je suis désolée. Ça n'arrivera pas.

— Je suis désolé aussi, soupira-t-il.

Après avoir raccroché, mon humeur se décomposa. J'étais en colère contre moi-même d'avoir gâché tant de temps à m'enticher d'un homme qui n'essayait même pas de comprendre ma situation actuelle.

L'une des choses positives à propos de ma venue à New York, c'était la distance et la lucidité que ça m'apportait sur les choses de ma vie qui pesaient sur mes épaules depuis si longtemps. Robert était certainement en haut de cette liste.

Plutôt que de continuer à ruminer au sujet de cet appel, je décidai un peu plus tard d'aller me promener pour prendre un peu l'air.

Alors que j'approchais de l'immeuble sur le chemin du retour, une berline s'arrêta devant. À ma grande surprise, Owen en sortit. Mon cœur s'emballa. Il n'était pas seul. Une belle et grande femme sortit du véhicule juste après lui. J'eus la nausée au moment où elle enroula ses bras autour de lui pour l'étreindre. Elle retourna ensuite à l'intérieur et la voiture s'éloigna.

Je ravalai ma jalousie et envisageai de me faufiler dans l'immeuble avant qu'Owen puisse me repérer, mais ses yeux se posèrent sur moi avant que je puisse faire quoi que ce soit.

— Salut, toi, lança-t-il en souriant.

Il était magnifique dans sa chemise bleue aux manches relevées, qui épousait parfaitement ses épaules carrées. Son pantalon bleu marine et ses chaussures marron brillantes complétaient sa tenue. Lorsqu'il retira ses lunettes de soleil, ce dernier éclaira ses yeux d'un sublime bleu vert.

— Comment s'est passé ton rencard ? demandai-je en sentant un goût amer non justifié dans ma bouche.

— Mon rencard ? répéta-t-il en riant. En fait, il s'est *très bien* passé.

J'acquiesçai en luttant contre mon envie urgente de m'enfuir.

— C'est super.

— C'était un rendez-vous de *travail*, clarifia-t-il. J'ai emmené ma *cliente* visiter quelques propriétés. Elle a demandé à son chauffeur de me déposer juste après.

— Oh, soufflai-je en baissant les yeux pour cacher mon soulagement. Eh bien, elle était très belle. J'ai juste pensé que...

— Carolyn est mariée, et son mari est un ami à moi. Ils cherchent à acheter un appartement plus grand en ville.

— Ah.

Je rougis de honte.

— J'aurais pu retourner au bureau, mais j'ai laissé mon ordinateur portable ici, alors je suis passé le chercher avant de retourner au travail, expliqua-t-il, avant d'incliner la tête. Qu'est-ce que tu faisais ?

— Je me baladais juste un peu avant de travailler. J'essaie de profiter au maximum de mon temps libre quand les enfants sont à l'école.

Owen vérifia son téléphone.

— C'est presque l'heure du déjeuner. Je sais que tu préfères ne pas passer de temps avec moi à des fins récréatives, mais est-ce que tu voudrais aller manger un morceau ?

Je mordillai ma lèvre.

— Je ne sais pas, Owen…

— On serait juste deux voisins partageant un repas, Devyn. Rien de plus, ajouta-t-il en riant. On ne risque pas grand-chose en étant en public, pas vrai ?

— D'accord, pourquoi pas, acceptai-je en mettant mes réserves de côté.

Owen monta rapidement récupérer son ordinateur, et je choisis de l'attendre ici.

Lorsqu'il revint, il proposa un restaurant qu'il aimait bien et qui ne se trouvait qu'à quelques rues de là, en direction de son bureau.

Cependant, quand nous arrivâmes, je me rendis compte que c'était bien trop luxueux pour la tenue que je portais, à savoir une robe T-shirt et des Converse.

— C'est ce que tu appelles un simple déjeuner ?

— Il se peut que je sois un peu blasé, avoua Owen. J'ai l'habitude de régaler mes clients, donc j'ai tendance à fréquenter des endroits de ce genre.

— Eh bien, c'est très gentil, mais je ne suis pas habillée pour l'occasion. Si j'avais su, je me serais changée.

Owen m'inspecta, ce qui me donna des frissons.

— Tu es parfaite. En plus, je connais le gérant, alors si quelqu'un essaie de te mettre dehors, je n'aurai qu'à l'appeler. À moins que ça te dérange vraiment ? Je ne voulais pas te mettre mal à l'aise.

J'observai mes vêtements. Bon, ce n'était pas si horrible.

— Non, ça ira, soupirai-je.

Heureusement, l'hôtesse ne prêta pas du tout attention à ma tenue. Son visage s'éclaira lorsqu'elle aperçut Owen, et elle nous installa à une table dans un coin, malgré le fait que nous n'avions pas de réservation.

Owen tira ma chaise. Visiblement, la galanterie existait encore dans ce monde. Je ne me rappelais pas la dernière fois où Robert avait fait ce genre de geste pour moi.

Il s'installa en face de moi.

— Alors, comment s'est passée ta journée, mis à part le déjeuner surprise en ma compagnie ?

— Plutôt basique. J'ai travaillé un peu, et ensuite j'ai eu besoin d'aller marcher pour déstresser. On s'est croisés au moment où je rentrais.

— Alors, tu es en train de dire que je suis la *meilleure* partie de ta journée pour le moment...

Il me fit un clin d'œil.

— Peut-être, répondis-je en souriant.

— Qu'est-ce qui t'a stressée ? demanda-t-il en prenant un air sérieux.

J'hésitai.

— Quelqu'un m'a énervée au téléphone.

— Est-ce que c'était Mia ?

J'avais presque oublié qu'il avait parlé à ma meilleure amie le soir où il avait trouvé mon téléphone.

— Non, pas du tout.

— Est-ce que c'était un homme ? m'interrogea-t-il en arquant un sourcil.

Je déglutis.

— Oui.

— Est-ce que c'est le type dont tu m'as proposé le T-shirt l'autre soir ?

J'acquiesçai.

— C'est l'acteur dont tu m'as parlé...

— Oui, confirmai-je en soufflant dans mes cheveux.

— Est-ce qu'il est aussi l'homme dont Mia a dit que tu étais amoureuse ?

J'écarquillai les yeux.

— Elle a dit ça ?

Je pourrais la tuer.

— En effet.

Owen sourit d'un air coupable, avant de boire une gorgée de son eau.

— Eh bien, elle exagère. Ce n'est pas de l'amour. Peut-être une amourette qui a duré bien trop longtemps, expliquai-je en plissant les yeux. Mia a dit autre chose ?

— Elle m'en a assez dit pour que je sache que peu importe le nombre de verres que tu boiras pendant le déjeuner, tu n'iras pas aux toilettes ici, m'apprit-il en remuant les sourcils.

— Argh. Je vais l'étrangler.

Je me mis à rire.

— J'ai un peu peur des toilettes publiques, en effet.

— Je comprends. Je ne te juge pas, m'assura-t-il en riant.

Une serveuse vint prendre nos commandes, mais nous n'avions même pas encore regardé le menu, alors nous arrêtâmes notre conversation pour prendre le temps de consulter les spécialités. J'optai pour le saumon sauvage aux câpres, tandis qu'Owen choisit l'espadon.

Une fois de nouveau seuls, il déplia sa serviette et la posa sur ses cuisses.

— Alors, qu'est-ce que cet *ami* t'a dit pour t'énerver ?

Apparemment, il ne va pas lâcher l'affaire.

— Il veut que je vienne en Californie pour le voir avant qu'il soit obligé de partir pour l'Italie. Il ne lui reste que quelques semaines ici avant de partir en tournage pendant quatre mois.

— Pourquoi il te ferait venir maintenant ? Il ne sait pas pourquoi tu es là ?

Eh bien, ça confirme ce que je pense.

— Il sait pourquoi je suis là, mais malheureusement, il est narcissique, donc...

Owen secoua la tête.

— Pourquoi tu perds ton temps avec un type comme lui ?

— Les vieilles habitudes peuvent être difficiles à perdre. Parfois, on garde des personnes toxiques dans notre entourage sans raison valable. Ce n'est pas quelqu'un de méchant, il est juste happé par la célébrité. Il n'a pas toujours été comme ça, et c'est probablement pour ça que j'ai du mal à lâcher l'affaire. Je me souviens de celui qu'il était avant.

— Mais tu as dit que ce n'était pas ton petit ami.

— Non, clarifiai-je. Il ne l'a jamais été. En fait, il a été photographié avec d'autres femmes de nombreuses fois, donc s'il était mon petit ami, on aurait un gros problème.

— Est-ce que je connais cet acteur ? demanda Owen en jouant avec sa montre.

J'en suis sûre.

— Ça se pourrait.

— Tu ne veux pas me dire qui c'est ?

Il fait chaud ici, non ?

— Peut-être un jour, mais pas maintenant.

— D'accord. Ça me va.

Nos plats arrivèrent, et heureusement, Owen changea de sujet. Il me parla de certaines propriétés luxueuses qu'il avait vendues récemment, et je lui racontai comment j'assurais mes fonctions de directrice de casting à distance.

À la fin du repas, il essuya sa bouche et me regarda comme s'il avait envie de dire quelque chose.

— Il y a une question que j'ai toujours voulu te poser… commença-t-il.

— D'accord.

— Le soir de notre rencontre… si tu es venue à New York pour t'occuper de Heath et Hannah, qu'est-ce que tu faisais dans ce bar ?

— Est-ce que tu es en train de me juger ?

— Absolument pas, m'assura-t-il en secouant la tête. Je suis très heureux de cette soirée. Je suis juste curieux de savoir ce qui t'a fait venir ici.

Je soupirai.

— Je venais juste d'arriver, et j'étais stressée à l'idée de ne pas savoir comment j'allais gérer tout ça. Une amie de ma mère – une très gentille femme qui s'appelle Laurice – était en ville, et elle a vu à quel point j'étais épuisée quand elle est passée à l'appartement. Elle fait partie des rares personnes qui connaissent le vrai visage de ma mère, mais elle reste quand même amie avec elle pour une raison étrange. Elle m'a dit qu'elle allait faire manger les enfants et s'occuper d'eux toute la soirée pendant que j'irais prendre l'air. J'ai profité de sa générosité – peut-être même un peu trop.

— Je crois que je devrais remercier Laurice, alors.

Je me mis à rougir, et lorsque je levai les yeux, Owen était en train de me fixer.

— Je n'ai pas souvent l'occasion de me retrouver seul avec toi, alors je vais te dire quelque chose avant qu'on soit tous les deux obligés de retourner au travail.

Il se pencha vers moi et baissa la voix.

— Je pense souvent à notre soirée ensemble. Pas juste pour les raisons évidentes, mais aussi parce que… j'étais brisé avant ça. C'est une chose que tu ignores à mon sujet. Ça faisait longtemps que je n'avais pas été capable de ressentir quelque chose pour quelqu'un. Et tu m'as sorti de tout ça. C'était une super soirée, même si ça n'a pas été plus loin. Et même si on ne devient rien de plus que des amis, Devyn, je veux que tu saches que je ne t'oublierai jamais.

Je gardai le silence. *Pourquoi était-il brisé ?*

— Si tu retournes vivre en Californie, il vaut probablement mieux qu'on ne sorte pas ensemble, ajouta-t-il. Tu n'es pas le genre de fille avec qui je voudrais juste passer du bon temps avant de passer à autre chose. Tu traverses une période difficile. Et tu as raison, tu n'as pas besoin de complications supplémentaires. Alors je veux que tu saches que je comprends pourquoi tu t'es montrée si hésitante avec moi. Je ne t'en veux pas du tout.

— Pourquoi tu étais brisé, Owen ? demandai-je. Est-ce que quelqu'un t'a fait du mal ?

Il passa son doigt sur son verre et secoua la tête.

— Ce n'est pas si dramatique que ça. Je n'ai pas vraiment de réponse pour l'expliquer, répondit-il, avant de regarder au loin pendant un moment. Ça a été bizarre de regarder deux de mes meilleurs amis tomber amoureux alors que j'étais incapable de ressentir quoi que ce soit pour une femme ou de comprendre ce qu'ils vivaient. J'ai toujours fait en sorte de rester très occupé en travaillant, et tout le monde pense juste que je n'ai pas le temps pour une relation.

Il marqua une pause.

— Mais la vérité, c'est qu'on trouve toujours du temps pour les choses qu'on veut vraiment.

— Alors tu as envie de trouver quelqu'un avec qui partager ta vie ?

— Oui, mais je ne suis pas pressé. Je me fiche de me marier ou d'avoir des enfants. Mais je veux une connexion avec quelqu'un. Avec la bonne personne. Ça ne peut pas être forcé, juste parce qu'on atteint un certain âge ou qu'on veut suivre le rythme de ses amis, déclara-t-il en ayant l'air absent quelques secondes. Je pense que j'ai beaucoup changé après la mort de notre ami Ryan. Une partie de moi est morte avec lui. Et peut-être que ça explique ma longue déprime. Ça m'a rendu plus indifférent et renfermé.

Owen ferma ses yeux un instant.

— Tout ça pour dire qu'aucune des femmes que j'ai rencontrées pendant tout ce temps n'a eu cet effet sur moi. Avant toi.

Mon cœur manqua un battement. Owen et moi nous ressemblions plus que je ne l'avais imaginé.

— Me marier et avoir des enfants n'est pas non plus quelque chose que je dois absolument réaliser, admis-je. J'ai une super carrière dont je suis très fière et je n'ai pas besoin de beaucoup plus. Ça m'agace que les gens affirment qu'il faut avoir ça pour être heureux. Je pense que si je me suis accrochée à ce que je vivais avec cet acteur dont je t'ai parlé, c'est en partie parce que je ne voulais rien de compliqué.

— Tu as déjà été amoureuse ? demanda-t-il.

— Non. Et je ne sais pas si j'en suis capable, pour être honnête.

Il fronça les sourcils.

— Ah bon ?

— Je ne préfère ne pas rentrer dans les détails pour l'instant, mais pour résumer, ma vie familiale – ou plutôt mon absence de vie familiale – m'a appris à ne m'attacher à personne.

Owen hocha la tête et n'insista pas pour en savoir plus.

— Moi non plus, je n'ai jamais été amoureux, avoua-t-il. Tous mes amis l'ont été à un moment ou à un autre. Et j'ai été heureux pour eux, sincèrement. Mais je me sentais aussi détaché de leur joie, à cause de mes propres maux.

— On forme une belle équipe, hein? lançai-je en souriant.

Il posa ses coudes sur la table et joignit le bout de ses doigts.

— Ça fait du bien d'avoir une conversation honnête avec quelqu'un. Même si tu ne me dis pas tout, j'apprécie que tu te sois ouverte à moi.

Je fixai ses mains viriles en essayant de me rappeler ce que j'avais ressenti quand elles avaient exploré mon corps.

La serveuse revint à notre table.

— Est-ce que vous prendrez un dessert?

— J'ai assez mangé, indiqua Owen avant de se tourner vers moi. Mais on a encore le temps. Tu devrais prendre quelque chose.

Je levai ma paume.

— Je ne devrais pas...

— Voici le menu, au cas où, ajouta la serveuse en posant une feuille de papier sur la table.

Un seul coup d'œil suffit à me faire prendre une décision.

— En fait, j'aimerais un dessert, annonçai-je.

— Tu as vite changé d'avis, fit remarquer Owen en riant.

— Eh bien, ils proposent une tarte au citron vert. Je n'ai jamais refusé ce dessert. *Jamais.*

— Une tarte au citron vert, c'est noté, ajouta la serveuse.

Owen sourit.

— Tu aimes ça à ce point?

— C'est une chose que je ne peux pas refuser.

— Eh bien, je devrais prendre des leçons de cette fameuse tarte, me taquina-t-il.

Une minute plus tard, lorsqu'elle déposa le triangle vert citron devant moi avec juste la bonne quantité de crème fouettée, je n'attendis pas pour commencer. Je soupirai lorsque le mélange acidulé entra dans ma bouche. J'avais peut-être même gémi.

— Waouh, murmura Owen. Je dois dire que te regarder manger ça est plutôt satisfaisant.

— Goûte, proposai-je en lui tendant ma fourchette.

Il secoua la tête.

— Impossible que j'apprécie cette bouchée autant que toi. Je t'en prie, finis l'assiette. Je savoure chaque instant.

— Est-ce que c'est du fétichisme ou un truc du genre de me regarder manger mon dessert ? demandai-je en le désignant avec ma fourchette.

— Je n'aurais pas pensé à ça avant aujourd'hui... répondit-il en souriant d'un air espiègle. Mais je suis partant pour ce genre de porno.

Je ris en prenant une autre bouchée, et je finis mon assiette jusqu'à la dernière miette.

Après avoir réglé l'addition, Owen vérifia son téléphone.

— J'ai rendez-vous avec un client à quatorze heures, mais bon sang, j'aurais bien passé ma journée ici à discuter avec toi. Je t'aurais aussi commandé une autre part de cette tarte.

Je me levai en essuyant ma bouche.

— Vas-y, ne sois pas en retard.

Et je ne peux pas me permettre de craquer pour toi une seconde de plus.

— Merci énormément pour le déjeuner.

— Avec plaisir. Le fait que tu l'aies tant apprécié était la cerise sur la tarte au citron vert, répondit-il en me faisant un clin d'œil. Laisse-moi t'appeler un taxi.

— Je suis parfaitement capable de marcher pour rentrer. En plus, j'ai vraiment besoin de brûler les calories de cette tarte. Ton bureau est loin d'ici ?

— Dix minutes en métro. Il y a une station au coin de la rue. Parfois je prends la voiture pour y aller, et d'autres fois je prends le métro. Ça dépend de mon humeur.

— Eh bien... merci encore, ajoutai-je maladroitement une fois à l'extérieur.

— De rien. Merci d'avoir passé du temps avec moi.

Ses yeux s'attardèrent sur les miens, et je me demandai s'il allait me prendre dans ses bras. Au lieu de ça, il fit simplement demi-tour et s'éloigna.

Sur le chemin du retour, je me rendis compte qu'Owen ne m'avait pas proposé qu'on remette ça. Apparemment, ça n'avait été qu'un déjeuner informel, et il avait officiellement tiré un trait sur le fait qu'il puisse se passer quelque chose entre nous. C'était un peu dommage, parce que passer du temps avec lui aujourd'hui m'avait fait l'apprécier encore plus.

CHAPITRE 7

Je crois que je commence à maîtriser la situation.

Je n'avais pas vu passer les six derniers jours. Ça avait été – en quelque sorte – une bonne semaine. Hannah avait été reçue au concours *PS Idol* de son école, et elle s'était fait des amis parmi les autres concurrents. Heath avait réussi à avoir dix-huit à son devoir d'anglais après avoir raté son dernier semestre, et je l'avais emmené chez le médecin pour qu'il puisse faire un bilan et les vaccins que son école n'arrêtait pas de nous réclamer. Bien évidemment, Vera ne prêtait aucune attention aux choses telles que les soins médicaux et le règlement de l'école. Même quand cette femme était dans les parages, mon frère et ma sœur n'étaient pas ses priorités. Et en plus d'avoir fait des progrès avec Heath et Hannah, j'avais gagné un nouveau client cette semaine, et j'avais placé avec succès *trois* acteurs dans des films très prometteurs. Dans l'ensemble, les choses s'arrangeaient.

Jusqu'à ce que quelqu'un frappe à la porte.

J'ouvris et me retrouvai face à une femme vêtue d'un tailleur-pantalon beige. Elle ajusta la lanière de la mallette bombée sur son épaule et ne sourit pas.

— Vous êtes Vera Marks ?

— Non, répondis-je en fronçant les sourcils.

La femme observa l'appartement par-dessus mon épaule.

— Est-ce que Heath Marks vit ici ?

Oh oh. Mon ventre se noua. *Dans quel pétrin il s'est mis encore ?*

— Oui. Et qui êtes-vous ?

Elle sortit une carte de visite de la poche avant de sa mallette.

— Je suis Melinda Rollins, une assistante sociale du service de protection de l'enfance. Et vous ?

Je pris la carte en regrettant d'avoir ouvert la porte. Toutefois, je ne pouvais plus éviter ses questions.

— Je suis Devyn Marks, la sœur de Heath. Il y a un souci avec lui ?

Madame Rollins pinça ses lèvres.

— Il faut que je parle à votre mère. Est-ce que vous savez quand elle sera de retour ?

— Euuh... Elle est partie quelque temps.

— Alors c'est vous qui vous occupez de Heath et Hannah pendant son absence ?

— Oui.

— Et quand sera-t-elle de retour exactement ?

— Je ne sais pas vraiment.

La femme fronça les sourcils.

— Elle vous laisse la charge de deux enfants, mais elle ne vous a pas dit quand elle allait revenir ?

Mince.

— Oh. Non, je voulais dire que je ne savais pas vraiment à quelle heure elle arriverait, mais elle sera de retour dimanche.

— Donc vous restez ici pour vous occuper des enfants jusqu'à dimanche ?

— Oui, confirmai-je.

— Je reviendrai lundi pour parler à madame Marks.

Oh purée.

— Vous pouvez me dire de quoi il s'agit ? Est-ce que Heath a des ennuis ?

Elle n'avait pas l'air de vouloir en dire plus, alors j'insistai.

— Puisque c'est moi qui m'occupe d'eux, j'aimerais savoir s'il se passe quelque chose.

Elle hocha la tête.

— Heath a encore séché les cours la semaine dernière. Deux fois.

J'écarquillai les yeux. Et moi qui pensais bien m'en sortir...

— Il a séché les cours *la semaine dernière* ?

— Ce n'est pas la première fois que ça arrive. L'école a tenté de joindre madame Marks, mais apparemment, son numéro de téléphone n'est plus attribué. Elle est partie depuis combien de temps ?

— Euuh... environ une semaine, mentis-je.

— Ça signifie qu'ils étaient sous votre surveillance quand il a séché les cours ? Étiez-vous au courant que Heath avait manqué deux jours d'école la semaine dernière ?

Je fronçai les sourcils.

— Oui pour la première question, et non pour la seconde.

— Est-ce que vous seriez d'accord pour me laisser entrer pour que je puisse jeter un coup d'œil à l'intérieur ?

J'avais suffisamment eu affaire à la protection de l'enfance quand j'étais petite pour savoir que je n'avais aucune obligation légale de les laisser entrer. Cependant, si je ne le faisais pas, je ne ferais qu'aggraver les choses. Alors je me forçai à sourire et reculai pour ouvrir la porte.

— Bien sûr. Entrez.

Madame Rollins passa dix minutes à fouiner dans l'appartement. Heureusement, j'avais rangé ce matin et j'avais fait les courses hier, parce qu'après avoir demandé à voir les chambres des enfants, elle ouvrit le réfrigérateur et examina le contenu des placards de la cuisine. Lorsqu'elle fut satisfaite de voir que les enfants ne vivaient pas dans un taudis en se nourrissant de pain et d'eau, elle finit sa visite en prenant une photo de ma carte d'identité et en me tendant un morceau de papier jaune sur lequel se trouvaient quelques numéros à joindre en cas d'urgence. Comme si je ne connaissais pas le 911.

— Je serai de retour lundi pour parler à madame Marks.

— D'accord. Parfait. Merci.

Je refermai derrière elle et l'observai traverser le couloir à travers le judas. Quand elle disparut, je cognai ma tête contre la porte.

Putain. J'ai jusqu'à lundi pour trouver Vera.

Je décidai de marcher jusqu'à l'école ce soir-là à dix-huit heures, pour retrouver Hannah après son entraînement pour *PS Idol*. Heath avait travaillé à la pizzeria cet après-midi, et il allait probablement rentrer à la maison quelques minutes avant sa sœur. Je voulais avoir l'occasion de lui parler seule à seule.

Hannah fit deux pas à la sortie, puis elle s'arrêta quand elle me repéra.

— Pourquoi tu es là ?

— J'avais des courses à faire dans le coin, alors je me suis dit qu'on pourrait rentrer ensemble.

— D'accord, accepta-t-elle en haussant les épaules.

Je lui demandai comment sa journée s'était passée, avant de passer aux questions que j'avais besoin de lui poser.

— Sinon, comment tu vas ? Maman doit commencer à te manquer, non ?

Encore un haussement d'épaules.

— Pas vraiment.

— Tu sais, quand j'étais petite et qu'elle partait comme ça, je comptais les jours en les cochant sur le calendrier. Est-ce que toi aussi tu le fais ? Enfin, je veux dire, compter les jours ?

— Non.

— Est-ce que c'est parce que tu sais déjà combien de jours il lui faut en général avant de revenir ?

— Non, c'est juste que je me fiche de savoir combien de temps elle part.

Bon sang, elle me rappelle tellement moi à son âge. Je n'avais jamais admis que ma mère me manquait. Pourtant, à l'époque, c'était le cas. En plus du fait d'avoir peur le soir dans notre appartement quand j'étais seule, j'avais toujours un drôle de pressentiment quand elle disparaissait.

— Elle est partie depuis presque un mois déjà, repris-je. Est-ce qu'elle est déjà partie plus longtemps que ça ?

— Je t'ai dit que je ne comptais pas.

— Mais est-ce que ça te paraît plus long que d'habitude ?

Hannah arrêta de marcher.

— Tu n'es pas obligée de rester si tu n'en as pas envie. Heath a un travail maintenant, alors on a de l'argent pour la nourriture.

Je secouai la tête.

— Oh non, ce n'est pas ce que je voulais dire, Hannah.

— Alors qu'est-ce que tu veux savoir? Parce qu'on dirait vraiment que tu as hâte de partir d'ici avec toutes ces questions sur le retour de maman.

— Je suis désolée de t'avoir donné cette impression, soupirai-je. Je n'essaie pas de me débarrasser de vous, je te le promets.

— Alors pourquoi toutes ces questions sur Vera?

Après tout, nous étions tous dans le même bateau.

— Et si ton frère, toi et moi, nous parlions tous ensemble quand on sera rentrées?

— Si tu veux.

Je n'eus droit à rien de plus que des haussements d'épaules et des réponses monosyllabiques sur le reste du chemin.

Comme je m'y attendais, Heath était déjà là à notre arrivée. J'allais devoir gérer le fait qu'il avait séché les cours, mais ce serait l'objet d'une autre conversation. Pour le moment, la priorité était de trouver Vera.

Hannah posa son sac d'école sur une chaise de la cuisine et s'adressa à son frère.

— Est-ce que tu touches assez d'argent pour la nourriture et pour le reste? Devyn a dit qu'elle voulait partir.

— Non, ce n'est pas *du tout* ce que j'ai dit, Hannah, rétorquai-je en secouant la tête. Est-ce que vous pouvez vous asseoir à table tous les deux pour qu'on puisse parler?

Heath tira une chaise, et la fit tourner pour s'asseoir dessus à califourchon.

— Je gagne assez pour la nourriture. Je peux demander à faire plus d'heures pour essayer de payer le loyer.

Je jetai un coup d'œil à Hannah, qui était encore debout.

— Tu peux t'installer, s'il te plaît ?

Elle leva les yeux au ciel, mais s'assit à table.

Je me plaçai entre eux. Tourner autour du pot leur faisait seulement croire que personne ne voulait d'eux, alors je me dis qu'il valait mieux être directe cette fois-ci.

— Les services de la protection de l'enfance sont passés ici ce matin. Ils voulaient parler à Vera. J'ai pu nous faire gagner un peu de temps, mais ils ne nous lâcheront pas. Il faut qu'on trouve votre mère – notre mère. Ils reviennent dans quelques jours.

— Qu'est-ce qui se passera si on ne la trouve pas ? demanda Hannah.

Je ne voulais pas leur faire peur en leur parlant de mes quatre *séjours* dans des familles d'accueil.

— Avançons un pas à la fois. Pour l'instant, il faut juste qu'on se concentre pour la retrouver.

— Comment on est censés faire ça ? m'interrogea Heath.

— Je ne sais pas. Est-ce que vous pouvez me parler du nouveau type qu'elle côtoie ? Celui avec qui elle est partie.

— Bo ? Il a un fort accent, m'apprit Heath.

— Quel genre d'accent ?

— Un peu comme celui de l'homme dans les films *Ted*. Ceux avec la peluche qui parle.

— Mark Wahlberg ?

— Oui, je crois que c'est lui. Il mâche un peu les mots.

Je hochai la tête.

— L'accent de Boston.

Hannah pointa son frère du doigt.

— Je crois qu'il a parlé d'emménager là-bas. Il répare des camions, des gros semi-remorques. Ses mains sont abîmées et elles ont toujours l'air sales, mais il dit que ce n'est pas le cas. Maman a dit qu'elle voulait l'aider à décorer son nouvel appartement.

— Vous connaissez le nom de famille de Bo ?

Ils haussèrent tous les deux les épaules.

— Non. Il a commencé à venir ici seulement quelques semaines avant le départ de maman, révéla mon frère.

Ça ressemble bien à Vera.

— D'accord, eh bien, vous vous souvenez d'autre chose sur lui ?

Hannah fronça le nez.

— Il rote beaucoup, et il essaie de former des mots avec ses rots. Il trouve ça drôle, mais ça ne l'est pas.

Une vraie perle. Bo le roteur de Boston. J'avais pas mal de détails à présent.

Nous discutâmes encore un peu, mais aucun d'eux n'en savait beaucoup plus sur Bo ou sur ce que Vera faisait avec lui.

Quelques heures plus tard, après le coucher des enfants, je me servis un verre de vin bien mérité. Heath revint à la cuisine alors que je sirotai ma boisson, et il s'assit face à moi.

— Est-ce que les services de protection de l'enfance sont venus parce que j'ai séché les cours ?

— Oui, c'est ça. J'allais t'en parler demain. Tu ne peux pas louper les cours.

— Je l'ai fait pour aller à la pizzeria. L'un des employés a pris quelques jours de congés, alors j'ai menti en disant que je n'avais pas cours et que je pouvais donner un coup de main. Je voulais te rembourser tout ce que tu as dépensé depuis ton arrivée ici, pour la nourriture et le reste, pour Hannah et moi.

Mon cœur se serra.

— Oh, Heath. Tu n'es pas obligé de faire ça. Ce n'est pas à toi de subvenir à vos besoins.

— Ce n'est pas ton rôle non plus, répliqua-t-il. J'ai merdé en faisant ça, hein ? Est-ce qu'ils vont nous mettre en famille d'accueil ?

— Pas si je peux l'éviter. Je te promets de faire tout mon possible pour que ça n'arrive pas.

Il hocha la tête, mais il avait l'air triste, alors je pris sa main dans la mienne.

— Tu as dit que tu voulais me rembourser tout ce que j'avais acheté pour Hannah et toi. Est-ce que tu trouves ça normal de payer la nourriture de Hannah ?

— Oui, bien sûr. C'est ma sœur, et elle est trop jeune pour travailler.

— C'est ce que je ressens pour vous deux, lui assurai-je en serrant sa main.

Il me regarda droit dans les yeux, mais ne dit rien.

— On est une famille, expliquai-je. On prend soin les uns des autres. Et puis, je te promets que je ne suis pas fauchée. Je gagne plutôt bien ma vie. D'accord ?

Heath acquiesça.

— Alors, plus d'école buissonnière. Tu me le promets ?

— Oui.

— Va dormir, petit, ajoutai-je en ébouriffant ses cheveux.

Lorsque le silence fut de retour, je ne pus m'empêcher de repenser à mon enfance. Je rentrais chez moi chaque soir sans savoir ce que j'allais trouver. Je mettais de côté des boîtes de conserve sous mon lit pour avoir plus à manger quand Vera finirait inévitablement par partir. Je m'étais dit que si j'étais une meilleure fille – plus intelligente, plus belle, plus serviable au quotidien –, elle n'aurait pas eu envie de partir aussi souvent.

Je détestais que Heath et Hannah traversent la même chose. Les larmes coulèrent sur ses joues quand j'imaginai les émotions qu'ils devaient ressentir tous les jours : l'abandon, la rancœur, la peur, l'indignité, le mépris. Aucun enfant ne devrait avoir l'impression d'être un fardeau et de ne pas être désiré.

Il me fallut dix bonnes minutes pour contrôler mes émotions. Quand je finis par y parvenir, je décidai de noyer ma peine dans un deuxième verre de vin, mais lorsque je me levai pour aller jusqu'au frigo, quelqu'un frappa à la porte.

Je regardai l'heure sur mon téléphone. *Vingt-et-une heures quarante-cinq.*

Bon sang, j'espérais que ce n'était pas de nouveau les services sociaux. Et s'ils venaient chercher les enfants ? Est-ce que je devrais faire semblant de dormir et de ne rien entendre ?

Je pris une grande inspiration, avançai jusqu'à la porte sur la pointe des pieds, et regardai par le judas. Je fus soulagée de voir Owen et non pas madame Rollins.

Il leva un sac en papier quand je lui ouvris.

— Tarte au citron vert. Je suis allé au restaurant où on a déjeuné la semaine dernière et je me suis dit que tu aimerais en avoir une part.

Je me forçai à sourire.

— Tu n'étais pas obligé de faire ça.

— J'espérais que tu me laisserais te regarder manger, précisa-t-il avec un clin d'œil.

Je ne ris pas.

— Qu'est-ce qui ne va pas ? demanda-t-il en examinant mon visage. Pourquoi tu as pleuré ?

— Je n'ai pas pleuré.

Il garda le silence un instant.

— J'imagine que chambouler ta vie pour venir t'occuper de deux enfants n'est pas évident. Je suis là si tu as besoin de parler, mais je ne te forcerai pas.

Il me tendit le sac.

— Tu peux manger cette tarte toute seule, en paix.

— Merci, Owen. C'est très gentil de ta part.

— Pas de souci. Passe une bonne soirée.

Il se tourna pour partir et je m'apprêtai à fermer la porte, mais j'avais vraiment besoin de parler à quelqu'un. Et il avait l'air d'être à l'écoute.

— Owen, attends...

Il se retourna.

— Est-ce que tu veux entrer pour partager la tarte ? proposai-je en souriant.

Voir son regard s'illuminer était adorable.

— Bien sûr.

— Entre, l'invitai-je en riant.

Dans la cuisine, je récupérai deux fourchettes dans le tiroir et sortis la bouteille de vin du frigo.

— Tu en veux un verre ?

— Avec plaisir.

Il sortit la tarte du sac pendant que je nous servais à boire. Ce ne fut que lorsque je m'assis que je vis ce qu'il avait apporté.

— Oh, mon Dieu. Tu as apporté une tarte *entière* ?

Il sourit.

— J'ai eu de la chance qu'il leur en reste une.

— C'est plutôt *moi* qui ai de la chance, rectifiai-je en léchant mes lèvres.

Il rit en prenant une fourchette.

— Sers-toi.

— On ne la coupe même pas ? demandai-je.

— Non. Les parts, c'est pour les lâches.

Nous nous attaquâmes alors au dessert. Après avoir mangé l'équivalent de deux grosses parts, je dus faire une pause. Je m'adossai à ma chaise, la main posée sur mon ventre.

— Oh, mon Dieu. C'était trop bon.

— Tu te sens mieux ? m'interrogea-t-il.

— Oui. J'en avais vraiment besoin. Le timing était parfait.

Il reposa sa fourchette.

— Parle-moi. Qu'est-ce qui se passe ?

Je soupirai.

— J'ai été émue en repensant à mon enfance et en imaginant ce que Heath et Hannah doivent ressentir.

— Raconte-moi.

— Quoi donc ?

— Ton enfance.

J'écarquillai les yeux. Je parlais rarement de mes années passées avec Vera. Au départ, je m'étais sentie honteuse. Mais en grandissant, je m'étais rendu compte que je n'avais pas à l'être. C'était à ma mère d'avoir honte. Toutefois, je ne me confiais quand même pas à grand monde, car je ne voulais pas qu'on ait pitié de moi ou qu'on me juge. Je n'avais jamais raconté à Robert mon enfance traumatisante. Pourtant, bizarrement, ça ne me dérangeait pas d'en parler avec Owen, du moins un petit peu.

— Quand j'avais neuf ans, ma mère a commencé à sortir avec un motard qu'on appelait G. C'était tout ce que je savais sur lui, son prénom qui se résumait à une lettre. Il portait une veste noire avec plein d'insignes dessus, et il avait une longue queue de cheval qu'il attachait au niveau de sa nuque et à l'extrémité, expliquai-je en passant mon doigt sur le bord de mon verre. Ma mère a décidé de partir en moto avec lui, alors elle m'a déposée chez ma voisine âgée en disant qu'elle serait de retour dans quelques heures. Mais évidemment, elle n'est pas revenue avant plusieurs jours.

Je levai brièvement les yeux avant de continuer.

— La voisine m'a laissée dormir sur son canapé ce soir-là, mais le lendemain matin, elle m'a dit qu'il vaudrait mieux que ma mère soit revenue parce qu'elle avait des choses à faire. J'ai fait semblant d'aller chez moi pour vérifier, puis je suis repassée chez elle pour lui dire que ma mère était de retour. Elle ne se souciait pas assez de moi pour venir vérifier si je disais la vérité ou non, mais j'ai décidé que je pouvais me débrouiller seule pendant quelques jours. C'était la première fois que Vera disparaissait, du moins d'après mes souvenirs. Je pense que parce que je n'avais pas encore dix ans, elle s'est sentie obligée de me materner en me laissant chez la voisine plutôt que seule chez moi.

Je marquai une pause et me remémorai notre appartement de l'époque, le regard lointain.

— On habitait à Chicago, au deuxième étage d'un immeuble qui en comptait quatre. Il était situé à côté d'un parking sur lequel se trouvait un grand arbre dans un coin. Le soir, les branches cognaient le côté du bâtiment, et les chats errants miaulaient et se battaient. Ça me terrifiait. Après quelques jours, j'ai appris que si je roulais des mouchoirs pour former des petites boules et que je les mettais dans mes oreilles, ça aidait à atténuer le bruit. Encore aujourd'hui, je dors avec des bouchons d'oreilles.

Owen secoua la tête.

— Elle est partie combien de temps ?

— Neuf jours. Elle est revenue le lendemain de mon dixième anniversaire.

— Bon sang. C'est si jeune pour rester si longtemps seule. Tu en as parlé à quelqu'un ?

— Non. J'avais peur d'avoir des ennuis. Je ne disais jamais rien à personne quand elle disparaissait. Je le cachais autant que possible et je la couvrais. Parfois, un adulte qui s'intéressait un peu à moi le découvrait et les services de protection de l'enfance venaient. Ensuite, je me retrouvais en famille d'accueil pendant quelque temps, avant que ma mère vienne me récupérer.

— Pourquoi ils redonnent un enfant à une mère qui l'abandonne pendant des semaines à chaque fois ?

— Parfois ils me gardaient un moment, et Vera devait venir me rendre visite et faire d'autres choses. Mais après, elle prenait des cours de parentalité, ou alors elle allait voir un psy, et elle finissait par me récupérer, expliquai-je en haussant les épaules. Le système n'est pas génial. Et malheureusement, il y avait des enfants bien plus mal lotis que moi, avec des parents violents, des toxicomanes qui vivaient dans la rue. Vera savait comment jouer le jeu et user de son charme quand c'était nécessaire.

Owen hocha la tête.

— Est-ce qu'il y a quelque chose en particulier qui t'a mise dans cet état ce soir ? Ou ce sont juste les circonstances en général ?

Je soupirai.

— Les services de protection de l'enfance sont passés aujourd'hui. Apparemment, Heath a séché les cours quelques fois la semaine dernière, et ils n'ont pas pu contacter Vera, alors l'école a appelé les services sociaux. L'assistante sociale veut parler à sa mère. J'ai réussi à la faire partir aujourd'hui en lui disant qu'elle était en voyage, mais cette femme voulait sa date exacte de retour. Je lui ai dit que c'était dimanche. Alors maintenant il faut que je trouve ma mère et que je la ramène ici, parce que la femme revient lundi.

— Mince.

— Comme tu dis...

— Qu'est-ce qu'on va faire ?

Je ne pus m'empêcher de sourire.

— *On ?* C'est gentil de ta part, mais ce n'est pas ton problème.

— Je veux aider.

— Je ne peux pas te demander de faire ça.

— Tu n'as rien demandé, c'est moi qui propose. Mon père était policier. Peut-être qu'il pourra nous aider à la retrouver. En plus, je suis doué pour trouver une aiguille dans une botte de foin. Demande à mes clients.

La chaleur se répandit dans ma poitrine. Rien que le fait qu'il *veuille* aider le rendait attachant. Cependant, c'était mon problème.

— J'apprécie ta proposition, Owen, mais ça ira.

— Est-ce que tu as une idée de l'endroit où Vera pourrait être ?

— Les enfants ont dit que son nouveau petit ami répare des camions. Ils pensent qu'il a trouvé un nouvel emploi à Boston, et qu'ils y sont peut-être allés. Mais le téléphone de ma mère n'est plus joignable. Parfois elle achète un portable prépayé pour un mois ou deux, mais il finit toujours par être désactivé parce qu'elle ne paie pas la facture.

— Et si on allait jusqu'à Boston ?

— Je ne suis même pas sûre qu'ils y soient allés, et je ne connais pas le nom de famille de ce type. Est-ce que Bo est un vrai prénom, ou est-ce que c'est un diminutif ? Qu'est-ce que je ferais ? Le tour de la ville en criant *Bo* ?

Owen sourit.

— J'ai une voiture. Je peux conduire, et tu pourrais crier par la fenêtre.

Sa réponse me fit rire.

— J'espère ne pas avoir à faire ça, et qu'elle reviendra comme par miracle ces prochains jours.

— Eh bien, au cas où, tu sais où me trouver.

— Merci.

Un peu plus tard, je bâillai et Owen comprit le message.

— Je devrais y aller.

— D'accord.

Je le raccompagnai jusqu'à la porte, mais il s'arrêta sur le seuil.

— Merci pour la tarte, déclarai-je. Et pour ton écoute.

— Avec plaisir.

— Tu es un bon ami, Owen.

— Je peux être un bon ami, *et* plus que ça, précisa-t-il en me faisant un clin d'œil. L'un n'empêche pas l'autre.

Cette proposition était plus tentante que jamais, mais je dus prendre sur moi.

— Bonne nuit, Owen.

Il déposa un baiser sur ma joue.

— Bonne nuit, ma belle.

CHAPITRE 8

Comme d'habitude, le lendemain soir, je fus le dernier à arriver à notre réunion mensuelle pour la gestion de l'immeuble, qui était vraiment juste une excuse pour que nous puissions nous retrouver entre hommes autour d'un verre. Même s'il y avait généralement de vrais points à aborder – mais pas autant que de débauche.

Colby, Holden et Brayden étaient installés à une table du L-Bar lorsque j'arrivai.

— Salut, lançai-je en tirant une chaise pour m'asseoir. Désolé d'être en retard.

— Est-ce que ça change vraiment de tes habitudes ? me réprimanda Brayden en étudiant le menu. Tu es toujours le dernier à arriver.

— Tu n'as pas tort.

Je me tournai vers Holden, qui avait des poches sous les yeux.

— Comment va Hope ? J'ai croisé Lala dans le couloir l'autre jour. Elle m'a dit que le bébé a eu son premier rhume.

— Pire semaine de ma vie. Mais heureusement, elle commence à aller mieux, même si elle est encore un peu encombrée. C'était compliqué de la voir peiner à respirer, soupira Holden. On ne dormait déjà pas beaucoup avant ce rhume, car elle a toujours été un oiseau de nuit, mais ces derniers jours ont été encore pires.

— Un oiseau de nuit comme son père, hein ? répliquai-je en lui donnant une tape dans le dos. Je pensais que tes années passées à faire la fête t'auraient préparé à rester éveillé toute la nuit, monsieur le batteur.

— Mav aussi est passé par cette phase où il ne dormait pas, confia Colby. Mais heureusement, ça se passe mieux maintenant.

— Bon, finies les discussions de papa. Ça ennuie les hommes célibataires parmi nous, les taquina Brayden.

Je profitai d'une rare accalmie dans la conversation pour donner quelque chose à Colby.

— Hé, Devyn m'a confié ce chèque de loyer pour toi. Elle était en train de se rendre chez toi, mais je lui ai dit que j'allais te rejoindre.

— D'accord, répondit-il en le rangeant dans sa poche. Qu'est-ce qui se passe chez eux ? Où est-ce que leur mère est passée pour que Devyn soit obligée de venir s'occuper des gamins ?

Je soupirai.

— C'est compliqué, mec. Elle a en quelque sorte disparu.

— Tu as l'air d'en savoir beaucoup sur la situation du 410, Owen, souligna Brayden. Tu as quelque chose à nous dire ?

Je me rendis compte à ce moment-là que ma petite conversation avec Colby n'avait pas été si privée que ça.

Holden se mit à rire derrière sa bière, et Brayden nous regarda tour à tour.

— Qu'est-ce qui est si drôle ?

J'avais suffisamment repoussé le moment de raconter mon histoire avec Devyn à Colby et Brayden. Holden était le seul à savoir comment je l'avais rencontrée. Par miracle, il avait gardé mon secret pendant tout ce temps, mais il était connu pour avoir une grande bouche. Alors c'était seulement une question de temps avant qu'il finisse par raconter la vérité si je ne le faisais pas moi-même.

Une serveuse passa prendre ma commande de boisson, mais lorsqu'elle partit, les garçons étaient encore en train de me fixer dans l'attente d'une explication.

Je commençai par leur expliquer la situation avec Vera.

— Voilà ce qui se passe. Vera a disparu. Elle est partie avec un type, et personne ne sait où elle est. Elle a fait vivre la même chose à Devyn quand elle était petite, à plusieurs reprises, ce qui l'a fait atterrir en famille d'accueil. Toute cette histoire est dingue.

— Merde, marmonna Colby.

— Alors, attends... Il se pourrait qu'elle ne revienne jamais ? demanda Holden.

— Dans le passé, elle a toujours fini par revenir. On ne sait pas combien de temps ça prendra cette fois-ci.

Je disais encore « on ».

Brayden arqua un sourcil.

— *On ?* Tu as l'air très investi, Owen.

Bien sûr, il l'a remarqué.

— J'allais y venir, ajoutai-je en le fusillant du regard.

— Oh ? Tu m'intrigues, répondit Brayden en écarquillant les yeux.

La serveuse posa ma bière devant moi, ainsi qu'un assortiment d'entrées.

J'avalai une grande gorgée avant de poursuivre.

— Bref, Devyn habite à Los Angeles, et son frère l'a appelée pour lui expliquer la situation. C'est ce qui l'a poussée à venir ici. Elle ne s'occupe pas d'eux pour rendre service. C'est plutôt un cas d'urgence.

Colby secoua la tête.

— Bordel, c'est terrible.

— En fait, c'est en train d'empirer, révélai-je. Heath a séché les cours plus d'une fois récemment, alors les services de protection de l'enfance sont passés chez eux. Devyn a dû leur mentir en leur disant que leur mère était en vacances jusqu'à lundi. Mais la vérité, c'est qu'on n'a aucune idée de la date de son retour ni même si elle va revenir.

Holden fronça les sourcils.

— Bon sang, je savais que ces gamins avaient des problèmes, mais je ne savais pas que c'était si grave. Ça explique beaucoup de choses. Je me sens vraiment mal pour eux.

— Oui. L'histoire se répète. Cette femme est incapable d'être responsable, affirmai-je en buvant une autre gorgée de ma bière. Devyn a une piste selon laquelle elle pourrait se trouver à Boston, alors je lui ai proposé d'y aller en voiture avec elle pour voir si on peut trouver Vera avant le retour des services sociaux.

Brayden pointa sa bouteille dans ma direction.

— Attends une seconde. Il faut que tu ralentisses, mec. Pourquoi tu lui proposerais d'aller à Boston avec elle si tu la connais à peine ? J'ai l'impression de louper quelque chose...

Holden ricana, et je le fusillai du regard.

— Tu veux bien me laisser l'honneur ? m'interrogea-t-il. J'ai gardé ça longtemps pour moi. Je le mérite, non ?

Je levai les yeux au ciel, m'adossai à ma chaise et croisai les bras.

— Vas-y. Dis-leur. Je sais que tu en meurs d'envie.

Holden se pencha en avant et marqua une pause pour créer un petit effet, avant de tout déballer.

— Owen et Devyn ont eu une aventure d'un soir.

Il se réinstalla sur sa chaise pour observer les conséquences de la bombe qu'il venait de lâcher.

— Quoi ? lança Brayden en clignant des yeux.

— Quand ? demanda Colby, tout aussi stupéfait que Brayden.

— Avant que je sache qu'elle habite dans l'immeuble, précisai-je. C'était une coïncidence. Je l'ai rencontrée dans un bar. On a eu une super alchimie... qui nous a menés à l'hôtel juste à côté.

Colby resta bouche bée, et la mâchoire de Brayden se décrocha.

Je leur en dis un peu plus sur cette fameuse soirée, y compris sur la façon dont Devyn s'était enfuie. Je leur expliquai aussi comment j'avais raconté la vérité à Holden après avoir croisé Devyn, quand j'étais allé donner l'avertissement pour les nuisances sonores.

Brayden réagit exactement comme je l'avais imaginé.

— Tu plaisantes ? s'énerva-t-il. Quand je tentais ma chance avec elle chez Colby, tu m'as laissé me ridiculiser en sachant que tu avais déjà couché avec elle ?

Je serrai les dents.

— Ce n'était pas comme si j'essayais d'arranger quelque chose entre vous. Ça n'a rien à voir avec toi. C'est juste que je n'avais pas envie de parler de cette histoire.

Colby plissa les yeux.

— On se raconte tout. Qu'est-ce qui est différent cette fois ? Quel est le grand secret ?

— Je ne sais pas exactement, hésitai-je. Je crois que j'ai envie de la protéger. Je ne voulais pas dévaloriser ce qui s'est passé en m'en vantant. J'avais aussi un peu honte de la façon dont je me suis fait ghoster.

Je fixai ma bouteille.

— Et puis, je n'avais pas non plus l'impression que c'était *seulement* un coup d'un soir. Et Dieu sait que j'en ai déjà eu avant. Ensuite, une fois que j'ai découvert qu'elle vivait dans l'immeuble, j'ai voulu avant tout protéger son intimité.

— D'accord. C'est compréhensible, acquiesça Colby.

Brayden se mit à rire.

— Je me suis demandé pourquoi tu avais l'air de vouloir me tuer ce jour-là, quand tu m'as vu parler avec elle chez Colby.

— Tu as raison, j'avais envie de te tuer. Mais je savais que tu n'étais pas au courant de ce qui se passait. Tu n'as jamais risqué de te prendre un coup de poing.

— De toute façon, tu as de la chance qu'elle ne m'intéresse pas, ajouta-t-il, l'air contrarié.

Je frappai son bras.

— Ah oui ? Tu es trop bien pour elle maintenant, crétin ?

— Non, mais je prends un nouveau départ, annonça Brayden en retirant une peluche sur son haut.

Holden s'arrêta de boire au beau milieu d'une gorgée.

— De quoi tu parles ?

— Eh bien, il se trouve que ces derniers temps, je suis attiré par une femme plus… *mature*, révéla-t-il en glissant un piment jalapeños dans sa bouche.

— Devyn est très mature, la défendis-je.

— Elle est trop jeune, répliqua-t-il, la bouche pleine.

Il est sérieux ?

— Elle n'est pas beaucoup plus jeune que nous, indiquai-je.

— Oui, mais je trouve que les femmes de notre âge, proches de la trentaine, voire même trentenaires, ont tendance à être superficielles et immatures en général.

— Vraiment ? l'interrogea Colby en arquant un sourcil.

Holden ricana.

— D'où tu sors ça ?

— Disons juste que j'ai mes propres secrets, avoua-t-il avec un clin d'œil.

Colby posa brusquement sa bouteille.

— Bon sang. Vous êtes louches tous les deux ces derniers temps.

Quand Brayden refusa d'en révéler davantage, la conversation se porta de nouveau sur Devyn et moi.

— Alors, quel est le problème ? demanda Colby. Pourquoi tu ne sors pas avec elle si vous avez passé une si bonne soirée ensemble ?

— Je n'ai pas de réponse claire à te donner. Je l'apprécie vraiment. Et tu sais que je ne dis pas ça souvent.

— Tu l'apprécies vraiment, répéta Colby. C'est ça ta raison pour ne pas sortir avec elle ?

— Il doit y avoir un *mais* quelque part, insista Holden. Crache le morceau.

— Les choses ne sont pas faciles dans sa vie à l'heure actuelle, et la dernière chose dont j'ai envie, c'est de compliquer encore plus les choses. C'est tout.

— Alors pourquoi tu proposes d'aller à Boston avec elle ? s'enquit Colby.

— Parce que je veux l'aider.

— N'importe quoi, répliqua Brayden en riant. Je crois plutôt que tu veux l'aider à passer la porte d'une autre chambre d'hôtel.

Je levai les yeux au ciel.

— Peut-être qu'au fond de moi, ça ne me dérangerait pas si ça arrivait... Mais que vous me croyiez ou non, ce n'est pas ce qui me motive. Désolé si vous pensez que je ne suis pas une personne assez décente pour aider simplement quelqu'un qui a beaucoup à gérer en ce moment, soupirai-je. De toute façon, elle n'accepterait peut-être pas ma proposition.

— Tu sais ce que je pense ? lança Brayden en me regardant d'un air sceptique. Je crois que tu es prudent pour *toi*, et pas pour elle.

— Ah bon ? m'étonnai-je en posant mon menton sur ma main. Éclaire-moi alors, puisque tu as l'air de me connaître mieux que moi.

— Elle n'est là que temporairement. Tu sais qu'elle va partir. Alors tu prends encore plus de précautions parce que *tu* ne veux pas souffrir.

C'était sans aucun doute le raisonnement de Devyn, mais je n'allais pas aborder ce sujet.

— Pense ce que tu veux, lui répondis-je.

J'avalai quelques gorgées de bière avant de prendre un bâtonnet de mozzarella.

— Quelqu'un d'autre a des choses à révéler ce soir ? demanda Colby en regardant autour de la table.

Brayden et moi nous observâmes en ricanant, et Holden frappa sa main sur la table.

— Si personne n'a rien à ajouter, finissons-en avec cette réunion. J'ai une petite fille enrhumée qui attend des bisous de son papa à la maison.

Sur le chemin du retour ce soir-là, j'hésitai à passer chez Devyn pour voir s'il y avait du nouveau à propos de Vera. Je décidai d'aller vérifier, et dès qu'elle ouvrit la porte, je compris à son air stressé que rien n'avait changé.

— Salut. Entre, m'invita-t-elle en s'écartant sur le côté.

— Comment tu vas ? demandai-je.

— Longue journée, répondit-elle en poussant un long soupir. J'ai essayé de travailler un peu, et les enfants se sont disputés pendant le repas, mais heureusement, ils sont dans leurs chambres en train de faire leurs devoirs.

Elle posa sur moi ses yeux fatigués.

— J'en déduis que rien n'a changé concernant la situation avec ta mère ?

— Non. Malheureusement, je ne sais toujours pas ce que je vais dire aux services sociaux lundi.

— Eh bien, mon offre tient toujours pour Boston. Je ne vais pas t'embêter avec ça, mais on peut partir dès que tu le souhaites.

— J'apprécie que tu veuilles m'aider, Owen.

Elle changea ensuite de sujet.

— Comment s'est passée ta réunion ?

— Comme d'habitude, c'est principalement une excuse pour pouvoir boire un verre avec les garçons et se chambrer. On passe quatre-vingts pour cent du temps à raconter n'importe quoi, et vingt pour cent à parler affaires, expliquai-je, avant de marquer une pause. D'ailleurs...

Je me raclai la gorge.

— Je voulais te dire que j'ai décidé de parler à mes amis de la soirée de notre rencontre. Jusqu'à aujourd'hui, Holden était le seul à être au courant.

Elle m'observa d'un air absent.

— Oh...

— Brayden avait clairement des vues sur toi, alors je me suis dit qu'il fallait qu'il sache ce qui s'était passé, poursuivis-je sans pouvoir déchiffrer son expression. Mais c'est surtout difficile pour moi de leur cacher quoi que ce soit. Ils sont comme mes frères, et ils savent toujours quand je leur cache quelque chose. Je n'en ai pas parlé pour me vanter. Je veux que tu le saches. Quand j'ai donné le chèque à Colby, il m'a posé des questions sur ta situation actuelle, et ça a mené à une discussion à propos du fait que toi et moi avons l'air... plus proches que de simples inconnus. Je ne voulais pas mentir.

Je tentai d'évaluer sa réaction.

— Je comprends, acquiesça-t-elle. Je raconte tout à Mia aussi. Je ne peux pas m'attendre à ce que tu ne te confies pas à tes plus proches amis.

Elle haussa les épaules.

— On est des adultes. Il n'y a pas de honte à avoir, ajouta-t-elle.

— Merci pour ta compréhension.

Elle hocha la tête, mais n'ajouta rien.

— Je devrais te laisser tranquille. Je voulais juste passer te dire bonjour et prendre des nouvelles.

À ma grande surprise, son expression s'assombrit.

— J'allais mettre un film pour me détendre. Tu veux le regarder avec moi ? proposa-t-elle en coinçant une mèche de cheveux derrière son oreille.

Bingo. Mon pouls accéléra.

— Oui, avec plaisir.

— J'ai encore le reste de la tarte que tu m'as apportée dans le frigo. Tu pourrais m'aider à la manger si tu veux.

Là, tout de suite, j'avais plutôt envie de la manger *elle*, mais la tarte allait devoir faire l'affaire.

— Je suis partant, acquiesçai-je.

— Je vais chercher la tarte et deux fourchettes, déclara-t-elle en me faisant un clin d'œil.

Quelques instants plus tard, je suivis Devyn jusqu'au canapé du salon. Elle posa la tarte sur la table basse et appuya sur les touches de la télécommande à la recherche de la chaîne de streaming. Elle n'arrêtait pas d'atterrir sur les chaînes du câble ou sur un écran de configuration.

— J'en déduis que tu ne regardes pas souvent la télé, la taquinai-je.

— Comment tu as deviné ? demanda-t-elle en riant.

— Le hasard. Je peux ?

Je récupérai la télécommande, puis naviguai dans le menu pour ouvrir Netflix, avant de la lui rendre.

— C'est la même configuration que chez moi, alors je la connais par cœur. Même si je ne me souviens pas de la dernière fois où je me suis posé devant un film. La plupart du temps, je suis tellement fatigué après le travail que je finis par m'endormir.

— Malheureusement, je ne me souviens pas non plus de la dernière fois où j'ai pu regarder un film en entier. Je ne sais pas si c'est à cause de ma capacité de concentration de ces derniers temps vu toutes les distractions, ou si c'est seulement la fatigue. Choisis, m'invita-t-elle en me tendant de nouveau la télécommande.

— Eh bien, je ne le prendrai pas personnellement si tu t'endors.

Je ris en parcourant toutes les options.

— Tu as envie de quelque chose en particulier ? demandai-je.

— Rien de trop compliqué et sans trop de violence.

Je fis défiler la liste la plus populaire. Le thriller romantique en troisième position semblait pouvoir nous plaire à tous les deux, alors je m'arrêtai dessus.

— Que penses-tu de celui-ci ?

Elle se pencha pour mieux voir, et elle se mit à rougir.

— Euh, tout, mais pas celui-là, s'il te plaît.

— D'accord... répondis-je en arquant un sourcil. Tu n'aimes pas les thrillers romantiques ou...

Quand elle n'ajouta rien, je regardai de nouveau l'image de l'acteur sur l'aperçu. C'était un type mignon avec des cheveux blond foncé et des yeux bleus saisissants.

Aaah...

— C'est lui, c'est ça ?

Elle hocha la tête.

Robert Valentino.

J'avais désormais le visage et le nom de « l'acteur secret » que je détestais.

Et j'avais aussi le nom du sentiment indésirable dans ma poitrine : la jalousie.

CHAPITRE 9

Devyn

— Qu'est-ce que c'est ? demandai-je.

Heath haussa les épaules.

— Je ne sais pas. Je viens de la trouver par terre devant la porte d'entrée.

Je récupérai l'enveloppe kraft avec mon nom écrit dessus, et la lançai sur le comptoir de la cuisine. Si quelqu'un ne voulait pas me la remettre en personne, ça ne devait pas être une bonne nouvelle. Ça pouvait attendre le départ des enfants à l'école. Ils n'avaient pas besoin d'une autre source d'inquiétude. Heath m'avait demandé une dizaine de fois si j'avais eu des nouvelles de Vera depuis le passage des services sociaux, et Hannah avait été plus silencieuse que d'habitude. Ils étaient clairement tous les deux inquiets à propos de ce qui pourrait se passer quand l'assistante sociale allait revenir.

Une fois seule, j'ouvris l'enveloppe. À l'intérieur, un tas de feuilles avaient été agrafées ensemble, et un Post-it était collé dessus.

Je conduirai.
Bises,
Owen

La première page était une carte, avec une route surlignée en jaune et des tas de croix noires. Confuse, je feuilletai le reste. Mon cœur se serra quand je compris que c'était la liste imprimée de tous les ateliers de réparation de camions dans la région de Boston. En bas de chaque page, je remarquai l'heure d'impression dans un coin : 2 h 12. Owen avait dû rester éveillé toute la nuit pour faire ça. Je ne savais pas vraiment si c'était sa gentillesse ou mes nerfs à vif, mais j'eus la gorge nouée.

Je déglutis et récupérai mon téléphone pour vérifier pour la millième fois si Vera avait écrit ou appelé. Évidemment, ce n'était pas le cas. J'avais encore mon portable à la main quand il vibra à l'arrivée d'un message.

Owen : Bonjour, beauté. J'ai glissé quelque chose sous ta porte avant de partir au bureau.

Je souris et lui répondis.

Devyn : Je viens de l'ouvrir. C'est gentil d'avoir préparé tout ça.

Owen : Pour information, j'ai jeté un coup d'œil aux sites Web de quelques-unes de ces adresses. Beaucoup d'entre elles ne sont pas ouvertes les samedis et dimanches, alors il faudrait qu'on y aille demain. Je me suis dit que si on partait à quatre heures du matin, on éviterait les embouteillages à l'aller, et on serait de retour en début de soirée pour que les enfants ne restent pas longtemps seuls après les cours. Et je pourrais demander à Colby de passer chez toi dans la matinée pour s'assurer qu'ils aillent bien à l'école et qu'ils ne sèchent pas les cours.

Cet homme avait pensé à tout. La première fois qu'il avait suggéré d'aller à Boston pour rechercher Vera, ça m'avait paru farfelu. C'était une sacrée grande ville. Mais avec le temps qui pressait et en voyant à quel point son plan d'attaque était organisé, je commençais à avoir l'impression que ce n'était pas si fou.

Devyn : Tu ne dois pas travailler demain ?

Il répondit presque aussitôt.

Owen : Je suis arrivé plus tôt ce matin pour prendre de l'avance, au cas où.

Je mordillai mon ongle. J'avais toujours détesté qu'on me rende service. J'étais fière d'être indépendante, mais au fond de moi, je soupçonnais que ce n'était pas vraiment dû au fait de me débrouiller seule, mais plutôt à mon incapacité à faire confiance aux autres, car ma mère me décevait toujours. Pourquoi, bizarrement, je n'avais pas peur qu'Owen me déçoive, même si je ne le connaissais pas tant que ça ? Mon cœur me disait qu'il était digne de confiance. Ce qui me terrifiait le plus, c'était de penser que ça ne me dérangerait pas de me reposer un peu sur quelqu'un.

Devyn : Je peux te donner une réponse plus tard ?

Owen : Bien sûr. Passe une bonne journée.

Après ça, je me forçai à ne plus penser à Vera, car mon emploi du temps était chargé. J'avais trois appels vidéo avec des producteurs à la recherche de nouveaux talents, et un script à lire pour pouvoir préparer une présentation pour les rôles. L'heure du retour des enfants arriva rapidement, et il fallait encore que je passe au magasin pour acheter de quoi faire le repas. Alors je ramassai les papiers étalés sur la table de la cuisine et j'éteignis mon ordinateur portable.

Une fois dans l'ascenseur, je jetai un coup d'œil à mon téléphone. J'avais reçu cinq messages de la part d'acteurs que je représentais. Alors que je m'apprêtais à ouvrir le premier, j'en reçus encore un autre. Je souris en voyant qu'il venait d'Owen. Nous étions sur la même longueur d'onde.

> **Owen :** Qu'est-ce que tu aimes grignoter ? Je suis en train d'acheter quelques petits trucs au cas où on part en road-trip demain. Je ne peux pas conduire sans un paquet de Swedish Fish et un demi-kilo de cacahuètes au wasabi. Tu es plutôt salé ou sucré ?

Avant que je puisse répondre, un autre message arriva.

> **Owen :** Oooh. Ils ont des chips de maïs soufflé saveur pop-corn. Mes préférées. Il vaut mieux que j'en prenne deux paquets parce que je ne les partage pas.

Mon sourire s'élargit. Moi aussi, je grignotais pendant les road-trips.

> **Devyn :** Je n'ai jamais goûté ces chips, mais j'aime les Swedish Fish.

Quelques secondes plus tard, je reçus une photo. Je cliquai dessus et découvris l'image d'un panier rempli de cochonneries. Il devait y avoir au moins vingt paquets de choses à grignoter là-dedans : des chips, du chocolat, des bonbons, des fruits à coque.

Je ris en tapant ma réponse.

> **Devyn :** Euuh... le trajet dure combien de temps ? Un mois ?

> **Owen :** Je pourrais faire un aller-retour au Canada si tu décides de ne plus vouloir trouver Vera. Il me faudra une excuse pour manger tout ça.

Un autre message arriva.

Owen : Alors tu es partante ? Ou est-ce que je dois préparer mon passeport pour demain ?

Lundi allait vite arriver, et il fallait vraiment que je tente quelque chose. Ma technique d'attendre en espérant que les choses bougent ne fonctionnait pas tellement. Et, soyons réalistes, j'hésitais plus parce que j'avais peur d'être proche d'Owen qu'autre chose, et je ne devrais pas laisser quelque chose m'empêcher de trouver Vera. Ma sœur et mon frère avaient besoin qu'elle rentre. Alors je pris une grande inspiration et tapai une réponse.

Devyn : Tu crois qu'il reste un peu de place dans ce panier pour des Reese's ?

Je reçus une autre photo quelques minutes plus tard. C'était un selfie d'un Owen tout sourire, avec un paquet de deux kilos de Reese's.

Owen : Rendez-vous dans l'entrée à quatre heures.

— J'en ai une, annonça Owen en agitant un Twizzlers devant moi pendant qu'il conduisait.

Nous jouions depuis une heure à un jeu que j'avais appelé *Devine lequel d'entre nous*.

— En CM2, on a dû faire une rédaction où on inventait une histoire sur le Père Noël. L'un des garçons a écrit une histoire où il quittait la Mère Noël pour une femme plus jeune et plus canon, qui était secrètement une disciple du Grinch, et qui remplaçait tous les jouets qu'il distribuait par des pulls à cols roulés d'un marron moche, tricotés par des grands-mères.

— Oh, mon Dieu, je suis sûre que c'est Holden, répondis-je en riant. Je dis ça seulement parce qu'il y a une femme canon dans l'histoire.

Owen sourit.

— Non, c'était moi. Ma grand-mère me tricotait des tas de pulls qui grattaient. Je les détestais, mais ma mère me forçait à les porter dès qu'on lui rendait visite. Pendant ce temps-là, la grand-mère de Holden lui offrait des trucs comme un clavier et une Nintendo 64.

Il me fit rire.

— Vous deviez former une sacrée équipe. Je parie que les filles devenaient dingues quand vous entriez dans une pièce tous ensemble.

— Es-tu en train de dire que mes amis sont *canon*, Devyn ?

— Je suis presque sûre que tu le sais déjà. Je n'imagine aucun de vous avoir du mal à décrocher des rencards.

Owen jeta un coup d'œil dans ma direction.

— Je suis sûre que c'était facile pour toi aussi.

Je soupirai.

— En réalité, je n'ai pas eu beaucoup de petits amis. Ma mère ramenait tellement de types à la maison qui l'utilisaient pour une raison ou pour une autre. Ils restaient quelques semaines, puis ma mère était toujours triste quand ils disparaissaient sans prévenir. Et une fois sur deux, ils partaient avec l'argent qu'elle avait dans son portefeuille. Je pensais que tous les hommes étaient comme ça, donc ça ne m'intéressait pas vraiment.

— Tu as toujours cette impression ? demanda-t-il en fronçant les sourcils.

— Non, j'ai eu la chance d'avoir des exemples d'hommes réglo dans ma vie. Tu te souviens du producteur dont je t'ai parlé ? Celui qui m'a orientée vers les castings et qui a été mon premier client officiel quand je me suis lancée à mon compte ?

— Oui...

— Eh bien, je le considère comme un membre de ma famille. Il a trente ans de plus que moi et il est marié à la même femme depuis ses dix-neuf ans. J'ai beaucoup appris grâce à lui, et pas seulement au sujet de l'industrie du cinéma.

— Est-ce que ce serait trop intrusif si je te posais des questions sur ton père ? Est-ce que tu as des contacts avec lui ?

Je secouai la tête.

— Il s'appelle Rick. Il est parti quand ma mère lui a annoncé qu'elle était enceinte.

— Alors tu ne l'as jamais rencontré ?

— Si, une fois. Je devais avoir six ou sept ans. J'étais au supermarché avec ma mère. Un type avec une longue barbe s'est approché pour nous dire bonjour. Ma mère s'est tournée vers moi pour me dire tout naturellement « Devyn, voici ton bon à rien de père qui ne s'occupe pas de toi ». Je me souviens qu'ils ont discuté pendant une minute ou deux, puis il m'a regardée en haussant les épaules, avant de me dire « Je te souhaite d'avoir une belle vie, petite. Essaie de ne pas ressembler à ta mère quand tu grandiras ». Et c'est tout. Ma mère n'en a jamais parlé avec moi, et je n'ai plus abordé le sujet.

— C'est fou.

— Au moins, il m'a donné un bon conseil. J'ai passé les vingt années qui ont suivi à essayer d'être tout l'opposé de Vera.

Le GPS d'Owen nous interrompit pour nous dire d'emprunter la prochaine sortie, afin de nous rendre à notre premier atelier de réparation. Trente-huit garages étaient marqués sur la carte qu'il avait imprimée. À huit kilomètres de l'autoroute, nous nous garâmes devant le premier. Il était un peu hors des sentiers battus, mais les camions garés partout nécessitaient beaucoup d'espace, et le centre-ville de Boston était cher.

Owen entra avec moi. Le type à l'accueil avait une cigarette aux lèvres, et le cendrier près de lui débordait. Il ne leva pas les yeux lorsque je lui dis bonjour.

— À tout hasard, est-ce qu'un de vos employés s'appelle Bo ? lui demandai-je.

— Non. Aucun Bo ici.

— Est-ce que vous connaissez un mécanicien qui porte ce prénom ?

L'homme leva la tête et fronça les sourcils.

— Est-ce que je ressemble à un annuaire ? Non, je ne connais pas de Bo, et personne ne s'appelle comme ça ici. Autre chose ?

— Non, soupirai-je. Merci de nous avoir accordé du temps.

La personne qui gérait l'accueil du garage suivant était bien plus sympathique, mais elle ne connaissait pas non plus Bo. À l'heure du déjeuner, nous avions visité seize ateliers, et je commençais à avoir l'impression que ce voyage était une perte de temps.

— Ne te décourage pas, on va les trouver, m'assura Owen.

J'appréciais sa positivité, mais il n'avait pas passé une partie de sa vie à chercher Vera. Cette femme disparaissait mieux qu'un magicien.

Nous passâmes les heures suivantes à nous arrêter à chaque point de la carte. Quelques endroits avaient mis la clé sous la porte entre-temps, et lorsqu'il fut quinze heures, nous n'avions plus qu'un garage à visiter.

Nous entrâmes, mais je me sentis abattue avant même de parler à quelqu'un. Owen dut le sentir, car il prit l'initiative de parler à ma place au type derrière le comptoir.

— Bonjour. Vous allez bien ? On cherche un mécanicien qui s'appelle Bo.

— Qu'est-ce qu'il a fait ? Est-ce que votre équipement a lâché ?

Owen secoua la tête.

— Non, ce n'est pas ça. On veut juste lui parler. En fait, c'est personnel.

— Bo est en repos aujourd'hui, nous informa-t-il en hochant la tête.

J'écarquillai les yeux.

— Mais il travaille ici ?

— Est-ce que vous cherchez Bo Ridge ?

— On n'est pas sûrs de son nom de famille, répondis-je. Est-ce qu'il a commencé à travailler ici récemment ?

— Il y a une semaine et demie. Peut-être deux.

— À tout hasard, est-ce que vous avez vu une femme avec lui ? Elle s'appelle Vera.

— Je n'ai pas retenu son nom, mais une blonde le dépose et vient le chercher parfois. Elle est venue à l'heure du déjeuner la dernière fois. Je suis presque sûr qu'ils se sont envoyés en l'air dans la voiture. Elle était assise sur lui à l'avant, et le tas de ferraille qu'ils conduisent n'arrêtait pas de remuer.

Ça ressemble bien à Vera...

— Était-elle mince, avec beaucoup de maquillage et des tas de bracelets ?

— Je ne sais pas vraiment pour les bracelets, mais mince et très maquillée, ça correspond bien à la description.

— Quand Bo reprend-il le travail ?

— Demain matin à huit heures. On est ouverts jusqu'à midi les samedis.

Je soupirai.

— Est-ce que vous pourriez l'appeler pour nous ou nous donner son numéro ?

Le type pinça ses lèvres.

— S'il vous plaît, insistai-je. Il est très important qu'on puisse entrer en contact avec eux.

Il hocha brièvement la tête, avant de fouiller dans un meuble de classement et d'en sortir une pile de feuilles. Je jetai un coup d'œil lorsqu'il en sortit une du tas, en essayant de lire à l'envers les pattes de mouche griffonnées, pendant que l'homme passait son doigt sur la page. Il tapa deux fois à un endroit, avant de composer le numéro sur le téléphone de l'accueil et de mettre sur haut-parleur.

Toutefois, ça ne sonna même pas. Au lieu de ça, l'appel fut aussitôt dirigé vers un message automatique disant que le numéro n'était plus attribué.

Il fronça les sourcils.

— Ça fonctionnait le lendemain de son entretien. Je m'en suis servi pour l'appeler quand je lui ai annoncé qu'il pouvait avoir le poste avec une période d'essai.

— Peut-être que vous avez fait une erreur en le composant ?

Il fronça les sourcils, mais il raccrocha et composa de nouveau le numéro. Cette fois-ci, je l'observai appuyer sur les touches et je vérifiai les chiffres sur le papier. Il ne s'était pas trompé, mais le message automatique était le même.

— La ligne a dû être coupée, déclara-t-il en haussant les épaules.

Si la description de la blonde mince qu'il s'était tapée dans la voiture à l'heure du déjeuner n'était pas suffisante pour identifier Vera, la ligne coupée s'en chargeait. C'était le mode opératoire de ma mère.

— Est-ce que vous avez une adresse ? l'interrogeai-je.

Il regarda sur la feuille et secoua la tête.

— Il logeait dans un hôtel quand il a postulé. Il a dit qu'il attendait une réponse pour un appartement.

— Vous savez quel hôtel ?

— Non, mais ça ne vous apporterait rien. Il n'y est plus. Il a emménagé dans son appartement il y a quelques jours. Il était censé me donner l'adresse pour que je puisse mettre à jour mes dossiers, mais il ne l'a pas encore fait.

— D'accord, soupirai-je. Est-ce que vous seriez d'accord pour que je l'appelle ici demain, via le numéro de votre garage ?

— Tant que vous ne le retenez pas trop longtemps. Il a beaucoup de travail. On a du retard.

— Je peux avoir votre numéro ?

Le type prit une carte sur un présentoir et me la tendit.

— Merci beaucoup pour votre aide.

Une fois à l'extérieur, Owen leva sa main pour que je tape dedans.

— On l'a fait !

Je tapai dans sa paume en souriant.

— Je n'en reviens pas que ça ait fonctionné. Je ne sais pas comment te remercier, Owen.

— Inutile de me remercier. Mais est-ce que tu crois que c'est une bonne idée de partir et d'appeler demain matin ? Tu devras compter sur ta mère pour rentrer à New York en moins de quarante-huit heures.

Mon enthousiasme en prit un coup.

— Tu as raison. Je n'y ai pas réfléchi. Entrer en contact avec elle, ce n'est que la moitié du chemin. Ce n'est pas une mère normale qui rentrerait aussi vite que possible en sachant que ses enfants risquent de finir en famille d'accueil. Il se pourrait que ce soit pour elle une raison de ne *pas* rentrer. Dans son esprit étriqué, savoir que quelqu'un d'autre se charge d'eux reviendrait à lui donner la permission de continuer à papillonner. Je vais peut-être devoir la ramener de force. Mais je ne peux pas non plus laisser les enfants seuls ce soir.

Owen réfléchit un instant.

— Et si on te trouvait une chambre d'hôtel dans le coin, et que je rentrais pour m'occuper d'eux ?

— Je ne peux pas te laisser faire ça. Et puis, je ne sais pas comment Hannah vivrait le fait que tu restes à l'appartement.

— Tu pourrais rentrer pendant que je reste pour parler à Bo ?

Je soufflai longuement en secouant la tête.

— Je n'exagère pas quand je te dis qu'il va peut-être falloir la ramener de force. Je pense que c'est à moi de le faire.

— J'ai une idée, annonça Owen en levant un doigt. Attends une minute. Laisse-moi passer un appel rapidement.

Il sortit son téléphone de sa poche et naviqua sur son écran pendant quelques secondes, avant de le porter à son oreille. J'entendis sa partie de la conversation.

— Salut. Quoi de neuf, mec ?

Pause.

— Écoute, j'ai besoin d'un grand service. Est-ce que tu penses que Hannah et Heath peuvent dormir chez toi ce soir ? Hannah adore Billie et les enfants, alors je pense que ça ne la dérangera pas. Dans le cas contraire, invite Holden pendant une heure ou deux, ça la convaincra.

Encore une pause.

— Oui, tout va bien. Je suis à Boston avec Devyn. On pensait faire l'aller-retour en une journée, mais il s'avère qu'on a besoin de passer la nuit ici.

Quelques secondes plus tard, Owen sourit.

— Merci, mon pote. Je te dirai par message comment t'y prendre pour les faire venir, une fois que Devyn les aura prévenus.

Owen raccrocha et me regarda.

— Problème résolu. C'est sûrement mieux d'avoir deux paires de mains de toute façon, au cas où on aurait besoin d'attacher Vera pour la ramener de force. Et puis je n'aime pas l'idée de te laisser seule dans ce coin.

Mon cœur se mit à accélérer.

— Alors, on va passer la nuit... ensemble ?

— Oui. Tu es une petite chanceuse, répondit-il avec un petit sourire.

CHAPITRE 10

Après un arrêt chez Target pour acheter des vêtements de rechange, nous arrivâmes à un hôtel du centre-ville, dans l'espoir qu'ils puissent nous accueillir.

La fille à l'accueil vérifia la disponibilité sur son logiciel.

— On a une chambre, déclara-t-elle en cliquant sur plusieurs touches.

— En fait, comme je vous l'ai dit, il nous en faudrait *deux*, rectifia Owen.

Elle écarquilla les yeux.

— Deux chambres séparées ?

— Oui, acquiesça-t-il.

— Je suis désolée. J'ai pensé que vous étiez ensemble et que j'avais dû mal entendre, précisa-t-elle en inclinant la tête. Voyage d'affaires ?

— Quelque chose comme ça.

La fille battit des cils en regardant Owen et fut soudain très enthousiaste à l'idée de nous aider. J'imaginais qu'il se faisait draguer comme ça partout où il passait.

— Bon, reprit-elle en tapant sur son clavier. Il nous reste deux chambres voisines. Ça vous irait ?

Il se tourna vers moi d'un air sérieux.

— Est-ce que c'est assez loin de moi ?

Je lui donnai un coup de coude dans les côtes.

— C'est parfait, lui assurai-je, avant de me tourner vers la femme. Est-ce qu'on peut payer séparément ?

— Non, intervint-il en levant sa paume. Qu'est-ce que tu fais ?

— Je veux payer pour la mienne, affirmai-je en fouillant dans mon sac à main. D'ailleurs, tu m'aides, alors je devrais aussi payer pour la tienne.

Il repoussa mon portefeuille.

— Tout ça, c'était mon idée, Devyn. Je m'en charge. Je ne te laisserai pas payer.

Même si je n'aimais pas avoir l'impression de lui être redevable, il n'allait pas me laisser refuser.

— Merci, répondis-je en rangeant mon portefeuille.

— Inutile de me remercier. Je suis juste content de ne pas avoir à te laisser seule ici.

J'eus la chair de poule. Il m'était impossible d'imaginer parcourir seule la ville de Boston à la recherche de ma mère. Même si j'avais refusé ce voyage au départ, je savais que j'avais pris la bonne décision.

La fille nous tendit chacun une clé.

— Si vous avez besoin de quoi que ce soit… ajouta-t-elle en regardant Owen. Je m'appelle Colleen. Je travaille jusqu'à minuit. Et surtout, je suis *libre* après minuit.

— Merci, se contenta-t-il de répondre en ayant l'air indifférent à sa proposition.

— Cette femme mérite d'être frappée, murmurai-je alors que nous rejoignions les ascenseurs.

Owen se mit à rire.

— Elle n'était pas très subtile, hein ?

— Ce n'est pas parce qu'on ne dort pas dans le même lit qu'on n'est pas ensemble.

Je me corrigeai rapidement.

— Enfin, on n'est pas ensemble, mais elle ne le sait pas.

— Oui, c'était un peu audacieux. Ça me rappelle un peu une tête brûlée que j'ai rencontrée il n'y a pas si longtemps que ça et qui m'a dit très clairement ce qu'elle désirait.

Je rougis en comprenant qu'il parlait de moi.

— Ça ne me ressemble pas de me laisser aller... à ce point-là.

Nous entrâmes dans la cabine.

— Eh bien, je suis content d'avoir vécu ça avec toi, même si ce n'était qu'un moment fugace, me confia-t-il en appuyant sur le bouton du quatrième étage. Je suis désolé si je t'ai mise mal à l'aise en abordant le sujet.

Je coinçai une mèche de cheveux derrière mon oreille.

— Ce n'est pas le cas.

Les portes de l'ascenseur s'ouvrirent et nous avançâmes.

— Ça te dit qu'on pose nos affaires et qu'on aille trouver le meilleur restaurant du coin pour profiter d'un bon dîner ? proposa Owen. Histoire de tirer le meilleur de ce séjour.

— C'est tentant, mais j'ai juste envie de me poser dans ma chambre, répondis-je. Cette journée m'a épuisée. Est-ce qu'on peut prendre à emporter plutôt ?

— Bien sûr. J'irai chercher à manger pendant que tu te détendras.

— Tu es déçu qu'on ne sorte pas ? demandai-je pendant que nous traversions le couloir.

— Je passe ma vie dans des restaurants avec des clients, Devyn. Un repas tranquille ici avec toi, c'est encore mieux.

Après avoir trouvé nos chambres, Owen partit poser ses affaires. Une minute plus tard, j'entendis un coup, mais pas au niveau de la porte d'entrée. Non seulement nos chambres étaient voisines, mais elles étaient aussi communicantes.

Il me rejoignit pour observer la vue grandiose sur la *skyline* de Boston par la fenêtre de la mienne.

— Waouh, c'est vraiment magnifique, déclarai-je.

— C'est vrai, confirma-t-il, même si j'aperçus dans le reflet de la vitre qu'il me regardait *moi*, et pas la *skyline*.

Savoir qu'il allait être dans la pièce à côté me rendait nerveuse, mais je n'aurais pas voulu qu'il en soit autrement.

— Tu veux manger quelque chose en particulier? demanda-t-il.

Je haussai les épaules.

— Surprends-moi.

— Sérieusement? Aucune envie? Le monde s'ouvre à toi, Devyn, insista-t-il en souriant. Le quartier de North End n'est pas très loin d'ici. Ils ont de bons restaurants italiens.

— Aucune envie particulière. Je n'arrive pas à me décider, mais je n'ai aucune allergie alimentaire, donc tout m'ira. La seule chose que je n'aime pas, c'est le gingembre. Tu sais, celui qui est mariné et qu'on sert avec les sushis. Ça me donne envie de vomir.

Il se mit à rire.

— D'accord, j'éviterai le gingembre mariné.

Après son départ, j'appelai rapidement Heath et Hannah avant de prendre une longue douche chaude. J'en avais besoin après cette journée. Je me sentais chanceuse d'avoir un peu de temps seule dans une magnifique chambre d'hôtel, pendant qu'un homme encore plus beau était parti m'acheter à manger. Je me rendis compte à quel point je n'avais pas été bien traitée par les hommes dans le passé. Ce que je ressentais en ce moment aurait dû me paraître bien plus familier.

Après ma douche, je m'allongeai sur le lit, vêtue du pyjama que j'avais acheté chez Target, en ressentant un sentiment de gratitude. J'allumai la télévision en me demandant à quel point ce serait pathétique que je m'endorme avant qu'Owen rentre. Oui, j'étais fatiguée à ce point.

Alors que je commençais à m'assoupir dans le lit confortable, mon téléphone se mit à sonner.

Robert.

Je décrochai.

— Salut.

— Salut, ma belle. Comment tu vas ? Je n'ai pas eu de nouvelles. Je me suis dit que tu avais peut-être changé d'avis à propos de mon invitation.

Je m'assis contre la tête de lit.

— Désolée de te décevoir, mais non. Rien n'a changé. Je ne vais pas pouvoir venir.

— Qu'est-ce que tu fais ce soir ? demanda-t-il.

— En fait, je suis à Boston.

— Qu'est-ce que tu fais là-bas ? Je croyais que tu ne pouvais pas voyager, répliqua-t-il d'un ton amer.

— Ce n'est pas un voyage pour le plaisir. Je suis là parce que j'ai eu une piste selon laquelle ma mère indigne serait là avec son petit ami, et j'essaie de la localiser avant que les services sociaux embarquent mon frère et ma sœur. Heath et Hannah sont chez mes voisins.

— Oh, bon sang. D'accord. Tu es seule ?

— Non. Un ami m'aide. On pense avoir trouvé l'endroit où son petit ami travaille, mais il faut qu'on attende jusqu'à demain matin avant de pouvoir le confronter.

— Quel ami ?

— Il s'appelle Owen.

Il marqua une pause.

— Owen, hein ?

— Oui.

— Est-ce que cet Owen est la raison pour laquelle tu n'es pas dans mon lit en ce moment ?

— Non, déglutis-je. On est juste amis.

— Vous êtes à l'hôtel ?

— Oui.

— Il dort dans la même chambre que toi ?

— Non, on a chacun notre chambre.

— Et ce type t'aide sans avoir une idée derrière la tête ?

— Crois-le ou non, Robert, certains hommes sur cette planète ne s'intéressent pas seulement à moi pour le sexe, rétorquai-je en levant les yeux au ciel.

— Je ne m'intéresse pas à toi que pour le sexe. Je peux coucher avec qui je veux.

— Très classe, marmonnai-je.

— Désolé. Je ne voulais pas dire ça comme ça, soupira-t-il. Bref, je ne sais pas si je peux croire aux bonnes intentions de ce type, mais si c'est ce que tu penses.

— Et s'il était plus que ça ? Notre relation n'est pas exclusive, je te rappelle. Tu n'as certainement pas été monogame pendant tout ce temps.

— Tu ne me fais pas confiance à ce sujet, tu te rappelles ? Je *voulais* que tu sois ma petite amie. Tu as refusé chaque fois que je te l'ai demandé.

— On irait droit à la catastrophe. Tu sais que tu ne pourrais pas être fidèle avec tous les voyages que tu fais.

Et tu as raison. Je ne te fais pas confiance, parce que tu ne m'as jamais donné une seule raison de le faire.

— Je n'arrive pas à croire que je vais partir en Italie sans t'avoir vue.

— Eh bien, tu dis que tu es trop occupé pour venir me voir, donc ça ne doit pas être si important que ça pour toi.

— Je te l'ai déjà dit, j'ai des événements presse tous les jours ici.

— Tout le monde peut changer ses plans pour accorder du temps à ce qui est important.

— Exactement. Voilà pourquoi j'avais espéré que tu viennes me voir, ne serait-ce qu'une journée, déclara-t-il en poussant un long soupir. Écoute, tu es importante pour moi, Devyn. Je sais que j'ai une façon bizarre de le montrer parfois, mais tu es l'une des rares personnes en qui j'ai confiance. Tu as connu le vrai moi, avant que je devienne connu. Pourquoi crois-tu que je n'ai pas pu te laisser partir, alors même que beaucoup de choses ont changé ? La seule chose qui ne change pas dans ma vie, c'est que j'ai envie que tu en fasses partie.

Mon corps se tendit, alors que je luttais pour ne pas me laisser manipuler.

— Tu veux de moi selon tes conditions, Robert. Ça ne fonctionnera jamais. Il n'y aura jamais de *nous*.

— Tu dis ça, mais tu reviens toujours vers moi, même si ce n'est que pour une semaine de sexe fantastique... Tu reviens *toujours*, Devyn. Qu'est-ce que ça prouve ?

— Que je ne suis pas très intelligente et qu'il faut peut-être que je travaille sur moi-même pour éviter de prendre de si mauvaises décisions. Visiblement, ça ne m'a menée nulle part, ajoutai-je en passant une main dans mes cheveux.

Il resta silencieux un moment.

— Je vais te laisser. De toute façon, tu n'as pas l'air ravie d'avoir de mes nouvelles. Bonne chance pour trouver ta mère. Je suis sincère. J'espère que tu la retrouveras à temps pour pouvoir venir me voir avant mon départ. Ce serait génial.

Toujours revenir à lui.

— Merci. Bonne soirée.

Je raccrochai et jetai mon téléphone sur le côté.

Comme toujours, parler à Robert me mettait de mauvaise humeur. Toutefois, cette histoire me sortit de la tête lorsque je me rendis compte qu'Owen aurait déjà dû être de retour depuis longtemps. Il était parti depuis bien plus d'une heure. Il n'était quand même pas allé à Tombouctou pour acheter à manger. Encore plus étrange, il ne répondit pas quand je lui envoyai un message. Ça ne lui ressemblait pas du tout.

Une demi-heure plus tard, je l'entendis entrer dans sa chambre juste à côté. Je bondis du lit et remarquai son air épuisé lorsque je le rejoignis, alors qu'il portait un grand sac en papier et... une tarte ?

— Oh, mon Dieu ! m'exclamai-je en couvrant ma bouche. Qu'est-ce que tu as fait ?

— Eh bien, malheureusement, il se peut que nos plats soient froids. Je suis passé devant une pâtisserie en allant les chercher. J'ai voulu entrer pour voir s'ils avaient de la tarte au citron vert. Ils en avaient, mais quand l'employée a pris la tarte dans la vitrine, elle lui a glissé des mains et elle est tombée par terre. Je lui ai dit que ce n'était pas grave, mais elle a insisté pour que le chef m'en fasse une autre. Ça a pris quarante-cinq minutes, et ma batterie m'a lâché entre-temps, alors je n'ai pas pu t'expliquer pourquoi j'étais en retard. Je culpabilisais de partir alors qu'il avait commencé à la préparer. Elle ne me l'a même pas fait payer, soupira-t-il. Bref, elle doit reposer pendant une heure au frigo.

— Je commençais à m'inquiéter.

— Je suis désolé.

Une mèche de ses cheveux noirs était mal placée. Je passai mes doigts dedans pour la remettre en place, et Owen ferma ses yeux quelques secondes.

— Tu n'as pas à t'excuser, lui assurai-je. Merci d'avoir fait tout ton possible pour me rendre heureuse. Je ne suis pas habituée à ça.

— Tu mérites d'être heureuse, murmura-t-il, avant de frapper dans ses mains. Mangeons, tu veux bien ? Avant que ce soit encore plus froid.

Il mit la tarte au frigo et déposa le sac de nourriture sur la petite table dans ma chambre. Owen avait choisi deux plats à partager : des pasta primavera et du poulet au parmesan venant d'un restaurant italien. Mon estomac grogna en sentant l'odeur du fromage et de l'origan. Il avait aussi acheté une bouteille de vin rouge – par chance avec un bouchon à vis puisque nous n'avions pas de tire-bouchon ici.

Il nous servit du vin dans deux verres à eau et les posa devant nous.

— Santé, lança-t-il en levant le sien.

Nos verres tintèrent.

— Est-ce que tu as pris une douche pendant mon absence ? demanda-t-il tout en mangeant. Tu as l'air plus détendue.

— Oui. C'était divin.

— J'ai hâte d'en prendre une aussi après avoir mangé.

— Tu en as sûrement besoin, affirmai-je en buvant une gorgée.

Il arqua un sourcil.

— Est-ce que tu es en train de dire que je pue ?

— Non, d'ailleurs tu sens très bon. Mais après avoir couru partout ce soir, tu dois avoir envie d'en prendre une.

— Tu t'es bien rattrapée, répondit-il en me faisant un clin d'œil. J'étais inquiet. Je me demandais ce que tu devais penser de mon absence.

Je coupai mon poulet.

— En temps normal, j'aurais pensé que je m'étais fait ghoster, mais je ne pensais pas que tu ferais ça.

Owen posa sa fourchette et plissa les yeux.

— Pourquoi tu penserais ça ?

— Je pense que c'est à cause de mon enfance, à force d'avoir été laissée si souvent seule. J'ai l'habitude de voir les gens partir, quitter ma vie, plutôt que rester, confiai-je en prenant une bouchée.

Owen secoua la tête.

— Je suis désolé. Je n'avais pas vu ça sous cet angle. J'espère que je ne t'ai pas inquiétée.

— Comme je te l'ai dit, je ne pensais pas que tu ferais ça. C'est juste quelque chose qui me passe toujours par la tête quand quelqu'un est en retard. J'imagine que la personne ne reviendra jamais.

Je secouai la tête.

— Oh, mon Dieu. Il est bien trop tard pour que je laisse surgir ma folie.

— J'adore ta folie, répliqua-t-il en souriant. Mais ce n'est *pas* fou. Tu as toutes les raisons de ressentir ça vu ce que tu as traversé.

— Je te connais à peine, Owen, et je t'ai déjà confié tellement de choses.

Il me fixa droit dans les yeux.

— Tu as l'impression de me connaître à peine, mais...

Il marqua une pause.

— J'ai été en toi. Et j'ai adoré en apprendre plus sur toi depuis. Même si on n'a pas vraiment respecté l'ordre habituel, au final, je pense qu'on se connaît mieux que d'autres.

Ses mots – *j'ai été en toi* – me donnèrent des frissons. C'était vrai après tout. Et pourtant je l'avais toujours traité comme un quasi-inconnu.

— J'ai du mal à m'ouvrir aux gens, même si je tiens à eux.

Il fallait que j'arrête ça avant de me mettre à pleurer, alors je me levai pour jeter quelques papiers à la poubelle.

— Est-ce que tu veux que je sorte la tarte ? demanda-t-il.

Je m'en voulais de refuser après tout le mal qu'il s'était donné, mais j'avais le ventre plein. En fait, mon estomac n'était pas ravi de la situation.

— Et si on la gardait pour le petit déjeuner ? Je suis remplie.

— Bonne idée. Ça ira bien avec le café.

Owen se leva et finit de nettoyer la table.

— Je vais aller à côté pour prendre une douche. On devrait dormir au cas où on doit ligoter ta mère pour la mettre dans ma voiture demain.

Il me fit rire.

— C'est bien plus probable que tu ne l'imagines, tu sais.

— Oh, je le sais, affirma-t-il en souriant. Tu m'y as préparé.

— Bonne nuit, Owen.

Je saisis sa main et ne la lâchai pas. Je me retrouvai à le supplier en silence de m'embrasser. Même si je prétendais souvent que ce n'était pas ce que je voulais, j'aurais tout donné pour sentir ses lèvres sur les miennes à ce moment-là.

Toutefois, au lieu de s'approcher, Owen retira sa main.

— Bonne nuit, Devyn. Dors bien.

Puis il disparut dans la pièce voisine.

Eh bien, il faut croire que ça n'arrivera pas.

♥

Le lendemain matin, je me réveillai avec la pire nausée de ma vie. Est-ce que c'était le stress ?

Ça ne fit qu'empirer, jusqu'au moment où je dus courir aux toilettes pour vomir.

C'est quoi ce bordel ? Est-ce que c'est la nourriture italienne ?

La dernière chose dont j'avais envie, c'était qu'Owen sache que j'avais vomi – c'était trop dégoûtant. Mais j'avais fait du bruit, et mon instinct me disait qu'il m'avait sûrement entendue.

J'entendis un coup à la porte peu de temps après m'être nettoyée.

Mince. Je m'arrangeai un peu et rejoignis la porte qui séparait nos deux chambres.

— Hé, est-ce que je viens de t'entendre vomir ? demanda Owen d'un air inquiet.

Je soupirai.

— Oui. Je me suis réveillée avec l'estomac en vrac.

— Bon sang. Tu penses que c'est une intoxication alimentaire ?

— C'est possible, mais ça pourrait aussi être le stress à cause d'aujourd'hui.

Il me prit dans ses bras. Même si je me sentais mal, ça faisait du bien d'être contre lui.

— Tu vas mieux ? s'enquit-il.

Je frottai mon ventre.

— Oui, un peu.

— Et je ne t'ai même pas apporté de gingembre mariné.

— C'est vrai, confirmai-je en riant.

— Mince. Il faut croire qu'il n'y aura pas de tarte au citron vert pour toi ce matin, hein ? ajouta-t-il en reculant. En y réfléchissant, mon estomac grognait aussi quand je me suis réveillé. Je pensais que c'étaient les trois cupcakes que j'ai mangés à la pâtisserie hier soir en attendant la tarte, mais peut-être que c'était la nourriture italienne.

— Même si j'adore cette tarte, je ne peux vraiment pas en manger maintenant.

— Tu crois que je peux prendre des glaçons et trouver un moyen de rapporter la tarte à la maison ? plaisanta-t-il.

— Elle tiendrait sûrement quelques heures avec de la glace, oui.

Il tira doucement sur mon T-shirt.

— Qu'est-ce que tu veux pour l'instant ?

— Rien. Je vais juste faire chauffer de l'eau pour me faire du thé.

— Je vais descendre pour aller chercher des biscuits salés au magasin en bas. Il faut que tu aies quelque chose dans le ventre.

— Merci. Ce sera parfait.

J'avais été tellement focalisée sur ma honte d'avoir vomi que je n'avais même pas vu à quel point Owen était canon dans le T-shirt noir ajusté qu'il avait acheté chez Target la veille.

Quand il rapporta les biscuits, je me forçai à en manger quelques-uns avec mon thé. Owen me rejoignit dans ma chambre avec son café et la barre de céréales qu'il avait achetée en bas.

Nous n'avions pas beaucoup de temps, alors après avoir fini, nous rangeâmes nos affaires pour quitter l'hôtel. Lorsque nous arrivâmes au garage, il n'était pas encore ouvert. Nous attendîmes à l'extérieur jusqu'au moment où quelqu'un s'approcha de la porte avec une clé.

J'échangeai un regard avec Owen et je sortis de la voiture pour aller vers l'homme.

— Bonjour, lança Owen. J'espérais que vous pourriez nous aider. On cherche Bo.

— C'est moi, répondit-il en plissant les yeux. Comment je peux vous aider ?

Mon regard croisa celui d'Owen.

— En nous disant où trouver Vera Marks, déclarai-je.

— Qui ça ?

— Vera Marks, répétai-je. Votre petite amie. À moins qu'elle vous ait donné un faux nom. C'est bien son genre.

— Il doit y avoir un malentendu. Je n'ai pas de petite amie. Et je ne connais aucune Vera.

— Vous êtes sûr ? insistai-je.

— Je suis certain que je serais au courant si j'avais une copine, surtout étant donné que je ne m'intéresse plus aux filles depuis la maternelle. Mon conjoint ne serait pas ravi d'apprendre que je le trompe avec une femme.

Owen leva la tête.

— Qu'en est-il de la blonde avec qui vous traînez ?

L'homme sembla vraiment perdu.

— Mon *copain* a de longs cheveux blonds. C'est de ça que vous parlez ? Mis à part ça, il n'y a aucune blonde.

Je baissai la tête en me rendant compte que nous étions face à une impasse.

— Merci, Bo. Je suis désolée de vous avoir fait perdre votre temps ce matin.

Il hocha la tête et disparut à l'intérieur, me laissant là avec Owen.

Cinq heures plus tard, nous arrivâmes devant notre immeuble à Manhattan.

Owen se gara, et nous sortîmes en nous fixant d'un regard vide.

— Je suis vraiment désolé, Devyn, souffla-t-il en frottant mon bras.

— Oui, moi aussi.

Il m'enlaça. Je fermai les yeux et savourai chaque seconde passée contre lui. Même si je n'avais pas le moral, j'étais quand même très reconnaissante de l'avoir avec moi et du soutien qu'il m'avait apporté.

Je levai les yeux vers lui.

— Merci pour tout. Même si ça n'a pas fonctionné, je n'oublierai jamais ce que tu as fait pour moi.

Il acquiesça et poussa un soupir.

— Qu'est-ce qu'on va faire maintenant ?

On.

— Je ne sais pas, avouai-je en frottant mes yeux. Peut-être récupérer cette tarte au citron vert et la manger avec les enfants en oubliant nos soucis ?

— Bonne idée. Mais je dois d'abord passer quelques heures au bureau, précisa-t-il en souriant et en levant le sac qu'il portait. Peut-être qu'ils pourront aussi nous aider à finir nos encas de road-trip.

Je souris à mon tour.

— Je suis quasiment sûre qu'on pourra les partager avec tout l'immeuble et qu'il en restera encore.

CHAPITRE 11

Owen

Plus tard dans l'après-midi, je dus me rendre au bureau pendant quelques heures, mais je ne parvins pas à me concentrer. Je n'arrêtais pas de regarder ma montre, stressé de voir à quel point les minutes qui nous rapprochaient de lundi matin défilaient vite. J'essayai de me rappeler que ce n'était pas mon problème – Devyn n'était qu'une amie, rien de plus –, mais il ne s'agissait pas que d'elle. En très peu de temps, j'avais commencé à m'attacher aussi à Tic et Tac. Je ne pouvais pas rester sans rien faire pendant que l'État décidait de faire je ne savais quoi avec eux, alors je décidai d'appeler mon ami Marcus, un avocat spécialisé en droit de la famille. Nous avions fait notre licence ensemble et nous avions gardé contact.

Il décrocha à la première sonnerie.

— Salut, mec. J'espère que tu m'appelles pour me dire que tu es dans un bar, en train de discuter avec une femme sublime, et que tu as besoin d'un ami pour s'occuper de son amie célibataire tout aussi canon.

— Presque, répondis-je en riant. Je suis assis à mon bureau, énervé parce que quelqu'un a mangé le yaourt que j'avais laissé dans le frigo. Je me fais vieux.

— Tu m'étonnes. Hier, je me suis cassé le dos en me penchant pour mettre une boîte de conserve vide à la poubelle. Mais comment tu vas, mec ? Comment se portent les affaires ?

— Plutôt bien. Le marché est en hausse, alors je ne peux pas me plaindre.

— Quand est-ce qu'on se retrouve pour l'*happy hour* ? Ça fait un bail...

— Bientôt, promis. Mais écoute, une amie a un problème familial, et j'espérais pouvoir profiter de ton cerveau pour des conseils juridiques.

— Tu as conscience que le crâne qui renferme ce cerveau détient le record du plus grand nombre de canettes écrasées en un temps donné, n'est-ce pas ?

Je me mis à rire.

— Malheureusement, tu es le meilleur choix à ma disposition.

— Il se passe quoi ?

Je passai les dix minutes suivantes à raconter à Marcus ce qui arrivait à Devyn. Je lui expliquai l'habitude qu'avait sa mère de disparaître, notre séjour infructueux à Boston pour retrouver Vera, ainsi que la visite récente des services de protection de l'enfance.

— Est-ce que la grande sœur est aussi une ratée ?

— Non, ce n'est pas une *ratée*, rétorquai-je en me mettant sur la défensive. C'est quelqu'un de bien, abruti. Je ne t'appellerais pas pour que tu m'aides si ce n'était pas le cas.

— D'accord, alors la meilleure option serait qu'elle aille voir le juge des affaires familiales pour déposer une requête de garde d'urgence. Il faudrait le faire à la première heure lundi matin, dès l'ouverture du tribunal, pour que la demande soit déjà en attente lorsque les services sociaux reviendront. Ça leur montrera qu'elle est sérieuse, et les requêtes d'urgence sont généralement étudiées en moins de vingt-quatre heures, peut-être même dans l'après-midi.

— Est-ce que ça pose problème qu'elle habite en Californie ?

— Elle y est en ce moment ?

— Non, elle est à New York avec les enfants, mais sa résidence principale est là-bas.

— Est-ce qu'elle voudrait quitter tout de suite la ville avec les petits ?

— Non. Elle pense que c'est important qu'ils finissent l'année scolaire ici. Ils ont beaucoup déménagé. Je ne sais pas vraiment ce qu'elle compte faire à la fin du semestre, mais il reste encore un mois et demi d'école, alors elle ne prévoit pas de s'enfuir tout de suite.

— C'est une bonne chose. Alors son lieu de résidence n'a pas vraiment d'importance. Ce qui compte, c'est qu'elle reste là un moment avec les enfants. Est-ce qu'elle a un casier judiciaire ?

Encore une fois, ma réaction immédiate fut de me mettre sur la défensive, mais en réalité, je ne connaissais pas grand-chose du passé de Devyn, mis à part les choses qu'elle avait partagées à propos de la relation avec sa mère pendant son enfance.

— Je n'en suis pas sûr, mais ça m'étonnerait.

— Le juge préfère que les enfants restent avec des personnes qu'ils connaissent, expliqua Marcus. Ils choisissent presque toujours une personne avec un lien de parenté pour les placements, plutôt que de déraciner les enfants pour les placer en famille d'accueil. Mais une vérification des antécédents doit être faite même pour un frère ou une sœur avant d'obtenir une garde provisoire. Si elle dépose une requête et qu'il n'y a rien de suspect lors de sa comparution, ils lui laisseront sûrement les enfants pendant qu'ils étudient la demande.

Je poussai un long soupir, probablement plus soulagé que je n'aurais dû l'être.

— D'accord. Alors est-ce que je peux te demander un service ? Tu penses pouvoir la voir aujourd'hui ou demain si elle décide de faire ça, et gérer les choses pour elle lundi ? Évidemment, il faudrait que je lui en parle d'abord.

— Ça te coûtera une bouteille de Don Julio. De la qualité, pas celles à cent dollars.

— Marché conclu, mon pote. C'est super gentil. Laisse-moi parler à Devyn et je te recontacte dès que possible.

— Ça me va. D'ailleurs, est-ce que cette Devyn est célibataire ?

— Oui. Est-ce que ça réduit ses chances ?

— Non, mais ça augmente les miennes. Elle est canon ?

Je sentis mon visage s'enflammer.

— Elle est hors limites. N'y pense même pas.

— Bordel. On dirait presque que tu défends ton territoire, Dawson. Est-ce que vous êtes *en couple* ?

Je fronçai les sourcils.

— Contente-toi de l'aider en matière de compétences juridiques, et garde tes yeux et tes mains pour toi, d'accord ?

— On dirait que quelqu'un est raide dingue de cette fille, me taquina Marcus en riant.

— Je te rappelle plus tard.

Je secouais encore la tête au moment de raccrocher. Marcus avait touché un point sensible. J'étais vraiment *dingue* de cette fille, alors qu'elle ne s'intéressait pas du tout à moi...

Malgré tout, quelques minutes plus tard, je décidai d'aller parler à Devyn en personne. De toute façon, ce n'était pas comme si j'arrivais à travailler cet après-midi.

Elle sourit quand elle ouvrit la porte de l'appartement.

— Salut, Owen.

Elle ne portait plus la même tenue que lorsque je l'avais quittée quelques heures plus tôt. Elle était désormais vêtue d'une robe blanche fluide et elle s'était maquillée. Peut-être qu'elle se préparait à sortir ?

— Désolé de ne pas avoir appelé avant de passer, mais je voulais te parler de quelque chose.

— Euuh...

Elle ne se décala pas pour me faire entrer.

Quand elle regarda par-dessus son épaule, mon ventre se noua. *Putain.* Est-ce qu'il y avait un homme chez elle ?

— Si ce n'est pas le bon moment... commençai-je.

— Non, non, reprit-elle en secouant la tête. Entre. Je suis juste en appel vidéo. J'aurai terminé dans quelques minutes.

Mon corps se détendit. *Ce n'est qu'un appel professionnel, espèce d'idiot. Reste zen.*

L'ordinateur de Devyn était installé dans le salon. Je ne voulais pas la déranger, alors j'allai attendre à la cuisine. Toutefois, l'appartement était un espace ouvert, alors j'étais en quelque sorte obligé d'entendre ce qui se passait.

— Désolée, s'excusa-t-elle en s'installant sur le canapé. On en était où ?

— On parlait de l'éventualité que tu me rejoignes en Italie la semaine prochaine.

Je me figeai. Je connaissais cette voix. *Le foutu acteur du film que nous avons failli regarder la semaine dernière.* Son *acteur.*

Devyn croisa aussitôt mon regard, et je me sentis très bête.

— Je vais y aller, chuchotai-je en pointant la porte du doigt.

— Non, ne fais pas ça.

C'était à moi qu'elle s'adressait, mais l'imbécile n'en savait rien.

— Ne fais pas quoi ? demanda-t-il. T'acheter le billet ?

Elle secoua la tête.

— Non, je suis désolée. Ce n'est pas à toi que je parlais. Mais il faut que j'y aille. Quelqu'un vient d'arriver.

— Oh. Eh bien, rappelle-moi plus tard pour me dire quel jour t'arrange. D'accord, trésor ?

Trésor.

J'avais l'impression que quelqu'un venait de planter une aiguille dans mon cœur, car il se mit à dégonfler.

— Je te rappellerai plus tard, déclara Devyn en fermant son ordinateur sans attendre une réponse. Désolée pour ça.

Elle mordilla sa lèvre, et je déglutis.

— Je suis juste passé pour te dire que j'ai parlé à un ami. C'est un avocat spécialisé en droit de la famille à New York. Je lui ai raconté un peu ta situation, et il a dit qu'il pourrait sûrement te faire obtenir la garde provisoire des enfants. Il pense que tu devrais en faire la demande avant que les services sociaux reviennent lundi.

Elle écarquilla les yeux en souriant.

— Vraiment ? Il pense que je peux avoir une garde temporaire en urgence ? Ça leur éviterait d'aller en famille d'accueil ?

J'acquiesçai.

— Il avait quelques questions, comme à propos de ton casier judiciaire par exemple, mais je pense que tu devrais lui parler.

— Je n'ai pas de casier.

— Parfait. Alors tu devrais vraiment discuter avec lui.

— Tu crois qu'il pourrait me recevoir tôt lundi matin ?

— Il peut te voir aujourd'hui si tu veux.

— Oh, mon Dieu, réagit-elle en posant sa main sur son cœur. Ce serait génial. Merci énormément, Owen. Je ne sais pas ce que je ferais sans toi.

Je ne parvins même pas à apprécier le fait d'être son héros. J'étais trop déçu après la conversation que j'avais entendue. *Il veut que son* trésor *vienne en Italie.*

Je réussis tout de même à sourire.

— Laisse-moi envoyer un message à Marcus pour le tenir au courant.

Celui-ci répondit presque aussitôt. Nous échangeâmes pendant quelques minutes pour organiser un appel vidéo avec Devyn dans une heure. Je lui donnai son adresse e-mail pour qu'il puisse lui envoyer le lien pour l'appel, puis je rangeai mon téléphone dans ma poche.

— Est-ce que tu veux dîner avec moi avant cet appel ? proposa-t-elle. J'ai préparé une salade Waldorf. C'est le seul genre de salade que j'arrive à faire manger à Heath. Il aime les noix et les pommes, alors le reste passe tout seul. Mais la pizzeria a appelé un peu plus tôt pour lui demander s'il voulait venir travailler, et Hannah s'entraîne pour *PS Idol* avec une amie, alors je me retrouve avec une énorme salade juste pour moi.

En temps normal, j'aurais sauté sur l'occasion de pouvoir passer du temps seul avec Devyn, mais j'avais juste envie de partir, alors je mentis.

— Merci, mais j'ai encore du travail.

— Oh, d'accord. Tu veux que je te fasse un *doggy bag* ?

— Non, ça ira, merci.

Je rejoignis la porte en ayant l'impression que mes pieds étaient lestés. Je ne pris même pas la peine de me retourner pour lui dire au revoir.

— Bonne chance. J'espère que tout se passera bien avec Marcus.

Alors que je passais la porte, Devyn posa sa main sur mon bras, me forçant à lever les yeux.

— Merci, Owen. Tu es vraiment un ami formidable.

Ami. Un seul petit mot qui me fit l'effet d'un coup de grâce.

— Je ferai tout pour mes *amis*, répondis-je en me forçant à sourire.

J'essayais encore de me défouler à vingt heures. Quarante-cinq minutes de musculation n'avaient pas fonctionné, alors je me dis que j'allais peut-être aller courir avant de prendre une douche. Un remix des Beastie Boys résonnait dans mes oreilles, alors que je coinçais dans l'élastique de mon short le T-shirt plein de sueur que je venais d'enlever, tout en bougeant la tête en rythme avec la musique.

Mais lorsque j'ouvris ma porte pour partir, je sursautai, surpris.

— Merde, jurai-je en retirant un écouteur. Je ne m'attendais pas à voir quelqu'un.

— Désolée, s'excusa Devyn en souriant. J'ai frappé deux fois. Tu n'as pas répondu, alors j'allais partir.

Je levai l'écouteur dans ma main.

— Je faisais du sport avec la musique à fond.

Toutefois, les yeux de Devyn ne se posèrent pas sur ma main. Ils s'arrêtèrent sur mon torse nu et descendirent en prenant tout leur temps. Quand ils arrivèrent sur mes abdos – qui étaient bien dessinés et luisants grâce aux exercices atroces que je venais de faire –, sa petite langue rose passa sur sa lèvre inférieure. Ça ne dura que quelques secondes à peine, mais il était parfaitement clair qu'elle aimait ce qu'elle voyait.

Devyn secoua la tête et leva la bouteille de vin qu'elle tenait dans sa main.

— Je suis juste venue te remercier de m'avoir mise en relation avec Marcus. Il est génial. Il va préparer une déclaration sur l'honneur et une requête de garde avec une notion de motif raisonnable dès que le palais de justice ouvrira lundi matin.

— C'est super.

Elle leva un sac en papier dans son autre main.

— Je t'ai acheté de quoi manger ce soir pour aller avec le vin.

— Tu n'étais pas obligée de faire ça.

— Non, c'est *toi* qui n'étais pas obligé de faire toutes les choses que tu as faites pour moi. Tu m'as tellement aidée, Owen.

— Entre, l'invitai-je en faisant un signe de tête et en reculant pour lui laisser la place pour passer. Partage-le avec moi.

Elle hésita, et ses yeux se posèrent une fois encore sur mon torse.

— Euuh... Tu n'allais pas sortir? Je ne veux pas t'interrompre.

Même si j'appréciais qu'elle me reluque, je ne voulais pas lui donner envie de fuir, alors je récupérai mon T-shirt et l'enfilai.

— J'ai déjà fait du sport et je déteste courir, alors tu me rends service.

Elle acquiesça en souriant. Une fois à l'intérieur, j'ouvris la bouteille de vin qu'elle avait apportée pour nous en servir deux verres, et je lui en offris un.

— Et si on allait s'asseoir là-bas? proposai-je en désignant le salon. C'est plus confortable que la cuisine.

— Les lasagnes que je t'ai apportées sont chaudes. Elles viennent du restaurant italien que tu adores.

Je tapotai mon ventre.

— Je viens juste de faire de l'exercice. Je ne peux pas manger si vite après l'effort, mais je les dégusterai tout à l'heure.

— Oh, d'accord.

Nous nous installâmes sur le canapé, et Devyn sirota son vin.

— Parler à Marcus aujourd'hui m'a donné le vertige, déclara-t-elle. J'ai vraiment apporté la bouteille de vin pour te remercier, mais j'en ai peut-être plus besoin que je ne le pensais.

Je souris.

— Oui, j'en ai besoin aussi.

— Oh. Quelque chose te tracasse? demanda-t-elle en secouant la tête. Je suis tellement absorbée par ma vie chaotique que je ne t'ai même pas demandé comment ça se passait pour toi dernièrement. Est-ce que tout va bien?

— Oui. Parle-moi de ce qui te donne le vertige.

Devyn soupira.

— Eh bien, Marcus m'a posé des questions que j'évite de me poser moi-même.

— Comme quoi?

— Pour commencer, il m'a demandé ce que je ferais si Vera ne revenait jamais. Évidemment, je garderais Heath et Hannah si ça venait à arriver. Mais ça m'a fait réfléchir... Pourquoi est-ce que je les laisserais retourner avec elle si elle revenait? Plus j'en entends sur le comportement de ma mère récemment, plus je me rends compte que même lorsqu'elle est là, elle ne joue pas le rôle de parent. Ils ont tous les deux besoin de stabilité. Surtout Heath. J'ai un peu peur que, sans ça, il continue à suivre le mauvais chemin. Pour le moment, il prend des décisions bêtes *d'enfant*, comme voler un chat et un mannequin, mais combien de temps s'écoulera avant que ça devienne des décisions bêtes *d'adulte*, comme voler dans un magasin ? J'ai l'impression que c'est dans cette direction qu'il se dirigera sans intervention.

— Est-ce que ça signifie que tu envisages d'essayer de demander plus qu'une garde temporaire ?

Elle avala son vin.

— Peut-être...

— Waouh. Deux adolescents, c'est une responsabilité énorme.

Son visage s'assombrit, et je me rendis compte à quel point ma réaction avait pu paraître négative.

— Désolé, je n'ai pas formulé ça de manière très encourageante. Je pense que ce serait super que tu puisses le faire. C'est une décision très noble, et je suis sûr que ça changerait le cours de la vie de Heath et Hannah de manière positive. Ce que je voulais dire, c'est que ça changerait aussi beaucoup ta propre vie, ajoutai-je, avant de marquer une pause. Et si tu voulais des enfants à toi un jour ?

Devyn haussa les épaules.

— Je ne sais pas. Ma mère ne m'a pas vraiment montré ce qu'étaient les joies de la maternité. Je pense que je t'ai déjà dit que ce n'était pas quelque chose qui est essentiel à mes yeux. Mais si la bonne personne se présente... je ne sais pas... peut-être.

Je hochai la tête.

— Et toi, alors ? m'interrogea-t-elle en passant son doigt sur le bord de son verre. Tu m'avais dit que tu n'étais pas sûr de vouloir te marier et avoir des enfants...

— Je ne me suis jamais imaginé papa. Je ne sais pas vraiment pourquoi. Mon père a été un très bon modèle, donc ça ne vient pas de là. Mais je pense que, comme toi, peut-être que si la bonne personne se présente et qu'elle veut des enfants...

Devyn soupira.

— Il faut que je réfléchisse encore un peu avant de prendre une décision permanente. Heureusement, pour l'instant j'ai juste besoin de me concentrer sur le fait d'obtenir la garde temporaire, alors on va y aller petit à petit.

Son verre de vin était presque vide, alors je la resservis. Je me dis qu'elle devait en avoir besoin.

— Bref, parlons d'autre chose. Je crois que ma tête va exploser si je pense encore aux requêtes et aux auditions, confia-t-elle en sirotant son vin. Tu veux parler de quoi ?

L'appel que j'avais interrompu cet après-midi n'avait cessé de me tracasser depuis, et elle venait juste de m'offrir l'occasion parfaite de creuser un peu.

— Est-ce que ça te dérangerait si on parlait de l'appel que tu as passé cet après-midi ? demandai-je en croisant son regard.

— Avec Robert, c'est ça ? soupira-t-elle.

J'acquiesçai.

— C'est plus fort que moi. Ça me ronge. Qu'est-ce qui se passe avec lui ? Est-ce que c'est à cause de lui que tu ne veux pas que notre relation aille plus loin ?

— Oui et non. Non, je ne suis pas en couple avec lui, mais, oui, peut-être que ce que j'ai vécu avec lui a joué un rôle dans le fait de ne pas vouloir être en couple en général.

— Il t'en a tant fait baver que ça ?

— Pour être honnête, il ne m'en a pas vraiment fait baver. J'ai vu dès le départ qu'il n'était pas prêt pour une relation sérieuse. Mais je l'appréciais. Sa carrière était en pleine ascension, et j'ai accepté ce qu'il voulait bien me donner, expliqua-t-elle en levant les yeux au ciel. Bon sang, prononcer ça à voix haute me fait prendre conscience que c'était pathétique.

Il y a quelques mois, j'aurais pensé qu'accepter moins que ce qu'on désirait d'une relation était pathétique, mais peut-être que je serais prêt à faire la même chose aujourd'hui – accepter simplement ce qu'*elle* voudrait bien me donner.

Je secouai la tête.

— Ça ne l'est pas du tout.

— Merci pour ton avis, répondit-elle en souriant. Même si tu dis n'importe quoi.

— Est-ce que tu vas aller le rejoindre en Italie ? Je n'ai pas pu faire autrement que de l'entendre parler d'un billet d'avion et de fixer une date.

— Non, je ne vais nulle part, m'assura-t-elle. Pour l'instant, les enfants passent avant tout le reste. Robert ne peut pas comprendre qu'il n'est pas ma priorité, et ce malgré lui avoir répété je ne sais combien de fois que j'étais très occupée.

— Ne le prends pas mal, mais on dirait que c'est un vrai crétin.

— Il peut l'être, en effet, confirma-t-elle en souriant.

Un silence gênant s'installa entre nous. J'aurais aimé insister un peu plus, mais la conversation semblait terminée. De toute façon, il était inutile de s'obstiner. Et puis, elle avait passé une mauvaise journée, alors elle n'avait pas besoin de mes jérémiades. Je changeai donc de sujet et passai la demi-heure qui suivit à la distraire avec tous les trucs dingues qui m'étaient arrivés au travail – des acheteurs surpris en train de s'envoyer en l'air dans la chambre alors qu'ils étaient censés discuter d'une offre potentielle, des propriétaires ayant laissé un vibromasseur sur la table de chevet et l'enfant de cinq ans d'un couple de potentiels acheteurs jouant avec comme si c'était une fusée... Au moins, la faire rire me remontait le moral.

Quand Devyn finit son second verre de vin, elle poussa un grand soupir et se leva.

— Je devrais remonter avant que les enfants repeignent l'appartement en violet.

— Je dirais bien que tu exagères, mais j'ai vu le chat rayé.

Elle marqua une pause devant la porte.

— Merci encore pour tout, Owen. Tu es vraiment un ami génial. Si ça continue comme ça, Mia va avoir de la compétition pour le titre de meilleure amie.

Pour la première fois depuis notre rencontre, j'eus le sentiment qu'être *friendzoné* par Devyn pourrait être ce qu'il y avait de mieux pour nous deux. Sa vie était très compliquée, et sa relation avec ce clown de Robert était loin d'être claire.

— Est-ce que tu vas nous fabriquer des bracelets d'amitié ? demandai-je.

— Ils sont déjà en cours de préparation, plaisanta-t-elle en se mettant sur la pointe des pieds pour déposer un baiser sur ma joue, me décrochant ainsi un sourire.

— Bonne chance pour lundi au tribunal si je ne te vois pas avant. Tiens-moi au courant.

— Promis. Bonne nuit, *bestie*.

CHAPITRE 12

Devyn

Je me réveillai extrêmement stressée le dimanche matin, très tendue à propos de ce qui m'attendait le lendemain. J'avais l'impression que c'était le dernier jour de normalité avant que tout parte en vrille. Lorsque je me levai, Heath était déjà en train de travailler à la pizzeria pour assembler des boîtes avant l'ouverture, et Hannah dormait encore.

Puisqu'il était encore tôt à Los Angeles, j'attendis aussi longtemps que possible avant d'appeler Mia. Heureusement, elle était matinale et se levait en général vers cinq heures. Je lui racontai toutes les dernières nouvelles, y compris ce qui s'était passé avec Owen depuis la soirée que nous avions passée ensemble à mon arrivée ici.

— Je n'en reviens pas que tu m'aies caché ça ! s'écria Mia.

— Je sais. Je suis désolée, je n'ai pas arrêté ces derniers jours. Il était temps qu'on ait cette conversation.

— On parle souvent de l'amour au premier regard, mais moi je suis tombée sous le charme d'Owen en entendant sa voix. Dès qu'il a répondu à ton téléphone dans ce bar, j'ai su que c'était quelqu'un de bien.

— Tu devrais voir à quoi il ressemble, soupirai-je.

— Tu as intérêt de m'envoyer une photo quand on aura raccroché.

— En fait, je n'en ai pas une seule de lui, c'est dommage. Mais si tu tapes « Owen Dawson, agent immobilier à Manhattan » sur Google, je suis sûre que tu en trouveras une.

— Je vais le faire tout de suite.

Effectivement, quelques secondes plus tard, je l'entendis retenir son souffle.

— Bon sang. C'est la perfection incarnée, Dev. Regarde ses yeux. Qu'est-ce qui ne va pas chez toi ? Pourquoi tu ne veux pas te marier à ce type et lui faire des enfants ? Tu es folle ?

— J'essaie de l'épargner, répondis-je.

C'était la vérité.

— Il y a intérêt que ça n'ait rien à voir avec Robert, me réprimanda-t-elle.

Rien qu'entendre son prénom fit monter ma tension. Il m'avait vraiment énervée ces derniers temps, à force d'insister pour que je lui rende visite.

— Ça n'a rien à voir avec Robert, même si c'est une tout autre histoire.

— Alors, quel est le problème ?

— Pour commencer, je vais sûrement bientôt partir. Il faut que je fasse attention à qui je m'attache ici.

— Qui a dit qu'Owen ne pouvait pas te suivre à Los Angeles ?

C'était risible.

— Crois-moi, Owen ne quittera *jamais* New York. Il est très proche de ses amis avec qui il possède l'immeuble.

Ils sont inséparables, comme une grande famille. Ou un gang.

— Tu serais surprise de savoir ce qu'on pourrait faire par amour.

Mes joues s'enflammèrent.

— Il n'est pas amoureux de moi.

— Pas encore. D'après ce que tu m'as dit, on dirait que ça ne devrait pas tarder, si tu ne sabotes pas tout avant.

Je souris en contemplant la rue brumeuse par la fenêtre.

— C'est vrai qu'il a été la meilleure chose qui me soit arrivée à New York.

— En parlant de New York... reprit-elle en se raclant la gorge.

— Quoi? demandai-je, le cœur battant.

Est-ce qu'elle va venir me rendre visite?

— J'ai une nouvelle à t'annoncer, déclara-t-elle.

— D'accord.

— C'est vraiment inattendu, mais... je vais m'installer là-bas!

J'eus le souffle coupé.

— Tu emménages à New York? Qu'est-ce qui s'est passé?

— La galerie ouvre un nouveau site et ils me veulent comme gérante. Tu ne trouves pas ça fou? C'est officiel seulement depuis hier. J'allais t'appeler dans la journée si tu ne l'avais pas fait. Tu y crois, toi?

Mon pouls s'emballa tellement j'étais excitée.

— C'est génial! Tu arrives quand?

— D'ici deux mois au plus tard, mais je vais devoir venir avant pour trouver un appartement. Bon sang, j'espère qu'on ne va pas se louper si jamais tu pars d'ici là. Ce serait horrible.

— Mince alors, lâchai-je, bouche bée. C'est bien la dernière chose à laquelle je m'attendais.

— Je savais que tu serais choquée. Même moi je le suis de quitter Los Angeles. Je n'ai jamais vécu ailleurs.

— Tu vas adorer la vie ici, Mia. J'espère juste que je serai encore là pour pouvoir profiter de la ville avec toi avant mon départ.

Une vague de tristesse m'enserra la poitrine.

— Eh bien, je suis en train de chercher un logement à distance. Alors si jamais tu connais des agents immobiliers mignons à qui il resterait un appartement libre dans leur immeuble, tiens-moi au courant.

— Je poserai la question à Owen. Si rien n'est disponible ici, peut-être qu'il aura d'autres pistes. Je suis sûre qu'il a des contacts.

— Ajoute ça à la liste des services qu'il t'a rendus.

— Super, grimaçai-je.

Ma réponse la fit rire.

— C'est bizarre de savoir que nos situations vont s'inverser. Je serai là-bas, et toi tu vas revenir ici. On vit dans quel univers ?

Je ne savais pas si je devais être heureuse ou triste. J'allais sûrement pouvoir voir Mia bientôt, mais j'allais perdre ma meilleure amie dès que je rentrerais à L.A. C'était un coup dur. Puisque je n'avais pas de famille là-bas, la pilule était dure à avaler.

— Eh bien, même si ça craint de ne plus t'avoir à mes côtés tous les jours, je suis très fière de toi pour cette promotion. Et évidemment, je viendrai te rendre visite, surtout si tu es à New York. Te parler m'a rappelé à quel point tu me manques. Je n'ai pas vraiment d'amies filles ici.

— C'est parce qu'Owen est ton meilleur ami.

— C'est vrai, soupirai-je.

Après avoir raccroché avec Mia, j'aperçus ma sœur qui avait l'air triste sur le canapé. Je ne l'avais pas vue sortir de sa chambre. Elle était recroquevillée et fixait son téléphone. Et elle avait l'air contrariée.

— Qu'est-ce qui ne va pas, Han ? demandai-je en m'approchant.

— Rien, répondit-elle en essuyant son nez avec sa manche.

Elle pleure ?

— Ne mens pas, tu es en train de pleurer. C'est à cause de maman ?

J'espérais que ce n'était pas le cas, car cette femme ne méritait les larmes de personne.

— J'aurais préféré.

— Parle-moi.

Elle me tendit son portable et me montra l'écran. On y voyait le profil d'une fille de son école sur les réseaux sociaux. La petite garce avait demandé aux autres élèves de faire la liste des personnes les plus moches de leur classe. Un crétin avait écrit le nom de Hannah dans les commentaires.

Furieuse, je lui rendis son téléphone et pris sur moi pour rester calme.

— Tu ne crois pas à ces bêtises, pas vrai ? l'interrogeai-je. Ces personnes prennent plaisir à être méchantes. C'est tout.

— J'aimerais ne pas y croire, renifla-t-elle.

Ma sœur était belle à l'intérieur comme à l'extérieur, et je ne comprenais pas comment quelqu'un pouvait être aussi cruel. Ça me fit repenser à la période où je me faisais embêter par des filles qui portaient des vêtements et des chaussures de marque, alors que j'étais obligée de toujours porter les mêmes vêtements usés à l'époque.

— Je sais que c'est difficile à comprendre, Hannah, mais je vais être franche avec toi. Les gens qui font ça ont très peu confiance en eux. Ils font ça pour se sentir mieux. Et ils sont souvent jaloux des gens qu'ils intimident.

Sa lèvre se mit à trembler.

— De quoi peuvent-ils bien être jaloux me concernant ?

— Tu es intelligente, drôle, tu as du talent artistique. Qu'est-ce qui ne les rendrait pas jaloux ? répliquai-je en caressant son dos. Je sais que c'est difficile à comprendre aujourd'hui, mais les enfants de ton âge sont les pires pour ce genre d'horreurs. Il m'est arrivé la même chose.

— C'est vrai ?

Je hochai la tête.

— Mais ce n'était pas aussi terrible sur les réseaux sociaux à l'époque. Maintenant, les gens les utilisent comme une arme. Tu sais ce que je n'avais pas non plus à l'époque ?

— Quoi donc ?

— Une grande sœur qui pouvait m'expliquer ce qui se passait vraiment dans la tête de ces affreux gamins, répondis-je en la prenant dans mes bras. Et je veux que tu comprennes que lorsque les gens font ça, ils sont méchants, et tu ne devrais pas accorder de l'importance à ce que ces horribles personnes ont à dire.

Elle fronça les sourcils.

— Mais tu ne seras pas toujours là, Devyn.

Je la serrai plus fort.

— Tu te trompes, Hannah. Je vais m'assurer qu'on prenne soin de vous, et je vais faire de mon mieux pour être dans les parages, d'accord ? Je ne peux pas te garantir d'habiter avec vous, mais je veillerai toujours sur vous. Et si je parviens à obtenir ce que je souhaite, on ne se quittera pas du tout, d'accord ?

Elle acquiesça d'un air hésitant, comme si elle n'était pas sûre de pouvoir croire à ce que je lui disais. Cette conversation confirmait qu'être avec mon frère et ma sœur était ce qu'il y avait de plus important. *Va te faire foutre, Robert.*

— Et si on allait passer le reste de la journée à semer la pagaille en ville ? Oublions ces filles stupides et allons nous amuser.

— Très bonne idée ! se réjouit-elle.

Ma sœur et moi passâmes une très bonne journée à l'extérieur. Je l'emmenai déjeuner dans son restaurant japonais préféré, puis chez Sephora pour un relooking. Je ne voulais pas alimenter l'idée que la beauté physique avait de l'importance, mais visiblement, ça lui permit de prendre confiance en elle. Je lui achetai aussi de nouveaux vêtements, car elle en avait bien besoin.

En rentrant, elle se tourna vers moi en souriant.

— Merci, Devyn. Je me sens beaucoup mieux.

— De rien. Il faut qu'on fasse ça plus souvent. Crois-moi, j'en avais besoin aussi, confiai-je en lui donnant un petit coup de coude. Entre filles Marks, il faut qu'on reste soudées.

Nous passâmes devant le café au coin de la rue, près de notre immeuble, et j'aperçus Lala et Billie en train de boire un café. Chacune portait son enfant en porte-bébé.

Lorsqu'elles me repérèrent, je sus que je devais entrer pour leur dire bonjour.

— Faisons un petit arrêt par ici, Han, proposai-je.

J'ouvris la porte du café, et ma sœur me suivit.

— Salut, Hannah. Ça fait longtemps, lança Billie en souriant.

— Salut, Billie, répondit ma sœur avec un grand sourire.

— C'est quoi ce joli maquillage ? C'est très sympa, observa Billie.

— Devyn m'a emmenée chez Sephora, expliqua Hannah en redressant la tête. Ils m'ont maquillée.

— C'est le meilleur endroit du monde selon moi.

Billie lui fit un clin d'œil.

— Tu es magnifique, ajouta Lala.

— Merci, déclara ma sœur en rougissant.

Je jetai un coup d'œil aux deux bébés, qui étaient profondément endormis.

— Comment ils peuvent dormir avec tout le bruit qu'il y a ici ?

Lala ajusta la couverture sur sa fille.

— Eh bien, en ce qui concerne Hope, c'est parce qu'elle nous a tenus éveillés toute la nuit, alors elle dort un peu n'importe quand dans la journée.

— Je suis désolée, ça ne doit pas être évident.

— Ça fait partie du jeu, indiqua-t-elle en coinçant une mèche de ses cheveux blonds bouclés derrière son oreille. Heureusement, Holden et moi nous levons à tour de rôle.

Je jetai un coup d'œil à ma sœur, qui s'était empourprée rien qu'en entendant le prénom de celui pour qui elle craquait.

— Mav dort toute la nuit, et même parfois pendant la journée, confia Billie. C'est définitivement plus facile que pour Holden et Lala. Mav est aussi un peu plus âgé que Hope, alors ça doit aussi sûrement entrer en jeu.

Billie se tourna vers ma sœur.

— Hannah t'a raconté comme on s'était bien amusées la dernière fois ? Je la prépare à devenir notre future baby-sitter, ajouta-t-elle en faisant un clin d'œil.

— Tu veux aller nous chercher quelque chose à manger ? proposai-je en posant ma main sur son épaule.

Elle acquiesça.

— Qu'est-ce que tu veux ?

— Prends-moi un latte et un cookie, s'il te plaît, répondis-je en lui donnant de la monnaie. Prends ce que tu veux pour toi.

Je récupérai ses sacs et les posai sur une chaise inoccupée, avant de m'asseoir à côté de Billie.

— C'est une fille géniale, déclara cette dernière en regardant Hannah dans la file d'attente. On a adoré les avoir avec nous la dernière fois.

— Merci encore de m'avoir aidée.

— Avec plaisir. Ce sont de chouettes enfants. Et toi, tu es une sainte d'avoir abandonné ta vie pour être avec eux, me complimenta-t-elle en sirotant son café. Pardonne-moi mon langage, mais j'adorerais tordre le cou de ta mère.

Je levai les yeux au ciel.

— Tu n'es pas la seule.

— Je suis désolée que vous ayez fait ce voyage pour rien, reprit Billie en posant sa main sur mon bras.

— Eh bien, je n'étais pas en si mauvaise compagnie. Owen a fait en sorte que ça passe pour des mini-vacances.

Me joues me picotèrent lorsque je pensai à lui, et Lala se mit à rire.

— On n'a jamais vu Owen aussi intéressé par quelque chose, mis à part son fichu boulot. Tu lui as vraiment lancé un sort.

— On est juste amis, précisai-je rapidement.

Lala m'adressa un regard sceptique.

— Ah bon ?

Je déglutis.

— Vous connaissez toute l'histoire ?

— On est au courant pour l'aventure d'un soir, avoua Billie d'un ton neutre.

Super.

— D'accord, soupirai-je. Il a mentionné le fait d'en avoir parlé aux garçons, alors je me suis dit que vous étiez peut-être au courant. Heureusement que j'ai posé la question. Je ne voulais pas vous mentir.

Je poussai un soupir.

— Évidemment, cette fameuse soirée a compliqué les choses entre nous, mais ça ne change pas le statut actuel de notre relation. On est vraiment juste amis, malgré ce qui s'est passé quand on s'est rencontrés.

— Je trouve cette rencontre géniale. La coïncidence de savoir que tu habites dans l'immeuble alors qu'il pensait ne jamais te revoir ? Quelle était la probabilité que ça arrive ? demanda Billie avec un grand sourire.

— C'est typique des comédies romantiques, ajouta Lala.

Billie secoua la tête.

— Je pensais que vous alliez vivre une relation spéciale. On aime Owen et on veut le meilleur pour lui.

— Exactement, acquiesçai-je. Mais je ne pense pas être ce qu'il y a de mieux pour lui.

— Pourquoi tu dis ça ? demanda Lala en penchant la tête.

— Je n'aurais pas le temps de vous lister toutes les raisons avant le retour de Hannah, répondis-je en regardant un moment par la fenêtre. Si j'avais rencontré Owen à un autre moment de ma vie, les choses auraient peut-être fonctionné. Mais ce ne serait pas juste de le traîner encore plus dans tout ce bazar. Et puis, sa vie est ici. La mienne est à Los Angeles. C'est aussi un facteur important.

Ce furent les derniers mots que je pus prononcer avant le retour de ma sœur. Nous restâmes avec elles pendant environ une demi-heure, avant que les bébés se réveillent. Ensuite, nous rentrâmes toutes ensemble, et avant de nous séparer, Billie, Lala et moi nous fîmes la promesse de dîner ensemble très bientôt. Billie proposa de déposer les enfants à Colby pendant notre sortie, ce qui me réconforta énormément, car les laisser les soirs nous mènerait à la catastrophe. Laurice, qui les avait gardés le soir où j'avais rencontré Owen, était partie en Floride pendant un mois, alors je n'avais personne pour les surveiller pour l'instant.

Ce soir-là, alors que les enfants étaient chacun dans leur chambre, je me mis à ruminer à propos de ce qui allait se passer le lendemain. J'avais plutôt bien réussi à me faire penser à autre chose aujourd'hui, mais ce n'était plus le cas maintenant que j'étais à la maison et plus ou moins seule.

Mon téléphone bipa.

Owen : Je voulais juste te dire que je penserai à toi demain.

Devyn : Comment tu as su que j'avais besoin d'une distraction là, tout de suite ? Je suis inquiète.

Owen : Je suis là pour te distraire.

Devyn : J'ai bu un café avec Billie et Lala aujourd'hui.

Owen : Holden m'a raconté.

Devyn : Il a une grande bouche.

Owen : C'est le moins qu'on puisse dire. LOL.

Devyn : Elles sont au courant de toute l'histoire. Je pensais bien que c'était le cas, mais elles me l'ont confirmé.

Owen : Est-ce que ça te dérange ?

Devyn : Non. Elles sont gentilles.

Owen : Elles ont essayé d'avoir plus d'informations ?

Devyn : Un peu, mais avec de bonnes intentions.

Owen : Tu leur as dit la vérité ?

Devyn : Oui.

Owen : Bon sang, tu leur as avoué que tu avais peur de t'approcher de moi de peur de ne pas pouvoir résister à notre alchimie débordante ? Je suis surpris que tu aies été aussi honnête. ;-)

Je souris.

Devyn : Merci. Ça me fait du bien de rire.

Owen : Ouch ! LOL

Owen : Sérieusement, je suis désolé que tu passes une soirée compliquée.

Devyn : Je m'en remettrai.

Owen : J'ai exactement ce qu'il faut pour que tu ailles mieux, si tu me le permets.

Devyn : Oh ?

Qu'est-ce qu'il voulait dire par là ?

Owen : Je suis sûr qu'il y a une boutique de tartes ouverte quelque part.

Ah.

Devyn : Crois-le ou non, je crois que j'ai eu suffisamment de tartes après celle de Boston qu'on a engloutie.

Owen : Quand tu m'as ghosté, j'ai cru que je ne t'entendrais plus jamais gémir. Puis la tarte au citron vert est arrivée. Je suis triste de la voir partir si tu en as eu assez.

Devyn : Ne t'en fais pas. J'en aurai de nouveau envie d'ici le week-end prochain.

Owen : Envie de quoi ? De moi ou de la tarte ? ;-)

Je savais qu'il plaisantait, mais ça me rendit triste.

Devyn : Je suis désolée pour ce que j'ai fait.

Owen : Tu parles de quoi ?

Devyn : Argh. Ce n'est pas bon signe que tu aies besoin d'une clarification. Ça veut dire que j'ai mal agi plus d'une fois avec toi. Je parlais du fait de t'avoir quitté le premier soir à l'hôtel.

Owen : Toute personne étant à ta place aurait fait la même chose.

Devyn : Comment ça ?

Owen : Tu venais de vivre la meilleure expérience de ta vie et tu avais besoin de partir aussi vite que possible pour le raconter à tout le monde. Tu as essayé de revenir pour me retrouver, mais je t'avais fait perdre la tête et tu ne te rappelais plus dans quel hôtel tu m'avais laissé. Ça arrive aux meilleurs d'entre nous.

Devyn : LOL, si seulement cette histoire était vraie.

Owen : C'est mon histoire et je m'en tiendrai à cette version.

Devyn : Merci de m'avoir rendue plus joyeuse ce soir. Je vais aller me coucher avec le sourire aux lèvres.

Owen : C'est à ça que servent les « amis ».

Devyn : Amis... avec des guillemets.

Owen : Exactement. J'insiste bien là-dessus.

CHAPITRE 13

Je vérifiai mon téléphone pour la dixième fois. Toujours pas d'appel de Devyn. Je fronçai les sourcils et relus mon échange avec mon ami Marcus. Ça faisait plus de deux heures qu'il m'avait écrit qu'ils avaient fini au tribunal. Je revins au premier message que je lui avais envoyé à midi.

> Owen : Salut. Je viens aux nouvelles. Devyn ne m'a pas encore écrit. Est-ce que l'audience est finie ?

> Marcus : Tout a été réglé en une heure. J'ai tiré quelques ficelles et j'ai réussi à lui faire voir un juge.

> Owen : Tout s'est bien passé ?

> Marcus : Je la laisse te raconter tout ça – secret professionnel. Mais on peut dire que comme la plupart des femmes qui font appel à mes services, c'est une cliente totalement satisfaite. ;-)

J'eus envie de le frapper après ce dernier commentaire. Peut-être même plus fort que la dernière fois. Je pris une grande inspiration et tentai d'ignorer que ça faisait trois heures qu'ils n'étaient plus au tribunal, et que Devyn ne m'avait toujours pas contacté pour me dire comment ça s'était passé. Peut-être que j'étais ridicule, mais je m'étais attendu à ce qu'elle m'envoie un message dès sa sortie.

Évidemment, le jaloux qui sommeillait en moi ne pouvait s'empêcher de se demander si elle avait appelé *Robert* depuis les marches du palais de justice.

Bref.

J'avais manqué le travail vendredi pour aller à Boston, j'avais été distrait quand j'étais venu au bureau samedi après-midi, et voilà que j'avais passé ma matinée à fixer mon téléphone. Il fallait vraiment que je me remue. J'avais des clients à rappeler, du personnel à contacter, et des immeubles qui n'allaient pas trouver des acquéreurs tout seuls. Alors je me forçai à me remettre au travail et je ne fis aucune pause jusqu'à ce que la réceptionniste, Missy, passe sa tête dans mon bureau environ une heure plus tard.

— Vous avez de la visite, annonça-t-elle en souriant. Une très jolie jeune femme.

Mon cœur fit un bond.

Devyn.

Elle est venue m'annoncer la bonne nouvelle en personne.

Peut-être qu'elle veut qu'on aille fêter ça.

Je me dépêchai de me lever. Toutefois, mon cœur battant s'arrêta brusquement lorsque je sortis de mon bureau et que je vis une belle femme, qui n'était *pas* Devyn.

Le visage de Tarryn s'éclaira quand elle sourit.

— Salut, toi.

J'avais l'impression de manquer d'air. Il fallait que je cache ma déception et que je fasse semblant d'être content de la voir.

— Salut. Qu'est-ce que tu fais à New York ?

— Je suis là pour la journée.

La réceptionniste ainsi que deux de mes nouveaux agents nous observaient tour à tour, comme lors d'un match de ping-pong. Étant donné que Tarryn et moi avions déjà travaillé ensemble quelques fois et que les choses n'étaient pas vraiment restées professionnelles entre nous, je me dis qu'il valait mieux continuer cette conversation en privé. Je m'approchai alors pour lui offrir une accolade amicale.

— Ça me fait plaisir de te voir. Viens dans mon bureau, l'invitai-je d'un signe de tête.

Ses talons hauts claquèrent sur le parquet lorsqu'elle avança. Je crus apercevoir un sourire en coin sur le visage d'une des agents, alors je me raclai la gorge et pointai du doigt son ordinateur portable.

— Vous avez tout organisé pour la visite sur Prince Street de ce week-end ?

— Euh, non. J'y travaille.

— Finissez ça aujourd'hui, s'il vous plaît.

Elle hocha la tête et posa ses yeux sur l'écran.

Une fois dans mon bureau, je fermai la porte.

— Désolée de débarquer comme ça, s'excusa Tarryn. Mais j'étais dans le coin, alors je me suis dit que j'allais passer pour voir si tu étais là.

Elle me regarda de haut en bas.

— Tu es superbe, comme toujours.

Je n'eus même pas besoin de la regarder pour savoir qu'elle était magnifique. Tarryn était une sublime ancienne Miss Kentucky qui avait déménagé à Los Angeles pour être mannequin dix ans plus tôt, et qui avait fini par devenir l'une des agents immobiliers les plus prospères de la côte Ouest. Elle avait ouvert sa propre société de courtage deux ans en arrière et les rumeurs disaient qu'elle s'imposait sur le marché des ventes de maisons à huit chiffres à Malibu. Nous nous étions rencontrés à nos débuts. À l'époque, elle s'occupait de la vente d'une maison en Californie pour un client à qui j'étais en train de vendre une propriété à New York, et depuis, nous nous renvoyions des clients. Il y avait quelques années de ça, nous avions conclu une énorme affaire, et j'avais fini par boire du champagne sur son corps pour fêter ça en fin de soirée. Depuis ce jour, nous nous voyions une ou deux fois par an, dès que l'un de nous était en ville.

Je désignai le canapé dans le coin de mon bureau.

— Et on dirait que tu manges les agents immobiliers de L.A. au petit déjeuner.

— Je viens juste de voler deux biens à une agente qui fait partie d'une de ces émissions de télé, m'informa-t-elle en souriant. J'ai entendu dire qu'elle se plaint de moi dans l'un des épisodes à venir.

Sa réponse me fit rire.

— Alors, qu'est-ce qui t'amène ici ? J'espère que tu ne comptes pas venir travailler ici. Je n'ai pas très envie de t'avoir comme concurrente.

— Je pense que ce serait sympa de me retrouver face à toi, répliqua-t-elle, le regard pétillant. Mais, non, je ne me lance pas sur le marché new-yorkais. Je suis très occupée en Californie. Je suis juste ici pour la journée. Mon amie se marie, et je fais partie des invitées. On a eu des essayages ce matin dans l'Upper East Side. Son fiancé a un jet privé et il travaille à la fois ici et à Los Angeles. Elle ne l'a pas vu depuis une semaine, alors elle est allée à son bureau avec rien d'autre qu'un trench pour lui faire la surprise. Je me suis dit que j'allais m'occuper en faisant un peu de shopping avant qu'on rentre dans la soirée.

— Sympa. Je n'ai jamais voyagé en jet privé.

— Ça te dit d'aller boire un verre ? J'espérais qu'on puisse aller dans ce petit bar, celui dans lequel on est allés la dernière fois que j'étais en ville.

Mes yeux se posèrent aussitôt sur mon portable. *Toujours pas d'appel.*

Instinctivement, j'avais envie de refuser l'invitation de Tarryn, d'inventer une excuse. J'avais l'impression que c'était mal de passer du temps avec une femme avec qui j'avais couché, mais en réalité, pourquoi je m'en priverais ? Devyn m'avait bien fait comprendre que nous n'étions rien de plus que des amis. Bon sang, elle ne m'avait même pas appelé après l'audition de ce matin. Alors pourquoi ne pas aller m'amuser ? Peut-être que passer un peu de temps avec Tarryn était exactement ce dont j'avais besoin.

Je vérifiai mon téléphone encore une fois. Peut-être que si un message arrivait, ce serait un signe me disant que je devrais refuser. Mais je fus déçu une fois encore. Alors je hochai la tête.

— Tu sais quoi ? Allons-y. Laisse-moi juste cinq minutes pour terminer ce que j'étais en train de faire.

— Tu te souviens de ce bien d'avant-guerre qu'on avait vendu tous les deux à Morningside Heights ? demanda Tarryn en levant une pique avec trois olives, avant d'en retirer une avec ses lèvres. La propriétaire, madame Anderson, était partie s'installer dans une maison de retraite.

— Bien sûr. Comment je pourrais l'oublier ? Quand on a fait les dernières vérifications avant la fermeture de la maison, tout était vide. Enfin, c'est ce qu'on pensait, avant que j'ouvre le placard de l'entrée et qu'une silhouette grandeur nature de Nick Jonas me fiche la trouille.

Elle se mit à rire et pointa sa pique dans ma direction.

— Oui, c'est celle-là.

— Est-ce que tu as fini par découvrir pourquoi ce truc était là ? La vieille dame était fan des Jonas Brothers ou quoi ?

— Je suis contente que tu poses la question. Tu vas rire... J'ai gardé contact avec les acheteurs. Tu vois, je vérifie de temps en temps si tout se passe bien dans leur nouvelle maison pour maintenir une relation, et le nouveau propriétaire m'a dit qu'il avait trouvé une boîte à chaussures dans le grenier, pleine de lettres d'amour écrites par la vieille dame pour Nick, et qui n'avaient jamais été envoyées.

Je ris.

— Justement, la dernière fois, j'ai raconté à Devyn tous les trucs dingues qu'on voit dans notre métier. Il faut que je lui parle de ça.

Tarryn sirota son martini et pencha la tête.

— Devyn ? Fréquentez-vous quelqu'un en ce moment, monsieur Dawson ?

Mes yeux se posèrent brièvement sur mon téléphone. *Toujours pas d'appel.* J'avalai le reste de ma bière, puis je secouai la tête.

— Non, Devyn est juste une amie.

— C'est bon à savoir, répondit-elle, le regard brillant.

Durant la demi-heure qui suivit, Tarryn et moi avalâmes bien trop de verres. Elle se montrait toujours amicale, mais l'alcool la rendait tactile. Elle se tenait à mon bras lorsqu'elle riait, ou alors elle posait sa main sur mon torse pendant qu'elle racontait une histoire. À un moment donné, quand il y eut un blanc dans la conversation, elle passa son ongle sur le dos de ma main.

— Ça m'a manqué de passer du temps avec toi, Owen. C'est facile entre nous, tu ne trouves pas ?

C'était agréable que quelqu'un flirte avec moi, d'avoir l'impression qu'une femme avait envie de me toucher.

— Oui, c'est vrai, confirmai-je.

Elle leva vers moi ses yeux aux cils épais.

— Tu veux aller boire un verre ailleurs ? Pourquoi pas chez toi ?

Mince. Le moment de vérité. Elle était extrêmement sexy, ce n'était pas la question. Et je savais que nous passerions un bon moment. Notre passé commun ne laissait pas de place au doute, et il n'y aurait pas non plus d'attente après. Ce serait exactement comme elle l'avait décrit, *facile.* Un bon moment. Et une partie de moi avait envie d'y aller. Ça faisait longtemps. Le besoin physique était bien présent. Pourtant... dans ma tête, tout se bousculait. *Vraiment.* Tandis que je débattais intérieurement pour savoir ce que je devais faire, mon téléphone se mit à vibrer sur le bar, et le nom de Devyn s'afficha à l'écran. *Enfin.*

Tu ne devrais pas répondre.

Il est presque seize heures. Elle est sortie du tribunal à dix heures.

Tu n'es clairement pas une priorité pour elle.

Peut-être que tu devrais arrêter de faire d'elle une des tiennes.

Mais j'avais vraiment *envie* de lui parler.

Tarryn jeta un coup d'œil à mon portable en arborant un drôle de sourire.

— Tu dois répondre ?

Je pinçai mes lèvres. *Putain.* Je ne pouvais pas l'ignorer.

— Oui, je suis désolé. Tu veux bien m'excuser un instant ? C'est un appel professionnel.

— Bien sûr.

Je m'éloignai pour pouvoir décrocher.

— Allô ?

— Salut. Je suis contente d'arriver enfin à te joindre.

Je fronçai les sourcils.

— Comment ça, *enfin* ? Je n'ai manqué aucun appel.

— Crois-moi, je t'ai appelé. Et je t'ai envoyé des messages. Apparemment, Heath a trouvé l'idée hilarante d'échanger ton nom et celui de Mia dans mes contacts, alors j'ai écrit à Mia en pensant que c'était toi. Quand je t'ai demandé ce que tu faisais, j'ai trouvé bizarre que tu me répondes que tu allais en courses pour t'acheter des tampons, mais je me suis dit que tu devais plaisanter.

— Alors, tu m'as écrit aujourd'hui ?

— Évidemment. Je t'ai envoyé la bonne nouvelle alors que je n'étais même pas encore sortie du tribunal.

— Comment ça s'est passé ?

— Ton ami est une vraie bénédiction. Je ne pourrai jamais assez te remercier de m'avoir mise en contact avec lui. On a pu tout de suite voir un juge, et il m'a accordé la garde temporaire en urgence. J'ai des tas d'obstacles à franchir, comme une enquête de moralité, une inspection de l'appartement, des entretiens avec des travailleurs sociaux, etc. Mais les enfants peuvent maintenant rester légalement avec moi. Je suis tellement soulagée, Owen.

J'eus l'impression qu'on m'avait retiré un énorme poids des épaules, ce qui était fou parce que ce n'était pas moi qui avais des soucis.

— C'est génial. Félicitations !

— Bref, je suis désolée de ne pas t'avoir contacté plus tôt. Ce n'est que lorsque je t'ai demandé si tu voulais qu'on fête ça plus tard que j'ai compris ce qui se passait. Mia m'a répondu qu'elle adorerait sauter dans un avion, mais qu'elle devait aller à l'exposition d'un nouvel artiste ce soir. Elle gère une galerie d'art.

Je m'étais déplacé dans le couloir menant aux toilettes pour prendre l'appel. Deux hommes saouls et bruyants en sortirent en riant, et Devyn les entendit.

— Tu es encore au travail ?

— Non. Je, euh, je suis passé boire une bière entre amis.

— Super ! Avec qui ? Peut-être que je peux vous rejoindre pour fêter la nouvelle.

J'hésitai, sans savoir quoi lui répondre.

— Euh...

— *Oh*. Oh, bon sang, reprit Devyn.

Apparemment, elle me connaissait mieux que ce que je pensais.

— Ce n'est pas un homme, c'est ça ?

— Non. Tarryn est une vieille amie. Elle est passée au bureau tout à l'heure.

Devyn resta silencieuse pendant quelques secondes. Lorsqu'elle reprit la parole, son ton n'avait plus rien de joyeux.

— Désolée de t'avoir dérangé. Amuse-toi bien.

— On pourrait boire un verre ensemble un peu plus tard ?

— Ça ira. De toute façon, j'ai plein de choses à faire. Il faut que j'y aille.

Une minute plus tôt, elle avait le temps de venir fêter ça avec moi, et voilà qu'elle avait hâte de raccrocher.

— Devyn...

— On se parle plus tard, Owen. Je voulais juste partager la bonne nouvelle avec toi. Merci encore pour tout.

— Devyn, at...

— Au revoir, Owen.

Elle raccrocha avant que je puisse ajouter quoi que ce soit.

Je restai là, dans ce couloir sombre, sans vraiment savoir quoi faire, pendant presque cinq minutes. Est-ce que je devais aller chez moi avec Tarryn, histoire de me donner le coup de pouce dont j'avais besoin pour tourner la page avec Devyn? Ou est-ce que je devais rentrer chez moi pour me languir d'une femme qui n'avait pas envie d'être avec moi? Je savais ce que mon cœur me dictait, mais où est-ce qu'écouter mon cœur m'avait mené? Nulle part. Tout simplement. Alors peut-être qu'il était temps que je commence à écouter d'autres organes.

Avant que je puisse finir de délibérer, Tarryn arriva dans le couloir.

— Désolé, je viens juste de raccrocher, l'informai-je en levant mon téléphone.

— Pas de souci. Il faut que j'aille aux toilettes, répondit-elle en pointant du doigt la porte derrière moi.

— On se retrouve au niveau du bar.

Quand je revins à ma place, le serveur approcha. Il désigna ma bière presque terminée et le verre de martini vide à côté.

— Je vous ressers?

J'acquiesçai.

— Oui, bien sûr. Pourquoi pas?

Tarryn revint quelques minutes plus tard. Plutôt que de s'asseoir sur son tabouret, elle se plaça entre mes jambes et saisit les revers de ma veste de costume.

— On s'en va?

— Je viens juste de nous commander une autre tournée.

Elle appuya ses gros seins contre moi.

— Je préfèrerais m'occuper de toi plutôt que de boire ce verre, me murmura-t-elle à l'oreille.

Je fermai les yeux un instant. J'en avais envie.

J'en avais terriblement envie.

Mais…

Je ne pouvais pas.

Je posai mes mains sur ses épaules et la regardai dans les yeux.

— J'ai déjà énormément de chance que tu sois venue boire un verre avec moi, et encore plus que tu veuilles venir chez moi, mais je ne peux pas, Tarryn.

Son sourire s'évanouit.

— Il y a quelqu'un dans ta vie ?

Je hochai la tête. Il était inutile d'expliquer tous les détails compliqués. En réalité, c'était vrai. Devyn était bien quelqu'un dans ma vie. Même si ce n'était pas réciproque.

— Elle a de la chance, ajouta-t-elle en souriant d'un air triste.

Je l'embrassai sur la joue.

— Merci pour ta compréhension. Tu es la meilleure.

Elle remua ses doigts pour me faire signe de partir.

— Vas-y. Je vais même payer l'addition. Mais si ça ne fonctionne pas, appelle-moi. Tu vaux largement les six heures de vol aller-retour pour un après-midi.

Je souris.

— Prends soin de toi, Tarryn.

Vingt minutes plus tard, j'étais assis chez moi, cette fois à me demander si je devais monter chez Devyn ou non. C'était une chose de laisser Tarryn alors que je n'avais pas le cœur à ça – elle méritait mieux. Mais est-ce que je devais rejoindre Devyn en courant juste parce qu'elle avait appelé ?

J'y réfléchis quelques minutes de plus, jusqu'à finir par trouver la réponse.

Oui. Oui, je dois le faire.

Et puis merde. Je récupérai une bouteille de vin et montai les escaliers deux par deux sans même l'appeler avant d'y aller.

Quand Devyn ouvrit la porte, je lui montrai ce que je tenais à la main.

— Je suis là pour fêter la bonne nouvelle.

Je m'étais attendu à ce qu'elle soit contente de me voir. Malheureusement, ce n'était pas du tout le cas.

— Qu'est-ce qui est arrivé à ton *rencard* ? demanda-t-elle en croisant les bras.

Est-ce que c'était de la... *jalousie* ? J'avais l'impression que c'était le cas, alors mon sourire s'élargit.

— Je suis parti. Elle ne m'intéressait pas.

— Pourquoi ça ?

Je croisai son regard.

— Je crois que tu sais pourquoi, Devyn.

— Eh bien, tu n'aurais pas dû, répliqua-t-elle en détournant les yeux.

Je haussai les épaules.

— Quoi qu'il en soit, je suis là. Alors, est-ce que tu vas me laisser entrer ou non ?

— D'accord.

Elle était définitivement en train de bouder, mais ça ne me dérangeait pas. En fait, je trouvais ça amusant.

Une fois à l'intérieur, je jetai un coup d'œil autour de moi.

— Où sont les enfants dont tu as désormais la garde ?

— Heath travaille jusqu'à dix-neuf heures, et Hannah est chez son amie.

— Est-ce qu'ils sont au courant pour la nouvelle ?

— Pas encore, répondit-elle en secouant la tête. Je ne leur ai même pas dit que j'allais au tribunal. Je ne voulais pas qu'ils soient déçus si le juge trouvait une raison de refuser. Mais je me suis dit que j'allais les emmener manger une glace après le repas pour leur faire la surprise. Ils vont être soulagés.

Je souris en levant le vin.

— C'est génial. Tu veux fêter un peu ça avant qu'ils rentrent ?

— Avec plaisir.

Elle était encore un peu distante, mais elle n'était plus aussi froide que lorsqu'elle avait ouvert la porte. Je fis comme si de rien n'était en ouvrant la bouteille et je nous servis chacun un verre de merlot. Je lui en tendis un, puis je levai le mien pour trinquer.

— Félicitations pour avoir obtenu la garde du duo terrible.

— Merci, prononça-t-elle en souriant.

Nous sirotâmes tous les deux notre vin.

— Alors, est-ce que la femme des services de protection de l'enfance est passée aujourd'hui ?

— Oui. Elle n'est pas très sympathique, mais quand je lui ai montré le papier signé par le juge, elle n'a pas eu d'autre choix que de me parler à moi plutôt qu'à Vera. Elle m'a fait la morale pendant une demi-heure sur l'importance de s'assurer que les enfants aillent à l'école, et elle m'a suggéré de les emmener au centre social pour qu'ils puissent avoir un accompagnement. J'espère qu'elle ne sera pas l'assistante sociale assignée à notre dossier. Marcus m'a dit qu'ils vont désigner quelqu'un pour venir faire des visites-surprises.

— Même si c'est le cas, elle ne peut plus prendre les enfants, n'est-ce pas ?

Devyn secoua la tête.

— Selon Marcus, il faudrait qu'elle ait une bonne raison de les retirer, et il faudrait aussi que le tribunal donne son accord.

— Alors ces petits garnements ne peuvent plus sécher les cours ni s'attirer des ennuis.

— Exactement. Il va falloir que je m'assure qu'ils restent dans le droit chemin.

Nous discutâmes du tribunal encore un moment, ainsi que de toutes les choses qu'elle avait à faire pour pouvoir continuer à avoir la garde temporaire. Après ça, je décidai de revenir sur l'attitude qu'elle avait eue à mon arrivée.

— Je peux te poser une question ?

— Vas-y.

— Est-ce que tu étais jalouse de me savoir avec une autre femme ?

Devyn détourna le regard.

— Non.

— Ah bon ? insistai-je avec un sourire en coin.

— Je n'étais pas jalouse.

J'avais du mal à rester sérieux parce qu'il était évident qu'elle racontait n'importe quoi. Cependant… si elle n'était pas jalouse, entendre quelques détails ne la dérangerait pas, pas vrai ?

Je sirotai mon vin en l'observant.

— Tarryn a proposé qu'on aille chez moi.

— Tant mieux, répondit-elle en plissant les yeux.

— On a déjà couché ensemble, alors je ne pense pas qu'elle voulait s'asseoir sur le canapé pour regarder la télé.

Devyn s'empourpra.

C'était plus fort que moi. Je voulais la voir se mettre en colère, admettre qu'elle était jalouse.

— Oui, cette fameuse Tarryn est sauvage au lit. La dernière fois qu'elle est passée, on a cassé une lampe. Elle est tombée de la table de chevet, car le lit bougeait trop.

Je vis sa mâchoire se contracter et ses joues prendre une teinte écarlate. Toutefois, elle ne voulait toujours pas me regarder.

— Devyn ?

Elle pinça ses lèvres en fixant un point droit devant elle.

— Devyn ? répétai-je plus fort.

— Quoi ?

— Regarde-moi.

Elle tourna brusquement la tête vers moi, et elle me fusilla du regard.

— Est-ce que ça t'embêterait si je... couchais avec Tarryn ?

Ça fonctionna.

Elle craqua.

Cependant, elle ne me hurla pas dessus comme je m'y étais attendu.

Pas du tout.

Au lieu de ça, elle écrasa ses lèvres sur les miennes.

Elle me prit tellement au dépourvu qu'il me fallut quelques secondes pour comprendre. Après ça, Devyn était déjà en train de se jeter sur moi.

Putain.

Ça.

Ça, c'était l'alchimie qu'il y avait entre nous depuis le début.

Je saisis ses fesses d'une main pour la soulever, puis je passai ses jambes autour de ma taille, tellement perdu dans ce moment que plus rien n'existait à part ce baiser.

Ce qui expliquait sûrement pourquoi je n'entendis pas la porte s'ouvrir.

Ni se fermer.

— Purée, Dev. Tu te tapes Rubber Ranger ?

Bordel.

De.

Merde.

Heath.

CHAPITRE 14

Devyn

Le lendemain matin, j'étais assise seule à mon bureau, en train de revivre le moment embarrassant – et absolument génial – qui avait eu lieu hier soir.

Ce baiser avait été le meilleur de ma vie, mais ça n'avait pas été très drôle d'expliquer à mon frère ce qui se passait avec Owen. Tout ça au moment où Heath et Hannah étaient officiellement sous ma responsabilité et que je devais aussi leur montrer le bon exemple.

Il fallait que je gère mieux les choses, mais au moins c'était Heath et pas Hannah qui nous avait surpris. Il était un peu plus âgé, et j'étais presque sûre qu'il avait de bonnes connaissances en matière de sexe à ce stade. Même s'il était probablement temps que j'aie une conversation avec chacun d'eux. J'étais certaine que Vera ne s'en était pas chargée.

Owen était rentré chez lui peu de temps après l'arrivée de Heath hier soir, et mon frère avait passé presque toute la conversation que nous avions eue après ça à me taquiner, comme je m'y étais attendue. Je lui avais expliqué qu'Owen et moi avions été amis pendant un moment, mais que les choses avaient un peu évolué ces derniers temps. Évidemment, ce n'était pas totalement vrai, mais ce n'était pas comme si je pouvais lui raconter comment Owen et moi nous étions rencontrés. Cette histoire allait devoir attendre que tout le monde soit plus âgé.

En fin de compte, Heath n'avait pas eu l'air dérangé par la situation, sûrement parce qu'il aimait vraiment bien Owen, et que celui-ci avait gagné sa confiance. Et il n'avait pas fait tout un plat de cette histoire lorsque sa sœur était rentrée. À ma connaissance, il ne lui avait rien dit. Quoi qu'il en soit, j'allais devoir être plus prudente à l'avenir.

Pour l'instant, les enfants étaient en sécurité à l'école – enfin, je l'espérais – et je pouvais reprendre mes marques. J'avais prévu de travailler un peu, mais mon esprit ne voulait rien faire d'autre que repenser à ce baiser. J'avais adoré pouvoir sentir de nouveau les lèvres d'Owen sur les miennes. Je n'en revenais pas d'avoir volontairement décidé à un moment donné de me passer de ça et de ne plus le revoir. Je ne pouvais plus m'imaginer reprendre cette décision aujourd'hui.

Ma réaction impulsive lorsqu'il m'avait demandé si j'étais jalouse montrait *clairement* ce que je ressentais. Quand j'avais compris qu'il était sorti avec une femme, je n'avais plus été capable de raisonner correctement. Je m'étais voilé la face en ce qui concernait Owen Dawson. J'étais dans le déni, j'essayais de m'empêcher de souffrir, et ça avait fonctionné jusqu'à ce que la possibilité de le perdre devienne réelle.

Mon téléphone bipa, me sortant de mes pensées.

Owen : Je n'arrête pas de penser à ce fichu baiser.

J'eus des papillons dans le ventre, et je fermai les yeux un instant.

Devyn : Comment tu as su que je pensais à toi ?

Owen : Je suis désolé que Heath nous ait surpris, mais je ne suis PAS désolé pour ce qu'il a vu.

Devyn : Il veut s'en prendre à toi.

Owen : Sérieusement ?

Devyn : Non. Tout va bien.

Owen : Je crois que je devrais remercier ma bonne étoile qu'il ne soit pas encore adulte.

Devyn : Il serait plutôt du genre à te piéger pour mettre ça sur Internet plutôt que de te faire du mal physiquement.

Owen : C'est tout à fait ça.

Devyn : LOL

Owen : Il faut que je te rende jalouse plus souvent.

Devyn : Oh, alors tu penses que c'est ça le secret, hein ?

Owen : Oui. Et il faut que je te confie un autre secret.

Devyn : Lequel ?

Owen : Je suis très jaloux de l'acteur dont on ne doit pas prononcer le nom.

Devyn : Ah bon ?

Owen : Évidemment. J'ai l'impression qu'une partie de ton cœur lui appartient toujours, ou alors qu'il paie encore un loyer dans ta tête. Mais j'aimerais l'effacer de ces deux endroits.

Devyn : Tu as un plan pour ça ?

Owen : J'ai une gomme magique.

Devyn : LOL. Vraiment ?

Owen : Oui ;-) Si j'étais là, je pourrais te la montrer.

Devyn : Il faut croire que je ne risque rien puisque tu es au travail.

Owen : Tu en es sûre ?

Mon cœur accéléra.

Devyn : Comment ça ?

Owen : Tu es sûr que je suis au travail ?

Devyn : Ce n'est pas le cas ?

Owen : Laisse-moi te poser une question… Si j'étais là en ce moment, tu ferais quoi ?

Le fait de me sentir en sécurité derrière mon écran me donna du courage.

Devyn : J'essaierai de reprendre les choses là où on les a laissées.

Owen : Alors tu ferais mieux d'ouvrir la porte pour me laisser entrer.

Je me précipitai à la porte pour trouver Owen les bras croisés, un magnifique sourire arrogant sur le visage. Je n'allais même pas lui demander depuis combien de temps il était là… Ça n'avait pas d'importance. Il était si canon dans sa chemise, son pantalon de costume, et avec cette grosse montre sexy à son poignet. Nous étions en milieu de matinée, alors je ne savais pas vraiment s'il était resté chez lui ce matin ou s'il était rentré après être allé travailler.

— Salut, lança-t-il en entrant.

— Salut, soufflai-je, à peine capable de parler avant de sauter dans ses bras.

Nos lèvres se trouvèrent, et je soupirai en savourant ce moment.

— Promets-moi que tu ne vas pas me repousser encore une fois, parce que je ne pourrai pas le supporter, Devyn, prononça-t-il sur mes lèvres, alors que la porte claqua derrière lui.

— Je suis presque certaine que je vais te supplier de ne pas arrêter cette fois-ci.

Le regard enflammé, il me souleva et mes jambes s'enroulèrent autour de lui.

— Tu m'as manqué dès que tu as quitté la chambre d'hôtel ce soir-là. C'est comme si ma tête... tout mon corps, plus rien n'avait été pareil depuis.

— On devrait remédier à ça, proposai-je en lui souriant.

Nous nous embrassâmes passionnément, nos langues se trouvèrent, et nous percutâmes tout un tas de choses en nous rendant dans ma chambre.

Il m'allongea sur le lit et resta debout devant moi pour enlever sa chemise. Voir son magnifique torse sculpté et son érection tendre son pantalon noir me donna l'eau à la bouche. Sa poitrine se soulevait au rythme de sa respiration pendant qu'il me fixait.

— J'ai juste envie de commencer par te regarder. Tout est allé si rapidement la première fois. Je n'ai pas eu le temps d'en profiter. Est-ce que tu m'accordes une minute ?

J'acquiesçai et retirai doucement mon haut avant de le jeter sur le côté, puis je fis de même avec mon soutien-gorge, et enfin ma culotte.

Les yeux d'Owen restèrent posés sur mon corps nu, ce qui me donna la chair de poule. Peu de choses étaient plus excitantes que d'être désirée comme ça.

— Tu es sublime, Devyn. Personne ne t'arrive à la cheville. Personne.

Mon cœur se mit à battre la chamade tellement j'avais hâte qu'il me touche.

Il passa sa langue sur sa lèvre, et le désir s'intensifia dans son regard.

— Écarte tes jambes.

Mon clitoris palpita lorsque je lui obéis. Je ne m'étais encore jamais mise à nu de cette manière. C'était le premier homme avec qui je me sentais assez à l'aise pour être si vulnérable.

— Notre première fois était sauvage. J'ai envie de prendre mon temps avec toi, Devyn. Ça te va ?

— Oui, soufflai-je en hochant la tête.

Owen se plaça au-dessus de moi, et mes jambes se mirent à trembler quand il se baissa pour embrasser doucement mon cou, avant de se mettre à descendre. Il s'arrêta au niveau de mon entrejambe et soupira.

— Il y a un problème ? demandai-je.

— J'essaie de choisir entre te savourer et te dévorer.

Ses yeux croisèrent les miens et il sourit.

— Fais comme tu le sens, murmurai-je en passant mes doigts dans ses cheveux.

Il arbora un sourire espiègle en écartant davantage mes genoux, puis il posa sa bouche sur moi. J'eus le souffle coupé en sentant sa langue humide dessiner des cercles autour de mon clitoris avec voracité, ses gémissements de plaisir vibrant contre ma peau sensible.

— Je pourrais passer ma journée à te dévorer, confia-t-il d'une voix rauque. Rien n'est meilleur que ça.

Je me servis de ses cheveux soyeux pour guider ses mouvements, à deux doigts de jouir contre son visage. Je me tendis pour repousser ce moment.

— Ça va ? demanda-t-il en levant les yeux vers moi d'un air inquiet. Je t'ai fait mal ?

— Non. C'est juste que... j'ai failli jouir. C'était trop bon.

— Est-ce que tu essaies de dire que tu es prête pour moi ?

— Je le suis, Owen, l'implorai-je. S'il te plaît.

— Puisque tu es si polie...

Il me fit un clin d'œil, puis sortit un préservatif de son pantalon avant de le baisser, révélant son sexe gonflé luisant de liquide pré-séminal. La dernière fois, je n'avais pas vraiment pris le temps d'apprécier à quel point il était beau et imposant. Je l'observai enfiler la protection sur son érection en pinçant l'extrémité.

J'adorais sentir le poids de son corps sur moi, son souffle chaud sur ma peau. Il posa sa main sur ma joue et me regarda droit dans les yeux.

— Laisse-toi te perdre en moi aujourd'hui, Devyn. Ne réfléchis pas trop, d'accord ?

— D'accord, acceptai-je en souriant.

Ce furent les derniers mots que je parvins à prononcer avant que ses lèvres s'écrasent sur les miennes. J'écartai plus grand les jambes pendant que sa langue cherchait la mienne. Owen posa sa main sur ma nuque, ses yeux rivés aux miens, et il glissa plusieurs fois son sexe humide contre mon clitoris. Mes mamelons durcirent alors que je me sentais mouiller de plus en plus, et il enfonça ses doigts en moi.

— Tu es trempée, Devyn. Tremblante, même. Je dois me contrôler pour ne pas te prendre sauvagement sur-le-champ, même si c'est *moi* qui ai envie d'y aller doucement.

— Tu n'es pas obligé d'y aller doucement, haletai-je.

— Devyn...

— Oui ?

— Je veux que tu sois à moi cette fois-ci. Je veux te faire l'amour en sachant que tu es à moi. Même si ça ne peut pas être permanent, j'ai besoin de savoir que tu m'appartiens totalement, d'accord ?

— D'accord…

Je continuai à le fixer pour qu'il sache que je ne disais pas ça juste parce que j'avais envie d'assouvir mes besoins.

— Je suis à toi.

Je sentis la brûlure de son sexe épais me pénétrer en une seule poussée intense. Si un mouvement pouvait parler, celui-ci hurlerait « *tu es à moi* ».

J'écartai davantage mes jambes pour recevoir tout ce qu'il avait à donner, puis j'écoutai les bruits humides de notre excitation. Mon cœur appartenait à cet homme depuis un moment, mais aujourd'hui, à ce moment précis, mon corps lui appartenait aussi d'une manière différente de notre première fois. La confiance qui s'était installée entre nous ce dernier mois me permettait de me laisser totalement aller avec lui, sans aucun blocage mental, culpabilité, ni hésitation.

Mes ongles s'enfoncèrent dans son dos alors qu'il continuait à faire des va-et-vient en moi, plus fort et plus intensément à chaque poussée, jusqu'à se retrouver au fond de moi.

Je fis descendre mes mains pour saisir ses fesses, avant de les faire remonter de nouveau pour explorer les contours de son dos.

Quand je me mis à remuer mes hanches pour m'accorder à son rythme, Owen riva ses yeux aux miens.

— C'est ça, Devyn. Donne-moi tout.

Il ralentit un instant en fermant les paupières.

— J'ai failli perdre le contrôle. Est-ce que tu sais à quel point te posséder comme ça est ma kryptonite ?

Il s'enfonça encore plus intensément en moi, et le lit remua lorsque je succombai à l'extase, la vision floue et mon esprit s'évadant dans une autre dimension. Puis les muscles de mon entrejambe cédèrent et je basculai.

Owen était tellement connecté à mon corps qu'il comprit.

— Regarde-moi, ma belle. Regarde-moi dans les yeux pendant que tu jouis sur ma queue.

Il laissa échapper un bruit incompréhensible en s'enfonçant en moi une dernière fois, puis je pus sentir la chaleur de son sperme à travers le préservatif. Je me laissai totalement aller jusqu'à la fin de mon orgasme, mon corps tellement détendu qu'il me semblait très léger. Je n'avais jamais joui aussi fort auparavant, ce qui en disait beaucoup sur l'homme qui m'avait mise dans cet état.

Il resta en moi un moment en me murmurant des mots doux à peine audibles, avant de finir par se retirer et s'éloigner brièvement pour se débarrasser du préservatif. À son retour, il fit quelque chose que j'avais eu trop peur de le laisser faire la dernière fois : il me prit dans ses bras, enveloppant tout mon corps de sa chaleur. Nous restâmes allongés là, mes jambes mêlées aux siennes.

— Je peux t'entendre réfléchir, souffla-t-il contre mon dos. Parle-moi.

— Tout va bien, Owen. Vraiment. C'était génial. Je n'ai même pas envie de réfléchir. Je veux juste continuer à profiter du moment présent.

Il déposa un baiser sur ma peau.

— Ça me va très bien, ma belle.

— Est-ce que tu dois aller travailler ?

— Non, j'ai déjà annulé tous mes rendez-vous de la journée.

Je me tournai vers lui.

— Tu savais que ça allait se passer comme ça quand tu es venu chez moi ?

— Oui, bizarrement, confirma-t-il en souriant. Tu trouves ça arrogant ?

Il posa ensuite sa main sur ma taille.

— En fait, peu importe ce qui se serait passé, je savais que je voulais passer la journée avec toi. J'ai appris à ne pas trop espérer, mais j'ai été agréablement surpris de la façon dont j'ai été reçu.

Nous échangeâmes un sourire. J'étais un peu émerveillée par ce moment.

— Tu penses à quoi ? lui demandai-je.

— J'ai envie de te dire quelque chose, mais je ne veux surtout pas te faire peur, répondit-il en posant son front contre le mien.

— Je t'écoute...

— J'ai l'impression que tu es tout ce qui manquait à ma vie, Devyn.

Je pouvais sentir ses mots contre ma joue.

— Je t'ai déjà dit que j'avais l'impression de me sentir différent de mes amis, que je me sentais incapable de vivre le même bonheur qu'eux. Et maintenant, je sais que c'est parce que je n'avais pas trouvé la bonne personne. Je ne comprenais pas ce qui clochait avant de trouver la connexion qui me manquait... avec toi.

Les larmes me montèrent aux yeux.

— Pourquoi tu m'apprécies autant, Owen ?

— Pourquoi tu poses cette question ? s'enquit-il, l'air inquiet.

— Je ne sais pas... J'ai juste l'impression que tu pourrais avoir toutes les femmes que tu désires, parce que tu es si beau et si gentil.

Il déposa un baiser sur mon nez.

— J'essaie d'avoir la seule femme que je désire sur cette planète.

— Ma situation est tellement compliquée. C'est le chaos.

— Peut-être que j'ai besoin d'un peu de chaos, affirma-t-il en souriant. Devyn, avant notre rencontre, je me sentais mort à l'intérieur. Parfois, on ne peut pas expliquer pourquoi quelqu'un est fait pour nous. C'est comme ça et c'est tout. Quand on est ensemble, je me sens vivant, la vie est chaotique, mais d'une bonne manière. Je n'ai pas l'impression de rater quelque chose et je n'ai pas envie d'être ailleurs. Tu es la femme la plus authentique que j'ai rencontrée. Tu m'as confié tes défauts, mais moi je te trouve parfaite. Ta vie ne l'est peut-être pas, mais *toi* tu l'es. Du moins, tu es parfaite pour moi. Et même si tu me disais que ce que je viens de te dire te terrifie et que tu voulais que ça s'arrête dès aujourd'hui... je ne regretterais quand même pas le temps qu'on a passé ensemble. Tu ne me dois rien, c'est compris ? Tout ce qu'on a, c'est l'instant présent. Je savoure cette journée plus que toutes celles que j'ai vécues avant, et c'est tout ce qui compte. Ne réfléchis pas à demain. Sois juste avec moi dans le moment présent.

Je caressai sa barbe fine.

— Imaginer rentrer en Californie devient difficile à cause de toi, tu sais ?

— Parfait. Mission accomplie, plaisanta-t-il en m'embrassant. Mais, plus sérieusement, ne pense pas à ça pour l'instant.

J'acquiesçai et suivis son conseil.

Après avoir remis deux fois le couvert, il fut presque quinze heures, et je savais que je devais faire en sorte que cet endroit ne ressemble pas trop à une tanière de débauche avant l'arrivée des enfants.

— Heath et Hannah seront bientôt de retour, annonçai-je.

— Si on leur disait qu'on était juste en train de discuter en plein milieu de la journée, tu penses qu'ils y croiraient ?

— Eh bien, malheureusement, Heath en sait trop, mais je pense que ça ne posera pas de problème s'ils te voient ici.

— Alors ça ne te dérange pas si je reste ? demanda-t-il.

— Non, en fait, j'adorerais ça.

— Parce que je ne suis pas encore prêt à ce que cette journée se termine.

— Moi non plus, avouai-je.

Nous prîmes une douche ensemble avant de nous habiller et de faire le lit.

Quand mon frère et ma sœur arrivèrent vers quinze heures quarante-cinq, personne n'aurait pu se douter de ce qui s'était passé ici aujourd'hui. Owen était assis tranquillement sur le canapé en train de lire un magazine, tandis que je me trouvais de l'autre côté de l'appartement, en train de préparer le goûter.

Ce qui n'empêcha quand même pas mon frère de nous taquiner.

— Oh, regardez ! C'est Rubber Ranger Roméo.

Owen posa son magazine.

— Laisse ta sœur tranquille, Heath. Elle travaille dur pour toi. Elle n'a pas besoin que tu l'embêtes.

— Vous avez de la chance que je ne vous déteste pas, déclara Heath. Je suis peut-être son petit frère, mais ça ne veut pas dire que je ne pourrais pas m'en prendre à vous.

— Heath ! le réprimandai-je.

Owen sourit.

— Non, ce n'est rien. Je respecte ça. Et je garde cet avertissement en mémoire, monsieur.

— Est-ce que vous sortez ensemble ? demanda Hannah.

Mince.

Owen m'observa pour savoir quoi répondre.

— On est de très bons amis... commençai-je en me tournant vers lui avec un sourire. Enfin, entre guillemets.

Il me fit un clin d'œil.

Nous finîmes par commander des sandwichs pour le dîner et nous mangeâmes à table avec les enfants. Je ne cessai de jeter des coups d'œil à Owen en me demandant pourquoi j'avais attendu aussi longtemps. Ce type était l'homme de mes rêves. J'aurais vraiment aimé qu'il puisse passer la nuit ici, mais il était bien trop tôt pour ça, surtout étant donné que mon frère et ma sœur nous avaient à l'œil à présent. Il n'y aurait aucun moyen de le faire venir en douce sans qu'ils nous surprennent. Ils allaient nous surveiller de près. Il fallait que je montre l'exemple, surtout pour Hannah. Il fallait que je lui montre qu'on ne devait pas se précipiter avec un homme, même si c'était un Adonis avec un cœur en or.

Owen partit après le repas, et les enfants se rendirent dans leur chambre. Puisque je n'avais pas travaillé de la journée, je décidai d'installer mon ordinateur portable près de la fenêtre et de rattraper au moins le retard dans mes e-mails. Je posai les yeux sur le calendrier que je gardais sur mon bureau pour m'organiser, et mon cœur faillit manquer un battement lorsque je vis le symbole rouge datant d'il y a deux semaines. Cette date aurait dû marquer le début de mes règles, mais j'avais été tellement préoccupée par tout ce que je devais faire au sujet des services sociaux, que je n'avais pas remarqué que la date était passée et que je n'avais rien eu.

Toutefois, le soulagement remplaça la panique quand je me rappelai qu'Owen et moi nous étions protégés lors de notre rencontre, et que ça faisait un moment que je n'avais pas vu Robert. Ce retard de règles devait être dû au stress.

Un message d'Owen interrompit mes pensées.

Owen : Après mon départ, je suis descendu voir Billie et je l'ai croisée juste avant la fermeture du salon. J'ai décidé de faire mon premier tatouage. Quelque chose qui pourrait me faire penser à cette journée. Ça te plaît ?

C'était une photo de son poignet.

Je restai bouche bée devant ces petits guillemets.

CHAPITRE 15

Devyn

Trois jours plus tard, mes règles n'étaient toujours pas là. Je commençais à paniquer, alors j'allai chercher un test de grossesse à la pharmacie. Cependant, je ne pus me résoudre à le faire. Alors que je fixais la boîte posée à un mètre de moi sur le plan de travail de la cuisine, je récupérai mon téléphone pour appeler Mia.

— Salut! lança-t-elle en décrochant. Je pensais justement à toi.

— Parce que je te manque?

— En fait, un stagiaire vient d'entrer dans mon bureau en disant « tu ne devineras jamais qui a une grosse bite ». J'ai échangé de bureau avec Oliver la semaine dernière. Il a toujours chaud et la climatisation dans son bureau ne fonctionne pas bien, alors que j'ai toujours froid et que ma climatisation est glaciale. Bref, le pauvre stagiaire ne s'est pas rendu compte qu'on avait fait cet échange, et il a commencé à parler avant de lever les yeux et de me voir assise à mon nouveau bureau. J'ai cru qu'il allait faire dans son pantalon.

— Tu lui as dit quoi ?

— Je lui ai demandé de me dire qui avait une grosse bite, évidemment. C'est un nouvel artiste arrogant qu'on expose à la galerie. Apparemment, le stagiaire n'a pas pu s'empêcher de remarquer ce détail dans les toilettes des hommes. Ce type doit mesurer un mètre cinquante avec une grosse bedaine et une perruque ratée. Au moins, maintenant, je sais d'où vient son arrogance.

Je me mis à rire.

— J'ai presque peur de te demander pourquoi cette histoire t'a fait penser à moi.

— Oh. Tu te souviens quand on s'est rencontrées et que tu vivais encore avec ta mère dans cet appartement sans ascenseur au troisième étage ? Elle ne payait pas le loyer, alors elle s'est fait expulser, mais elle a réussi à trouver un pigeon pour la laisser emménager dans l'immeuble sans ascenseur juste à côté, au troisième étage aussi.

Je gémis.

— Laisse-moi deviner. Tu te souviens de l'incident avec les céréales ?

Elle pouffa de rire.

— Tu as retiré ton jean et tu t'es assise en culotte sur le canapé d'un inconnu pour manger un énorme bol de céréales. Le canapé n'était même pas de la même couleur que celui de ta mère.

— Ce pauvre homme de quatre-vingts ans a changé les serrures après m'avoir découverte en rentrant chez lui. Mais pour ma défense, on déménageait *beaucoup*, alors c'était compliqué de se rappeler où on habitait, et je n'avais pas encore retiré l'ancienne clé de mon porte-clé.

— Bref... Qu'est-ce que tu fais aujourd'hui ? demanda-t-elle.

Je l'avais appelée pour avoir du soutien, pourtant je n'étais soudain plus sûre d'être prête à partager ce qui était en train de se passer. J'avais trop peur de prononcer ces mots.

— Pas grand-chose. Je devrais être en train de travailler, mais je n'ai pas la tête à ça.

— Qui êtes-vous et qu'avez-vous fait de mon amie Devyn ? Il ne t'arrive *jamais* de ne pas avoir envie de travailler. Tu es la seule personne que je connaisse qui adore son travail.

J'étais tellement occupée à fixer le stupide test de grossesse sur le plan de travail que j'entendis à peine ce que Mia disait. Je n'arrivais pas du tout à me concentrer ces derniers jours. D'une manière ou d'une autre, il fallait que je sache. Alors je me forçai à prononcer la raison de mon appel en pleine journée et de mon manque de motivation concernant le travail.

— J'ai un retard de règles.

— Oh, merde, lâcha Mia. Combien de temps ?

— Trois semaines, gémis-je.

— Elles ne sont pas irrégulières en temps normal, si ?

— Nooooon... soupirai-je. Je n'ai jamais de retard.

— Mais tu as un stérilet comme moi, non ?

— J'en ai un, mais ça fait presque sept ans maintenant. Il arrive à la fin de sa période d'efficacité. J'avais rendez-vous chez le gynécologue pour le faire remplacer, mais j'ai dû annuler pour venir à New York.

— Presque sept ans ? C'est efficace pendant sept ans révolus, je me trompe ?

— Les nouveaux modèles tiennent huit ans, mais le mien seulement sept, et j'ai lu qu'il pouvait être moins efficace à la fin. J'ai passé les trois derniers jours à faire des recherches sur Google. Mais Owen avait mis un préservatif.

— Des tas de femmes n'ont même plus leurs règles quand elles ont un stérilet. Peut-être que c'est juste exceptionnel. Ou peut-être que c'est le stress. Ça peut perturber les règles.

Évidemment, j'avais pensé à tout ça, mais j'avais un drôle de pressentiment.

— Peut-être...

— Fais un test. Sois fixée une bonne fois pour toutes. C'est la seule solution.

— J'en ai déjà un, révélai-je en fronçant les sourcils.

— Mais tu ne l'as pas encore fait ?

— Non. J'essayais de trouver le courage de le faire, c'est pour ça que je t'ai appelée. J'ai besoin que tu me tiennes la main.

— Tu vas y arriver. Va faire pipi sur ce bâton. Tu veux qu'on bascule en appel vidéo pour que je puisse te regarder faire ?

— Je ne pense pas que ce soit nécessaire, mais merci.

Je mordillai mon ongle.

— Et si c'était positif, Mia ?

— Alors on parlera des choix qui s'offrent à toi. En attendant, ne gaspillons pas notre énergie là-dessus. Je me suis rendue malade la fois où je croyais être enceinte à la fac. Je ne l'étais pas, mais j'ai tellement stressé que je me suis épuisée et que j'ai attrapé la grippe. Ensuite, j'ai dû annuler mon rencard avec Troy Everett, et il a fini par me remplacer par Ainsley Quinn ce soir-là. Quelques années plus tard, Troy a inventé une application de régime débile qu'il a vendu pour je ne sais combien de milliards de dollars, et maintenant Ainsley a des jumelles et des mini-sacs Birkin, et tu sais ce que j'ai ?

— Quoi donc ?

— Deux vibromasseurs. Et pas de sacs Birkin. Alors, fais ce fichu test. Sois *Ainsley Quinn*, pas Mia Archer.

Je me mis à rire. Maintenant, j'étais contente d'avoir appelé. La folie de Mia était exactement ce dont j'avais besoin pour traverser cette épreuve.

— D'accord. Je vais poser le téléphone pour pouvoir faire pipi sur le test. Je reviens dans une minute.

— Et moi je vais aller ouvrir l'une des bouteilles de vin qu'il nous reste de l'exposition d'hier soir. Juste au cas où.

— Il n'est pas huit heures et demie du matin chez toi ?

— Tu vois à quel point je suis une bonne amie ? Maintenant, va faire pipi.

Je me rendis dans les toilettes et j'ouvris la boîte. Le test se trouvait dans un emballage en aluminium, alors après l'avoir retiré, je pris une grande inspiration, m'assis, et glissai le bâtonnet entre mes jambes.

Mon cœur battait à tout rompre lorsque je posai le test sur le comptoir et jetai un coup d'œil au petit écran de contrôle blanc, qui commençait déjà à se colorer. Je démarrai le chronomètre sur mon téléphone, puis appuyai sur le bouton du haut-parleur après m'être lavé les mains.

— Tu es là ? demandai-je.

— Oui. Tu sais, du vin au petit déjeuner, ce n'est pas vraiment bizarre. Les gens mangent bien du raisin le matin, non ?

Je séchai mes mains et retournai la boîte vide. J'écarquillai les yeux. *Résultat en moins de trois minutes.*

— Bordel. Ce truc ne prend que trois minutes.

— Tu voulais que ça prenne combien de temps ?

— Je ne sais pas. Un an ou deux, ce serait bien.

Je jetai un coup d'œil au test, mais je ne pouvais pas regarder. En fait, il fallait que je sorte des toilettes.

— Tu peux me dire quand ça fera trois minutes ? Je ne peux pas rester assise à attendre.

— Pas de souci.

— Merci.

Je retournai à la cuisine et m'appuyai contre le comptoir.

— Raconte-moi ton dernier rencard. J'ai besoin d'une distraction.

— Oh... c'était une perle rare. Il s'appelait Alan. Le premier *red flag*, c'est qu'il m'a demandé si je pouvais conduire. Ça ne me dérange pas de rejoindre des gens au restaurant, mais ce type voulait que je passe le chercher chez lui. Il a dit que sa voiture était au garage. Alors, j'ai accepté. Je suis allée le chercher. Dès qu'il s'est assis sur le siège passager, il m'a dit qu'il devait faire deux arrêts rapides. J'ai accepté, même si j'ai trouvé ça un peu bizarre. Le premier arrêt était une *maison de retraite*. Il m'a fait venir avec lui pour rendre visite à sa grand-mère. La pauvre femme dormait quand on est entrés, mais il l'a réveillée pour me présenter. On est restés environ quinze minutes. Ensuite, il m'a demandé si on pouvait faire le deuxième arrêt après le dîner et j'ai accepté. Il a choisi le restaurant, un petit boui-boui pas cher. Le repas était ennuyeux – comme lui –, alors j'avais hâte que la soirée se termine. J'avais oublié cette histoire de deuxième arrêt jusqu'à ce qu'il me le rappelle quand on est revenus à la voiture. Il a dit que ce n'était qu'à quelques pâtés de maisons et il m'a guidée... jusqu'à *un foutu supermarché*. Je n'allais pas parcourir les rayons avec mes talons, sans compter que j'étais énervée, alors je lui ai dit que j'allais l'attendre dans la voiture. *Une demi-heure plus tard*, le mec est revenu avec *cinq sacs de courses*. Mon rencard a dépensé moins d'argent pour moi au restaurant que ce que lui aurait coûté un Uber pour aller faire ses courses. Avec du recul, je pense que ce cinglé n'avait même pas de voiture au garage !

— Il n'y a qu'à toi que ça arrive, Mia, répliquai-je en riant.

— On ne peut pas toutes avoir un homme d'affaires agent immobilier qui nous tourne autour comme toi.

— Owen ne me tourne plus autour.

— Ah bon ? Pourquoi ?

— Parce qu'on n'a pas besoin de tourner autour d'une femme quand celle-ci se jette presque sur vous.

— *Quoi ?* Vous êtes ensemble ? Pourquoi tu ne me l'as pas dit ?

— Ça ne fait pas longtemps, et honnêtement, on avance au jour le jour.

Bip. Bip. Bip.

— Oh, mon Dieu. Est-ce que c'est l'alarme ? demandai-je en posant ma main sur mon cœur. Ça fait déjà trois minutes ?

— Oui. Alors, dépêche-toi d'aller dans ces toilettes parce que je suis déjà en train de me servir mon deuxième verre de vin.

Je pris une grande inspiration, puis soufflai avant de traverser le couloir. Une fois à l'intérieur des toilettes, je fermai les paupières pendant dix secondes et prononçai une petite prière avant de baisser les yeux. Et puis...

Bordel de merde.

La pièce se mit à tourner. Je dus m'agripper au porte-serviette tellement j'avais le vertige.

— Mia... repris-je d'une voix tremblante. Je t'en supplie, dis-moi que deux lignes roses veulent dire que c'est négatif.

— *Deux*, pas une seule ?

Il n'y en avait même pas une bien nette et l'autre à peine visible. Elles étaient toutes les deux rose vif.

— Il y a deux lignes foncées, Mia.

— Merde. Eh bien, je crois qu'Owen et toi allez devoir revoir votre décision de vivre au jour le jour et planifier ce qui arrivera dans neuf mois.

♥

Mon téléphone bipa pour m'annoncer l'arrivée d'un message d'Owen. Il commençait à devenir impatient.

Ça faisait six jours que je ne l'avais pas vu, et trois depuis que j'avais appris que j'étais enceinte. Toutefois, je n'arrivais pas à me résoudre à l'affronter, parce que je savais que je ne serais pas capable de cacher à quel point je paniquais. Il fallait d'abord que je voie un médecin pour confirmer que les *quatre* tests que j'avais faits se trompaient tous. C'était possible, n'est-ce pas ?

Owen : Salut, ma belle. Comment ça va aujourd'hui ?

Je me sentais horrible de lui mentir. Cet homme adorable avait déposé du bouillon de poule devant ma porte hier quand je lui avais dit que je ne me sentais pas très bien. Cependant, mon excuse selon laquelle je croulais sous le travail ne tenait plus. Il était difficile de dire qu'on ne pouvait pas se libérer une demi-heure quand on était son propre patron, surtout quand Owen et moi habitions dans le même immeuble et qu'il pouvait être à ma porte en moins de deux minutes.

Devyn : Pas très bien. J'ai rendez-vous chez le médecin aujourd'hui.

Au moins, je ne mentais pas. Je n'étais vraiment pas en forme, et j'avais vraiment rendez-vous. Seulement, c'était chez la gynécologue, et non pas chez le médecin pour un mal de gorge.

Owen : À quelle heure ? Je t'y conduirai.

Devyn : Oh, non. Je ne veux pas te contaminer. Ce n'est qu'à deux arrêts de métro.

Owen : Je préfère prendre le risque d'être malade plutôt que de te laisser prendre le métro alors que tu ne te sens pas bien.

Est-ce qu'il était obligé d'être si adorable ? Je m'en voulais déjà assez.

Devyn : Ça ira. Peut-être que je prendrai un Uber.

Owen : Ça ne me dérange pas de t'accompagner. Je porterai un masque si ça peut t'aider à te sentir mieux.

Devyn : Merci, c'est gentil de proposer. Vraiment. Mais ça ira.

Owen : D'accord. Mais appelle-moi après pour me dire ce qu'il en est, tu veux bien ?

J'étais presque sûre de devoir encore plus lui mentir après. Pourtant, je tapai une réponse.

Devyn : Évidemment :-)

Une heure plus tard, j'étais assise dans ma blouse en papier, en train de transpirer en attendant que le médecin entre dans la salle d'examen. Je n'arrêtais pas de remuer ma jambe, et je sursautais au moindre bruit que j'entendais dans le couloir. J'étais surtout stressée parce que j'avais choisi un médecin sur Internet et que ce n'était pas ma gynécologue habituelle, que je connaissais et en qui j'avais confiance.

Quelques minutes plus tard, la porte s'ouvrit et une femme qui avait l'air plus jeune que sur sa photo sur le site médical entra en compagnie d'une infirmière. Elle m'adressa un sourire chaleureux et me tendit sa main.

— Bonjour, je suis le docteur Talbot. Enchantée.

— Bonjour. Je suis…

Je tendis ma main, mais je la retirai à la dernière seconde pour l'essuyer d'abord sur ma blouse. Gênée, mes joues s'enflammèrent lorsque je tendis ma main pour la seconde fois.

— Pardon, je suis stressée. Je m'appelle Devyn Marks.

— Bonjour, Devyn. Est-ce qu'il y a quelque chose en particulier qui vous rend nerveuse ? demanda-t-elle en étudiant mon dossier. J'ai remarqué que vous n'aviez pas inscrit la raison de votre visite sur votre fiche de renseignements. Vous êtes là pour un bilan ?

Je n'avais pas été capable d'écrire ces mots. Les prononcer à voix haute était encore plus difficile.

— Je, euh… j'ai un retard de règles.

— D'accord. Avez-vous une activité sexuelle et y a-t-il une possibilité que vous soyez enceinte ?

J'acquiesçai.

— Utilisez-vous un moyen de contraception ?

— J'ai un stérilet.

— Depuis combien de temps ?

Je fronçai les sourcils.

— Presque sept ans maintenant. Je devais le faire retirer. J'avais rendez-vous avec ma gynécologue en Californie pour le remplacer, mais j'ai dû venir à New York sans que ce soit prévu, alors je n'ai pas encore eu le temps de m'en occuper. Je sais qu'on peut le garder pendant sept ans, mais j'utilise toujours des préservatifs en plus.

Elle prit quelques notes.

— Et à quand remontent vos dernières règles ?

— Le premier avril, alors j'ai quelques semaines de retard. Mes règles ne sont pas abondantes depuis la pose du stérilet. Je perds juste un peu de sang, mais d'habitude, c'est très régulier.

— D'autres symptômes de grossesse ? Des nausées, une poitrine sensible, de la fatigue ?

Je secouai la tête.

— Non, mais j'ai fait un test de grossesse.

— Oh. Et il était positif ?

— Quatre fois, précisai-je en fronçant les sourcils. Et d'ailleurs, maintenant que j'y pense, j'ai été malade une fois il y a quelques semaines, mais je pensais que c'était quelque chose que j'avais mangé.

Elle sourit et ferma mon dossier.

— Et si on faisait un examen rapide pour voir ce qui se passe ? Une grossesse récente n'est pas toujours détectable avec un examen du col, alors après ça, on fera une échographie et une prise de sang pour en être certaines.

— D'accord.

L'infirmière installa les étriers tant redoutés pendant que le médecin lavait ses mains et enfilait des gants. Il était difficile de se détendre pendant ce genre d'examens, mais encore plus en étant stressée à l'idée d'être enceinte. Le docteur Talbot fit ce qu'elle avait à faire, puis elle rapprocha la machine et réalisa l'échographie en gardant le silence pendant un long moment.

— Je peux vous confirmer que vous êtes bien enceinte, Devyn.

Oh, bon sang.

— Je peux voir le fil de votre stérilet, alors je vous recommande de le retirer. Le garder présenterait un risque pour cette grossesse. Je peux le faire maintenant si vous voulez.

J'avais la tête qui tournait, mais il était inutile de le garder, alors j'acceptai.

— Bien sûr. Merci.

Le retirer fut rapide et pas aussi douloureux que la pose. Après ça, elle refit une échographie.

— Est-ce que vous voulez que je vous montre l'écran et qu'on essaie d'entendre le cœur ? Ou est-ce que vous préférez ne pas le faire ?

Je déglutis. Ce moment me paraissait surréaliste, comme si ce n'était pas moi qui le vivais. Alors je me dis que ça pourrait sûrement rendre les choses plus réelles si je le voyais de mes propres yeux, et même si je l'entendais, alors je pris une grande inspiration et hochai la tête.

— Je veux bien.

Pendant les cinq minutes suivantes, le docteur Talbot désigna plusieurs choses à l'écran – mon anatomie, le sac gestationnel, un petit point clignotant qui devait être le cœur qui battait selon elle, mais qui ressemblait juste à un rond noir et flou à l'image. Ça ne me semblait toujours pas réel.

Du moins, pas avant qu'elle appuie sur un bouton de la machine et qu'on entende un crépitement. Le docteur Talbot bougea encore la sonde en appuyant un peu plus, et un battement résonna dans la pièce.

Swoosh swoosh swoosh swoosh.

Le bruit était rapide, mais régulier.

— C'est son cœur qui bat ? demandai-je, les yeux écarquillés.

— Oui, confirma-t-elle en souriant. Et on l'entend très bien pour une grossesse si récente. Enfin, vous avez dit que vos dernières règles remontent au premier avril, c'est ça ?

— Oui.

— Ça ferait presque sept semaines et demie de grossesse. On compte toujours deux semaines de plus que la date de conception pour l'âge gestationnel. Alors, selon vos dernières règles, la conception devrait remonter approximativement à cinq semaines et demie.

Nous étions le 23 mai, et j'avais couché avec Owen le 15 avril. Je m'en souvenais parce que j'avais déclaré mes impôts à la date limite cette année, et je l'avais fait juste après être arrivée à New York. Le timing était bon.

— Cependant, la taille de l'embryon et son apparence laissent entendre qu'il pourrait être un peu plus âgé que ça, poursuivit le docteur Talbot.

— Plus âgé ? Comment ça ? J'ai bien eu mes règles le premier avril. J'ai vérifié sur mon calendrier.

— Eh bien, ce n'est pas inhabituel d'avoir quelques pertes de sang pendant la grossesse, surtout au début. Vous m'avez dit que vos règles n'étaient pas abondantes, ce qui est courant chez les femmes ayant un stérilet. Peut-être que ce que vous avez pris pour vos règles le mois dernier n'était qu'en fait des petits saignements.

— Je ne comprends pas.

— Je peux me tromper, mais d'après la taille et l'apparence de l'embryon, vous pourriez être enceinte de neuf, peut-être dix semaines.

Je cessai de respirer.

— Neuf ou dix semaines ? Alors la conception aurait eu lieu... il y a sept ou huit semaines ?

— C'est ça, acquiesça-t-elle.

Robert n'était pas là pendant les deux semaines avant mon départ à New York. Ce qui voudrait dire que nous avions couché ensemble pour la dernière fois...

Oh.

Mon.

Dieu.

— Vous en êtes sûre ? l'interrogeai-je en ayant l'impression que ma gorge se resserrait. Neuf ou dix, et pas sept et demie ?

Le docteur Talbot secoua la tête.

— Dater une grossesse n'est pas une science exacte. Les embryons peuvent être un peu plus grands ou petits que la normale, et toutes les femmes n'ovulent pas exactement deux semaines après leurs règles. Certaines ovulent six jours après, et d'autres peuvent même ovuler le vingt-deuxième jour du cycle. Pour l'instant, si on se base sur vos règles et sur les images, peut-être qu'on peut l'estimer quelque part au milieu. Vos règles disent sept semaines et demie. La taille indique deux semaines de plus, donc environ neuf semaines et demie.

Elle récupéra mon dossier et nota quelque chose.

— Alors, disons huit semaines et demie, ajouta-t-elle.

— Non ! Ça ne peut pas être ça. Je n'étais avec personne il y a six semaines et demie.

— Comme je vous l'ai dit, ce n'est pas une science exacte. Une semaine de plus ou de moins pourrait être possible aussi.

Mais une semaine de plus ou de moins, ça changeait tout. Sept semaines et demie auparavant, j'avais couché avec Robert. Alors que cinq semaines et demie plus tôt, j'étais avec Owen.

Oh, putain. Je ne sais même pas qui est le père.

CHAPITRE 16

Il s'était passé des heures depuis le rendez-vous chez le médecin de Devyn, et elle ne m'avait pas donné de nouvelles. Vu comme elle s'était comportée bizarrement cette semaine, ce n'était pas vraiment une surprise. Cependant, j'avais toujours peur qu'un malheur soit arrivé, alors je finis par céder et je lui envoyai un message.

Owen : Salut. Est-ce que tout va bien ? Comment s'est passée ta visite chez le médecin ?

Il lui fallut environ cinq minutes pour répondre.

Devyn : Oui, je vais bien. Ça ne s'est pas passé comme je l'imaginais.

Qu'est-ce que ça veut dire ?

Owen : Le médecin n'a pas pu trouver ce qui n'allait pas ?

Devyn : Elle a dit que j'étais en bonne santé.

Owen : Ça n'explique pas pourquoi tu es malade. Tu te sens mieux ?

Devyn : Un peu. Je suis juste fatiguée.

Owen : D'accord. N'hésite pas si tu as besoin de quoi que ce soit.

Devyn : Promis. Merci.

Owen : Repose-toi bien.

— Qu'est-ce qui se passe, mec ? Tu n'as pas répondu à mes messages.

Je levai les yeux. J'étais en train de fixer mon téléphone et je n'avais pas vu Brayden entrer chez moi.

— Désolé, j'étais occupé, répondis-je en observant de nouveau l'écran.

— N'importe quoi. Tu es toujours occupé. Qu'est-ce qui se passe ?

Je posai mon portable et poussai un long soupir.

— Quelque chose cloche avec Devyn. Elle m'évite. C'est arrivé tout à coup il y a une semaine maintenant. Elle dit qu'elle est malade, mais je n'arrête pas de me demander s'il y a autre chose.

— Tu penses qu'elle se fiche de toi ?

— Non, elle n'est pas mal intentionnée, répliquai-je en me levant pour faire les cent pas. Je pense qu'elle a paniqué un peu parce qu'on a encore couché ensemble. Elle a commencé à s'éloigner juste après.

— Oh là. Encore ?

Il récupéra deux bières dans le frigo et m'en tendit une.

— Reprends depuis le début. C'est arrivé quand ?

— La semaine dernière, répondis-je en ouvrant ma bouteille de Sam Adams.

— Pourquoi tu ne m'as rien dit ?

J'avalai quelques gorgées.

— Désolé, je ne savais pas que je devais t'en informer. Est-ce que tu me tiens au courant chaque fois que tu couches avec une fille ? lançai-je en le fusillant du regard. Ces derniers temps, je sais que ce n'est pas le cas parce que je te trouve réservé.

Brayden plissa les yeux.

— C'est du déjà vu, non ? Tu couches avec elle et elle te ghoste. Apparemment, tu as une bite magique. Elle fait disparaître les femmes.

Gomme magique.

J'avais déjà fait cette blague à Devyn une fois, même si le contexte n'était pas le même. Malheureusement, Brayden n'avait pas tort. Devyn avait littéralement disparu la première fois que nous avions couché ensemble. Cette fois-ci, c'était une disparition au sens figuré.

— On a passé un super moment, et puis tout est parti en vrille, ajoutai-je en détournant le regard. Je suis convaincu qu'il s'est passé quelque chose, mais je ne sais pas quoi. Je me demande si ça a quelque chose à voir avec l'acteur qu'elle fréquentait avant de venir ici.

— Un acteur ? répéta-t-il en écarquillant les yeux. Qui ça ?

— Je ne veux pas le dire, car il est assez connu et tu le reconnaîtrais. Je n'ai pas la tête à gérer tes moqueries. Et puis elle ne voudrait pas que je te raconte sa vie.

— Ce n'est pas drôle. Je te ferai cracher le morceau, ricana-t-il. Quoi qu'il en soit, si elle fréquente Tom Cruise, pourquoi t'embêter avec elle ?

— Je n'ai pas dit qu'elle voyait toujours ce type. Mais il fait partie de sa vie depuis un moment. Il la perturbe encore, et je n'arrive pas à trouver une autre raison qui expliquerait son changement de comportement après la journée qu'on a passée ensemble.

Je pris ma tête dans mes mains en posant mes coudes sur le comptoir de la cuisine.

— Elle te rend dingue. Ça ne te ressemble pas.

Puisque je ne pouvais pas le contredire, je récupérai ma bière.

— Je crois que je suis en train de tomber amoureux d'elle.

Brayden sortit son téléphone et envoya un message vocal à quelqu'un.

— Mec, je ne peux pas gérer ça tout seul. Descends, s'il te plaît. Owen pense qu'il est amoureux.

— Mais qu'est-ce que tu fais ? lâchai-je.

— Holden arrive, m'informa-t-il en regardant son écran.

— Est-ce que c'est vraiment nécessaire ?

Il rangea son téléphone dans sa poche.

— Ce qui est en train de se passer est important.

Pas moins de trois minutes plus tard, Holden débarqua chez moi.

— C'est quoi cette histoire ? Owen est amoureux de Devyn ?

Je levai les yeux au ciel.

— Tu n'étais pas obligé de venir ici juste parce que cet idiot ne peut pas garder une info pour lui.

— Aux dernières nouvelles, tu n'as *jamais* été amoureux, rétorqua Brayden en croisant ses bras. Selon moi, c'est super important.

— Je n'ai pas dit que j'étais amoureux, insistai-je en levant la voix. J'ai dit que j'étais *en train* de tomber amoureux d'elle.

— Je ne vois pas de différence, reprit Brayden en souriant. Il faut qu'on mette au point une stratégie pour éliminer Chris Hemsworth avant qu'il gâche tout.

Holden sembla complètement perdu.

— Chris Hemsworth ?

— Ce n'est pas lui, affirmai-je en adressant un regard noir à Brayden. Il est marié en plus.

— Comment tu le sais ? demanda-t-il en riant. Je croyais que tu étais trop occupé pour t'intéresser à la presse people.

Quelques secondes plus tard, la porte s'ouvrit et Colby entra.

— C'est une blague ? gémis-je.

— Qu'est-ce qui se passe ? ricana Colby. Holden m'a prévenu par message qu'il y avait une urgence en matière d'amour.

Je secouai la tête.

— Il n'y a aucune urgence.

— Il faut qu'on détermine si c'est sérieux, et si ce n'est pas le cas, il faut qu'on te raisonne, Owen, déclara Brayden. Si ça l'est, il faut quand même qu'on t'embête un peu.

— Ma première question, c'est... comment tu sais que ce n'est pas simplement un béguin ? demanda Holden.

— Je n'ai pas de réponse à te donner, mis à part que je sens que c'est différent. Je sais que je n'ai jamais été amoureux. Mes sentiments pour Devyn sont plus forts que tout ce que j'ai pu ressentir avant, mais il est trop tôt pour appeler ça de l'amour.

— Est-ce que tu te jetterais devant un train pour la sauver ? m'interrogea Colby.

Je pris le temps d'y réfléchir.

Mince.

Je le ferais.

— Oui, répondis-je en hochant la tête.

— Désolé de te le dire, mais tu es amoureux, annonça tout naturellement Colby.

Brayden lui donna un petit coup de coude.

— Elle sort avec Leonardo DiCaprio.

— Tu veux bien arrêter avec ces conneries ? rétorquai-je en le fusillant du regard.

Il haussa les épaules.

— Tu as dit que c'est un acteur que je connais sûrement. Puisque tu ne veux pas me donner de nom, le seul moyen de deviner, c'est de procéder par élimination en voyant tes réactions.

Colby arqua un sourcil.

— Un acteur ? C'est quoi cette histoire ?

— Ne pose pas de questions, s'il te plaît. C'est juste quelqu'un qu'elle fréquentait avant de venir ici. Je ne dirai rien d'autre à ce sujet.

— D'accord... accepta Colby en croisant les bras. Est-ce que tu vas lui dire ce que tu ressens ?

— Elle le sait déjà, même si je ne pense pas qu'elle connaisse la profondeur de mes sentiments. Quoi qu'il en soit, ce n'est pas le bon moment de lui en dire plus. Elle m'évite depuis près d'une semaine, et il faut que je découvre ce qui ne va pas avant de faire quelque chose qui pourrait tout gâcher.

— Tu penses avoir fait quelque chose qui aurait pu la contrarier ? me questionna Holden.

— C'est sa bite. Elle l'a fait disparaître, plaisanta Brayden.

Le visage de Holden s'éclaira.

— Attends... Vous avez encore couché ensemble ?

Je confirmai d'un hochement de tête à contrecœur.

Colby frotta son menton.

— Sérieusement, tu penses que ça a un lien avec ça ?

— Je me demande si elle regrette, avouai-je en fixant ma bouteille. Cette fois-ci était différente de la première fois. Tout avait l'air plus... sérieux. C'est peut-être trop pour elle pour l'instant.

Je soupirai.

— À cause de son passé, Devyn ne s'ouvre pas facilement aux autres. Je pense qu'elle hésite peut-être à aller aussi loin avec moi après tout ce qu'elle a vécu.

— Mais elle n'a rien dit de particulier qui aurait pu te faire croire ça, si ? demanda Holden.

— Elle n'a rien dit du tout. C'est juste ma théorie. Pour le moment, elle dit qu'elle n'est pas en forme, mais je suis convaincu que c'est juste une excuse. La dernière chose que j'ai envie de faire, c'est la forcer à quoi que ce soit, alors je n'irai pas la voir. C'est juste que ça craint... parce que je tiens vraiment beaucoup à elle. Mais je ne pense pas qu'elle soit prête à vivre une histoire avec moi.

— Quoi qu'il arrive, il faut que tu sois franc avec elle et que tu lui dises ce que tu ressens, me conseilla Colby.

— Je n'en suis pas si sûr, mec. Être trop direct la fait s'éloigner. Même si c'est difficile, je pense qu'il faut que je prenne du recul pour l'instant, soupirai-je. Vous ne la connaissez pas. Elle est très complexe.

Holden se mit à rire.

— Toi aussi, mec. Enfin, ça fait combien d'années que tu n'as pas parlé d'une femme ? Tu es le mec le plus difficile que je connaisse, alors le fait que tu dises que tu es amoureux de quelqu'un... c'est énorme.

— Je n'ai pas exactement utilisé ces mots, mais merci pour ton point de vue.

— D'après mon expérience... commença Holden, avant de marquer une pause. Enfin, avant Lala évidemment... C'est généralement *après* avoir couché avec une femme qu'elle devient collante. On est dans la situation opposée.

— C'est ce que je veux dire. Devyn ne ressemble à aucune femme que j'ai pu fréquenter avant. Plus elle s'éloigne, plus je la désire. Une vraie dynamique saine.

— Des nouvelles de sa mère ? s'enquit Colby.

— Non, Vera a presque disparu à ce stade.

— Ces enfants méritent mieux que ça, déclara Holden en fronçant les sourcils. En parlant d'eux... tu saurais pourquoi la petite m'a pris en photo la dernière fois ?

Je me mis à rire.

— Hannah craque peut-être un peu pour toi. Plus qu'un peu même. Je suppose qu'elle va l'agrandir et l'afficher au mur de sa chambre.

— Oh, vraiment ? s'étonna-t-il, sincèrement surpris. C'est mignon.

— C'est mignon maintenant, oui, mais ça ne l'était pas quand on était plus jeunes et que toutes les filles qu'on appréciait craquaient pour toi, souligna Brayden.

Holden se racla la gorge.

— Je ne voudrais pas interrompre toute cette discussion à propos de l'amour, mais est-ce que vous êtes allés prendre les mesures pour vos costumes ? Il ne nous reste pas beaucoup de temps.

Merde. Le mariage de Holden et Lala approchait à grands pas, et je n'avais pas pensé à mes devoirs ces derniers temps.

— Je vais bientôt y aller, *Groomzilla*, répondit Colby. Lala m'a dit que tu as pris les rênes de l'organisation du mariage. Qu'est-ce qui t'arrive ?

— Il faut bien que quelqu'un s'en charge, indiqua-t-il en haussant les épaules. Ma femme est la fille la moins *girly* que je connaisse. Elle m'a laissé me charger de tous les détails, et vous savez que c'est dangereux en termes de résultat.

— Oui, on risque de finir avec des strip-teaseuses, plaisanta Brayden.

— Merci de m'avoir fait penser aux essayages, repris-je. Honnêtement, j'ai eu la tête ailleurs dernièrement.

— Vous craignez tous, nous taquina Holden. Voilà pourquoi Ryan aurait été mon témoin s'il était là. C'était le seul d'entre nous à être efficace.

Je souris d'un air triste.

— Ryan serait déjà allé faire les mesures, c'est certain.

— Oh, alors tu es en train de dire que je suis ton *second choix* de témoin, le taquina Colby. C'est la seule raison pour laquelle tu me l'as proposé ? J'apprends des choses.

Puis il se tourna vers moi.

— Oh, d'ailleurs, l'amoureux, c'est quoi cette histoire de guillemets que ma femme t'a tatoués sur le poignet l'autre jour ?

Mince.

J'espérais pouvoir éviter d'en parler.

— C'est un truc personnel entre Devyn et moi. C'est comme une déclaration.

— Ah oui, c'est vrai, tu n'es pas amoureux, me provoqua Brayden, ce qui fit rire Colby.

— Pour quelqu'un qui disait ne jamais vouloir se faire tatouer, c'est très intéressant, observa ce dernier.

— Ça ne ressemble même pas vraiment à un tatouage, répliquai-je en relevant ma manche. On dirait quatre petits grains de beauté.

Holden tendit son bras couvert de tatouages.

— C'est comme ça que ça commence, mec. Regarde où j'en suis aujourd'hui.

— Alors, dis-nous ce que ça signifie, insista Brayden en se penchant pour regarder le mien.

Je soupirai.

— Pendant longtemps, on disait qu'on était juste « amis », entre guillemets. Ces symboles représentent tout ce qui se passe entre nous au-delà de l'amitié. Notre déni, en quelque sorte, je suppose.

Ils restèrent tous les trois silencieux, avant que Holden reprenne la parole.

— C'est malin... mais ringard.

— Merci pour ton avis, abruti.

Colby frappa dans ses mains.

— Bon, est-ce qu'on a décidé quel est l'avis officiel concernant ce dilemme amoureux ? Je dois aller retrouver mes enfants.

Je pointai ma bouteille dans sa direction.

— On ne décide rien du tout, et Brayden n'aurait jamais dû ouvrir sa grande bouche. Vous pouvez tous retourner à vos affaires. Voilà l'avis officiel.

— Je te donne un petit conseil avant de te laisser tranquille... ajouta Colby en me fixant. Ne fais pas trop semblant de ne pas t'en soucier, parce qu'à un moment donné, elle pourrait finir par te croire, surtout s'il y a un autre homme dans les parages. J'ai compris qu'elle prenait facilement peur, mais il faut que tu lui fasses comprendre ce que tu ressens avant qu'elle quitte la ville et que tu perdes la seule fille qui compte pour toi.

Mon ventre se noua en imaginant Devyn quitter New York, même si ça semblait inévitable.

— Pour info, Brayden et toi avez tous les deux droit à une cavalière pour le mariage, alors peut-être que tu devrais inviter Devyn, ajouta Holden. Ce sera un bon moment.

Je n'y avais pas pensé, mais j'adorerais l'inviter au mariage de Holden et Lala, ne serait-ce que pour passer une bonne soirée à l'extérieur.

Je grattai mon menton.

— Oui, c'est une bonne idée.

— Si elle n'est pas fiancée à Paul Rudd d'ici là, plaisanta Brayden en me faisant un clin d'œil.

Après le départ de mes amis, je ne comprenais pas plus ce qui était en train de se passer entre Devyn et moi, mais je me retins de l'appeler. Elle m'avait indirectement fait comprendre qu'elle avait besoin de souffler.

J'avais à peine mangé aujourd'hui, alors je décidai d'aller chercher à manger à emporter au restaurant chinois en bas de la rue. Je sortis de l'immeuble, mais je me figeai lorsque j'arrivai devant la vitrine du restaurant et que je l'aperçus à l'intérieur. Devyn se trouvait devant le comptoir animé, en train d'attendre sa commande. Elle essuya ses yeux comme si elle était en train de pleurer. Je m'arrêtai pour l'observer un instant, tandis qu'elle ne savait pas que j'étais là. Toutefois, plus les secondes passaient, plus j'étais perdu.

Deux choix s'offraient à moi : faire demi-tour et lui laisser de l'espace en abandonnant les travers de porc et le riz sauté que j'avais commandés, ou alors lui faire face, ce qui la forcerait à avouer ce qui se passait.

Finalement, je ne pus me résoudre à partir.

— Devyn, l'interpellai-je en entrant dans l'espace réservé aux commandes à emporter.

Elle sursauta et posa la main sur son cœur, en ayant l'air choquée de me voir.

— Owen...

— Désolé de t'avoir fait peur.

— Qu'est-ce que tu fais là ?

— Probablement la même chose que toi. Je récupère ma commande.

— Oui, euh... commença-t-elle en déglutissant. Les enfants ont été invités à manger une pizza chez l'ami de Heath. Je n'avais pas envie de cuisiner pour moi toute seule, alors...

— Devyn, que se passe-t-il ? demandai-je en secouant la tête. Je ne sais pas ce qui s'est passé après la journée qu'on a passée ensemble, mais tu ne peux pas me dire que tu ne m'as pas évité. Est-ce que c'est à cause du tatouage ? Est-ce que ça t'a fait peur ?

Elle secoua la tête.

— Non, bien sûr que non. C'était adorable. J'ai adoré.

— Est-ce que tu es malade ? Parce qu'en général, ça ne fait pas pleurer comme tu es en train de le faire en ce moment.

— Je ne suis pas malade, Owen, avoua-t-elle d'une voix à peine audible.

Mon cœur s'emballa.

— Est-ce que tu vas me dire ce qui se passe ?

— Je ne peux pas, répondit-elle en me regardant droit dans les yeux. Du moins, pas pour l'instant. Mais je veux que tu saches que ça n'a *aucun* lien avec ce que tu as fait ou ce que tu as dit. Je traverse juste quelque chose que je dois régler seule. C'est tout.

Elle renifla.

Je jetai un coup d'œil en direction du comptoir, où un sac en papier sur lequel mon prénom était écrit m'attendait.

— Ma commande est prête. Je vais rentrer chez moi. Tu n'avais clairement pas l'intention de me croiser ce soir, et puisque tu m'as clairement fait comprendre que tu voulais être seule, je ne vais pas te déranger plus longtemps, déclarai-je en récupérant le sac. Tu pourras m'appeler quand tu seras prête à être honnête avec moi, mais je n'accepterai pas moins.

Je hochai la tête.

— Mange bien, et j'espère sincèrement que tu iras mieux, Devyn, parce que ça me fait du mal de te voir triste.

Même si c'était douloureux, je fis demi-tour sans un regard en arrière.

Partir d'ici allait à l'encontre de tout ce qui me semblait naturel, mais je ne pouvais pas la forcer. Il fallait que je lui fasse confiance pour s'ouvrir à moi quand elle serait prête.

Il se mit à pleuvoir légèrement sur le chemin du retour, et lorsque j'arrivai chez moi, je n'avais plus faim. J'enfilai des vêtements secs et ouvris les travers de porc et le riz. J'en mangeai quelques bouchées, puis je me contentai de fixer la nourriture.

Il pleuvait plus fort à présent. Je me demandais si Devyn était bien rentrée chez elle. Je ne cessais de la revoir en train de pleurer. *Et puis merde.* Je me fichais que ça la mette en colère. Il fallait que je m'assure qu'elle allait bien.

J'ouvris la porte pour me rendre à son appartement, mais je m'arrêtai net en la voyant dans le couloir. Elle était totalement trempée.

— Ça fait combien de temps que tu es devant ma porte ?

— Quelques minutes.

— Où est ta nourriture ? demandai-je en observant ses mains vides.

— Mon sac était tellement mouillé que la boîte est passée à travers. Mon Lo mein a fini... sur le trottoir, m'expliqua-t-elle d'une voix tremblante.

Je la serrai contre moi un instant, le cœur battant, puis je reculai pour la laisser entrer.

— Viens. J'ai plein de nourriture, mais je n'ai pas faim.

Je me rendis dans ma chambre pour prendre un T-shirt dans l'armoire.

— Tiens, un T-shirt sec si tu veux te changer, proposai-je. Il est assez long pour couvrir tes jambes.

— Merci.

Elle se força à sourire avant de disparaître dans la salle de bains.

Quand elle en sortit, elle portait ses affaires trempées et les posa par terre, près de la porte. J'adorais la voir dans mes vêtements, mais il était évident que quelque chose n'allait vraiment pas.

— Je sais que je t'ai énervé. Et je suis désolée de ne pas être honnête avec toi.

— Je ne vais pas mentir en te disant que je passe une bonne soirée – ni une bonne semaine, d'ailleurs –, mais je peux encaisser, Devyn. J'aimerais juste que tu puisses me dire ce qui se passe, que ça concerne Robert ou pas.

Je poussai un long soupir en regardant le plafond.

— Il s'est passé quelque chose après la journée où on a couché ensemble, mais j'ignore ce que c'est, repris-je, avant d'observer ses joues creusées. Tu as mangé aujourd'hui ?

Elle secoua la tête.

— Viens partager ce plat avec moi. On n'est pas obligés de parler avant d'avoir mangé. Essaie de te détendre un peu, d'accord ?

Elle poussa un soupir de soulagement.

Je disposai les travers de porc et le riz dans des assiettes et j'ouvris une bouteille de vin rouge.

— Pas de vin pour moi, déclara Devyn en levant sa paume.

— Tu es sûre ?

— Oui, confirma-t-elle.

— Tu veux de l'eau ?

— Je veux bien, merci.

Elle avait vraiment l'air d'avoir besoin d'un verre pour se détendre. Je savais que c'était mon cas. Je me servis à boire et passai mon temps à la regarder manger, en prenant de temps en temps quelques bouchées de mon assiette.

— Merci pour tout ça, finit-elle par prononcer. Tu avais raison. J'avais besoin de manger et de me calmer.

Elle prit une grande inspiration, et elle avait l'air un peu moins nerveuse qu'avant.

— Est-ce qu'on peut aller sur le canapé? demanda-t-elle en se levant de son tabouret.

— Bien sûr, acceptai-je en la suivant dans le salon.

Nous nous installâmes l'un face à l'autre, et Devyn croisa ses mains, qui continuèrent à trembler.

— Owen, tu t'occupes si bien de moi. Tu es un homme formidable. Et tu as eu raison de te demander ce qui n'allait pas chez moi cette dernière semaine, commença-t-elle, avant de déglutir. Quelque chose ne va pas, en effet. Mais ça n'a rien à voir avec ce que je ressens pour toi ni avec cet après-midi incroyable qu'on a passé ensemble.

L'adrénaline se répandit en moi.

— Est-ce que ça a quelque chose à voir avec *lui*?

Elle secoua la tête et se mit à pleurer.

Qu'est-ce qui est en train de se passer? Mon ventre était noué.

— Il s'est passé quelque chose avec Vera... avec les enfants?

Elle secoua de nouveau la tête.

Je la rejoignis de son côté du canapé et posai mes mains sur ses épaules.

— Regarde-moi, Devyn. Peu importe ce que c'est, ça va aller. Il faut juste que tu m'en parles pour que je puisse t'aider.

— Je n'étais pas malade, avoua-t-elle. Mais j'avais bien un rendez-vous médical.

Je déglutis en appréhendant ce qu'elle allait dire ensuite.

— D'accord...

Après un silence qui me sembla interminable, elle cracha le morceau.

— Je suis enceinte, Owen. Le médecin l'a confirmé.

Il me fallut quelques secondes pour comprendre ce qu'elle venait de dire.

Elle est enceinte ?

Puis la pièce se mit à tourner.

— Tu es enceinte ?

Elle acquiesça.

Je me mis à transpirer, alors je frottai mes paumes sur mes cuisses, incapable de trouver mes mots.

— C'est... Je ne sais même pas...

— Je sais, ajouta-t-elle rapidement. Je sais que c'est un choc.

— Tu en es sûre ?

— Oui. J'ai fait plusieurs tests, et comme je te l'ai dit, le médecin l'a confirmé.

Je pris sa main.

— Tu avais peur de me le dire parce que tu pensais que ça allait me contrarier ?

— Je ne savais pas vraiment ce que tu allais en penser. Et je ne savais pas *comment* te le dire. C'est un vrai choc.

Je n'arrêtai pas de cligner des yeux en essayant de comprendre tout ça.

— Tu es enceinte de combien de temps ?

— Le médecin pense que ça fait huit semaines et demie. Ils se basent sur la date des dernières règles. Ce qui signifie que la conception a eu lieu deux semaines plus tard.

Je penchai la tête.

— Alors c'est arrivé à l'hôtel ce soir-là ? Notre première fois ?

Je massai mes tempes en tentant de me rappeler si j'avais utilisé un préservatif à *chacun* de nos rapports. J'étais sûr de l'avoir fait. Mais ça n'avait pas d'importance puisque, visiblement, c'était arrivé quand même.

Je m'agenouillai devant elle et posai ma tête sur son ventre.

— Je sais que tu as sûrement dû avoir l'impression que ce serait une nouvelle difficile à avaler pour moi, mais honnêtement, Devyn... ce n'est pas le cas.

Je levai les yeux vers elle.

— Je ne suis pas prêt pour ça, et je suis sûr que tu ne l'es pas non plus, mais... si un accident devait arriver, je suis tellement *heureux* que ça arrive avec toi, murmurai-je. Seulement toi.

Je fixai le plafond, submergé par l'émotion, alors que je commençais à prendre conscience de l'importance de la situation.

— Waouh, lâchai-je.

Non seulement avoir un enfant n'était pas une chose à laquelle je m'attendais maintenant, mais je doutais même que ça m'arrive un jour.

— Owen...

Elle interrompit mes pensées.

Je posai de nouveau mes yeux sur elle, et je vis qu'elle s'était remise à pleurer. Un sentiment d'urgence s'empara de moi. Il fallait que je lui prouve que ça ne me dérangeait pas, que tout se passerait bien.

Toujours à genoux, je pris ses mains dans les miennes et me mis à divaguer.

— Je suis tellement amoureux de toi. Je ne dis pas ça uniquement à cause de ce que tu viens de m'annoncer. Je veux que tu fasses partie de ma vie. Je désire ce bébé. Tu n'auras pas à traverser ça toute seule. On peut le faire,

Devyn. Je ferai tout mon possible pour que ça fonctionne. Je t'offrirai tout ce dont tu as besoin et j'apprendrai tout ce qu'il y a à savoir sur la paternité. J'achèterai tous les livres qui existent, et bon sang, je pourrais même garder les enfants de Colby et Holden. Je...

— Owen... répéta-t-elle, plus fort cette fois-ci.

Mon cœur faillit s'arrêter quand je finis enfin par comprendre.

Six semaines et demie ?

Je fis le calcul aussi vite que mon cerveau me le permit.

Nous nous étions rencontrés le 15 avril, ce qui faisait... *cinq semaines et demie.*

N'est-ce pas ? Ou est-ce que ça fait six semaines et demie ?

Putain.

Mon ventre se noua.

J'avais *besoin* qu'elle me rassure.

Je croisai de nouveau son regard.

— Il est de moi, pas vrai ?

Une larme coula sur sa joue, suivie par des mots qui m'anéantirent.

— Je ne sais pas.

CHAPITRE 17

Devyn

Je n'aimais pas devoir annoncer une nouvelle aussi monumentale via FaceTime. Mais avais-je vraiment le choix? Deux jours plus tard, mon ordinateur portable était ouvert sur la table basse, et mon genou n'arrêtait pas de remuer tellement j'étais stressée. J'avais l'impression que j'allais vomir. Robert venait juste d'arriver en Italie, et il allait y rester pendant quatre mois pour un tournage. Heureusement, j'avais une bonne nouvelle à annoncer pour entamer l'appel, donc je n'allais pas être obligée d'entrer tout de suite dans le vif du sujet.

— Stephen Solomon m'a appelée hier.

— Ah bon? Les rumeurs disent qu'il va décrocher le titre de meilleur réalisateur pour ce film sur le Vietnam qui va sortir en octobre. Ce type a le vent en poupe depuis quelques années.

— Ravie que tu l'aies remarqué, parce qu'il y a quelques mois, j'ai déjeuné avec lui. Il m'a parlé d'un nouveau projet qu'il espérait tourner. C'est l'adaptation d'un roman en film, et ce livre a été choisi par le fameux Oprah Book Club.

Je t'ai recommandé pour le rôle principal, mais il n'était pas encore prêt à parler du casting. Il m'a appelée hier pour me dire qu'il venait de finir de lire le scénario final.

Je marquai une pause pour plus d'effet.

— Il est d'accord pour dire que tu serais parfait pour ce rôle.

— Bordel. Sérieusement ?

— Oui. Il voulait savoir si ça t'intéresserait de lire le script.

— Évidemment.

— Je le lui dirai et je lui donnerai ton adresse en Italie, déclarai-je en souriant.

— Envoie-moi le titre du livre quand on aura raccroché. J'ai envie de le lire aussi. Je le commanderai sur Amazon pour qu'il soit livré à mon hôtel.

— Pas de souci.

Nous discutâmes pendant un moment de comment les choses se passaient sur place, du projet à venir qu'il commencerait une fois que celui-ci serait terminé, et de son envie d'aller à l'une de ces cérémonies de remise de prix cette année. J'avais déjà demandé des billets pour lui pour chacune d'entre elles, alors il n'avait plus qu'à patienter. Quand il y eut un blanc dans la conversation, Robert me sourit bizarrement.

— Quoi ? demandai-je.

— On forme une bonne équipe, hein ?

J'ignorais comment j'allais pouvoir enchaîner et lui annoncer ma grossesse, pourtant curieusement, il venait de me dérouler le tapis rouge pour le faire. Les paumes moites, je tentai de trouver les bons mots.

— Je, euh... je dois te parler d'autre chose.

— Ah oui ? C'est une bonne nouvelle ? Parce que je ne suis pas sûr de vouloir redescendre de mon petit nuage à cause d'une connerie.

Je mordillai ma lèvre inférieure.

— Honnêtement, je ne sais pas ce que tu vas en penser...

Son visage se décomposa.

— Mince. Je plaisantais. Mais tu as l'air stressée, alors maintenant tu me fais peur. Qu'est-ce qui se passe, ma belle ? Il y a un problème avec l'un de mes prochains projets ?

— Non, tout va bien au niveau du travail.

— Alors, qu'est-ce qu'il y a ?

Je retins mon souffle avant de lâcher l'information.

— Je... Je... Je suis enceinte, Robert.

Il ne dit rien. J'attendis, mais au bout d'une longue minute, je ne pus supporter davantage ce silence.

— Dis quelque chose, s'il te plaît.

Il déglutit.

— Eh bien, ce n'était définitivement pas prévu au programme cette année.

— Je suis désolée de te l'annoncer de cette manière, lors d'un appel vidéo, mais je ne savais pas vraiment quand on pourrait se revoir.

Il passa une main dans ses cheveux et garda le silence, avant de finir par hocher la tête.

— Tu sais quoi, Dev ?

— Quoi donc ?

— Tu m'as pris au dépourvu, mais je ne peux pas dire que ça me contrarie.

— C'est vrai ?

— J'ai toujours imaginé avoir des enfants un jour, répondit-il en hochant la tête. Je me suis juste dit que ça arriverait bien plus tard. Mais j'ai trente-quatre ans à présent, donc je ne suis plus vraiment jeune. Et comme je te l'ai dit, on forme une bonne équipe.

Waouh. Ce n'était vraiment pas la réaction à laquelle je m'attendais. Je posai ma main sur mon cœur, tellement soulagée que j'en eus les larmes aux yeux.

— Oh, mon Dieu. J'ai l'impression qu'on vient de me retirer un énorme poids des épaules.

Robert sourit.

— Ma copine va avoir mon bébé.

Mon.

Bébé.

Et merde.

Pas étonnant que ça se soit si bien passé. Je ne lui avais pas encore tout dit.

— Robert, je...

— Tu as déjà choisi un obstétricien ? Est-ce que ce serait bizarre si tu allais voir le mari de ma sœur ? Le cabinet d'Andrew se trouve à Calabasas. Il mettra au monde leur troisième enfant en début d'année prochaine, révéla-t-il avec un grand sourire. Bon sang. Notre bébé va avoir un cousin né la même année. C'est plutôt cool. J'ai grandi avec des tas de cousins, et on s'amusait toujours énormément pendant les vacances.

— Robert, attends...

— Tu rentres quand à L.A. ? Je vais appeler Andrew pour prendre rendez-vous. Il faut que je regarde le planning de tournage, mais je peux sûrement rentrer une journée pour t'y accompagner si on prévoit ça pendant le week-end. Je suis sûr qu'Andrew te recevra même en dehors de ses heures de travail. Et on pourrait...

— Robert !

Il s'arrêta brusquement.

— Quoi ? Si ça te met mal à l'aise de voir Andrew, je peux lui demander des noms. Je suis sûr qu'il pourra nous recommander plein de collègues compétents.

— Robert, il faut que je te dise autre chose.

Il sourit.

— Est-ce que ce sont des jumeaux ? Parce que tu viens déjà de m'annoncer qu'un réalisateur qui sera bientôt doublement récompensé d'un Oscar veut que je lise son script et que je vais bientôt être papa. Je ne pense pas que tu puisses faire mieux que ça.

— Robert... commençai-je en fermant les yeux. Je ne suis pas sûre que tu seras bientôt papa. Je ne suis pas certaine que tu sois le père.

Le sourire disparut de son visage.

— Quoi ?

Je lui expliquai les calculs et les différentes possibilités concernant la date de conception.

— Et la dernière fois qu'on s'est vus, c'était il y a exactement sept semaines et demie.

— D'accord... mais est-ce que tu es en train de dire que tu as couché avec quelqu'un d'autre depuis ?

— Il y a un peu moins de six semaines, confirmai-je.

Son visage se déforma sous le coup de la colère.

— Tu es sérieuse ? Tu t'es tapé qui ?

Je me sentais horrible de devoir lui dire ça, surtout après l'avoir vu sincèrement heureux à l'idée de devenir père, mais je n'allais pas le laisser me parler comme ça.

— Ça ne te regarde pas.

— Bien sûr que si ça me regarde, puisque tu n'es même pas capable de me dire si c'est mon enfant que tu attends. Qu'est-ce que tu as fait ? Tu as sauté dans le lit du premier type que tu as rencontré à New York ? Est-ce que c'était à l'aéroport ? Ou peut-être que tu as fait ça dans l'avion et que t'es tapé quelqu'un avant même d'atterrir à New York.

Robert et moi ne parlions jamais des personnes avec qui nous couchions, non pas qu'il y ait eu quelqu'un d'autre à part Owen de mon côté. Toutefois, il y avait bien eu des femmes de son côté à lui ces dernières années. Des tas, même. Et nous travaillions dans un milieu très fermé qui adorait les potins. J'avais entendu les rumeurs à propos de ses aventures.

— Et toi, tu as fait quoi ? Tu as sauté dans un lit avec la première figurante que tu as rencontrée sur ton dernier tournage ? Qui partage *ton* lit le soir pendant que tu es en Italie ? Une maquilleuse de vingt-et-un ans d'après ce que j'ai entendu...

— On ne parle pas de moi, rétorqua-t-il.

— Exactement. On ne parle pas de toi. On parle de *nous* et de ce qu'on représente l'un pour l'autre. Notre relation n'a jamais été sérieuse. Tes actes l'ont prouvé à de nombreuses reprises.

— Alors tu es en train de dire que ce n'est pas le premier type avec qui tu as couché derrière mon dos ?

J'écarquillai les yeux.

— Je refuse d'avoir cette conversation avec toi.

— Parfait. Moi de même.

— Au revoir, Robert, conclus-je en saisissant le bord de mon écran. On pourra parler de ça quand tu te comporteras de manière civilisée.

Je le fermai brusquement et m'écroulai sur le canapé.

J'ignorais ce qui avait été le pire entre énerver Robert ou briser le cœur d'Owen.

Plus tard dans la matinée, je passai quelques heures à me balader dans Central Park, pour essayer de me changer les idées. Ce qui ne fonctionna pas. Pas du tout, même. Ce fut sûrement la raison pour laquelle je ne remarquai pas la femme qui me faisait signe derrière la vitrine du salon de tatouage, jusqu'à ce que la porte s'ouvre.

— Hé, Devyn! s'écria Billie. Attends une seconde.

Je m'arrêtai et me forçai à sourire.

— Salut, Billie.

— Tu pourrais me donner un coup de main une minute? demanda-t-elle en pointant du doigt la vitrine et une affiche bancale. Ça fait dix minutes que j'essaie de mettre ça droit. Chaque fois que je pense que c'est bon, je sors dans la rue pour vérifier, et ce fichu truc est penché. Je commence à croire que la vitre bouge quand je ne regarde pas.

— Bien sûr. Qu'est-ce que je peux faire pour t'aider?

— Reste ici sur le trottoir et dis-moi si je dois la baisser ou la remonter quand je serai à l'intérieur.

— Pas de souci.

Billie retourna dans le salon. Elle détacha l'affiche, recula, et la repositionna... pas du tout droite. Je souris et levai mon pouce du côté droit. Elle l'ajusta jusqu'à ce que je lève les deux pouces, puis elle la fixa à la vitrine avant de venir me rejoindre à l'extérieur.

— Oh, mon Dieu. Ça a pris deux secondes et c'est parfait, observa-t-elle en riant. Merci.

— Ça fait partie des choses qu'on voit mieux avec un peu de distance.

Elle hocha la tête.

— Tu as quelque chose de prévu? Mon rendez-vous de treize heures vient d'annuler, et j'ai quelques heures avant le retour des enfants, alors j'allais déjeuner. Tu veux te joindre à moi?

Visiblement, mon visage répondit avant moi. Billie sourit en levant ses mains.

— Ce n'est pas grave si tu es occupée. J'oublie facilement que tout le monde n'a pas le même planning que moi, avec des heures à tuer pendant la journée.

J'adorais Billie, du moins le peu que je savais d'elle, et pourquoi j'étais pressée de rentrer chez moi ? Pour pouvoir culpabiliser de m'être fourrée dans ce bazar ?

— En fait, j'adorerais qu'on déjeune ensemble.

Son regard s'éclaira.

— Peut-être même boire un verre de vin. Laisse-moi juste récupérer mon sac à main.

Quinze minutes plus tard, nous étions assises à une table haute, dans l'espace bar d'un petit restaurant italien. Le serveur vint prendre nos commandes de boisson et nous tendit les menus.

— Je prendrai un verre de sauvignon blanc, déclara Billie, avant de se tourner vers moi. À moins que tu veuilles te lâcher et partager une bouteille. Je ne suis pas contre l'idée de boire en pleine journée.

— J'adorerais, mais je ne peux pas. J'ai un rendez-vous important tout à l'heure, ajoutai-je en me rendant compte de ce que ma première phrase laissait entendre.

Elle se tourna vers le serveur.

— Juste un verre, alors. Je suis assez grande pour boire seule.

— Je vais prendre de l'eau, s'il vous plaît, commandai-je en souriant.

— Pas de souci. Je vous laisse quelques minutes pour regarder le menu.

Après son départ, j'étudiai les plats du jour, mais mon cerveau était si déconcentré que je n'arrivais pas à lire le moindre mot. Je voyais les lettres, mais c'était comme si elles étaient toutes mélangées et floues. Heureusement, Billie m'aida.

— Les lasagnes sont vraiment bonnes ici, me conseilla-t-elle. Les roulés d'aubergines aussi. Je ne sais pas ce qui te fait envie, mais si tu veux, on peut partager deux plats.

— Bien sûr, acceptai-je en haussant les épaules. Les lasagnes et les aubergines, ça me va.

Le serveur revint avec nos boissons. Billie sirota son vin en arborant un sourire en coin, ce qui me fit me demander si Owen s'était confié à sa bande. Je n'y avais pas réfléchi.

— Bon... Je ne peux pas m'en empêcher. Il faut que je dise quelque chose.

Et merde.

— D'accord...

— C'est moi qui ai tatoué Owen. Il m'a parlé de la signification. J'ai toujours trouvé que les hommes qui se faisaient tatouer pour leur copine étaient romantiques, mais je ne pensais pas que ça arriverait un jour.

— Que Owen se fasse tatouer ?

— Non, qu'il soit assez amoureux pour un geste si romantique.

Amoureux.

Ça me fit mal au cœur.

J'essayai de toutes mes forces de sourire, mais je n'y parvins pas. C'était comme si un poids invisible tirait tout vers le bas en moi, et que mes lèvres suivaient le mouvement. Entendre le nom d'Owen faisait remonter à la surface l'image de son visage souriant lorsque je lui avais annoncé que j'étais enceinte... puis comment j'avais détruit ce bonheur quand j'avais été obligée de lui dire que ce bébé n'était peut-être pas de lui. Les larmes me montèrent aux yeux.

— Oh, mon Dieu. Je suis désolée, s'excusa Billie en couvrant sa bouche. Il s'est passé quelque chose entre vous ? Je ne voulais pas te mettre dans cet état.

Révéler ma grossesse à quelqu'un était bien la dernière chose que j'avais prévu de faire, mais j'avais l'impression d'avoir un volcan en moi prêt à entrer en éruption. Sans pouvoir m'en empêcher, je me mis à tout déballer.

— Je suis enceinte, et quand je l'ai appris à Owen, il était heureux, pas contrarié ni en colère, et ensuite j'ai dû lui dire que cet enfant n'était peut-être pas le sien parce que je suis une horrible personne et que j'ai couché avec deux hommes à seulement deux semaines d'intervalle, et mon stérilet avait besoin d'être changé, mais ma mère est une bonne à rien, et comment je pourrais avoir un bébé alors que je n'arrive même pas à empêcher Heath de sécher les cours ? Oh, bon sang. Et si je devenais comme Vera, que j'arrêtais de payer mon loyer, que je partais avec un nouvel homme prénommé Bo, et que mon bébé finissait en famille d'accueil ? Mon bébé ne peut pas aller en famille d'accueil, lâchai-je en commençant à hyperventiler.

Cette pauvre Billie écarquilla les yeux, mais elle se dépêcha de prendre ma main dans la sienne.

— Ferme les yeux et inspire, ma belle.

Des larmes chaudes se mirent à couler sur mon visage.

— Oh, mon Dieu, Billie. Qu'est-ce que je vais faire ?

— Pour commencer, tu vas m'écouter. Maintenant, ferme les yeux.

Je fermai mes paupières aussi fort que possible.

— Bien. Maintenant, respire trois fois profondément. Je vais compter, et tu vas inspirer jusqu'à cinq, puis souffler. Garde les yeux fermés et concentre-toi uniquement sur ta respiration. Tu es prête ?

— Pas vraiment.

— Fais-le quand même. Inspire, et... un, deux, trois, quatre, cinq.

Elle marqua une pause.

— Maintenant, expire et vide tes poumons.

Je lui obéis.

— Bien, maintenant, recommence.

Après plusieurs essais, mes larmes commencèrent à se calmer. J'ouvris les yeux et regardai Billie, qui m'adressa un sourire chaleureux.

— Félicitations.

— Merci, répondis-je en essuyant mes joues.

— Ça fait combien de temps ?

— Entre sept et neuf semaines et demie. Et c'est ça, le souci. J'ai bêtement couché avec Robert deux semaines avant d'arriver à New York. J'essayais de prendre mes distances avec lui, mais j'ai rechuté.

— Tu as eu une relation avec ce Robert ?

— Une relation intermittente pendant trois ans, acquiesçai-je.

— D'accord. Est-ce qu'il ferait un bon père ?

J'y réfléchis. Robert était égocentrique et égoïste à bien des égards, mais je l'avais vu interagir avec ses nièces et ses neveux. Il était le genre d'oncle qui s'asseyait par terre et qui jouait avec eux, et il se mettait à leur niveau pour leur dire que tout irait bien quand ils s'écorchaient les genoux. C'était quelqu'un de bien. Il s'était juste laissé emporter par la vie hollywoodienne ces dernières années, à force de se faire servir et de vivre de manière extravagante.

— Je pense qu'il ferait un bon père, oui, avouai-je en poussant un soupir.

— Et Owen ? Tu penses qu'il ferait un bon père ?

Je n'eus même pas à réfléchir à cette réponse.

— Il serait un père génial.

— Est-ce que tu veux une famille ?

— Je pensais que non, mais bizarrement, ça a changé au moment où j'ai découvert que j'étais enceinte.

Billie sourit.

— Je connais ce sentiment. Non seulement je ne voulais pas de bébé, mais je m'étais aussi fixé comme règle de ne jamais sortir avec un homme ayant un enfant. Et qu'est-ce que j'ai fini par faire ? Je suis sortie avec un père célibataire, dont l'ex avait un passé compliqué, et j'ai élevé sa fille comme si c'était la mienne, et ensuite je suis tombée enceinte. Mais tu sais quoi ?

— Quoi donc ?

Elle serra ma main.

— Parfois, les meilleures choses dans la vie sont celles qu'on ne voit pas venir.

Nous discutâmes pendant un long moment, à propos de la grossesse, d'Owen, et même de Robert. En général, je n'abordais pas ma relation avec lui, mais je savais au fond de moi que je pouvais me confier à Billie. C'était drôle comme parfois on pouvait à peine connaître une personne et pourtant savoir qu'on pouvait lui faire confiance. Et en général, c'étaient les personnes qu'on connaissait le mieux qui finissaient par nous trahir.

Quand l'addition arriva, Billie insista pour payer. Elle prit la pochette en cuir sur la table, glissa sa carte bancaire à l'intérieur, et la tendit au serveur.

— J'ai une stratégie bien pensée, m'expliqua-t-elle. Si je ne t'apprécie pas, on partage l'addition. Si je t'apprécie, je ne te laisse pas payer, comme ça tu te sens obligée de m'inviter à déjeuner, ce qui veut dire qu'on va devenir encore plus amies.

— Ça me plaît, déclarai-je en souriant.

— Il faut que je te dise que je ne suis pas le genre de personne à écouter les conseils en ce qui concerne mon couple ou comment gérer ma famille. J'ai l'impression que ce qui fonctionne pour une personne ne marche pas forcément pour quelqu'un d'autre, et ça mène souvent à une impression d'échec. Alors, je suis mon instinct, me confia-t-elle en levant un doigt. Mais je vais quand même te donner un conseil.

Je me mis à rire.

— D'accord...

— Les décisions que tu prendras concernant tes relations ne doivent pas dépendre des résultats du test de paternité. Ne reste pas avec un homme parce qu'il est le père de ton enfant. Sois avec un homme que tu aimes de tout ton cœur. La vie est trop courte pour être coincée avec le mauvais type.

Je hochai la tête.

— C'est un bon conseil. Seulement, je ne sais pas vraiment comment savoir qui est le bon.

Billie sourit.

— C'est facile. C'est seulement celui qui te fait te demander s'il arrive à lire dans tes pensées. Parce qu'il se préoccupe de ce dont tu as besoin et qu'il en fait sa priorité.

CHAPITRE 18

C'était une belle journée à New York, alors entre deux visites, je fis quelque chose d'inhabituel. Plutôt que de retourner au bureau pour rattraper mes e-mails professionnels ou rappeler des clients, j'achetai un café et m'assis sur un banc à Central Park pour tenter de faire le tri dans mon esprit encombré. Je m'étais promis d'avoir les idées plus claires la prochaine fois que je verrais Devyn.

Deux journées s'étaient écoulées depuis qu'elle m'avait annoncé qu'elle était enceinte. J'aurais certainement pu mieux réagir quand elle m'avait dit que le bébé n'était peut-être pas de moi. J'imaginais que peu d'hommes auraient réagi calmement face à cette nouvelle, mais j'avais laissé ma peur s'exprimer alors que j'aurais dû être plus conscient de la difficulté de la situation de son point de vue. Je n'avais aucune envie d'empirer les choses. Elle avait beaucoup de choses à gérer – avant même toute cette histoire. Alors il fallait que je paraisse fort, même si au fond de moi, j'étais à deux doigts de craquer.

J'avais tellement de questions. Est-ce que j'étais prêt à être père ou est-ce que je me voilais la face à cause de mes sentiments pour Devyn ? Quelle place aurais-je dans sa vie si ce bébé n'était pas le mien et que ce foutu Robert faisait partie du paysage ? Pourrais-je l'accepter... ou est-ce que ça mettrait fin à notre relation ? Comment le fait d'avoir un enfant allait affecter la capacité de Devyn à prendre soin de Heath et Hannah ? Est-ce qu'elle pouvait gérer tout ça ? J'avais un poids sur la poitrine rien qu'en y pensant. Je dus me rappeler de respirer.

Je n'avais jamais eu autant besoin de parler à l'un de mes amis, mais je ne pouvais pas trahir la confiance de Devyn en racontant ce qui se passait à l'un des garçons. Il était trop tôt pour que quelqu'un soit au courant. Tout pouvait encore arriver. Alors je gardai ça pour moi et je fis de mon mieux pour trouver comment j'allais gérer ça tout seul. Pour l'instant, je galérais.

Avant cet imprévu, je me demandais quel rôle j'aurais dans la vie de Heath et Hannah si Devyn et moi finissions par être en couple, et comment ça pourrait faire de moi leur figure paternelle. C'était ironique que, pendant tout ce temps, j'étais *déjà* potentiellement père.

Cette réalité me frappait par vagues.

Je pourrais déjà être père.

Mon enfant n'aurait pas beaucoup d'écart d'âge avec Hope et Maverick. Colby, Holden et moi pourrions élever nos enfants ensemble.

Puis le revers de la médaille me ramenait toujours à la réalité : *Devyn pourrait être en train de porter l'enfant de Robert Valentino.*

En fait, rester assis sur ce banc ne m'avait pas du tout aidé à me vider l'esprit. Au lieu de ça, je réfléchissais encore plus.

Mes yeux se posèrent sur un petit garçon qui courait après des pigeons. Son père n'était pas très loin derrière lui, et il arborait un grand sourire en voyant son fils rire et passer un bon moment.

Est-ce que ça pourrait être moi dans quatre ans ?

Le plus dur était de ne pas savoir. Je ne pouvais pas me faire à l'idée d'être père, parce que j'avais peur que la vérité me coupe l'herbe sous le pied. Il fallait que je me prépare à la fois au meilleur et au pire scénario.

Le petit garçon que je regardais trébucha soudain et tomba. Mon ventre se noua. Il courait si vite sans faire attention à ce qui se trouvait devant lui. Je me levai instinctivement pour aller l'aider, mais son père semblait gérer la situation. Je me rassis et l'observai se pencher pour le consoler, avant de vérifier qu'il n'y avait pas d'égratignure sur sa jambe et d'embrasser son genou. Ce petit garçon était passé de la joie à la douleur en une milliseconde. Cependant, ses larmes finirent par se calmer, et son sourire revint rapidement lorsque son père et lui s'éloignèrent main dans la main. J'imaginai que cet homme devait avoir proposé à son enfant d'aller manger une glace pour tout arranger. Du moins, c'était ce que j'aurais fait. Est-ce que je gâterais mon enfant ? *Il ? elle ?*

Ce n'est peut-être pas le tien, Owen.

Reprends tes esprits.

Bon sang, je comprenais tellement ce petit qui venait de tomber. En deux minutes, il était passé du rire aux larmes, avant de retrouver le sourire. Ça ressemblait à ce que je vivais ces derniers temps. Toutefois, les hauts et les bas faisaient partie de la vie. La seule chose que nous pouvions contrôler, c'était de choisir entre rester à terre ou se relever et se secouer. Il fallait croire que j'en étais au même point que ce petit garçon quand il s'était étalé par terre. C'était à moi de décider quoi faire ensuite.

Mon téléphone sonna, interrompant le fil de mes pensées.

C'était Billie.

C'est bizarre. D'habitude, elle ne m'appelle pas.

— Salut, Billie. Tout va bien ?

— Oui, oui… je t'appelle juste pour, euh… savoir comment tu vas, déclara-t-elle, avant de marquer une pause. J'ai déjeuné avec Devyn hier, et elle a fini par me parler de la grossesse.

Je restai bouche bée.

— Qu'est-ce que tu sais *exactement* ?

— Je sais que tu n'es peut-être pas le père.

— Waouh. D'accord. Je suis surpris qu'elle t'en ait parlé. Je ne pensais pas…

— Elle n'avait pas prévu de le faire, mais elle a été submergée par les émotions et c'est sorti tout seul. Ne t'en fais pas, je n'en ai pas parlé à Colby ni aux autres, et je ne prévois pas de le faire, précisa-t-elle.

Ouf. Parce que si Colby le découvrait, les autres le sauraient aussi.

— Tu tiens le coup ? demanda-t-elle.

Billie n'était pas du genre à tourner autour du pot.

— Pas vraiment, soupirai-je. Je suis comme un ventilateur tournant. Ma tête ne cesse d'osciller d'un côté à l'autre. Un instant, je suis énervé et jaloux qu'elle puisse attendre l'enfant d'un autre type, et l'instant suivant, j'espère que c'est le mien.

Je fixai une vieille dame en train d'éplucher une orange sur le banc d'en face.

— Mais j'ai aussi peur, Billie. Parce que je n'y connais rien en bébés, et je ne suis pas prêt pour ça. D'un autre côté, je ne suis pas non plus prêt à perdre Devyn. C'est juste que ça fait... beaucoup, ajoutai-je en levant les yeux vers le ciel.

— Tu as tous les droits d'être perdu et terrifié, Owen. Ce n'est pas une situation facile. J'ai surtout appelé parce que je veux que tu saches que je suis là si tu veux parler. Comme je te l'ai dit, je ne dirai rien à Colby avant d'avoir ton autorisation et celle de Devyn. Ce n'est pas à moi de répandre la nouvelle. Je me suis dit que tu voudrais peut-être attendre de savoir si c'est le tien.

Imaginer devoir dire à mes amis que Devyn attend l'enfant d'un autre me donna la nausée. Brayden continuerait à coup sûr d'essayer de deviner l'identité de ce fameux « acteur ». Et j'aurais envie de le frapper.

— Merci, Billie. J'apprécie ta discrétion, et je ne sais pas du tout quand j'en parlerai aux autres. Je n'y ai pas réfléchi. J'essaie de saisir toute l'ampleur de la situation moi-même avant de laisser d'autres personnes avoir leurs avis sur le sujet.

— Je comprends, soupira-t-elle. La vie est drôle, Owen. On ne sait pas toujours pourquoi certaines choses se produisent. Parfois, il faut se laisser porter pour voir où ça nous mène.

Je fermai les yeux un instant.

— Comment allait Devyn pendant votre déjeuner ? Tu as dit qu'elle était submergée par les émotions ?

— Elle est stressée au plus haut point. Elle s'en veut horriblement de t'avoir mis dans cette situation.

— Elle ne devrait pas, répondis-je en secouant la tête. On est deux dans cette histoire. C'est autant ma responsabilité que la sienne.

Le besoin urgent de la voir grandit dans ma poitrine.

— Merci d'avoir appelé. J'essayais de lui laisser un peu d'espace, mais maintenant que je sais qu'elle s'est confiée à toi, je me sens mieux.

— Je n'ai pas l'impression que ce soit d'espace qu'elle ait besoin en ce moment.

Son aveu me fit mal au cœur.

— Merci. J'avais besoin de l'entendre.

Après avoir raccroché avec Billie, je me levai rapidement du banc et me dirigeai vers l'immeuble, plutôt que de retourner au travail. Dans ma précipitation, je dérangeai un groupe de pigeons, qui s'envolèrent tous en même temps. Je ris pour la première fois depuis des jours en pensant au petit garçon qui riait.

Et à mon petit garçon. Ou ma petite fille.

Mon enfant... ou pas.

Quand Devyn ouvrit la porte quarante-cinq minutes plus tard, je lui tendis une tarte au citron vert que j'avais achetée en chemin.

— Je me suis dit que tu en aurais besoin.

Ses lèvres s'étirèrent.

— Ça ne va pas résoudre tous mes problèmes, mais ça ne va pas me faire de mal non plus, Dawson. Tu sais que je ne dis jamais non à une tarte au citron vert. Entre, m'invita-t-elle en s'écartant.

— J'ai entendu dire que, pour te conquérir, je dois te nourrir, plaisantai-je en posant ma main libre sur son ventre.

Ça a en quelque sorte une double signification à présent.

Un courant me parcourut lorsque je sentis la chaleur de son abdomen.

Il se peut que mon bébé soit à l'intérieur. Bordel.

Je repoussai cette pensée. Devyn posa sa main sur la mienne, nos regards se croisèrent, et même si j'avais envie de l'embrasser, je me retins. Ça ne me semblait pas être le bon moment.

Au lieu de ça, je déposai la tarte sur sa table basse.

— Tu sais ce que j'ai réalisé aujourd'hui ? demandai-je.

— À quel point c'est le bazar dans ma vie ?

— Eh bien, ça aussi, répondis-je en lui faisant un clin d'œil. Mais non. J'ai repensé au matin où tu as vomi à l'hôtel quand on était à Boston.

— Je vois, acquiesça-t-elle. Tout s'explique maintenant, pas vrai ?

— Exactement.

Je soupirai en frottant mes mains.

— Au fait… Billie m'a appelé aujourd'hui.

— Oh.

Elle croisa ses bras.

— Je suis surpris que tu lui en aies parlé, mais je suis content que tu l'aies fait.

— Je n'avais pas prévu de le faire, précisa-t-elle en haussant les épaules. Elle m'a vue en pleine dépression et c'est sorti tout seul. C'est facile de se confier à elle.

— Elle a insisté sur le fait qu'elle n'en parlerait à personne avant d'avoir ton accord.

— Oui, elle me l'a dit aussi. C'est gentil. Moins on sera à le savoir, mieux ce sera.

— Je suis d'accord. Et je ne dirai rien non plus évidemment, jusqu'à ce que tu te sentes prête. Ça ne regarde personne à part nous.

Elle hocha la tête.

— Merci. Je n'ai rien dit à Heath et Hannah, et je m'en voudrais qu'ils l'apprennent par accident par quelqu'un d'autre que moi. Pour l'instant, la seule personne qui est au courant mis à part Billie, c'est Mia, m'informa-t-elle, avant d'hésiter. Enfin, et Robert...

Mon ventre se noua.

— Tu lui as dit.

— Oui, j'étais obligée.

— Bien sûr.

Je soupirai en faisant de mon mieux pour rester neutre.

— Comment il a réagi ?

— Plutôt bien au début, jusqu'à ce que je lui dise qu'il n'était peut-être pas le père, avoua-t-elle en rougissant. Ensuite, il m'a en quelque sorte humiliée pour avoir couché avec quelqu'un si peu de temps après l'avoir vu. Il a l'air d'oublier que notre relation n'a jamais été exclusive, qu'il est très loin d'être monogame, et qu'il a fréquenté des tas de femmes de son côté.

Bon sang, je détestais ce type.

— Deux poids deux mesures, hein ? lançai-je en serrant les dents.

— J'aurais vraiment aimé qu'il n'ait rien à voir là-dedans, reprit-elle en secouant la tête. Je pensais avoir tout fait correctement, Owen. Je me suis toujours assurée qu'il mettait bien un préservatif en plus de mon stérilet. Et je sais qu'on s'est aussi protégés toi et moi. Le fait que je sois enceinte me dépasse.

— Il faut croire que rien n'est fiable à cent pour cent. Parfois, pour des raisons qui nous échappent, le destin a d'autres plans. C'était clairement écrit. Ce petit déjoue les pronostics, ajoutai-je en posant de nouveau les yeux sur son ventre.

Elle se mit à le caresser.

— Que je le veuille ou non, je pense que tu as raison. C'était écrit. J'espère qu'un jour, je pourrai le voir comme ça.

Elle pencha la tête pour m'étudier.

— Et toi, comment tu vas ? La dernière fois, je t'ai laissé un peu en panique.

— Je vais bien, Devyn, lui assurai-je en posant ma main sur sa joue. J'ai beaucoup réfléchi, comme tu peux t'en douter. Probablement plus en vingt-quatre heures que dans toute ma vie.

— Est-ce que tu en as tiré des conclusions ?

— Oui, une, répondis-je en souriant.

— Laquelle ?

— Je suis toujours fou de toi, confiai-je en caressant sa peau avec mon pouce. Rien ne changera ça.

Elle ferma brièvement les yeux, comme si elle appréciait mon contact.

— Comment c'est possible ?

— Pourquoi ça ne le serait pas ? Tu es toujours toi, seulement avec un petit humain qui grandit dans ton ventre.

— Mais il n'est peut-être pas de toi... murmura-t-elle.

Ses mots me firent l'effet d'un coup de poignard et me rappelaient qu'il fallait y aller doucement, même si mes émotions prenaient le dessus. La dure réalité de cette situation me faisait comprendre qu'il ne fallait pas que je laisse mon cœur prendre le pas sur ma raison.

— Je ne vais pas mentir, Devyn. Je suis terrifié – des deux scénarios. Si je suis sur le point de devenir papa, j'ai énormément de choses à apprendre et pour lesquelles je dois me préparer. Et si le bébé n'est pas de moi, il faut que je me fasse à l'idée que Robert pourrait compliquer les choses entre nous. Alors, oui, je suis terrifié. Mais pas d'une façon qui change ce que je ressens pour toi, lui assurai-je en prenant sa main. La seule chose qui me fait peur, c'est qu'il y a beaucoup en jeu.

Elle serra ma main et me regarda droit dans les yeux.

— Je veux que ce soit le tien, Owen. J'en ai terriblement envie.

Moi aussi.

— Je pense que mon plus grand défi, c'est d'essayer de me retenir de me faire à l'idée que c'est mon enfant. Chaque fois que j'imagine mon bébé, fille ou garçon, avec tes yeux magnifiques, je suis obligé de me retenir de continuer.

Je n'arrive plus à respirer.

— Tu as dit que tu n'étais pas sûr de vouloir des enfants... me rappela-t-elle en battant des cils.

— Je sais. Après avoir observé mes amis, je sais aussi que même les personnes les plus improbables peuvent devenir de bons pères. Colby et Holden ont tous les deux dit qu'avoir un enfant est la meilleure chose qu'il leur soit arrivée, révélai-je en souriant. Je ne suis peut-être pas prêt, mais il est impossible que je n'aime pas mon enfant.

Les yeux de Devyn se mirent à briller.

— Qu'est-ce qu'on fait, Owen ? On ne saura pas qui est le père avant un moment. J'étais complètement perturbée en sortant de chez le médecin l'autre jour, alors je n'ai même pas pensé à lui parler des risques d'une éventuelle amniocentèse pour faire un test de paternité. Je n'aurai peut-être pas la réponse avant longtemps.

Il n'y avait qu'un seul choix possible.

— Alors... on continue à vivre. On continue à faire connaissance. On partage une part de tarte de temps en temps, plaisantai-je, avant de marquer une pause. Et globalement, on essaie de ne pas paniquer. Il faut qu'on s'entraide sur ce point-là.

Je déposai un baiser sur sa tête.

— Il faut aussi continuer à protéger ton frère et ta sœur. Et chaque semaine qui passera nous rapprochera de la réponse, déclarai-je en essuyant une larme au coin de son œil. Mais que ce soit clair, pendant tout ce temps, même si je prétendrai être calme, j'espèrerai que ce bébé est le mien. Et si c'est le cas, je trouverai le moyen d'être le père que cet enfant mérite.

Devyn renifla.

— Et si ce n'est *pas* le tien ?

C'était la question cruciale. J'aurais adoré pouvoir lui donner une réponse certaine, mais c'était impossible.

— Est-ce que je peux admettre que je ne suis pas encore prêt à envisager ça ? Que je ne veux pas y penser ?

— Oui, bien sûr, acquiesça-t-elle.

— On a le temps, Devyn. On n'est pas obligés de trouver une solution tout de suite, ajoutai-je, avant de marquer une pause. Tu sais... la mort de Ryan nous a tous durement frappés. Mais son départ m'a appris à ne plus tenir la vie pour acquise. Je suis vivant. Je suis en bonne santé. Tu es en bonne santé. Avec un peu de chance, ce bébé l'est aussi. Tout ira bien pour nous tous. La vie est un privilège, même quand les temps sont durs. C'est un privilège de vivre tout ça. Le bon et le moins bon.

— Perdre quelqu'un d'aussi proche fait relativiser, hein ?

— Oui. Pouvoir être là avec toi en ce moment, pouvoir partager une tarte, et penser au fait que je *pourrais* avoir un enfant est une bénédiction, même si la situation n'est pas parfaite.

Devyn poussa un grand soupir.

— Merci de me rassurer, même si ce n'est que pour aujourd'hui, précisa-t-elle en enroulant ses bras autour de mon cou. Qu'est-ce que je peux faire pour toi? De quoi tu as besoin venant de moi pour surmonter ça?

— Tu es sûre de vouloir poser cette question? demandai-je d'un ton séducteur.

Elle arqua un sourcil.

— C'est une question piège?

— En fait, je sais *exactement* ce que je veux.

— Quoi donc?

— J'adorerais que tu sois ma cavalière au mariage de Holden et Lala la semaine prochaine.

— Sérieusement? réagit-elle, les yeux écarquillés.

— Oui.

— J'adorerais y aller, accepta-t-elle d'un air rayonnant.

Je souris.

— Super. Alors, voilà sur quoi on va se concentrer. Ne nous préoccupons de rien d'autre avant le mariage.

Devyn sourit à son tour, et je pus sentir ses épaules se détendre.

— Ça me va.

— J'ai le droit de faire venir une personne avec moi, mais chuut… je ne dirai à personne que j'en emmène deux.

CHAPITRE 19

Devyn

— Bordel de merde !

Deux jours plus tard, Heath entra brusquement dans ma chambre pendant que j'étais en train de m'habiller. En me voyant en sous-vêtements, il se retourna aussi vite qu'il était entré.

— Est-ce qu'il y a un moyen indolore de s'arracher les yeux ? gémit-il.

J'étais sur le point d'enfiler un soutien-gorge, mais je récupérai plutôt mon peignoir sur le lit et l'enroulai autour de moi.

— On ne débarque pas sans frapper dans une chambre dont la porte est fermée, Heath !

— Désolé, s'excusa-t-il en me tournant le dos. Mais il y a quelqu'un pour toi.

Je serrai le nœud de mon peignoir.

— Eh bien, il vaudrait mieux que ce soit important. Et en plus du fait d'entrer sans frapper, surveille ton langage.

— Cette situation valait bien un « bordel de merde ».

Je levai les yeux au ciel.

— Je suis couverte, tu peux te retourner.

— Je préfèrerais ne pas te regarder. Ni maintenant ni jamais.

— Qui est là, Heath ? Les services sociaux ?

— Non. C'est le type qui joue dans *The Last Man Down*, le film avec le pilote de chasse. Le foutu pilote est dans notre salon.

J'écarquillai les yeux.

— Robert ? Robert est là ?

— Je ne lui ai pas demandé son nom, mais il te demande.

Merde. Je m'approchai de mon frère et le poussai dans le dos.

— Va mettre tes chaussures. Il faut que tu partes à l'école.

— Mais cet acteur est dans notre salon...

— Mets tes chaussures et prends ton sac, sinon tu vas être en retard.

Il gémit de nouveau, mais il traversa le couloir pour rejoindre sa chambre, pendant que je me rendais dans le salon.

Voir Robert se tenir devant moi me coupa le souffle. Il tenait un énorme bouquet de roses – au moins une cinquantaine. Il sourit lorsqu'il m'aperçut, et j'aurais pu jurer que ses dents avaient brillé comme dans les dessins animés.

— Te voilà... lança-t-il.

— Robert, qu'est-ce que tu fais là ?

— Je suis venu voir ma copine, répondit-il en posant les yeux sur mon ventre. Enfin, ma copine et mon bébé.

— *Chuuut...*

Je jetai un coup d'œil derrière moi et baissai la voix.

— Mon frère et ma sœur sont là. Je ne leur en ai pas encore parlé.

Robert enroula son bras autour de ma taille et me serra contre lui.

— Tu es super sexy. Rayonnante, même.

Une porte claqua derrière moi. Je tentai de me libérer de l'étreinte de Robert avant que les enfants arrivent, mais il ne me lâcha pas. Il serra davantage ma taille et s'y agrippa. Évidemment, Heath posa les yeux directement sur cette main. Hannah jeta un coup d'œil à l'homme qui se tenait à côté de moi et resta bouche bée.

— Oh, mon Dieu. Vous êtes… ce type.

— Quel type ? demanda Robert en souriant.

— Celui des films.

— Tu parles de *Top Gun* ?

Elle secoua la tête.

— Non, celui qui n'est pas un navet.

Robert se mit à rire et pointa Hannah du doigt.

— Oui, c'est bien ta sœur.

— Qu'est-ce que vous faites là ? l'interrogea Heath. Vous êtes le client de Devyn ? Elle ne nous a jamais dit qu'elle connaissait quelqu'un aussi *célèbre*.

— Je suis bien son client, mais Dev est aussi ma petite amie.

Heath et Hannah écarquillèrent les yeux, tandis que je secouai la tête en retirant les doigts de Robert de ma taille.

— Vous allez être en retard à l'école. Vous feriez mieux d'y aller.

— Mais…

Je poussai Heath à avancer.

— J'ai déjà les services sociaux sur le dos. Il faut que vous soyez à l'heure. Maintenant, filez.

Aucun d'entre eux ne semblait très heureux, mais ils se traînèrent jusqu'à la porte.

— Bonne journée, les gars ! s'écria Robert. Ravi de vous avoir enfin rencontrés, Helen et Heath.

— C'est *Hannah*, rétorquai-je en lui adressant un regard noir.

Une fois mon frère et ma sœur dehors, je pris une grande inspiration.

— Pourquoi tu as fait ça ?

— Quoi donc ? demanda-t-il, l'air perdu.

— Leur dire que j'étais ta petite amie.

— Parce que c'est la vérité, affirma-t-il en haussant les épaules.

Je secouai la tête.

— Qu'est-ce que tu fais là, Robert ?

— Je suis venu t'apporter ça, répondit-il en me tendant les fleurs. Et ça aussi...

Il désigna d'un geste l'énorme pile de cadeaux que je n'avais pas remarquée sur le canapé.

— Comment... Comment tu as fait pour porter tout ça ?

— Mon assistante m'a aidé.

Je fronçai les sourcils.

— La jolie petite blonde de vingt-deux ans au regard émerveillé que tu as engagée récemment ?

— On dirait que quelqu'un est jalouse, observa-t-il avec un sourire arrogant.

— Sérieusement, Robert, tu devrais être en Italie. Qu'est-ce que tu fais là ?

— Je suis venu pour m'excuser, expliqua-t-il en posant ses mains sur mes joues. Tu m'as pris au dépourvu pendant notre appel, et je me suis comporté comme un connard.

Après avoir passé toutes ces années avec Robert, je ne pensais pas qu'il s'excuserait un jour. Je ne savais pas vraiment comment réagir.

— Est-ce que tu peux me pardonner ? demanda-t-il en faisant la moue.

— Bien sûr, soupirai-je.

— Je me suis emporté parce que j'étais blessé, alors je voulais te faire souffrir aussi.

— Je sais.

— Est-ce qu'on peut parler ? Je ne peux rester que quelques heures. Je dois reprendre le tournage demain matin, alors je prends un vol pour Rome cet après-midi.

— Pas de souci. Laisse-moi enfiler des vêtements.

— Ou alors... tu pourrais en enlever et on pourrait s'embrasser, et se réconcilier et discuter plus tard ? proposa-t-il en tirant sur le nœud de mon peignoir.

Je secouai la tête.

— Je vais me changer.

— Dommage, déclara-t-il en me faisant un clin d'œil. Tu ne veux pas d'abord mettre les fleurs dans un vase ?

— Je doute que Vera en ait un, et si c'est le cas, il ne sera probablement pas assez grand pour y faire tenir le rosier entier que tu as apporté. Et si tu en cherchais un pendant que je m'habille ? proposai-je en pointant du doigt la cuisine.

— Avec plaisir.

Une fois dans ma chambre, je verrouillai la porte avant de m'appuyer contre. Je n'en revenais pas que Robert soit là, qu'il soit venu s'excuser et discuter. À n'importe quel autre moment ces trois dernières années, j'aurais été excitée. Mais là... je ne savais pas vraiment ce que je ressentais. Je tenais à lui, ce n'était pas la question. Et j'étais soulagée de savoir qu'il n'allait pas se comporter comme un abruti au sujet de cette grossesse. C'était un stress dont je n'avais pas besoin. Mais est-ce que j'étais contente de voir Robert comme je l'aurais été un an plus tôt ? Est-ce que c'était le genre d'excitation qu'une femme ressentait en retrouvant l'homme qu'elle n'avait pas vu depuis un moment ?

Un coup frappé à ma porte me sortit de mes pensées.

— Dev ?

— Oui ?

— Le seul objet que j'ai trouvé dans lequel les fleurs peuvent tenir, c'est un mixeur.

— Oh, d'accord.

— Tu veux que je m'en serve ?

— Euuuh... Laisse-moi une minute pour finir de m'habiller, et je jetterai un coup d'œil dans le reste de l'appartement.

— Pas de souci.

Après l'avoir entendu s'éloigner, je me forçai à enfiler des vêtements. De toute façon, je n'allais pas pouvoir comprendre ce que je ressentais pour le moment, et il valait sûrement mieux que je parle d'abord avec Robert. Ça éclaircirait peut-être les choses. Une fois vêtue d'un short et d'un T-shirt, je fouillai dans les placards du couloir et de la salle de bains à la recherche d'un objet pour mettre les fleurs. La seule chose que je pus trouver était une corbeille de bureau, mais c'était toujours un meilleur choix qu'un mixeur dont nous nous servions pour cuisiner.

Robert était appuyé contre le comptoir de la cuisine lorsque je le retrouvai. J'avais été trop choquée tout à l'heure pour remarquer à quel point il était magnifique. Ce type était beau comme une star de cinéma, avec un corps parfait, des cheveux blond cendré qui étaient toujours un peu trop longs, un teint hâlé quelle que soit la saison, et des yeux bleus à la Paul Newman. Son charme irrésistible surmontait le tout d'un beau gros nœud.

— On dirait que tu as eu le temps de prendre le soleil entre deux prises, remarquai-je en souriant.

— On tourne beaucoup de scènes extérieures.

Les fleurs étaient posées sur le comptoir, alors je les récupérai et les déposai dans la corbeille sans retirer le Cellophane.

Robert arqua un sourcil.

— Est-ce que tu jettes mes roses ?

— C'est ce qui se rapprochait le plus d'un vase, précisai-je en ajoutant de l'eau du robinet.

Après ça, j'ouvris la porte du frigo.

— Tu veux boire quelque chose ? proposai-je.

— Je prendrai la même chose que toi.

— Ce sera de l'eau pour moi.

— De l'eau ? D'habitude, tu bois du café jusqu'à ce qu'il soit l'heure de passer au vin.

— Plus maintenant, l'informai-je en fronçant les sourcils. Plus de caféine. Et plus de vin non plus.

— Oh, mince. C'est vrai. Je n'y avais pas pensé.

— Mais je peux t'en préparer une tasse si tu veux.

— Tu es sûre que ça ne te dérange pas ?

— Je le reniflerai peut-être quelques fois, mais je pense que je m'en remettrai.

Robert sourit.

— D'accord, merci.

— Et si on allait s'asseoir ? l'invitai-je en désignant le salon, après l'avoir servi.

— Je te suis...

Je dus déplacer treize cadeaux sur le canapé pour nous faire de la place.

— Qu'est-ce qu'il y a dans toutes ces boîtes ?

— Des cadeaux pour le bébé. J'ai fait des folies. Je n'aime pas le jaune, alors dans certains paquets, il y a deux fois la même tenue. Une en bleu et une en rose.

Je n'étais *définitivement* pas prête pour des vêtements de bébé.

— Ça te dérange si je ne les ouvre pas tout de suite ?

— Comme tu veux, répondit-il en haussant les épaules.

Le silence s'installa, et Robert m'observa par-dessus sa tasse en buvant.

— Comment tu te sens ?

— Plutôt bien. Je suis fatiguée, mais je pense que c'est le stress. Je n'ai pas de nausées matinales.

— Le stress n'est pas bon pour toi ni pour le bébé. Je l'ai lu dans le livre *La grossesse pour les nuls.*

— Ça existe vraiment ?

— Oui. Je l'ai commencé dans l'avion en venant ici. J'en suis déjà presque à la moitié.

— Alors tu dois en savoir plus que moi.

Robert désigna d'un geste de la tête la pile de cadeaux posés par terre.

— Il y a un livre sur la grossesse dans l'un de ces paquets. Tu rattraperas ton retard.

— Merci, déclarai-je en souriant.

Il baissa les yeux sur sa tasse pendant un long moment, avant de les relever vers moi.

— Tu sais ce que j'ai réalisé ces derniers jours, après avoir digéré la nouvelle ?

— Quoi donc ?

— Je n'aurais voulu avoir un enfant avec personne d'autre.

Mon cœur se serra. Et moi qui espérais que cet enfant était celui d'un autre homme. Je pris une grande inspiration, avant de souffler bruyamment.

— Tu t'es excusé. Mais moi aussi je te dois des excuses. Je suis mortifiée de ne pas pouvoir te dire si tu es le père ou non.

— Je ne vais pas te mentir, cette partie n'est pas facile à avaler. J'y ai réfléchi pendant plus d'une journée, et je me suis rendu compte que tu avais raison. Notre relation n'était pas exclusive. J'ai fréquenté d'autres personnes de temps en temps, alors ce n'était pas juste de m'attendre à ce que tu sois monogame alors que je ne l'étais pas.

Waouh. Les chocs s'enchaînaient.

— Tu as l'air si... éclairé, observai-je en souriant tristement.

— J'ai dépensé trois mille dollars pour une thérapie par téléphone ces derniers jours.

Voilà qui ressemblait *beaucoup plus* au Robert que je connaissais.

— Eh bien, au moins, on dirait que ça a fonctionné.

— J'ai envie de ça, Devyn, m'assura-t-il en prenant ma main. J'ai envie que ce bébé soit le mien et que tu sois la mère de mon enfant.

— Vraiment ?

Il hocha la tête.

— Tu seras une super maman. Tu as le sens des priorités. Récemment, j'ai essayé plusieurs fois égoïstement de te faire venir à Los Angeles. Et toi, tu as fait passer ton frère et ta sœur en priorité parce qu'ils ont besoin de toi. C'était la bonne chose à faire. Tu fais *toujours* les bons choix. Tu n'as même pas besoin d'y réfléchir, contrairement à moi. Tu es comme ça. Et j'espère pouvoir en tirer des enseignements, parce que je veux faire de notre bébé ma priorité, quoi qu'il en coûte. Je ne vais pas être aussi doué que toi, mais si tu veux bien être un peu patiente avec moi, je te promets de faire tout mon possible pour y arriver.

Les larmes me montèrent aux yeux.

— Je te remercie de me dire ça.

Pendant les heures qui suivirent, Robert et moi discutâmes. *Vraiment.* J'étais certaine de ne jamais avoir eu une conversation aussi mature, aussi profonde avec lui. Nous parlâmes de son père absent, de mes parents non existants, et de notre envie de tirer des leçons de leurs erreurs, de ne pas les laisser se reproduire. L'heure du déjeuner arriva rapidement, et je n'avais ni regardé mon téléphone ni allumé mon ordinateur. Alors, lorsque Robert partit aux toilettes, je récupérai mon portable.

J'avais reçu une dizaine de messages, mais le troisième fit manquer un battement à mon cœur.

> **Owen : Je viendrai te chercher à 11 h 30 pour le déjeuner. Est-ce que ça te va si on va au petit restaurant italien où tu es allée récemment avec Billie ?**

Mince ! J'avais complètement oublié mon rendez-vous avec Owen. Je regardai l'heure en haut de mon écran. 11 h 10. La dernière chose dont j'avais besoin, c'était qu'Owen arrive alors que Robert était là, alors je répondis rapidement.

> **Devyn : Je suis désolée de te prévenir si tard, mais je vais devoir annuler.**

Il répondit presque aussitôt.

> **Owen : Ça va ? Tu te sens bien ?**

Je ne voulais pas mentir. Il avait été si honnête avec moi, même quand ce n'était pas facile. Mais je m'en voulais aussi de lui faire du mal. Je mordillai mon ongle en essayant de trouver quoi répondre, et j'avais l'impression d'être une horrible personne. Je finis par me dire qu'il serait plus contrarié par un mensonge que par une vérité qui faisait mal.

Devyn : Robert est là. Il a débarqué chez moi ce matin pour s'excuser pour son comportement et pour discuter.

Je fixai mon téléphone en attendant nerveusement sa réponse. Après deux longues minutes, les points de suspension apparurent, avant de disparaître. Robert revint des toilettes, mais je gardai mon téléphone à la main pendant l'heure qui suivit. Malheureusement, je ne reçus aucun message. Je vérifiai même deux fois pour être sûre de n'avoir rien raté.

— Tu as faim ? demanda Robert. J'ai deux heures devant moi avant de devoir partir à l'aéroport. Tu veux qu'on aille manger quelque part ?

Imaginer croiser Owen, ou même l'un de ses amis, en étant à l'extérieur avec Robert me coupa le peu d'appétit que j'avais.

— Je n'ai pas vraiment faim, mais je pourrais nous commander à manger sur Uber Eats si tu veux ?

— Ça me va, accepta Robert en souriant. De toute façon, puisqu'on a si peu de temps, je préfère ne pas te partager.

Ne pas me partager. Je me forçai à sourire et je vérifiai de nouveau mon téléphone.

Toujours rien... de la part de l'homme avec qui il me partageait.

♥

Je venais de me mettre au lit quand mon portable vibra sur la table de nuit. Le nom d'Owen s'afficha à l'écran. Mon pouls s'emballa, et je rallumai ma lampe de chevet.

Owen : Est-ce qu'il passe la nuit ici ?

Mon cœur se serra. Est-ce qu'il s'était imaginé ça toute la journée? Que Robert était encore là et qu'il allait passer la nuit chez moi? Bon sang, j'étais nulle. Je ne lui avais pas réécrit, car j'essayais de lui laisser un peu d'espace, mais je n'avais fait qu'empirer les choses.

Devyn : Non, il est parti. Il est rentré à Rome. Il devait retourner sur le plateau de tournage.

J'attendis sa réponse, la boule au ventre, et j'eus l'impression qu'elle mit une éternité à arriver.

Owen : Est-ce qu'on peut parler? Je peux monter, ou tu peux descendre, mais je pense que les enfants doivent dormir.

Je repoussai la couverture et sortis aussitôt du lit.

Devyn : Pas de souci. Tu peux monter.

Owen : J'arrive dans cinq minutes.

J'avais pris une douche chaude un peu plus tôt pour essayer de retirer toute la tension dans ma nuque, mais je n'avais pas eu la force de laver mes cheveux, même si je les avais mouillés. Il me suffit d'un coup d'œil dans le miroir pour regretter de ne pas les avoir au moins brossés. Si ma vie compliquée ne donnait pas envie à Owen de s'enfuir, ce look allait peut-être s'en charger. Je passai cinq minutes à essayer d'arranger mon apparence, mais il m'aurait plutôt fallu cinq heures. Ou peut-être cinq jours.

Owen frappa doucement. J'ouvris la porte avant même qu'il ait eu le temps de baisser son bras.

— Salut, l'accueillis-je en souriant.

Il hocha la tête, l'air sombre.

— Désolé de te déranger si tard.

— Ce n'est rien. Je suis contente que tu sois venu. Entre, l'invitai-je en m'écartant sur le côté.

Il s'arrêta net après avoir fait deux pas, et je dus suivre son regard pour comprendre ce qui n'allait pas.

Les cadeaux.

Mince. Ils étaient empilés par terre, formant une pile plus haute que la table basse. Je n'en avais pas encore ouvert un seul.

— Désolée, m'excusai-je. C'est Robert qui les a apportés. Je n'avais pas le cœur à les ouvrir.

— Cuisine ? proposa Owen en prenant une grande inspiration.

Je souris.

— Si tu veux.

Malheureusement, j'avais aussi oublié les fleurs – les dizaines de roses qu'il était impossible de manquer. Les yeux d'Owen se posèrent aussitôt dessus, et il eut l'air abattu.

— Je suis désolée.

Je récupérai la corbeille, jetai un coup d'œil autour de moi, puis ouvris le placard sous l'évier et rangeai le tout à l'intérieur.

— Tu n'étais pas obligée de faire ça, mais merci, ajouta-t-il avec un sourire triste.

— Tu veux quelque chose à boire ? Un verre de vin peut-être ?

— Non merci.

Nous nous installâmes l'un en face de l'autre à la table de la cuisine.

— Comment tu te sens ? demanda-t-il.

— Physiquement ? Bien. Émotionnellement ? Très mal.

Il acquiesça.

— Je suppose que votre conversation ne s'est pas bien passée.

— Si, ça allait. Mais tu n'as pas répondu à mon message, et j'ai eu peur que tu sois contrarié.

— Pardon, je ne voulais pas que tu t'inquiètes.

— Ne t'excuse pas. C'est moi qui suis désolée que Robert ait débarqué à l'improviste, et que ça m'ait obligée à annuler notre déjeuner.

Owen passa une main dans ses cheveux.

— Je n'ai pas arrêté de me demander si c'était à ça que ça allait ressembler. Si Robert est le père, tu passeras beaucoup de temps avec lui. Ce serait inévitable, affirma-t-il en secouant la tête. Je sais que c'était mon idée de vivre dans le moment présent, mais je n'ai pas pu m'empêcher de l'imaginer. J'avais juste besoin d'un peu de temps.

— Bien sûr. Je ne t'en veux pas. Qui n'aurait pas besoin de temps pour digérer tout ça ?

Il resta silencieux un moment. Je pouvais l'entendre cogiter.

— Qu'est-ce que tu as ressenti quand tu l'as vu ? finit-il par m'interroger.

— J'étais surprise.

— Non, je parle de tes sentiments. Juste ici, précisa-t-il en posant une main sur son cœur.

J'y réfléchis.

— Honnêtement, je pense que je m'inquiétais plus de ce que tu pourrais en penser qu'autre chose.

— Est-ce que tu l'aimes ?

— Je tiens à lui. Et peut-être que je l'aime, d'une certaine manière. On a un long passif, tous les deux. Mais je ne sais pas si je l'aime de la manière dont tu parles, comme une femme aime un homme avec qui elle veut être en couple.

Owen déglutit, puis il observa la pile de cadeaux dans le salon.

— Je ne peux pas rivaliser avec ce type. Il est riche et célèbre. Je me débrouille plutôt bien, mais il pourrait t'offrir une vie bien différente.

— Je n'ai pas besoin que tu rivalises avec lui. Et je n'ai pas besoin que quelqu'un m'offre un certain type de vie. Je peux me débrouiller seule.

Il me regarda droit dans les yeux.

— Alors, qu'est-ce que tu veux de moi, Devyn ?

— Je veux juste que tu sois *toi*.

Il ferma les yeux. Quand il les rouvrit, il me tendit sa main.

— Alors, viens par ici. Parce que si tu veux que je sois moi, il faut que je t'embrasse comme jamais. J'ai été jaloux toute la journée, et j'ai envie d'avoir l'impression que tu n'es rien qu'à moi pendant un moment.

CHAPITRE 20

Owen

Ce week-end-là, le mariage de Holden et Lala fut la distraction dont Devyn et moi avions besoin. Puisque notre attention était tournée vers les jeunes mariés, nous parvînmes à oublier nos soucis, du moins le temps d'une journée.

La cérémonie à l'église St. Sebastian n'avait été ni trop courte ni trop longue, et la réception avait lieu au Club Noir au centre-ville. Holden connaissait le propriétaire et avait pu louer tout l'établissement. Ça donnait plus l'impression d'être une soirée plutôt qu'un événement formel. La pièce tamisée était éclairée par des bougies, et une boule à facettes géante était suspendue au plafond. La piste de danse était la pièce centrale, et le groupe de Holden avait prévu de jouer quelques morceaux un peu plus tard, même s'il y avait un D.J. pour lancer la soirée. L'ambiance était très *Holden*.

Il avait fait du sacré bon travail en ce qui concernait les détails, y compris les fleurs, puisqu'il jurait que Lala n'avait rien à voir là-dedans. J'allais devoir le charrier avec ça plus tard. La mariée était magnifique dans sa robe bustier en dentelle, avec une ceinture noire autour de la taille. Ses cheveux bouclés étaient attachés en un chignon lâche, et quelques mèches entouraient son visage.

L'un des éléments traditionnels était peut-être une longue table couverte d'une nappe noire et agrémentée de bougies et de roses dans différentes teintes de rouge. Lorsque j'aperçus la chaise vide à côté de Holden, je faillis craquer. C'était là que Ryan aurait dû être, et je savais au fond de moi qu'il était là avec nous.

Je n'avais pas été tendre avec Holden lorsqu'il avait commencé à tourner autour de Lala, car j'étais sceptique quant à ses intentions. Elle était comme une petite sœur pour moi, et j'avais eu l'impression de devoir la protéger comme Ryan l'aurait fait. Holden avait une certaine réputation, et j'avais eu du mal à la séparer de ce qu'il ressentait vraiment pour elle. Toutefois, je comprenais à présent que mes inquiétudes n'étaient pas nécessaires. Plus je voyais à quel point il tenait à Lala, plus j'apprenais à faire confiance en ses intentions. Et désormais, je n'imaginais plus aucune autre issue que celle-ci.

La chaise de Ryan n'était pas la seule chose qui me rendait émotif aujourd'hui. Avoir Devyn à mes côtés pour voir l'un de mes meilleurs amis se marier représentait beaucoup pour moi. Je ne pouvais surtout pas arrêter de penser au fait qu'elle était peut-être en train de porter mon enfant. Cette pensée traversait mon esprit de temps en temps. Puis Robert et ses foutus cadeaux s'infiltraient dans ma tête et gâchaient tout.

Devyn était de très bonne humeur ce soir, et ses yeux brillaient comme rarement ces derniers temps. C'était comme si elle avait mis de côté tous ses doutes, même si c'était juste pour une journée. Elle était magnifique dans sa robe sans manches noire et ses talons rouges, avec sa coiffure semi-relevée. Elle portait un collier de perles fines, discret, mais incroyablement sexy.

Colby se racla la gorge et tapota le micro, attirant l'attention de tout le monde en direction de la scène, où il s'apprêtait à faire son discours de témoin.

— Est-ce que tout le monde est chaud ce soir ? demanda-t-il avec un sourire en coin. Évidemment, comme tous ceux qui croisent la route de Holden, notre batteur sexy.

Ce dernier leva les yeux au ciel, alors que Lala le secouait gentiment.

— Comme vous le savez tous, l'un de mes meilleurs amis du monde entier, Holden Catalano, s'est marié aujourd'hui. Ce qui veut dire qu'il a officiellement neigé en enfer.

Je ris en jetant un coup d'œil à Devyn, qui arborait un grand sourire. Une fois encore, la voir si détendue me rendit heureux.

— Holden a été assez gentil pour me chambrer le jour de mon mariage, alors il est normal que je puisse en faire de même. Cependant, il m'a expressément demandé de ne pas partager d'histoires salaces à son sujet, précisa-t-il en regardant le marié. Voilà pourquoi j'ai eu autant de mal à écrire ce discours. La page est restée blanche pendant des jours.

Holden haussa les épaules et tout le monde se mit à rire.

— Mais plus sérieusement, de notre petit groupe très soudé de cinq personnes, il était le dernier que je m'attendais à voir se marier. Les filles se sont toujours jetées à ses pieds, et je pense sincèrement qu'il serait encore célibataire s'il n'était pas tombé amoureux de Lala. Elle seule a réussi à lui donner envie de se poser. Et au cas où quelqu'un ici vit dans une grotte, je me dois de préciser que Lala se révèle être la sœur de notre ami.

Colby soupira et leva les yeux vers le plafond, comme s'il était sur le point de craquer.

— Ryan n'est plus de ce monde, et il nous manque énormément, reprit-il après quelques secondes, d'une voix tremblante. Mais on sait qu'il nous regarde en ce jour en se disant « mais qu'est-ce qui est passé par la tête de ma sœur ? ».

Colby fit un clin d'œil au marié.

— Ce que ressentait Holden pour Lala ces dernières années était probablement le secret le moins bien gardé au monde. Nous savions tous qu'il avait des sentiments pour elle déjà à l'adolescence. Une fois, je les ai surpris tous les deux sur le toit de la maison de Ryan et Lala. Il a essayé de me donner une excuse bidon pour expliquer leur présence là-haut – quelque chose à propos d'une observation d'étoiles. Mais je savais que la seule chose qu'il voulait observer, c'était elle.

Quelques *oooh* se firent entendre.

— Il leur a fallu des années pour finir par se trouver, poursuivit Colby. Et si vous avez connu Holden pendant ces années d'attente, vous savez que le fait d'être tous ici est un plus grand miracle que le jour où Jésus a transformé l'eau en vin.

Tout le monde se mit à rire.

— Enfin, Holden n'était pas le plus grand play-boy de la planète, mais si celui qui détenait ce titre était mort, eh bien...

Il marqua une pause en souriant.

— Holden aurait pris sa place.

Je ris tellement que mes épaules remuèrent.

— Puis Lala est arrivée, ajouta-t-il en la regardant. Malheureusement, elle était fiancée. Mais heureusement, quand Dieu a fabriqué Holden, il a oublié de lui donner des valeurs morales.

Colby secoua la tête en observant les mariés.

— Cette douce Lala, notre magnifique génie. Je croyais que tu étais la fille la plus intelligente du monde. Mais il a fallu que tu gâches tout en épousant ce type.

Colby arbora un sourire en coin maléfique en regardant les invités.

— Blague à part, il est évident pour nous que vous êtes faits l'un pour l'autre, continua-t-il lorsque les rires s'évanouirent. Vous vous complétez comme le yin et le yang. Holden a utilisé cette métaphore pour nous décrire, ma femme et moi, alors je le copie parce que je ne suis pas aussi créatif que lui. Mais je dois dire que cette analogie est encore plus vraie pour Lala et Holden. Il n'y a aucune femme plus intelligente et aucun homme plus bête sur cette planète.

Devyn resta bouche bée et me regarda d'un air amusé, tandis que je me contentai de hausser les épaules.

— Holden, je suis content qu'on ait décidé de ne pas te tuer quand on a découvert que tu sortais avec Lala, parce que nous ne serions pas là en train de faire la fête aujourd'hui. Et où serait Holden sans toi, Lala ?

Il jeta un coup d'œil à sa montre.

— Il serait seulement en train de se réveiller avec une gueule de bois à cette heure-ci, déclara-t-il en souriant. À présent, la seule fille qui le tient éveillé toute la nuit, c'est bébé Hope.

— C'est vrai, murmurai-je.

— Je vais maintenant conclure ce discours, annonça Colby. Je sais que vous avez tous envie de manger, mais ce n'est pas pour ça que je m'arrête là. C'est parce que je ne vois pas quoi ajouter sans avoir à plonger dans le passé sexuel de Holden.

Tout le monde se mit à rire.

— Je vais juste ajouter une chose. Je ne connais pas deux personnes qui s'aiment plus qu'eux. Et si Ryan était là — et après l'avoir calmé et convaincu de ne pas tabasser Holden —, je sais qu'il verrait les choses comme nous. Holden aime Lala plus que tout. Et ces deux-là se méritent vraiment. Ce n'est pas une insulte cachée. Pas de blague non plus. C'est la vérité.

Colby leva son verre.

— À notre sœur de cœur, Lala, et notre ami dingue, mais attachant, Holden. Que votre mariage soit long et prospère, rempli de joie, tout comme le mien.

Il marqua une pause.

— Et je vous souhaite aussi de pouvoir enfin trancher pour savoir lequel de vous deux est le plus beau.

Les applaudissements résonnèrent dans la pièce. J'étais extrêmement soulagé que ce soit Colby qui ait dû se tenir devant tout le monde pour faire ce discours. Je n'aurais pas fait ça aussi bien que lui. Parler en public n'avait jamais été mon truc.

Je pris la main de Devyn et entrelaçai nos doigts.

— Merci d'être ma cavalière, murmurai-je en portant sa main à ma bouche.

— Avec plaisir. Le bonheur est contagieux.

— Si ce mariage avait eu lieu avant notre rencontre, j'aurais été ravi pour Holden évidemment, mais je me serais probablement senti un peu seul. Les mariages ont le don de nous faire réfléchir à notre propre situation. Il est difficile de ne pas comparer la joie que peut ressentir quelqu'un avec ce qui manque dans notre vie.

— Je vois *exactement* ce que tu veux dire, m'assura-t-elle en hochant la tête.

Je serrai sa main.

— La comparaison est un voleur de joie, pas vrai ?

— Ce dicton est très vrai.

— Voilà pourquoi j'ai prévu de sortir pour acheter une centaine de cadeaux pour le bébé cette semaine, soufflai-je.

— N'y pense même pas. Je te l'ai dit, tout ce dont j'ai besoin, c'est que tu restes toi-même. Tu me donnes ton temps et ton attention. Robert sait que c'est quelque chose qu'il ne pourra jamais me donner. Il a essayé de se racheter pour des tas de choses en apportant ces cadeaux. Mais ils ne veulent rien dire.

Je posai les yeux sur nos mains.

— Même si tout est en suspens pour le moment, je me sens épanoui dès que je suis avec toi – dans l'instant présent. C'est pour ça que cette journée est bien plus belle avec toi à mes côtés. Je profite simplement de ta présence.

Même si ces journées sont tout ce que nous avons avant que la réalité nous tombe dessus.

— Je n'aimerais être nulle part ailleurs qu'ici avec toi, Owen. En général, les mariages ne sont pas faciles pour moi non plus. Ils me rappellent ce qui manque à ma vie, et ça fait remonter des souvenirs de ma mère et le manque d'amour de sa part. Je pense que tout le monde veut juste être aimé, expliqua-t-elle en jetant un coup d'œil à la table des mariés. Mais aujourd'hui, je n'ai pas à comparer ma vie à celle des autres. Parce que *tu* me rends heureuse. Et ça fait du bien.

— Je suis content, ma belle, répondis-je en souriant. Est-ce que tu dois rentrer à une heure précise ce soir ?

— Heath et Hannah passent la nuit chez Lucas, un ami de Heath. C'est le seul dont je connais les parents. Je leur ai parlé.

— C'est super. Je suis heureux de ne pas avoir à me dépêcher de rentrer.

— Hé, je vais au bar, nous interrompit Brayden. Vous voulez boire quelque chose ?

Je regardai Devyn en me sentant mal qu'il la mette en mauvaise posture.

— Juste de l'eau pétillante avec du citron vert, ce serait parfait, répondit-elle.

— De l'eau pétillante avec du citron vert *et de la tequila* pour mademoiselle, répéta-t-il en lui faisant un clin d'œil.

— Non, vraiment, insista Devyn en levant sa paume. L'alcool ne me réussit pas ces derniers temps, alors je fais une pause.

— Sérieusement ? demanda-t-il en riant.

— Oui.

— Ça craint. Les mariages sont bien plus amusants quand on est bourrés, renchérit-il, avant de se tourner vers moi. De l'eau pétillante pour elle. Une bière pour toi ?

— Oui, n'importe laquelle. Merci, mec.

Brayden me donna une tape sur l'épaule et se dirigea vers le bar.

Devyn soupira.

— Combien de temps je vais pouvoir m'en sortir avec cette excuse ? m'interrogea-t-elle à voix basse.

— Ne t'en fais pas. On se fiche de ce que les autres peuvent penser, la rassurai-je en caressant sa jambe.

— Ça se verra bien assez tôt, ajouta-t-elle en frottant son ventre. Je ne pourrai pas le cacher très longtemps.

— On pourrait dire que tu as mangé trop de tarte au citron vert...

Ça la fit rire.

Imaginer le ventre de Devyn grossir au fil des mois me donna des frissons. Je me demandais à quel moment nous pourrions faire un test de paternité. Elle avait dit qu'elle prévoyait d'en discuter avec son médecin au prochain rendez-vous, alors je repoussai cette pensée parce que je ne pouvais rien y faire pour l'instant.

Brayden nous apporta nos boissons, puis le dîner fut servi. Devyn et moi choisîmes le steak, qui était cuit à la perfection.

Plus tard, après avoir vu Holden étaler du gâteau sur le visage de Lala au moment de le couper, je me tournai vers ma sublime cavalière et lui tendis mon bras.

— Voulez-vous danser, mademoiselle Marks ?

— Avec plaisir, monsieur Dawson, répondit-elle en m'adressant un énorme sourire. Merci de me le proposer.

Devyn me suivit sur la piste de danse, alors que les premières notes de *Love Shack* par The B-52's se mirent à résonner. Son rire était contagieux quand elle remua au rythme de la musique. Je ne l'avais jamais vue aussi insouciante. J'ignorais ce qui se passait ce soir, mais j'avais envie de mettre ce moment en bouteille. Je frappais dans mes mains alors qu'elle bougeait ses hanches, et je ne pus m'empêcher de l'attirer à moi pour l'embrasser. J'étais dingue de cette femme, et je me fichais de qui pouvait voir ce baiser.

Nous dansâmes sur trois autres chansons, avant qu'elle s'arrête brusquement et qu'elle rejoigne péniblement le bord de la piste de danse.

Mon cœur se serra lorsque je la suivis.

— Qu'est-ce qui ne va pas, Devyn ?

— Je ne sais pas. Je commence à avoir mal au ventre. J'ai des crampes tout à coup, m'informa-t-elle en tenant son abdomen. Je crois qu'il faut que j'aille aux toilettes.

— D'accord, allons-y, répondis-je en regardant partout autour de moi.

Je me frayai un chemin parmi la foule en lui tenant la main, et je la guidai dans le coin de la pièce où elles se trouvaient.

J'attendis devant les toilettes des femmes, le cœur battant. Après trois minutes, ma patience me fit défaut, et j'ouvris la porte.

— Tout va bien ici, Devyn ?

— J'arrive ! s'écria-t-elle, sa voix résonnant dans la pièce.

Elle ne m'avait pas vraiment assuré que tout allait bien.

La porte s'ouvrit, et Billie sortit avec un regard sombre.

— Qu'est-ce qui se passe ? demandai-je.

— J'étais là quand elle est entrée.

Elle fronça les sourcils.

— Elle perd un peu de sang, Owen, murmura-t-elle.

— Putain, marmonnai-je en fixant la porte des toilettes.

— Ça n'est pas forcément grave, mais je pense que tu devrais l'emmener aux urgences.

— Oui, bien sûr, acquiesçai-je.

Je regardai par-dessus ses épaules, dans l'espoir que la porte finisse par s'ouvrir.

Quelques secondes plus tard, Devyn sortit enfin, et Billie caressa son dos.

— Billie m'a raconté, déclarai-je. Viens, je t'emmène à l'hôpital.

Elle hocha la tête, l'air perdu, puis elle prit ma main.

La musique s'évanouit au loin lorsque nous sortîmes du club. J'étais sûr que j'allais devoir m'expliquer – surtout auprès de Holden –, mais je ne pouvais pas m'inquiéter à propos de ça pour l'instant. Devyn était la seule qui importait.

Une fois arrivés à ma voiture, je nous conduisis à l'hôpital le plus proche. Je dus me rappeler de ralentir, car un accident ne ferait qu'empirer les choses.

Par miracle, Devyn fut admise dès notre arrivée lorsque je leur expliquai qu'elle était enceinte et qu'elle perdait du sang.

Elle fut installée dans un lit, séparé de la personne voisine par une cloison.

Nous restâmes seuls un moment, et elle se tourna vers moi.

— J'ai peur, me confia-t-elle, les yeux humides.

Je pris sa main dans la mienne.

— Je sais.

Je voulais lui dire quelque chose d'encourageant, mais je ne voulais pas lui donner de faux espoirs alors que je n'y connaissais rien. Moi aussi j'avais peur, mais l'admettre n'aiderait pas non plus.

Une larme roula sur sa joue, et je l'essuyai. Sa main dans la mienne, je remuai ma jambe nerveusement, en attendant qu'une infirmière ou qu'un médecin arrive.

Quelqu'un finit par entrer pour prendre ses constantes et lui faire une prise de sang, puis une autre personne apporta une machine.

Tout se passa très vite après ça. Ils allumèrent rapidement l'écran de l'échographe. Le médecin garda le silence pendant un long moment tout en passant la sonde sur le ventre de Devyn, puis elle pointa quelque chose à l'écran.

— Vous pouvez voir les battements du cœur juste ici. Tout semble stable.

— Oh, Dieu merci, souffla Devyn.

J'eus le souffle coupé, non seulement parce que j'étais soulagé, mais aussi parce que je n'en croyais pas mes yeux.

Il est là. Ou elle. Il y avait une petite tête. Le bébé bougeait. Et je pouvais *voir* son petit cœur qui battait.

Ça pourrait être mon enfant.

Bordel.

Je n'étais pas préparé à ça. Cependant, je ressentis tant d'amour en moi que ça m'effraya. Je n'étais même pas sûr que ce bébé était le mien, pourtant je ressentais tout ça. De l'amour. De la peur. Des tas d'émotions m'envahissaient.

— Est-ce que tu le vois, Owen ? murmura Devyn.

— Oui, confirmai-je en continuant de fixer l'écran.

— Tout a l'air d'aller bien, affirma le médecin en interrompant mon extase. Ce n'est pas inhabituel de saigner un peu et d'avoir des crampes au cours du premier trimestre. Parfois, évidemment, ça peut être signe de fausse couche, et d'autres fois, c'est parfaitement normal. Mais vous devriez faire attention de réduire le stress et de bien dormir.

Elle se tourna vers moi.

— Vous pouvez respirer, papa. Tout a l'air normal.

Papa.

Si seulement je pouvais vraiment respirer. Toutefois, ça n'allait pas arriver avant un moment.

CHAPITRE 21

Devyn

— Tada !

Je restai bouche bée. Mia se tenait devant ma porte, les bras en l'air.

— Oh, mon Dieu. Qu'est-ce que tu fais là ?

— J'ai pu finir tout ce que je voulais avec quelques jours d'avance, alors j'ai sauté dans le dernier avion hier soir.

— Pourquoi tu ne m'as rien dit ?

— J'ai trouvé ça plus amusant de te faire la surprise.

— Eh bien, pourquoi tu restes là ? Viens par ici. J'ai besoin d'un câlin !

Mia me serra fort dans ses bras, et je sentis mes épaules se détendre un peu. Je n'avais pas réalisé à quel point j'avais besoin de voir ma meilleure amie.

— Bon sang, tu m'as manqué, soupirai-je.

— Ravie de l'entendre, parce que j'étais un peu jalouse d'entendre autant parler de Billie et Lala ces derniers temps. Je commençais à avoir l'impression que tu m'avais remplacée.

— Jamais ! Viens, entre.

Je lui souris en lui faisant signe d'avancer, et Mia entra avec sa valise rose.

— Heath et Hannah sont là ? Je n'en reviens pas de pouvoir enfin les rencontrer.

Je secouai la tête.

— Ils sont partis à l'école il y a dix minutes.

— Mince. Mais bon, ce n'est pas plus mal parce que j'ai rendez-vous dans moins d'une heure.

— Tu dois déjà travailler ? Je pensais que tu aurais quelques jours de congé avant de devoir t'attaquer à la nouvelle galerie.

— C'est le cas. Ce n'est pas un rendez-vous professionnel. C'est personnel.

— Oh.

Mia sourit et frappa dans ses mains.

— Je vais me faire tatouer !

— Quoi ? Tu plaisantes ?

— Non. J'en ai encore rêvé.

Elle n'en avait encore aucun, mais Mia faisait des rêves récurrents à propos de tatouages, même avant que je la rencontre. Ça arrivait une ou deux fois par an, et à chaque fois, le rêve commençait par un tatouage et se finissait par une rencontre avec un mec canon. Dans l'un de ses rêves, elle s'était fait tatouer un croissant de lune, et plus tard dans la journée, elle avait rencontré un neurochirurgien. Dans un autre rêve, elle s'était fait tatouer les contours d'un papillon sur la cuisse, et quand elle y était retournée quelques semaines plus tard pour ajouter de la couleur, une *rock star* célèbre se faisait tatouer à côté d'elle. Elle était partie en tournée avec cet homme juste après. Parfois, elle rêvait plusieurs fois de la même chose.

— C'était quoi cette fois-ci ?

— C'était un nouveau rêve. Je me faisais tatouer dans un pays étranger. Je ne sais pas vraiment lequel, mais c'était très joli, avec de grandes falaises. Une fois le tatouage terminé, je suis partie me promener le long de la rive, et un type mignon m'a interpellée depuis son yacht. Il m'a demandé si j'allais bien en pointant du doigt le bandage qui couvrait mon poignet. On a fini par boire un café sur son bateau, et quand j'ai retiré le bandage pour lui montrer ce que j'avais fait, il avait *exactement* le même tatouage. On a navigué sur la Méditerranée tout l'été.

Je me mis à rire.

— Mais je pensais que tu étais *contre* l'idée de te faire tatouer. Je crois que tes mots exacts étaient « *on ne colle pas un autocollant sur une Bentley* ».

— J'ai emprunté cette citation à Kim Kardashian pendant ma période télé-réalité, quand je la prenais pour mon gourou. Maintenant, je suis plutôt tournée vers les podcasts sur la motivation et la spiritualité, et j'ai changé d'avis. Je dois travailler sur la manifestation. Si je dois rencontrer un jour mon prince charmant, il faut que je fasse comprendre à l'univers que je suis prête. Me faire tatouer le tatouage de mes rêves est ma façon de le faire.

— J'aurais aimé que tu m'en parles. J'aurais pu demander un rendez-vous à Billie. Elle fait un travail formidable.

— Tu crois que j'ai rendez-vous avec qui ? Je me suis renseignée sur elle dès que tu m'as dit que tu avais une nouvelle amie, répondit Mia en me faisant un clin d'œil. J'évaluais la concurrence, mais tu avais raison. Son travail est incroyable. Quand j'ai appris hier que je pouvais avancer mon vol, j'ai appelé son salon. La femme qui a répondu m'a dit qu'il y avait six mois d'attente pour se faire tatouer par Billie, et elle m'a demandé si je voulais être ajoutée à la liste d'attente au cas où il y aurait une disponibilité de dernière minute. Je lui ai dit que j'adorerais, mais que je ne serais en ville que pour quelques jours. On a commencé à discuter un peu, et je lui ai dit que je venais rendre visite à mon amie qui habitait dans le même immeuble que le salon. Une minute plus tard, Billie a pris le téléphone et a proposé de venir plus tôt pour pouvoir me faire mon premier tatouage. Apparemment, ton nom a un grand pouvoir dans le coin.

— Oh, je suis super contente ! Tu vas l'adorer.

— Où est-ce que je peux ouvrir ma valise ? demanda Mia en regardant autour d'elle. Il faut que je lave mon visage, que je me maquille un peu et que je mette une tenue sympa. Je veux être belle sur les photos que tu prendras de moi en train de me faire tatouer.

Je souris.

— Viens, je vais te faire de la place dans ma chambre.

Elle arqua un sourcil en récupérant sa valise.

— *Ta* chambre ? Pas celle de Vera ?

— J'ai retourné le matelas et j'ai acheté de nouveaux draps, alors je pense pouvoir dire que c'est la mienne pour l'instant, soupirai-je.

— J'en déduis que tu n'as pas de nouvelles d'elle ? m'interrogea-t-elle en me suivant dans le couloir.

— Non, rien du tout. C'est comme si elle avait disparu. C'est la première fois qu'elle part aussi longtemps.

— Je n'en reviens pas que cette garce n'ait même pas appelé pour prendre des nouvelles.

Mia marqua soudain une pause.

— Euuuh, c'est quoi tout ça ? s'étonna-t-elle.

J'avais oublié la pile de cadeaux d'un mètre cinquante qui trônait désormais dans un coin de la chambre. Ils étaient tous encore emballés. Je les regardai en fronçant les sourcils.

— Oh. C'est Robert. Je t'ai dit qu'il avait débarqué avec des cadeaux. J'ai aussi reçu quelques livraisons – internationales en provenance d'Italie, mais aussi de grands magasins de la région. Parfois même deux ou trois par jour. J'ai dû dire aux enfants que je m'étais disputée avec lui pour expliquer tout ça. Je ne leur ai pas parlé de la grossesse.

— Pourquoi tu n'en as ouvert aucun ?

— Je ne sais pas, avouai-je en secouant la tête. Je n'arrive pas à m'y résoudre. Je sais que certains sont des vêtements pour le bébé, parce que Robert en a parlé. Je pense que les voir rendrait les choses trop réelles.

— Et si je m'en chargeais ? J'adore les cadeaux.

Je haussai les épaules.

— Peut-être après le rendez-vous avec Billie.

Un peu plus tard, Mia et moi descendîmes au salon de tatouage. Ma meilleure amie ne tenait pas en place, et je ne savais pas vraiment si c'était parce qu'elle était stressée à cause de l'aiguille, ou si elle était excitée à l'idée de manifester son futur. Quoi qu'il en soit, Billie était dans le même état lorsqu'elle ouvrit la porte.

— Aaah, je vais pouvoir tatouer une novice et rencontrer ta meilleure amie ! Je suis trop contente ! s'exclama-t-elle en ouvrant grand les bras.

Mia lui fit un câlin.

— Moi aussi ! J'ai tellement entendu parler de toi. Merci de prendre soin de ma copine.

— Avec plaisir, répondit-elle en riant. Non pas que j'aie grand-chose à faire, mis à part prêter une oreille attentive.

Elle verrouilla la porte d'entrée derrière nous.

— On n'ouvre pas avant dix heures, mais les gens ont tendance à venir à l'improviste si je laisse ouvert. Venez à l'arrière. Je suis passée nous acheter des cafés en venant. Décaféiné pour toi, évidemment, précisa-t-elle en me faisant un clin d'œil.

Nous suivîmes Billie de la réception jusqu'au studio, et à peine à l'intérieur, Mia écarquilla les yeux en voyant les murs.

— Oh, mon Dieu. Ces œuvres sont ma-gni-fiques. Elles sont de qui ?

— De moi, indiqua Billie en mordillant sa lèvre inférieure.

— Bon sang. Tu as déjà exposé ton travail ?

— Seulement quand ma mère me harcèle pour le faire. Elle tient une galerie en ville.

— Laquelle ?

— Elle s'appelle The Holland Gallery.

Mia resta bouche bée.

— Celle qui appartient à Renée Holland ?

— Exactement.

— Waouh. C'est une galerie prestigieuse. Même si j'ai entendu dire que c'est horrible de travailler pour elle.

Billie sourit.

— C'est vrai. Et c'est encore plus horrible d'être sa fille.

Mia couvrit sa bouche.

— Oh, mon Dieu. Renée Holland est ta mère ? Je suis vraiment désolée. Tu as dit qu'elle tenait la galerie, je ne pensais pas que...

Billie balaya le commentaire de Mia d'un geste de la main en riant, totalement indifférente.

— Ne t'en fais pas, tu n'as pas tort. Ma mère est une vraie garce.

— Elle a révélé tant d'artistes prometteurs. C'est une légende dans le monde de l'art. Les artistes exposent une seule fois avec elle, et ils peuvent ajouter un zéro à leurs prix de vente.

— Elle a l'œil, je dois bien l'admettre, avoua Billie. Mais en ce qui concerne les relations humaines et ses compétences parentales... ce n'est pas vraiment ça.

Mia secoua la tête en fixant les murs.

— Eh bien, je ne suis pas Renée Holland, mais si jamais tu as envie d'exposer avec moi, j'adorerais t'accueillir. J'ouvre une nouvelle galerie pour The Renshaw Group. Tu as peut-être entendu parler d'eux.

— Oui, bien sûr. Ils sont connus sur la côte Ouest.

— Avec un peu de chance, ils le seront aussi bientôt sur la côte Est. Grâce à moi.

Billie sourit.

— Alors, qu'en est-il de ton premier tatouage ? Est-ce que tu veux que je commence tout de suite, ou est-ce que tu préfères boire ton café d'abord ? Je sais que certaines personnes sont nerveuses et préfèrent sauter le pas au plus vite.

— Je préfère discuter un peu, profiter du café et de la compagnie, si tu as le temps.

— Pas de souci. Rien ne presse. Mon premier rendez-vous n'est qu'à midi, indiqua Billie, avant de me regarder. Comment tu te sens, maman ?

— Plutôt bien, merci.

— Pas d'autre souci depuis le soir du mariage ?

Je secouai la tête et retirai le bâtonnet en plastique de mon décaféiné.

— Non, heureusement. Ça fait trois jours maintenant, et je n'ai ni crampe ni saignement. Je sais que le médecin a dit que c'était normal de perdre un peu de sang, mais ce n'est pas du tout l'impression que ça donne quand ça arrive.

Billie acquiesça.

— Je suis restée en contact avec Owen pour savoir comment tu allais. Je ne voulais pas te déranger.

— Je sais. Il me l'a dit. Merci pour ta présence, on trouve ça très gentil.

— J'espère que tu ne m'en voudras pas de poser cette question, mais est-ce que tu as déjà demandé au médecin pour faire un test de paternité ?

Je secouai la tête.

— J'ai rendez-vous dans huit jours. Je me suis dit que je demanderais à ce moment-là.

— Le rythme de sommeil de Mav est un peu déréglé ces derniers temps. Il se réveille en pleine nuit. Je lui donne une tétine et il se rendort généralement assez vite, mais moi, ça me prend des heures. Ce qui veut dire que j'ai regardé des émissions un peu aléatoires au beau milieu de la nuit. L'une d'elles était un talk-show au sujet d'une femme qui couchait avec des frères jumeaux et qui ne savait pas qui était le père de l'enfant qu'elle attendait.

— Oh, bon sang. Et moi qui pensais que ma situation était terrible...

— Comme tu dis. Bref, j'ai été aspirée dans l'émission hier soir parce qu'il fallait que je sache qui était le père entre Brandon ou Landon. Quand l'animateur a annoncé les résultats du test de paternité, il a dit qu'ils étaient sûrs à quatre-vingt-dix-neuf pour cent, alors je pensais que la femme avait passé une amniocentèse. Mais à la fin du programme, ils ont diffusé une pub pour leur sponsor, celui qui avait fait le test. Ils disaient que c'était une méthode non invasive. De toute évidence, l'amniocentèse est invasive, alors j'étais curieuse et je me suis renseignée.

Apparemment, ils peuvent désormais faire un test de paternité avec une prise de sang et un prélèvement de salive. Et ça peut être fait dès sept semaines de grossesse.

— Vraiment ? demandai-je en écarquillant les yeux.

Billie hocha la tête.

— J'ai noté le nom du test. La publicité disait qu'il fallait seulement deux jours pour connaître les résultats, et ils sont approuvés par les tribunaux pour prouver la paternité.

— Bordel. Je n'en avais aucune idée.

— Moi non plus. J'ai enregistré le lien de leur site Web. Je te l'enverrai si tu veux.

— Oui, bien sûr.

Après ça, Billie sortit les dessins qu'elle avait faits hier soir suivant la description de Mia. Celle-ci laissa échapper quelques cris de joie, mais je dus me forcer à sourire. J'étais trop occupée à penser au fait que je pourrais ne pas avoir à attendre sept mois pour connaître l'identité du père de mon enfant. J'aurais dû être aux anges, pourtant je ne ressentais rien d'autre que de l'angoisse. Heureusement, Billie commença le tatouage de Mia, et je pus m'asseoir et essayer de démêler mes sentiments au bruit paisible du bourdonnement de l'aiguille.

Deux heures plus tard, une œuvre d'art était tatouée sur le poignet de Mia. Aucune de nous deux n'avait voulu voir le tatouage avant qu'il soit terminé.

Billie retira ses gants en caoutchouc.

— Fini. Tu es prête à voir le résultat ?

Mia hocha la tête et ferma les yeux. Elle avait regardé ailleurs pendant que Billie travaillait, mais elle se retourna enfin et ouvrit les paupières.

— Oh, mon Dieu ! C'est magnifique !

Je jetai un petit coup d'œil.

— Waouh ! Je suis d'accord. Ça ressort bien.

Mia s'était fait tatouer une petite abeille avec une fleur, à l'intérieur de son poignet droit. Les couleurs étaient vives et l'abeille donnait presque l'impression d'être en 3D.

— Granny Bea aurait adoré. C'est parfait, Billie, affirma-t-elle, les larmes aux yeux.

Mia avait perdu ses parents dans un accident de voiture quand elle n'avait que cinq ans, alors sa grand-mère Beatrice l'avait élevée. Elles avaient été très proches jusqu'à son décès deux ans plus tôt. Mia avait l'habitude de travailler beaucoup, et Bea lui rappelait toujours de ralentir, et lui disait « *il faut s'arrêter pour sentir les fleurs de temps en temps* ». Mia avait même fait graver cette phrase sur la tombe de sa grand-mère. Alors le tatouage d'une abeille en train de sentir une fleur était parfait pour elle.

— C'est vraiment sublime, Billie, ajoutai-je. Ça me donne envie d'en faire un.

— Je serais honorée de m'occuper de toi quand tu seras prête.

Billie donna quelques instructions de soins à Mia, puis étala de la pommade sur son poignet et le couvrit de Cellophane transparent. Le salon s'était animé pendant qu'elle terminait. Justine, la réceptionniste, se trouvait désormais à l'accueil, et Deek, l'un des tatoueurs du salon qui vivait aussi dans l'immeuble, était occupé à faire sa mise en place. Très vite, le premier rendez-vous de Billie arriva à son tour.

— Merci beaucoup d'être venue plus tôt pour moi, la remercia Mia. C'est encore plus beau que ce que j'espérais.

— Avec plaisir. Je suis contente que ça te plaise.

— Peut-être qu'on pourrait aller boire un verre en ville toutes les trois pendant que je suis là ?

— J'adorerais ça, accepta Billie. J'inviterai Lala aussi, si ça ne te dérange pas. On essaie de sortir de temps en temps pour ne pas toujours parler de bébés en permanence.

— Ce serait super, affirma Mia. Ça me ferait plaisir de la rencontrer.

Nous nous enlaçâmes pour nous dire au revoir. Une fois à l'accueil, Mia s'approcha du comptoir, alors que Justine se tenait près de la caisse.

— Je dois combien ?

— La patronne a dit que c'est la maison qui offre.

— Quoi ? s'étonna Mia en secouant la tête. Je ne peux pas faire ça. Elle vient juste de tatouer une œuvre d'art sur mon corps. Peu importe ce qu'elle facture, je suis certaine que ce n'est pas suffisant. Mais je veux la payer.

— Billie a dit que Devyn fait partie de la famille, alors tu fais partie des proches aussi. Elle a une règle selon laquelle la famille ne paie pas. Crois-moi, ça fait des années que je travaille ici. Il est inutile de discuter avec elle quand elle a décidé quelque chose.

— Bon sang, c'est tellement généreux, ajouta Mia en me regardant. Ce n'est pas un verre, mais un dîner qu'il faut prévoir, avec un dessert et un grand cru.

Je souris.

— Je suis partante.

Deux autres clients entrèrent, alors nous remerciâmes Justine avant de partir.

Mia était occupée à ranger sa carte bancaire dans son portefeuille en passant la porte, alors elle ne vit pas la troisième personne entrer et la percuta. Elle faillit perdre l'équilibre, mais l'homme saisit ses coudes pour la stabiliser.

— Oh là. *Mi dispiace tantissimo !* s'exclama-t-il. Vous allez bien ? Je suis vraiment désolé, *signorina !*

Mia resta bouche bée.

— Oh, mon Dieu.

J'étais d'accord avec elle, mais je ne le prononçai pas à voix haute. *Bordel*. Ce type était magnifique. Un teint hâlé, des yeux verts, et le corps d'un dieu grec – ou plutôt, d'un dieu italien. Il avait des cheveux mi-longs, ce qui n'était pas mon genre d'habitude, mais cette coupe lui allait très bien. Sans parler du fait que son accent italien craquant le faisait passer d'un dix sur dix à un bon vingt.

— *Sei ferito?* demanda-t-il. Vous êtes blessée?

Mia se contenta de le fixer.

L'homme parut encore plus inquiet lorsqu'elle ne répondit pas.

— Mademoiselle?

Je donnai un coup de coude à mon amie.

— Mia, réponds. Parle.

Elle ferma sa bouche, puis secoua la tête en clignant des yeux.

— Oh... oui. Tout va bien.

— Je confirme. Tout va *très* bien, *signorina*.

Billie avait dû entendre l'agitation puisqu'elle sortit du studio.

— Qu'est-ce qui s'est passé? Tout va bien?

— Oui, ça va, la rassurai-je. Mia a juste percuté cet homme en sortant.

— Tu vas bien, Mia? lui demanda Billie.

Mais mon amie avait toujours les yeux rivés sur ce type.

— Il pense que tout va bien.

Billie ricana.

— Mia, je te présente Marcello. C'est un tatoueur qui a été invité à travailler ici pendant quelques mois. Marcello, voici Mia et Devyn.

Il porta la main de Mia à ses lèvres pour y déposer un baiser.

— *Sei bello.*

— On ne touche pas à mes amies, Marcello, le mit en garde Billie. Sinon je te renvoie dans ton petit village en Italie.

Je ne savais même pas si Marcello avait entendu sa patronne. Mia et lui ne se quittaient pas du regard. Visiblement, je n'étais pas la seule à l'avoir remarqué.

— La Terre à Marcello, insista Billie.

Lorsqu'il ne bougea pas, elle glissa deux doigts dans sa bouche et émit un sifflement perçant.

Et ça fonctionna. Marcello lâcha la paume de Mia et nous fit au revoir de la main.

Billie leva les yeux au ciel d'un air rieur.

— Au revoir, les filles. Je t'enverrai un message pour qu'on aille boire un verre, Dev.

— D'accord, super.

Mia atteignit la porte, mais elle s'arrêta brusquement.

— Attendez ! Marcello !

Il se retourna.

— Est-ce qu'il y a des falaises dans votre village en Italie ?

— Oui, bien sûr. Des tas. J'habite à Positano. C'est très, comment vous dites ici... montagneux ?

— Vous n'auriez pas un énorme yacht par hasard ?

— Un yacht ? répéta-t-il en souriant. Non.

Je ris en ouvrant la porte.

— Allez, viens, folle dingue...

CHAPITRE 22

Lala

Et dire que ce dimanche avait commencé normalement. Heath et Hannah étaient au centre, j'avais un peu de temps pour moi, et je profitais du silence.

Tout changea lorsque le téléphone se mit à sonner, interrompant ce moment paisible où je regardais par la fenêtre en buvant mon décaféiné.

— Allô ?

Un message automatisé me demanda si j'acceptais de prendre un appel en P.C.V. en provenance d'un centre pénitentiaire.

Mon cœur se serra. Je savais.

Après avoir accepté, j'entendis sa voix qui semblait tendue.

— Devyn...

Je clignai des yeux.

— Maman ?

— J'ai de gros ennuis. J'ai besoin de ton aide.

— Mais où tu es, bon sang ?

— Je suis en prison, à Boston.

J'aurais dû être surprise, mais ce n'était pas le cas.

— Il s'est passé quoi ?

— Je n'ai pas beaucoup de temps, mais j'ai besoin que tu viennes me faire sortir.

— Pourquoi je ferais ça ? demandai-je en sentant la fumée sortir de mes oreilles.

— Je sais que je n'aurais pas dû partir.

Je poussai un soupir frustré.

— Il va falloir que tu fasses preuve d'un peu plus de regrets.

— Je t'expliquerai tout quand tu seras là.

— Comment s'appelle la prison ?

— South Bay.

— Je n'arrive pas à y croire, marmonnai-je.

— Viens, je t'en supplie. Je te promets que je te raconterai tout. Je ne me sens vraiment pas en sécurité ici.

Je raccrochai sans même lui répondre, et je m'accordai un moment pour respirer. Même si elle ne méritait pas que je vienne à son secours, je ne pouvais pas la laisser là-bas. Il fallait que je la ramène ici, même si c'était juste pour lui en faire baver.

Owen devait gérer plusieurs visites aujourd'hui. La dernière chose dont j'avais envie, c'était de le déranger pour lui demander d'emprunter sa voiture, en sachant qu'il s'en servait pour aller d'une visite à l'autre. J'hésitai ensuite à appeler Mia, mais elle avait un événement important à la galerie aujourd'hui.

Billie ne travaillait pas les dimanches... Je m'en voulais d'interrompre son jour de congé, mais elle avait proposé à plusieurs reprises de garder les enfants en cas de besoin. Je m'étais dit que je n'accepterais son offre que si j'y étais obligée, et on pouvait dire qu'il s'agissait d'une urgence, alors je décidai de l'appeler.

— Salut, Devyn. Tu vas bien ?

— Billie, j'ai besoin d'un service, annonçai-je en déglutissant. Est-ce que Heath et Hannah peuvent venir chez toi aujourd'hui ? Je dois quitter la ville, et je ne serai sûrement pas de retour avant ce soir.

— Bien sûr, mais qu'est-ce qui se passe ? Tu as l'air contrariée.

— Ma mère est en prison à Boston. Il faut que j'aille la faire sortir.

— Oh, mon Dieu. Qu'est-ce qu'elle a fait ?

— Je ne sais pas encore, et ça ne m'intéresse pas vraiment.

— Comment tu vas y aller ?

— Je vais louer une voiture.

— Tu es sûre ? Tu peux emprunter la nôtre. Owen est au courant ?

— Je ne veux pas vous priver de voiture alors que vous avez les enfants, et je ne veux pas déranger Owen pendant qu'il est au travail. Je ne sais pas combien de temps ça va me prendre, alors je serais plus tranquille si j'en louais une.

— D'accord... Eh bien, dis aux enfants de venir quand ils veulent. Ils peuvent rester aussi longtemps que nécessaire. Ils peuvent même dormir ici.

— Merci énormément, Billie. C'est gentil. Ils sont au centre pour le moment, mais je vais leur dire de venir directement chez vous à leur retour. Je ne leur dirai pas ce qui passe pour l'instant.

— Pas de souci, je tiendrai ma langue.

Je soupirai, reconnaissante de sa générosité.

— Merci encore pour ton aide.

Heureusement, il y avait une agence de location de voitures pas très loin de l'immeuble, et quarante-cinq minutes plus tard, je pus récupérer une petite berline.

Je rejoignis l'autoroute, mais je me sentis de plus en plus stressée au fil des kilomètres.

À un moment donné, alors que je continuais de remonter la I-95, je commençai à ressentir un fourmillement, comme un picotement qui partait de la base de ma main jusqu'au bout de mes doigts. J'agrippai le volant, et une vague de chaleur me submergea. Ensuite, ma vision devint floue lorsque l'adrénaline se répandit dans mes veines.

C'était une vieille amie familière qui n'était pas la bienvenue. *L'angoisse.* Je n'avais pas fait de crise depuis des années, et il n'y avait aucun endroit où je pouvais me garer en sécurité. Le fait de me sentir piégée ne fit qu'empirer mon stress.

Après plusieurs minutes insoutenables, je finis par emprunter une sortie quelque part dans le Connecticut.

Je me garai sur le parking d'une église et je tentai de respirer. J'avais peur de ne pas pouvoir reprendre la route. Il fallait que je parle à quelqu'un. J'appelai aussitôt Owen, qui décrocha à la seconde sonnerie.

— Salut, Devyn. Comment tu…

— J'ai besoin que tu restes au téléphone avec moi.

— Qu'est-ce qui ne va pas ?

— Je viens de faire une crise d'angoisse sur l'autoroute.

— Tu es blessée ? demanda-t-il d'une voix tremblante.

— Non, non, non. Je vais bien. J'ai pu trouver une sortie et me garer sur le parking d'une église.

— Tu as quitté la ville ? Qu'est-ce que tu faisais sur l'autoroute ?

— Je vais à Boston.

— Quoi ? Pourquoi ?

Je soupirai en appuyant ma tête contre le siège.

— C'est Vera. Elle est en prison là-bas. Elle veut que je la fasse sortir.

— Pourquoi tu ne m'as pas appelé ?

— Tu enchaînes les visites aujourd'hui. Je ne voulais pas te déranger. Mais quand j'ai paniqué, tu étais la seule voix que j'avais besoin d'entendre.

— Tu es où en ce moment ?

— Dans le Connecticut.

— Il va falloir que tu sois plus précise.

Je plissai les yeux pour voir le panneau.

— L'église St. Andrews, avec un grand clocher. À environ cinquante kilomètres de New York.

— Laisse-moi jeter un coup d'œil, répondit-il, avant de marquer une pause. D'accord, c'est à Greenwich. J'arrive tout de suite.

Je me redressai aussitôt, et j'entendis du mouvement au bout du fil.

— Owen, tu ne peux pas laisser tomber tes engagements. Je t'ai juste appelé pour pouvoir me calmer suffisamment avant de reprendre la route.

— Je suis déjà dans ma voiture, Devyn, m'informa-t-il, alors que le bip de sa ceinture résonnait dans l'habitacle. Les deux dernières visites peuvent attendre.

— Je ne t'ai vraiment pas appelé pour que tu viennes. Je m'en veux.

— Arrête. De toute façon, je préfère largement venir te voir plutôt que travailler. Et puis tu ne devrais pas conduire si tu es angoissée. Au-delà de ça, tu ne devrais pas faire ça toute seule.

Mon cœur faillit exploser.

— J'ai toujours tout géré toute seule, Owen.

— Ça ne veut pas dire que c'est normal, affirma-t-il,

avant de marquer une pause. Tu n'es plus obligée de faire ça, d'accord ?

— D'accord, murmurai-je.

— Sans parler du fait que ce n'est pas le bon moment pour que tu stresses. Surtout après ce qui s'est passé au mariage de Holden.

Il n'a pas tort.

— Je pensais pouvoir gérer ça toute seule, mais l'angoisse a pris le dessus au moment le plus inopportun.

— Est-ce que tu peux attendre où tu es jusqu'à ce que j'arrive ?

— Oui, mais qu'est-ce qu'on va faire de ma voiture de location ?

— On la laissera garée sur place, et je te déposerai au même endroit quand on reviendra de Boston.

— Merci, Owen, soupirai-je d'une voix tremblante.

— On va rester au téléphone, ajouta-t-il.

Je détendis mes épaules en fermant les yeux. Je me sentais mal d'avoir interrompu sa journée, mais j'étais tellement heureuse de ne pas être obligée d'aller seule à Boston.

Faire sortir Vera de prison jusqu'à sa première audience qui aurait lieu dans un mois me coûta deux mille dollars.

J'avais la tête qui tournait en sortant du tribunal, entourée d'Owen et de Vera. Nous nous dirigeâmes vers le parking où la voiture était garée.

Il s'avérait que ma mère avait été arrêtée car elle avait poignardé son foutu petit ami. Je savais que Vera était folle, mais je savais aussi qu'elle n'était pas violente.

— Qu'est-ce qui s'est passé ? lui demandai-je.

— Bo s'en est pris à moi avec une bouteille de vin cassée, alors j'ai pris un couteau de cuisine et je l'ai tendu pour me protéger. Je ne voulais pas vraiment le poignarder. Il a appelé la police et leur a dit que je l'avais attaqué sans raison, mais c'était de la légitime défense.

— Il est dans quel état?

— Il va suffisamment bien pour essayer de me faire tomber en appelant la police, alors qu'il sait très bien comment ça s'est passé, soupira-t-elle. J'aurais dû tuer cet enfoiré quand j'en avais l'occasion.

— Il n'y a pas de témoins?

— Non. On était seuls chez lui avec son berger allemand.

Owen, qui avait semblé avoir envie de lui passer un savon depuis le moment où il avait posé les yeux sur elle, s'était retenu jusqu'ici, probablement dans mon intérêt, mais il finit par craquer.

— Qu'est-ce que vous foutiez à Boston pendant que vos enfants étaient livrés à eux-mêmes? lâcha-t-il.

— Qui est cet homme, Devyn? demanda Vera, comme s'il n'avait pas été avec nous depuis le début.

— C'est... hésitai-je.

— Je suis son petit ami, déclara Owen naturellement. Je suis aussi votre propriétaire, même si on ne s'est pas encore officiellement rencontrés.

Petit ami. D'accord.

— Ah, je savais bien que vous me disiez quelque chose. Ravie de vous rencontrer.

— J'aimerais pouvoir en dire autant, Vera.

Owen déverrouilla sa voiture, et nous nous installâmes tous les trois. Je restai devant avec lui, tandis que ma mère se trouvait à l'arrière.

— Alors, je suppose qu'on n'aura pas d'explication logique à ta disparition? repris-je.

— J'avais besoin d'aide avec le loyer. Au départ, j'ai cru que Bo était un type bien. Il me disait qu'il prendrait soin de moi si je venais vivre quelque temps chez lui à Somerville.

— Il ne sait pas que tu as des enfants ? rétorquai-je.

— Si.

— Il se fichait que vous les laissiez seuls ? ajouta Owen en la fusillant du regard dans le rétroviseur.

— Je pensais que Heath pourrait se débrouiller seul et s'occuper de sa sœur pendant un moment. Je sais que ça peut vous sembler fou, mais c'est un gamin responsable.

— Il a quinze ans ! hurlai-je.

Owen secoua la tête.

— J'étais souvent seule à son âge, renchérit ma mère.

— C'est sûrement pour ça que tu es si fêlée, répliquai-je en me tournant brusquement vers elle.

Vera écarquilla les yeux.

— C'est comme ça que tu parles à ta mère ?

Je me retournai et fermai les yeux, épuisée par cette journée, et Owen se chargea de répondre à ma place.

— Vera, je pense que vous avez perdu le droit au respect le jour où vous avez abandonné vos enfants. D'ailleurs, ça remonte même au premier jour où vous avez laissée Devyn, toutes ces années auparavant.

— Qu'est-ce que tu as raconté à cet homme, Devyn ?

— Il sait tout, murmurai-je.

— Eh bien, ça ne m'étonne pas que vous ne m'aimiez pas, Owen. Mais croyez-moi, vous ignorez qui je suis et pourquoi j'ai fait ça. Je pense que mes enfants sont parfois mieux sans moi, alors je les laisse respirer de temps en temps. Vous pouvez me faire confiance, Heath et Hannah sont très intelligents.

Je me redressai dans mon siège.

— C'est n'importe quoi. Aucun enfant ne se sent mieux lorsqu'il est livré à lui-même, sans ses parents. Même si tu m'as fait beaucoup de mal quand j'étais petite, j'ai toujours voulu que tu restes avec moi. C'est ça le plus dingue.

— Je suis désolée, Dev, s'excusa-t-elle en posant sa main sur mon épaule.

Je tressaillis à son contact.

— Combien de fois j'ai entendu ça, maman ? Sincèrement...

Après un long moment de silence, Owen reprit la parole.

— Vous ne savez même pas à quel point vous avez de la chance que Devyn s'intéresse à vous comme elle le fait, et que malgré tout ce que vous avez fait, elle soit venue vous faire sortir de prison. Est-ce que vous avez la moindre idée de tout ce qu'elle a sacrifié pour être présente pour son frère et sa sœur ?

— Personne ne lui a rien demandé, eut-elle l'audace de répondre.

Je me tournai vers Owen. Il avait juste l'air... triste. Je savais qu'il avait de la peine pour moi. Et je détestais ça. Mais en même temps, je me sentais prise au sérieux maintenant qu'il pouvait voir ça de ses propres yeux. Il pouvait voir ce que j'avais enduré pendant si longtemps, à quel point Vera était narcissique et insensée. Et à quel point il était inutile d'essayer de faire comprendre des choses à quelqu'un qui avait une perception de la réalité si déformée.

— C'est pour ça que tout ce qu'elle a fait est remarquable, indiqua-t-il. Personne ne lui a demandé de venir aider. Elle l'a fait, c'est tout. C'est ce qu'on fait par amour, Vera. Pour la famille.

Il prit ma main dans la sienne et passa son pouce sur le mien.

J'imaginais à peine à quel point ce trajet aurait été différent si j'étais venue la chercher toute seule. Ça aurait été terrible. La vie était bien différente quand quelqu'un était là pour nous soutenir.

— Eh bien, maintenant que je rentre à la maison, tu peux reprendre ta vie en Californie, déclara-t-elle.

— Tu plaisantes, n'est-ce pas ? lançai-je en me tournant vers elle.

— Non, bien sûr que non.

J'arquai un sourcil.

— Tu crois que je te fais confiance pour ne pas les abandonner une nouvelle fois ?

— Je n'ai prévu d'aller nulle part, affirma-t-elle en haussant les épaules.

— Très bien, soufflai-je en croisant les bras. Et qu'en est-il de tes prochaines dates d'audience à Boston ? C'est une vraie galère. Qui sait combien de fois tu vas devoir retourner là-bas.

— L'affaire sera classée dès qu'ils auront fouillé dans son passé. Il a déjà été violent.

— Alors pourquoi tu as quitté ta famille pour être avec cet homme ?

— Je ne sais pas, soupira-t-elle. On ne choisit pas toujours qui nous attire. Un peu comme toi et cet acteur, hein ? Ce n'est certainement pas la meilleure personne qui soit, mais je parie qu'il est doué au lit.

— Pourquoi tu choisis ce moment pour dire ce genre de choses ? la réprimandai-je.

— Pourquoi je devrais respecter les sentiments de ton petit ami alors qu'il ne me respecte pas ?

— Vous n'êtes pas obligée de me respecter, Vera, mais il va falloir commencer à respecter votre fille, rétorqua Owen en haussant le ton.

— Vous savez quoi ? Vous avez raison, admit-elle. Je suis désolée. Je suis vraiment désolée pour tout ça. Je veux juste rentrer à la maison et aller me coucher.

— Oh, ma pauvre, tu es si fatiguée, me moquai-je en levant les yeux au ciel.

— Oui, c'est la vérité. Tu es déjà allée en prison ? Tu ne sais pas de quoi je parle.

— Non, répliquai-je sèchement. Ce qui est presque un miracle vu l'enfance que j'ai eue.

À notre arrivée, Owen avait refusé de me déposer à ma voiture de location, qui était toujours garée sur le parking de l'église. Il m'avait dit qu'il s'occuperait de la rapporter à New York le lendemain. Je lui en étais sincèrement reconnaissante, étant donné que j'étais épuisée et que je voulais juste rentrer.

J'avais informé Billie de ce qui se passait, et elle avait proposé de garder les enfants pour la nuit, afin d'éviter de faire des histoires. Je lui avais demandé de continuer à ne rien dire à propos de Vera. Je passerais les voir le lendemain matin, avant qu'ils partent à l'école, pour tout leur expliquer. En attendant, ils pensaient que j'étais partie rencontrer un client potentiel.

De retour à l'appartement, Vera finit enfin par mentionner Heath et Hannah pour la première fois de la journée.

— Où sont mes enfants ?

— C'est gentil de penser à eux, répondis-je avec sarcasme. Ils passent la nuit chez une amie. Ils ne savent pas dans quel merdier tu t'es mise, et je ne veux pas leur faire peur si tard.

Elle retira ses chaussures.

— Bon, eh bien, je vais profiter du silence. Je vais prendre une douche et me mettre au lit.

— Oui, vas-y, acquiesçai-je d'un ton amer.

Je me tournai vers Owen.

— Elle profite du silence. C'est sympa, hein ? marmonnai-je.

Owen se contenta de me prendre dans ses bras.

— Je suis vraiment désolé.

— Ce n'est pas ta faute, prononçai-je contre son torse.

— J'ai l'impression que quelqu'un doit s'excuser pour cette femme. Tu mérites beaucoup mieux que ça.

— D'une certaine manière, j'aurais préféré qu'elle ne revienne jamais. Maintenant, je vais devoir trouver comment la gérer, elle aussi.

Je le regardai et aperçus mon reflet dans ses yeux bleus magnifiques.

— Et si tu venais chez moi ce soir ? Je te promets de ne rien tenter. Je veux juste dormir à côté de toi.

En temps normal, j'aurais pris le lit de Hannah, mais je n'étais pas prête à quitter Owen.

Demain allait être un vrai désastre. Tout ce que je voulais, c'était m'endormir dans ses bras.

— D'accord, acceptai-je. Partons d'ici.

Une fois chez lui, il me fit couler un bain et me laissa en profiter seule.

Lorsque je sortis de la salle de bains, il avait coupé une pomme qu'il avait trempée dans du beurre de cacahuètes. Il me la servit sur une assiette, avec quelques chocolats.

— Ce n'est pas grand-chose, mais c'est tout ce que j'ai pu faire avec un frigo presque vide. S'il n'était pas si tard, je serais allé te chercher de la tarte.

— C'est parfait, affirmai-je en croquant dans une tranche.

Vraiment.

Owen massa mes pieds pendant que je mangeais. Je lui tendis une pomme, et il en croqua une bouchée. Je me sentis de nouveau angoissée l'espace d'un instant, mais ce n'était pas à cause de Vera. Je venais de me souvenir de ce que Billie m'avait envoyé l'autre jour : le site Web du test de paternité non invasif qui pouvait être réalisé dès la septième semaine. J'aurais presque préféré ne pas être au courant de ça. Je n'étais pas prête.

Et s'il y avait un risque que je perde Owen après les résultats ? Je ne serais sûrement *jamais* prête.

CHAPITRE 23

Owen

Devyn avait été silencieuse pendant presque toute la soirée. Qui ne le serait pas après la journée qu'elle avait passée ?

Toutefois, elle avait l'air encore plus perdue dans ses pensées au moment de se mettre au lit. Elle s'allongea sur le côté, dos à moi. Je voulais lui laisser un peu d'espace, mais je l'entendis renifler.

— Dev ?

— Oui ?

— Tourne-toi.

— Je ne peux pas, refusa-t-elle.

— Pourquoi ?

— Parce que tu vas être gentil avec moi, et ensuite je vais craquer.

Je posai ma main sur son épaule et la tournai doucement sur le dos.

— Peut-être que tu en as besoin pour aller mieux après.

Je l'entendis gémir.

— Bon sang, pourquoi tu ne peux pas être méchant ? Et voilà... lança-t-elle en agitant les bras. Tu es content maintenant ? Je pleure. *Je pleure, bordel.*

Je m'assis, puis je la portai pour la prendre dans mes bras.

— Non, je ne suis pas content de te voir pleurer. Je suis vraiment très en colère contre Vera. Mais il faut que tu laisses tout sortir, trésor.

Devyn enfouit sa tête dans mon torse. Ses épaules se mirent à trembler, et je sentis des larmes chaudes couler sur ma peau.

— Je suis là, murmurai-je en caressant ses cheveux. Je sais que tu as l'impression que rien ne va en ce moment, mais je te promets que ça va s'arranger.

Elle sanglota.

— Comment tu peux me promettre ça ?

— Parce que je vais rester juste à côté de toi pour te tenir la main. Le poids est plus léger quand on ne le porte pas seul.

— Tu es trop gentil, reprit-elle en pleurant. Je ne te mérite même pas.

— Ne fais pas ça. Ne te rabaisse pas. Les actes de ta mère n'ont rien à voir avec toi.

Elle essuya ses joues et secoua la tête.

— Comment je suis censée lui laisser les enfants ? Elle va recommencer. Ce n'est qu'une question de temps.

— Est-ce que tu envisages de te battre pour obtenir la garde ? Enfin, tu es déjà leur tutrice temporaire, et elle vient juste d'être arrêtée pour agression après avoir abandonné ses enfants. Je n'imagine absolument pas qu'ils ne prennent pas en compte ses actions si tu demandais la garde permanente.

— Je ne sais même pas comment je vais faire pour gérer mon entreprise avec un bébé, alors encore moins avec *trois* enfants.

— Ça fait beaucoup. Je comprends.

Elle prit une grande inspiration et poussa un long soupir.

— Mais d'un autre côté, comment pourrais-je les laisser avec elle ? J'ai l'impression que Heath et Hannah commencent enfin à me faire confiance. La dernière chose dont ils ont besoin, c'est que quelqu'un d'autre les laisse tomber. Si je pars, ils ne m'appelleront même pas la prochaine fois que Vera partira. Je serai juste une personne supplémentaire sur laquelle ils ne peuvent pas compter, et ils se débrouilleront seuls.

— Et si tu restais dans le coin pour qu'ils aient l'impression que tu es toujours dans les parages ? Tu pourrais garder un œil sur Vera et intervenir si besoin. Comme ça, ils ne se sentiraient pas abandonnés, et tu pourrais avoir un peu d'espace pour vivre ta vie avec le bébé.

— Ce serait l'idéal. Sauf que je vis en Californie.

Mon cœur se serra. Bien sûr, j'avais toujours su que sa résidence principale n'était pas ici. Je l'avais visiblement ignoré ces derniers temps, en espérant qu'elle se rende compte comme par magie que sa place était à New York. Je n'étais pas sûr de vouloir connaître la réponse, mais je ne pouvais pas ne *pas* lui poser cette question...

— Est-ce que tu envisagerais de t'installer ici ?

— Ce serait très difficile avec mon métier. La plupart de mes clients vivent en Californie, sans compter tous les liens qu'il faut que je maintienne.

— Il y a toujours les appels vidéo...

— Je sais, soupira-t-elle. C'est juste que c'est difficile d'envisager un déménagement ou un changement majeur dans ma vie alors que... tu vois, il y a tant d'inconnu.

On y était. Le sujet tabou omniprésent : la paternité. Est-ce qu'elle envisagerait de vivre ici si Robert se révélait être le père du bébé ? J'imaginais qu'elle devrait partager la garde avec lui, et faire prendre l'avion à un enfant pour les visites du week-end ne serait pas pratique. Ce qui me fit réfléchir... Est-ce que je serais prêt à déraciner ma vie pour être avec elle ? En supposant qu'elle veuille être avec moi, même si le bébé n'était pas le mien, est-ce que j'envisagerais de quitter New York pour la suivre en Californie ? Ce serait comme recommencer ma carrière de zéro, puisque tous mes contacts et mes connexions étaient ici. Bon sang, je n'étais même pas sûr que mon permis de courtier immobilier soit valable là-bas. Et est-ce que je briserais une famille si je le faisais ? Peut-être qu'elle se remettrait avec Robert si je n'étais pas là, et qu'ils élèveraient leur enfant ensemble. Ça me rendit malade.

— Je... Je devrais te dire quelque chose, commença Devyn.

Je me figeai. Ça n'annonçait rien de bon.

— Quoi donc ?

— Je pense que je vais bientôt pouvoir faire un test de paternité. Plus vite que je ne le pensais.

— Oh ?

Elle déglutit en hochant la tête.

— Je pensais que le seul moyen de savoir était de faire une amniocentèse, qui n'est généralement pas faite avant quinze ou vingt semaines. Et je n'étais même pas certaine que ce soit la bonne chose à faire, étant donné que l'intervention comporte des risques pour le bébé.

— D'accord...

— Mais il s'avère qu'il existe un test non invasif. Ça se résume en une prise de sang et un prélèvement de salive, et quelques jours plus tard, on saura si le bébé est le tien ou non.

— Et quand est-ce que tu peux le faire ?

— J'ai fait quelques recherches en ligne, et il semblerait que je puisse le faire dès que je le souhaite.

— Waouh.

Ses épaules s'affaissèrent.

— Comme tu dis.

Savoir que nous n'aurions pas à attendre aurait dû être une bonne nouvelle, pourtant ce n'était pas le cas. Il me suffit d'un regard en direction de Devyn pour comprendre qu'elle n'était pas non plus ravie. Je savais pourquoi j'étais triste. Et si le test confirmait que je n'étais pas le père ? Ne rien savoir m'avait laissé un peu d'espoir…

Je croisai son regard. Après quelques longues secondes, je serrai sa main.

— Est-ce que tu veux que je t'accompagne pour faire ce test ?

Elle essaya de sourire, en vain, et ses yeux s'emplirent de larmes.

— Et si Robert était le père ?

J'aurais aimé avoir une réponse qui aurait pu lui remonter le moral. Je détestais la voir dans cet état. Mais je ne pouvais pas non plus lui mentir.

— Je ne sais pas…

Le lendemain matin, Devyn partit tôt de chez moi pour aller chercher les enfants chez Billie et Colby. Ils n'avaient pas cours ce matin, mais ils devaient passer des examens cet après-midi. Elle avait prévu de les emmener prendre le petit déjeuner à l'extérieur pour leur annoncer que Vera était de retour. Lorsque j'avais libéré mon emploi du temps hier pour me rendre à Boston, j'avais aussi reprogrammé tout ce que j'avais prévu ce matin – juste au cas où. Alors, pour une fois, je n'allais pas me précipiter au bureau. J'avais l'impression d'avoir besoin de parler à quelqu'un, mais peu de personnes étaient au courant de la grossesse de Devyn. Toutefois, lorsque je passai devant le salon de tatouage, je me rendis compte que quelqu'un savait exactement ce qui se passait. Billie était aussi la personne parfaite à qui parler, à cause de sa propre situation.

Justine, la réceptionniste, ne se trouvait pas à l'accueil lorsque j'entrai, mais la cloche se mit à tinter au-dessus de la porte, poussant Billie à passer la tête en dehors du studio. En me voyant, elle sortit de derrière la porte.

— Salut, toi, lança-t-elle en souriant. Comment tu vas ?

Je haussai les épaules en tentant de sourire, mais ça devait plus ressembler à une grimace.

— Ces derniers jours ont été intéressants.

— J'imagine. Devyn m'a parlé rapidement de l'arrestation de Vera quand elle est venue chercher les enfants. Cette femme a un sacré culot d'appeler pour qu'on vienne la sortir de prison après toutes les conneries qu'elle a faites.

Lorsque je ne répondis pas, Billie plissa les yeux.

— Ça va, Owen ?

— Je suis un peu perdu, pour être honnête.

— Tu veux qu'on marche un peu pour aller chercher du café ? proposa-t-elle en désignant la porte d'entrée.

— Bien sûr. Si tu as le temps.

— Oui. Accorde-moi juste une seconde. Justine est à l'arrière pour faire un inventaire rapide de l'encre. Il faut que je la prévienne que je m'absente un moment.

Elle disparut pendant quelques minutes, puis elle revint avec un sac à main à franges sur l'épaule. Je lui ouvris la porte.

— Tu es pressé? demanda-t-elle. Il y a un nouveau café à quelques rues d'ici qui propose du café à la pistache. Je meurs d'envie de tester.

— Ça me va. Je te suis.

Nous discutâmes un peu en marchant. Une fois arrivés à destination, nous nous chamaillâmes pour savoir qui allait payer, et je forçai le caissier à prendre ma carte. Ensuite, nous nous rendîmes au parc de l'autre côté de la rue pour nous asseoir sur un banc.

— Alors, parle-moi, m'invita-t-elle en retirant le couvercle en plastique de son gobelet. Qu'est-ce qui te fait paniquer?

Je souris.

— Et moi qui pensais ne rien laisser paraître.

— Est-ce que c'est à cause du retour de Vera? Tu as peur que Devyn rentre en Californie?

— Bien sûr que ça m'inquiète, mais bizarrement, je pense qu'on pourrait gérer la distance si on y était obligés. Enfin, je serais partant pour tenter.

— Waouh. D'accord. Alors, qu'est-ce qui te tracasse?

Je passai une main dans mes cheveux.

— J'ai découvert hier soir qu'il existe un test de paternité plus simple, et qu'on peut avoir les résultats en seulement quelques jours.

— En fait, je suis au courant, avoua Billie en souriant tristement. C'est moi qui en ai parlé à Devyn. Mais ce n'est pas une bonne chose? Tu sauras avec certitude si tu vas être papa ou non.

— Mais s'il s'avère que ce n'est pas moi? demandai-je, le cœur lourd. Est-ce que je me retire pour les laisser essayer de former une famille?

— Oh, bon sang. C'est ça qui te fait peur? Owen, une famille, ce n'est pas le donneur de sperme, l'ovule, et l'enfant qu'ils produisent. Ce qui fait une famille, c'est l'amour et l'engagement, être présent tous les jours quand quelqu'un a besoin de toi. Est-ce que tu penses que je ne suis pas la mère de Saylor parce qu'on ne partage pas le même sang ?

Je secouai la tête.

— Je ne me souviens même pas de l'époque où tu ne faisais pas partie de la vie de Colby et Saylor. Tu es la meilleure chose qui leur soit arrivée.

— Et c'est pareil pour moi. N'importe qui peut être mère, mais il y a quelque chose de spécial quand un enfant *choisit* de t'accepter comme parent, et que tu *choisis* de l'accepter comme ton enfant.

— Je comprends, acquiesçai-je. Et ta relation avec Saylor est magnifique. Je pense que je ne me fais pas vraiment de souci à propos du bébé et de la place que je pourrais avoir, mais je suis terrifié à l'idée que Devyn puisse avoir des sentiments pour Robert. Et s'il était le père et qu'elle voulait lui laisser une autre chance ?

— Eh bien, je vais être franche, c'est une crainte réaliste.

— Merci, répliquai-je en fronçant les sourcils.

— Mais qu'est-ce que tu comptes faire ?

— Comment ça ? Qu'est-ce que je peux y faire ? Je ne peux pas l'empêcher d'avoir des sentiments pour quelqu'un.

— Non, mais visiblement, elle a des sentiments pour toi aussi. Bats-toi pour ce que tu désires.

— Comment ?

— Ouvre-lui ton cœur. Tu l'as beaucoup soutenue, tu l'as accompagnée partout, tu l'as aidée avec les enfants. Tes actes montrent ton engagement. Mais une femme aime aussi l'entendre. Est-ce que tu as dit à Devyn que tu l'aimes et que tu veux être avec elle, peu importe le résultat du test de paternité ?

Mon cœur s'emballa.

— Non.

Billie haussa les épaules.

— Je ne suis pas une experte en amour, mais peut-être que tu devrais commencer par ça. La pire chose qui pourrait arriver, c'est que tu te lances et que ça ne fonctionne pas. Mais j'imagine que c'est bien plus facile d'avancer après ça, plutôt que de ne *rien faire* et de passer ta vie à te demander si les choses se seraient passées différemment si tu lui avais parlé.

Elle n'avait pas tort. Je m'en voudrais longtemps si je ne tentais pas tout. Je pris une grande inspiration, avant de hocher la tête.

— Tu es une femme avisée, Billie. Même si tu as choisi mon crétin d'ami, Colby.

Elle sourit.

— Merci pour le compliment. Maintenant, bouge tes fesses et va récupérer ta copine.

J'essuyai mes paumes sur mon jean pour la troisième fois en dix minutes, puis je posai ma main sur la poignée. Je ne voulais pas avoir l'air ringard, mais voir Devyn de l'autre côté de la porte me coupa le souffle.

— Salut, lança-t-elle en souriant. Je ne peux rester qu'une quinzaine de minutes. Heath termine à vingt heures à la pizzeria, alors je vais aller le chercher. Je pense qu'il n'a prononcé qu'une dizaine de mots quand il a vu Vera après les cours, alors je me suis dit qu'il voudrait peut-être s'exprimer en privé.

J'acquiesçai et m'écartai du passage.

— C'est sûrement une bonne idée.

Elle écarquilla les yeux quand elle entra dans la cuisine.

— Oh, mon Dieu. C'est quoi tout ça ?

— Je t'ai dit que j'irais chercher le dessert.

— Tu as parlé du dessert, pas de toute la pâtisserie.

J'avais peut-être un peu exagéré. Quatre boîtes blanches étaient posées sur la table de la cuisine. Une avec toute une variété de mini pâtisseries, une autre avec six cupcakes, une troisième avec cinq-cents grammes de cookies, et évidemment, une tarte au citron vert.

Devyn lécha ses lèvres en examinant ce que j'avais acheté.

— Oh, bon sang. Si tu comptes me larguer, est-ce que tu peux au moins attendre que j'aie goûté à tout ça ?

— Te larguer ?

— Tu as dit que tu avais acheté le dessert et que tu voulais me parler de quelque chose. Ça ressemble à un festin de consolation. Tu sais, du genre « je suis désolé de ne plus vouloir de toi dans ma vie, mais tiens, empiffre-toi de ce millefeuille, tu te sentiras mieux ».

— Assieds-toi, l'invitai-je en riant. Je vais te chercher une assiette et à boire.

Devyn avait un cannoli dans la bouche lorsque je revins avec le lait frais. La voir manger me fit sourire.

— Comment va Hannah ce soir ? Un peu mieux que ce matin, au moment où tu lui as annoncé que Vera était de retour ?

— Elle est silencieuse. Il va lui falloir un moment pour ne plus être en colère contre Vera. Si elle me ressemble, ça arrivera sûrement la veille du prochain départ de sa chère mère. Je te jure que cette femme a un timing infaillible.

— Et toi, tu tiens le coup ?

— Ça va mieux avec ce cannoli. Tu ne manges rien ?

Je n'avais même pas dîné. J'avais été stressé toute la journée, et j'avais l'impression que j'allais vomir si j'avalais quoi que ce soit.

— Qu'est-ce que tu voulais me dire ? demanda-t-elle en enfournant le reste de sa pâtisserie dans sa bouche.

J'avais passé la journée à réfléchir à la façon dont j'allais avouer mes sentiments à Devyn, et je m'étais même entraîné devant le miroir. Mais maintenant qu'elle était assise en face de moi, j'avais un trou de mémoire.

— Euuh...

Son visage s'assombrit, et elle posa sa main sur son cœur.

— Oh, mon Dieu, tu as l'air si sérieux. Qu'est-ce qui ne va pas ? Oh non. Tu es vraiment en train de me larguer, c'est ça ?

— Non... non, non...

— Alors, qu'est-ce qu'il y a ? Tu vas bien ?

Bon sang, je faisais n'importe quoi.

— Je vais bien, lui assurai-je en secouant la tête. Je... Je crois que notre discussion d'hier soir au sujet du test de paternité m'a fait réfléchir.

— D'accord... répondit-elle d'un air méfiant. Est-ce que ça te rend nerveux ?

— Non. Enfin, si, mais ce n'est pas de ça que je veux te parler.

— Alors, c'est quoi ?

Je pris une grande inspiration. Ce n'était pas comme ça que j'avais imaginé dire à Devyn que j'étais amoureux d'elle. Je n'avais pas beaucoup d'expérience étant donné que je ne l'avais jamais dit à personne. Pourtant, j'avais imaginé que ce serait... moins formel et que ça viendrait plus du cœur. Peut-être qu'il y avait trop d'espace entre nous. Je reculai ma chaise et tendis ma main.

— Viens par ici.

— Sur tes genoux ?

Je hochai la tête.

— S'il te plaît.

— D'accord, accepta-t-elle en souriant.

Je me sentis bien plus calme dès que je pus la toucher, et je coinçai une mèche de cheveux derrière son oreille.

— J'ai beaucoup réfléchi, et je veux que tu saches que je veux être avec toi, peu importe le résultat du test de paternité. Parce que...

Je la regardai droit dans les yeux, ravalai la boule dans ma gorge, et fis le plus grand saut dans l'inconnu de ma vie.

— Parce que je suis amoureux de toi, Devyn.

— Oh, bon sang. Je ne m'attendais pas à ça, réagit-elle en posant sa main sur son cœur.

— Je suis désolé. Je sais que ce n'est pas le moment le plus romantique pour te dire ça, mais tu as rendez-vous chez le médecin dans deux jours, et avec tout ce qui se passe, je ne sais pas si on va avoir le temps de faire plus romantique que ça. Mais je trouvais ça important que tu saches que je suis prêt à m'engager sur le long terme. Je veux être avec toi, Devyn. Je ne sais pas ce qui nous attend – où tu vas vivre, si l'enfant que tu portes est le mien, ou si tu vas avoir un bébé et deux adolescents à charge –, mais je veux que tu saches que quoi qu'il se passe, je veux être là.

Devyn regarda partout dans la pièce, sauf dans ma direction.

— Je... Je ne sais pas quoi dire.

— Tu n'es pas obligée de répondre. Je voulais juste que tu le saches.

Elle hocha la tête en détournant les yeux.

— D'accord... euh, merci.

Après trente secondes gênantes, elle finit par se lever.

— Je devrais y aller pour que Heath ne rentre pas sans moi, déclara-t-elle en courant presque jusqu'à la porte. Merci pour les desserts et, euh, pour cette conversation.

CHAPITRE 24

Devyn

Le lendemain matin, d'autres cadeaux emballés arrivèrent. Aujourd'hui, rien que les regarder me submergea. Les ouvrir n'était même plus envisageable puisque je n'avais plus d'endroit où tout cacher. Qu'est-ce que je pourrais dire aux enfants s'ils découvraient des affaires de bébé ? C'était déjà assez terrible d'avoir dû demander à Mia de garder les autres cadeaux de Robert pour que personne ne soupçonne rien, et elle n'avait plus de place pour en stocker davantage. Et ce n'était pas comme si je pouvais demander à Owen de m'aider avec les cadeaux de Robert. Alors j'empilai ces nouveaux arrivés dans le petit placard du salon en priant pour que personne ne les remarque.

Ensuite, je récupérai mon téléphone et appelai Robert en Italie.

— Salut, ma belle.

— Il faut *vraiment* que tu arrêtes d'envoyer des cadeaux.

— Impossible. Je n'ai pas d'autre moyen pour te montrer que je pense à toi. Et puis, ça pourrait être mon enfant, ce qui veut dire que j'ai *tous* les droits de le gâter.

— Tu sais que ma famille n'est pas encore au courant ! J'ai dû tout cacher. Ça me stresse.

— Ah, mince. D'accord... Je n'avais pas pensé à ça, soupira-t-il. Je crois que je vais devoir trouver un autre moyen de te gâter. En parlant de ça...

Il marqua une pause.

— Quoi ? demandai-je en plissant les yeux.

— On va avoir besoin d'un logement plus grand.

— *On* ?

— Oui, *on*. Ou du moins, moi... jusqu'à ce que j'arrive à te convaincre de venir habiter avec moi.

— Tu vis dans une villa. C'est suffisamment grand.

— Mais le jardin est trop petit. J'envisage de mettre cette maison en vente et d'acheter un bien avec un plus grand jardin et une énorme piscine.

J'avais le ventre noué. Il allait bien trop vite pour moi.

— On n'a pas besoin d'autant d'espace pour un seul enfant.

— Il n'y en aurait pas qu'un. Ton frère et ta sœur pourraient aussi vivre avec nous, parce que je sais que tu ne veux pas les laisser.

J'avais l'impression que la pièce tournait.

— Tu n'as aucune idée de ce que tu dis, déclarai-je en massant mes tempes. Tu ne veux pas vivre avec deux adolescents. Tu en es quasiment un toi-même – du moins, ta façon d'agir.

— Eh bien, il est temps que je grandisse, non ?

— Comment tu comptes faire tes petites bêtises habituelles dans une maison pleine de monde ? Avec des personnes à qui tu es censé donner l'exemple, répliquai-je en faisant les cent pas.

— J'arrêterai tout ça. Une fois qu'on habitera ensemble, une fois que je serai père, ce sera terminé.

Les gens ne changeaient pas si facilement. C'était encore quelque chose que Vera m'avait appris.

— Oui, c'est ça, répondis-je en levant les yeux au ciel.

— Je suis sérieux, insista-t-il. Il faut bien que je grandisse à un moment donné, Devyn. Et il n'y a que toi qui en vaux la peine. Je t'aime.

Il soupira, et je fermai les yeux.

Robert m'avait déjà dit qu'il m'aimait un nombre incalculable de fois, et cette fois-ci semblait tout aussi vide de sens que toutes les autres. Mais la déclaration d'Owen d'hier soir ? Ça, ça semblait sincère. Trop sincère. Ça m'avait prise au dépourvu, et je ne savais toujours pas comment réagir. Tout ce que je savais, c'était que ça signifiait quelque chose. *Beaucoup*, même. Et j'avais eu une réaction complètement nulle.

— Je crois que tu penses vraiment tout ce que tu es en train de dire, mais j'ai l'impression de te connaître mieux que toi-même. Une fois que cette grossesse sera terminée et que la réalité te tombera dessus, tu te sentiras submergé. Et tu retrouveras très vite tes vieilles habitudes.

— Je veux faire ma vie avec toi. Je veux une famille. Pourquoi tu ne me crois pas ?

— Et si ce bébé n'est pas le tien ?

Plusieurs secondes s'écoulèrent.

— Eh bien, je voudrais quand même être avec toi. Et je prendrais soin de toi et du bébé.

— Pourquoi tu ferais ça ?

— Pourquoi tu remets toujours mes sentiments en question, Dev ? m'interrogea-t-il en levant la voix. Je t'ai répété je ne sais combien de fois que tu me vois vraiment, que tu es la seule femme sur cette planète en qui je peux avoir confiance. C'est avec toi que je veux me poser.

Il marqua une pause.

— Qu'est-ce que je peux faire pour te prouver que je suis sérieux?

Lorsque je gardai le silence, il me posa une autre question.

— Qu'est-ce que ce type a de plus que moi?

— Je lui fais confiance, répondis-je aussitôt.

— Ça fait mal, murmura-t-il.

— C'est toi qui as posé la question, répliquai-je en secouant la tête. Il n'y a que la vérité qui blesse.

— C'est juste ça? Il est digne de confiance... ou est-ce que tu tiens *vraiment* à lui?

— Je tiens à lui.

— Est-ce que tu es amoureuse de lui?

Je n'avais pas totalement ouvert mon cœur à Owen, et je ne m'étais pas permis de ressentir toutes les choses qui se passaient naturellement entre nous, à cause de la peur. Cependant, il était certain que je n'allais pas analyser mes sentiments pour lui au téléphone avec Robert. Et je n'allais sûrement pas avouer à cet homme que j'aimais Owen avant même de l'avoir dit au principal intéressé.

— Je préfèrerais ne pas parler de ce que je ressens pour Owen avec toi, expliquai-je.

— Pourquoi? Ça m'affecte. J'ai besoin de savoir à quoi j'ai affaire, Devyn. J'ai besoin de savoir si tu éprouves des sentiments sincères pour un autre homme alors que tu attends peut-être *mon* bébé. Parce que, si c'est le cas, c'est complètement dingue.

— Bienvenue dans ma vie, lançai-je en tirant mes cheveux.

— Il faut que tu me rassures un peu, Dev.

— Je ne peux rien faire pour l'instant, Robert. Je suis désolée. Je n'ai jamais été aussi perdue, et je n'ai rien à offrir à personne pour le moment.

— Dans combien de temps on pourra faire un test de paternité ?

J'eus la nausée.

— J'ai bientôt rendez-vous avec le médecin. Je vais en parler avec ma gynécologue. J'ai découvert récemment qu'il existe un test pouvant être réalisé assez tôt, mais je ne le ferais que si c'est fiable. Je ne veux pas prendre le risque d'avoir une erreur de résultat ou de faire risquer quoi que ce soit au bébé. Alors il faut que je voie quelles sont mes options.

— Tu as rendez-vous quand ?

— Demain.

— Tu me promets de me tenir au courant ?

— Oui, bien sûr.

Je pouvais entendre quelqu'un lui parler en arrière-plan.

— On m'appelle. Je dois y aller, m'informa-t-il.

— D'accord, répondis-je, soulagée que cette conversation se termine. Bonne chance pour le tournage.

— Merci.

Vera apparut derrière moi alors que je venais de raccrocher.

— Tu parlais à la star de cinéma ?

J'espérais qu'elle n'avait pas entendu ce que j'avais dit à Robert. Elle dormait encore lorsque les enfants étaient partis à l'école, et elle venait de se lever à presque midi. Nerveuse, j'ignorai sa question et récupérai mon sac à main pour me diriger vers la porte.

— Je m'en vais. Je serai de retour avant que les enfants reviennent.

— Tu vas où ? demanda-t-elle.

— Prendre l'air, répondis-je en claquant la porte derrière moi.

Une fois dehors, je sortis mon téléphone pour appeler Mia, qui décrocha à la seconde sonnerie.

— Salut, Dev.

— Tu es libre pour le déjeuner ?

— Je fais visiter la galerie à un client, mais je devrais bientôt avoir terminé.

— On peut se voir ? demandai-je en me frayant un chemin au milieu des gens. Je te rejoins. Je suis déjà en chemin.

— Bien sûr. Tu as l'air épuisée. Tu vas bien ?

— J'ai juste besoin de parler.

Mia me retrouva dans un restaurant situé à côté de sa galerie. Elle arriva environ dix minutes après moi.

— Owen m'a dit qu'il m'aimait, lâchai-je avant même que ses fesses touchent sa chaise.

Elle écarquilla les yeux.

— Waouh... c'est vrai ?

— Il m'a aussi dit qu'il voulait être avec moi-même si le bébé n'est pas de lui.

— C'est énorme, répondit-elle avec un sourire, tout en posant ses coudes sur la table.

— Je sais, indiquai-je en secouant la tête. Robert m'a dit la même chose, mais honnêtement, venant de lui, ce n'est pas pareil. J'ai l'impression qu'à ce stade, il pourrait dire n'importe quoi pour ne pas me perdre. Il a cet attachement... bizarre envers moi. Parce que je tenais à lui avant qu'il soit connu. Je pense qu'il veut me garder près de lui parce que ça lui fait du bien, mais il n'est pas capable d'être honnête avec moi.

Elle arqua un sourcil.

— Et Owen ? Il te dit qu'il t'aime dans quelle intention ?

— Il pense qu'il est amoureux de moi, avouai-je en prenant une grande inspiration.

— Tu ne penses pas qu'il le soit *vraiment* ?

Même si je n'avais pas envie de penser à Vera, elle fut la première chose qui me vint à l'esprit quand Mia me posa cette question.

— Tu sais que ma mère ne m'a pas demandé une seule fois comment j'allais depuis qu'elle est revenue ?

— Pourquoi tu as fait ça ? m'interrogea-t-elle en plissant les yeux.

— Quoi donc ?

— Changer de sujet de conversation pour parler de ta mère.

— Parce que c'est à cause d'elle que j'ai peur de perdre les gens. Quelqu'un comme Owen pourrait me détruire, Mia. Si je m'autorise à tomber amoureuse de lui et que ce bébé n'est finalement pas le sien... je ne sais pas s'il pourrait le supporter. Il finirait par partir. Ou peut-être que je saboterais tout parce que j'aurais l'impression qu'il serait mieux dans une situation différente. Mais aimer Owen et le laisser m'aimer en retour est la chose la plus effrayante que je puisse imaginer, admis-je en caressant mon ventre. Plus effrayant que cette vie qui est en train de grandir en moi.

Je soupirai.

— Alors, oui, ça m'a fait penser à Vera, parce que c'est elle qui m'a montré à quel point l'amour pouvait faire mal.

— Je comprends, Devyn, m'assura mon amie en prenant ma main. Mais tu n'as qu'une vie. Il faut que tu trouves un moyen de ne pas laisser ce que ta mère a fait venir tout gâcher. Tu sors avec un homme qui a l'air de t'aimer. Tu pourrais être en train de porter son enfant, et il dit qu'il veut rester avec toi peu importe ce qui se passera. Tu n'as aucune raison de penser qu'il te fera du mal. Regarde les faits.

Malgré sa réponse logique, je sentis la panique grandir en moi.

— Il faut que je sache qui est le père. C'est tout ce qui compte.

— Pourquoi se précipiter ? Parce que tu comptes t'éloigner si Owen n'est pas le père ?

— Ce ne serait pas le mieux à faire pour son bien ? gémis-je.

— Non, pas s'il t'aime. Le fait qu'il veuille rester avec toi quoi qu'il arrive en dit beaucoup. À travers ses actes, cet homme t'a donné toutes les raisons de croire ce qu'il te dit. C'est pour ça qu'il faut que tu avances.

La serveuse passa nous demander si nous voulions des boissons. Jamais je n'avais eu autant envie d'un cocktail qu'aujourd'hui. Hélas, j'allais devoir me contenter d'eau pétillante.

Une fois de nouveau seules, Mia frappa sur la table.

— Tu sais ce qu'il te faut ?

— Quoi donc ?

— Une pause pendant laquelle tu arrêtes de tout analyser. Il faut que tu essaies de sortir tout ça de ta tête jusqu'à ton rendez-vous chez le médecin. Passe du temps avec Owen. Laisse-le t'aimer. Essaie de l'accepter plutôt que de le repousser. Parce que tu sais ce qui va se passer si tu le repousses trop ?

— Quoi ?

— Ça va finir par fonctionner.

Je fermai les yeux.

— Merci d'avoir pris du temps pour être avec moi, Mia. Je te suis redevable pour toutes les fois où tu as dû écouter mes conneries.

— Un jour, je rencontrerai la bonne personne, et tu n'arriveras plus à m'empêcher de parler de lui. Alors, tu te rattraperas.

— J'ai hâte, lui assurai-je en souriant.

— Même si, vu mon passé, il est plus probable que j'en parle avec ta fille, ajouta-t-elle en riant.

♥

J'avais pris à cœur tout ce que Mia m'avait dit. Alors, même si mon rendez-vous chez le médecin avait lieu le lendemain, je me promis de ne pas laisser ça gâcher la soirée que je pourrais passer avec Owen. Il était plus que temps que je lui offre la réponse qu'il méritait après sa déclaration d'amour de la veille. Une réponse honnête. J'avais paniqué quand il avait prononcé ces mots. Il méritait mieux que ça.

Je frappai à sa porte en priant pour qu'il soit là.

Il était toujours aussi beau lorsqu'il ouvrit la porte, vêtu d'une chemise dont quelques boutons étaient ouverts et dont les manches étaient relevées.

— Salut, m'accueillit-il en souriant. Quelle belle surprise.

— J'ai paniqué quand tu m'as dit que tu m'aimais, annonçai-je.

— Je sais, avoua-t-il en riant.

Je haussai les épaules.

— Il faut croire que c'était évident.

— Oui. Tu ne m'apprends rien, Devyn. Entre, m'invita-t-il en s'écartant.

— Est-ce que tu me détestes ? demandai-je en faisant les cent pas.

— Bien sûr que non.

— Est-ce que tu aimerais pouvoir retirer ce que tu as dit ?

— Non, parce que je le pensais.

J'arrêtai de marcher.

— Je n'ai pas envie que tu le fasses non plus.

— Respire, ordonna-t-il en posant ses mains sur mes épaules. Je ne vais nulle part. Prends ton temps.

— Une partie de moi a peur d'accepter ces sentiments – pas seulement les tiens, mais aussi les miens. Je n'arrête pas de me servir de ma mère pour expliquer mon comportement, mais... elle m'a vraiment démolie, Owen.

— La voir agir en personne m'a fait comprendre pourquoi tu es si méfiante, admit-il en secouant lentement la tête. Je n'aime vraiment pas la façon dont elle traite ses enfants. Et j'aime encore moins qu'elle ait réussi à te faire penser que tu n'étais pas digne d'être aimée. Je comprends pourquoi tu es comme ça, Devyn. Tu n'as pas à m'expliquer quoi que ce soit.

— Je suis désolée d'avoir été si bête.

— Hé, ne parle pas comme ça de ma petite amie, me réprimanda-t-il en pinçant ma joue.

Un frisson me parcourut.

— Tu t'es présenté à ma mère comme mon petit ami, mais est-ce que c'est réel ? Est-ce que je suis ta petite amie ?

— Est-ce que tu veux l'être ?

Pour une fois, je m'autorisai à répondre honnêtement, sans trop réfléchir.

— Plus que tout au monde.

— J'ai un peu fait les choses à l'envers en te disant que je t'aimais avant même de t'avoir proposé officiellement d'être ma copine.

— Ou peut-être même en me mettant enceinte lors de notre première nuit ensemble, renchéris-je en souriant.

— Ou en couchant avec toi avant même de faire réellement ta connaissance, ajouta-t-il en posant sa main sur ma taille. Il faut croire qu'on a tout fait à l'envers, hein ?

Il passa son doigt le long de mon cou.

— Tu peux rester combien de temps ce soir ?

— Vera surveille les enfants, donc...

Je soupirai.

— C'est la seule bonne chose concernant son retour.

— Elle ne fait pas grand-chose d'autre, observa-t-il.

— Je reste aussi longtemps que tu voudras, déclarai-je en agrippant sa chemise. Je voudrais essayer de ne pas penser au rendez-vous de demain.

— C'est notre problème depuis le départ. On réfléchit trop et ne se concentre pas assez sur tout le reste.

— Qu'est-ce que tu as en tête ? demandai-je d'un ton suggestif.

— Toi, assise sur mon visage, répondit-il. Ça t'intéresserait ?

— Beaucoup, murmurai-je.

Je pus lire le désir dans ses yeux lorsqu'il me guida jusqu'à sa chambre. Après m'avoir déshabillée, il retira sa chemise, et j'eus la chair de poule quand il passa ses mains sur mon corps.

— Tu as froid. Allonge-toi, je vais te réchauffer.

Mon dos heurta le matelas et je rebondis dessus. Owen se plaça au-dessus de moi et fit courir son doigt sur ma peau, jusqu'à mon entrejambe, puis il prit un instant pour me regarder. Je pouvais me sentir mouiller, même sans savoir ce qu'il allait faire ensuite.

Il plaça sa tête entre mes jambes, et sa langue chaude me fit soudain tressaillir de plaisir. Je penchai ma tête en arrière pour savourer chaque instant, et j'agrippai le drap alors que mes jambes tremblaient sous l'intensité des mouvements de sa langue, qui dessinait désormais des cercles sur mon clitoris.

— J'adore sentir à quel point tu es mouillée, murmura-t-il contre ma peau, tandis que sa barbe fine me chatouillait.

Je pouvais entendre à quel point j'étais trempée quand il me léchait.

Soudain, Owen recula.

— Ce n'était qu'un échauffement, déclara-t-il en s'allongeant sur le lit, avant de me faire signe du doigt. Viens par ici.

Mes mamelons durcirent lorsque j'avançai vers son corps musclé.

— Ne pense à rien d'autre que chevaucher mon visage.

Je positionnai mes jambes de chaque côté de son visage, puis je me baissai sur sa bouche avide, et il posa ses mains sur mes fesses pour guider mes mouvements.

J'ignorais si c'étaient les hormones, mais je n'avais jamais été aussi excitée en voyant un homme s'occuper de moi. Mon clitoris palpitait dans sa bouche, alors que les bruits rauques de son plaisir vibraient contre ma peau.

Il ouvrit son pantalon et commença à se masturber, ce qui m'excita et me poussa à bouger plus vite. Je tirai ses cheveux, cambrai mes hanches et fermai les yeux, mon orgasme menaçant d'exploser en moi à tout moment.

— C'est tellement excitant de te voir me chevaucher comme ça, Devyn, souffla-t-il d'une voix rauque. Je veux faire ça tous les soirs avec toi.

Je laissai échapper un son inintelligible, en mordant ma lèvre inférieure dans l'espoir de retenir encore un peu ma jouissance.

— C'est si bon. J'ai hâte que tu jouisses sur ma bouche.

Oh, bon sang.

Je suis si près.

J'avais l'impression que mon âme avait quitté mon corps. Ça. C'était exactement ce dont j'avais besoin. À ce moment précis, je ne me souciais de rien d'autre. J'appuyai mon clitoris plus fort contre lui.

— C'est ça, ma belle, murmura-t-il.

Sa respiration accéléra lorsqu'il se caressa plus vite. Savoir qu'il était sur le point d'exploser suffit à me faire basculer. L'adrénaline se répandit en moi lorsque je jouis en une multitude de vagues de plaisir.

— Jouis sur ma bouche, Devyn. Donne-moi tout, gémit-il.

Le souffle d'Owen finit par ralentir au rythme des mouvements de sa poitrine.

Je roulai sur le côté, plus détendue que je ne l'avais été depuis longtemps.

— Merci, murmurai-je avec le peu d'énergie qu'il me restait.

— Crois-moi, tout le plaisir était pour moi.

Nous restâmes allongés l'un face à l'autre pendant plusieurs minutes, délicieusement repus. J'étais sur le point de me lever pour proposer de nous préparer un petit déjeuner en guise de dîner, quand mon téléphone sonna sur la table de nuit du côté d'Owen.

Malheureusement, il aperçut le nom sur l'écran avant moi.

— C'est Robert, déclara-t-il en levant les yeux au ciel. Tu ferais mieux de décrocher.

Mon cœur accéléra et je me raclai la gorge.

— Allô ?

— Tu es où ? demanda-t-il.

— Pourquoi ?

— Je suis chez toi. Ta mère a dit que tu n'étais pas là.

Oh non.

Mon pouls s'emballa.

— Tu es à New York ?

Owen écarquilla les yeux.

— Je suis venu pour le rendez-vous de demain.

CHAPITRE 25

— Owen, je te présente Robert. Robert, voici Owen.

Je n'en revenais pas de faire ça – emmener deux hommes avec moi à mon rendez-vous médical. Toutefois, Robert avait mis le tournage sur pause et fait le chemin depuis l'Italie, et Owen... Eh bien, si j'autorisais Robert à venir, l'autre père potentiel avait aussi le droit d'être présent. En plus, Robert avait vraiment jeté un froid hier en débarquant. J'étais partie de chez Owen, la culotte encore trempée après nos batifolages, pour aller gérer un autre homme chez moi. Un homme qui, évidemment, avait essayé de me convaincre de passer la nuit avec lui à l'hôtel. Lorsque j'étais revenue chez Owen, il avait l'air si morose qu'on aurait dit que quelqu'un venait de renverser son chien.

Robert se redressa, bomba le torse, et tendit sa main.

— J'espère que tu comprends que je ne peux pas dire que je suis ravi de faire ta connaissance.

Owen jeta un coup d'œil à sa paume tendue, puis rangea rapidement les siennes dans les poches de son pantalon.

— C'est réciproque.

Oh, bon sang. Ça allait être terriblement amusant.

— Je vais nous appeler un Uber pour aller chez le médecin, déclara Owen en sortant son téléphone.

Robert balaya son commentaire d'un geste de la main.

— Ma limousine est déjà en chemin.

— Évidemment, marmonna Owen.

— J'espère que ça ne te dérange pas, chérie, mais j'ai un emploi du temps chargé ce matin, m'informa Robert en posant une main sur mon épaule. Dès qu'on aura fini chez le médecin, il faut que je file à l'aéroport. Mon chauffeur me déposera à JFK, puis il te ramènera chez toi.

Owen serra les dents.

— Ce n'est pas nécessaire. J'appellerai une voiture pour rentrer, répliqua-t-il, avant de me regarder. Ça te va, *chérie* ?

— Peu importe, répondis-je en massant mes tempes.

Heureusement, la limousine sa gara le long du trottoir. J'espérais que les choses s'amélioreraient en chemin, mais ça aurait été trop beau. La seule chose qui changea, c'était que j'étais à présent coincée entre les deux hommes, épaule contre épaule.

— Alors, Aiden, qu'est-ce que tu fais dans la vie ? demanda Robert.

— C'est Owen. Je suis agent immobilier.

— Vraiment ? J'envisage d'acheter un bien à New York.

— Ah bon ? m'étonnai-je en tournant la tête vers lui.

Il acquiesça.

— Ta mère, ton frère et ta sœur sont ici. Je me suis dit qu'on leur rendrait souvent visite une fois que tu seras de retour en Californie. En plus, j'adore le script de Stephen Solomon que tu m'as envoyé, et le tournage aura lieu ici, ajouta Robert, avant de se pencher en avant pour s'adresser à Owen. Peut-être que tu pourrais nous trouver un logement ? Je pensais à un *brownstone* de trois ou quatre chambres dans l'Upper West Side.

Owen serra les dents.

— Je te recommanderai quelqu'un.

— Comme tu veux, répondit Robert en haussant les épaules. Mais si tu laisses filer les occasions de décrocher une bonne commission, tu finiras ta vie dans cet immeuble merdique avec Vera.

Les joues d'Owen s'enflammèrent.

— Je suis *propriétaire* de cet immeuble, et il n'est pas merdique.

— Eh bien, ce n'est pas vraiment le genre d'endroit où on voudrait fonder une famille.

— Deux de mes amis habitent ici avec leurs familles. C'est *exactement* le genre d'endroit où j'aimerais élever mon enfant.

— Alors c'est que tu n'as pas passé assez de temps dans l'Upper West Side...

— *OK, ça suffit* ! m'écriai-je en levant les mains. Et si on passait le reste du trajet en silence ?

— Ça me va, accepta Owen en haussant les épaules.

— Comme tu veux, répondit Robert en regardant par la fenêtre.

Je n'avais jamais été aussi soulagée d'arriver devant le cabinet d'une gynécologue. Personne ne dit rien dans l'ascenseur qui nous mena au trente-et-unième étage. En arrivant devant l'entrée 3160, les deux hommes tentèrent d'ouvrir la porte en même temps.

— Je m'en charge, soupirai-je.

La première fois que j'étais venue au cabinet du docteur Talbot, il n'y avait que deux femmes dans la salle d'attente. Cette fois-ci, c'était bondé. Mes épaules s'affaissèrent lorsque je me rendis au bureau d'accueil.

— Bonjour. Devyn Marks. J'ai un rendez-vous à neuf heures avec le docteur Talbot.

— Signez le formulaire, s'il vous plaît. Mais, pour information, le médecin a eu une urgence ce matin, alors elle a un peu de retard.

— Combien de temps ?

La femme fronça les sourcils.

— Elle n'est pas encore arrivée, alors au moins une heure.

Oh, bon sang. Imaginer rester assise ici avec ces deux-là pendant aussi longtemps me donna envie de m'enfuir du cabinet – pour aller me jeter sous une voiture. Robert se pencha pour parler à la femme au niveau du petit cercle dans la vitre.

— Je suis désolé de vous déranger, mais j'ai pris l'avion pour ce rendez-vous, et je dois prendre un vol tôt cet après-midi. Y aurait-il un moyen de nous faire passer en priorité quand le médecin arrivera ?

La réceptionniste pinça ses lèvres.

— Tout le monde est débordé ici. Vous allez devoir attendre votre...

Elle leva les yeux pour la première fois, et sa mâchoire se décrocha.

— Oh, mon Dieu. Vous êtes Robert Valentino, c'est ça ?

— Exactement, confirma-t-il en lui offrant son sourire typique de star de cinéma.

On aurait dit que cette femme allait se faire dessus.

— Oh, je vous ai adoré dans *Last Tango*. Je suis l'une de vos plus grandes fans. J'ai vu tous vos films.

— *Alors c'est vous...*

Elle se mit à rire en rejetant sa tête en arrière, comme s'il venait de lui raconter la blague la plus drôle du monde, tandis que je levai les yeux au ciel. Je l'avais entendu utiliser cette fameuse réplique au moins mille fois.

Cependant, Robert savait utiliser son charme quand il en avait besoin. Ça ne fonctionnait peut-être plus sur moi, mais la plupart des femmes étaient de vraies marionnettes entre ses mains.

— Je sais que mon métier ne fait pas de moi quelqu'un de plus important que les autres personnes qui attendent, reprit-il en baissant la voix. En fait, je parie que c'est moi qui ai le travail le moins important parmi tout ce monde. Mais je suis en plein tournage à Rome, et ma présence ici aujourd'hui signifie que la production a dû être mise sur pause. Si je rate mon vol cet après-midi, toute l'équipe va devoir faire des jours supplémentaires. Ça n'a l'air de rien dit comme ça, mais nombreux sont ceux qui ont des familles dont ils sont séparés depuis longtemps, et qui ont des plannings à respecter. Alors si vous pouviez faire quelque chose pour qu'on puisse passer rapidement quand le médecin arrivera, ce serait très gentil.

La réceptionniste se pencha en avant en battant des cils.

— Je vais voir ce que je peux faire.

— Merci, souffla-t-il en lui faisant un clin d'œil.

Nous nous éloignâmes du bureau d'accueil pour jeter un coup d'œil dans la salle d'attente bondée. Il n'y avait pas trois sièges côte à côte, mais il y en avait deux d'un côté de la pièce, et un autre à l'opposé.

— Et si on allait s'asseoir là-bas ? proposa Robert en désignant les deux sièges, la main posée dans le creux de mes reins.

— En fait, allez-y tous les deux, lançai-je. Moi, je vais de l'autre côté.

Avant que l'un d'entre eux puisse intervenir, je partis m'installer sur le siège isolé. Robert et Owen regardèrent de nouveau autour d'eux, comme si des places avaient pu se libérer comme par magie depuis la dernière fois qu'ils avaient vérifié. Aucun d'entre eux n'avait l'air heureux, mais ils s'installèrent l'un à côté de l'autre. Owen croisa ses bras et regarda droit devant lui, tandis que Robert posa ses coudes sur ses genoux et s'occupa sur son téléphone.

Pendant l'heure qui suivit, je fis de mon mieux pour éviter tout contact visuel avec eux. Une seule femme avait été appelée jusqu'à présent, mais au moins, les consultations avaient commencé. Dix minutes plus tard, la réceptionniste que Robert avait charmée appela mon nom. Il aura au moins servi à quelque chose aujourd'hui...

La femme émerveillée nous guida jusqu'à une salle d'examen en souriant, puis elle sortit une blouse d'un tiroir et me la tendit.

— Il faut retirer tout le bas, m'informa-t-elle sans quitter Robert des yeux.

— Merci, répondis-je en lui prenant la blouse des mains.

— Le médecin devrait être là d'ici quelques minutes.

Robert jeta un coup d'œil au badge de la femme et sourit.

— Merci, Laura. Vous êtes la meilleure.

Dès qu'elle sortit, les deux hommes me regardèrent.

— Euh, je ne me changerai pas avec vous deux dans la pièce. Vous pouvez attendre dehors, s'il vous plaît ?

— Bien sûr, désolé, s'excusa Owen.

Il ouvrit la porte et sortit dans le couloir, mais Robert ne le suivit pas. Je lui adressai un regard interrogateur.

— Quoi ? demanda-t-il en haussant les épaules. Tu as dit que tu ne te changerais pas avec nous deux dans la pièce. Je pensais que ça irait si j'étais tout seul. Ce n'est pas comme si je ne t'avais pas déjà vue toute nue des dizaines de fois.

Je posai mes mains dans son dos pour le pousser.

— Sors d'ici.

Je pris mon temps pour me changer, puis je décidai de m'accorder encore une minute ou deux pour fermer les yeux et tenter de me calmer. Je ne voulais pas que ma tension soit élevée quand le médecin arriverait. Cependant, en plein milieu de ma troisième expiration purificatrice, quelqu'un frappa à la porte, et celle-ci commença à s'ouvrir.

— Vous ne pouvez pas me laisser... *oh*, docteur Talbot. Je suis désolée. Je ne savais pas que c'était vous.

Elle sourit en observant les deux hommes qui attendaient avec impatience derrière elle.

— On dirait qu'on est venu au complet aujourd'hui.

— Oui, soupirai-je.

— Est-ce que tout le monde entre pendant l'examen ?

— En réalité, si c'est un examen interne, est-ce qu'on peut faire ça seulement toutes les deux et les faire entrer ensuite ?

— Absolument.

Je poussai un grand soupir en hochant la tête.

— Parfait, merci.

Le docteur Talbot se retourna.

— Vous pouvez vous rendre en salle d'attente. L'infirmière viendra vous chercher dans quelques minutes, les informa-t-elle en pointant du doigt l'autre bout du couloir.

Une fois la porte fermée, elle descendit les lunettes sur le bout de son nez.

— Vous allez bien ?

Je secouai la tête.

— Est-ce qu'on peut verrouiller la porte et rester ici pendant quelques mois ?

— Parlez-moi, m'invita-t-elle en souriant, avant de poser mon dossier sur le comptoir et de rapprocher un tabouret. La dernière fois que je me suis retrouvée entourée de deux beaux hommes comme eux, je n'étais pas du tout aussi stressée que vous. Oh, attendez, en fait, ça ne m'est jamais arrivé…

Elle me fit rire.

— Je ne sais pas si vous vous souvenez de mon premier rendez-vous, mais j'ai un peu paniqué quand vous m'avez dit que les mesures du bébé ne correspondaient pas vraiment à la date présumée de conception selon mes dernières règles, et qu'on ne pouvait pas évaluer cette date avec certitude.

— Je m'étais dit que cette grossesse n'était peut-être pas prévue…

— Non, pas du tout.

— Est-ce que les deux hommes qui vous accompagnent sont des pères potentiels ?

Je hochai la tête et cachai mon visage dans mes mains.

— Bon sang, je suis mortifiée.

— Ne le soyez pas, ce sont des choses qui arrivent. Et il faut deux personnes pour faire un enfant, alors vous ne devriez pas porter seule ce poids sur vos épaules.

— Je préférerais qu'on porte ce poids à *deux*, plutôt qu'à trois. J'avais prévu de vous parler de mes options en matière de test de paternité aujourd'hui. J'ai lu qu'il existait un test non invasif, c'est ça ? Je pensais que l'amniocentèse était le seul moyen de savoir qui était le père.

— Plus maintenant, heureusement. Le sang de la mère contient des cellules libres du fœtus, alors on peut établir le profil génétique du bébé dès sept semaines de grossesse.

On prélève un échantillon de votre sang, comme une prise de sang habituelle, puis on récolte un échantillon d'ADN du père potentiel par un prélèvement salivaire. Le laboratoire peut utiliser un morceau d'ongle ou des cheveux si on ne peut pas faire de prélèvement de salive.

— Waouh, je l'ignorais.

Le docteur Talbot hocha la tête.

— C'est une vraie bénédiction, et pas seulement pour les tests de paternité. On peut aussi faire la majorité des tests génétiques grâce à cette technique. Dans le passé, si quelque chose apparaissait à l'échographie ou si les résultats sanguins nous faisaient suspecter une anomalie chromosomique, on devait avoir recours à des procédures invasives qui étaient risquées pour la mère et le bébé. Maintenant, c'est simple et rapide.

— Est-ce que le test est fiable ?

— À quatre-vingt-dix-neuf virgule neuf pour cent. Le seul risque viendrait d'une erreur humaine pendant le processus.

— Et les résultats mettent combien de temps à arriver ?

— Le laboratoire indique trois à cinq jours, mais j'en ai déjà reçu en seulement deux jours. Ça dépend s'ils ont beaucoup de demandes.

Je pris une grande inspiration.

— Vous pensez qu'on peut le faire aujourd'hui ?

— Absolument. Je peux voir à quel point ça vous stresse, et ce n'est pas bon pour vous ni pour votre bébé. En plus de provoquer une tension élevée, un stress prolongé affaiblit votre système immunitaire et peut affecter le sommeil, ce qui vous rend plus vulnérable aux maladies et aux infections. Désormais, prendre soin de vous revient aussi à prendre soin de votre bébé, alors vous devez vous concentrer sur le fait de vous détendre, et de bien manger et dormir. Ce sont les meilleures choses à faire pour favoriser une grossesse saine.

— D'accord, acquiesçai-je. Faisons le test aujourd'hui.

— J'enverrai l'infirmière prélever les échantillons dès qu'on aura terminé ici.

Le docteur Talbot se leva pour aller laver ses mains, avant de prendre des gants dans une boîte posée sur le comptoir.

— J'aimerais faire une échographie rapide après vous avoir examinée. Est-ce que vous voulez que les hommes reviennent à ce moment-là ?

— J'imagine que oui.

— D'autres questions ? demanda-t-elle en enfilant ses gants.

— J'en ai une, oui. Est-ce que le nom du père potentiel doit être inscrit sur l'échantillon ? L'un d'eux aimerait que ça reste confidentiel.

— Non, les échantillons qui sont envoyés au laboratoire sont uniquement identifiés par des numéros.

— D'accord, parfait.

— Alors, je présume que l'homme qui était là n'était pas un sosie de Robert Valentino ? demanda le docteur Talbot en souriant.

— Non, en effet. C'est bien lui.

Elle hocha la tête.

— Est-ce que vous voulez que je leur explique le test ADN quand on aura fini, ou est-ce que vous préférez vous en charger ?

— Si vous pouviez le faire, ce serait gentil.

— Pas de souci.

— Merci.

Elle m'examina rapidement, puis elle demanda à l'infirmière de faire revenir Robert et Owen. La salle d'examen était déjà petite, mais elle devint oppressante quand ils me rejoignirent.

— Comment ça s'est passé ? me demanda Owen en prenant ma main.

— Bien.

Pour ne pas être en reste, Robert fit le tour de la table d'examen et prit mon autre main.

— Comment tu vas ? m'interrogea-t-il.

Je les regardai tour à tour, chacun d'un côté, et je déglutis.

— Bien. Tout va bien.

Le docteur Talbot éteignit les lumières.

— Et si on commençait ?

Tout le monde riva les yeux sur l'écran. Nous entendîmes le rythme cardiaque du bébé, et nous observâmes rapidement son anatomie. C'était surréaliste, mais nous pouvions le voir en train de sucer son pouce.

Robert bomba le torse lorsque les lumières se rallumèrent.

— J'ai sucé mon pouce jusqu'à mes trois ans.

Du coin de l'œil, je pus voir le visage d'Owen se décomposer.

Le docteur Talbot dut le voir aussi.

— Quatre-vingts pour cent des bébés sucent leurs doigts à un moment donné, expliqua-t-elle en souriant poliment. Laissons Devyn se rhabiller pour qu'elle puisse nous rejoindre dans mon bureau pour discuter. Deuxième porte sur la droite.

— Merci.

Il y avait trois chaises pour les patients. Sans surprise, les hommes m'avaient laissé celle du milieu. Je m'installai et attendis nerveusement que ce rendez-vous se termine. Le docteur Talbot nous expliqua le test ADN de façon minutieuse, en passant en revue la fiabilité et les risques minimes dont elle m'avait déjà parlé. Après avoir terminé, elle me regarda.

— On vous fera une prise de sang au bout du couloir juste avant de partir. Est-ce que vous voulez qu'on prélève deux échantillons salivaires, ou juste un pour procéder par élimination ? Le laboratoire facture chaque profil ADN, alors en faire deux coûtera plus cher.

— Vous pouvez seulement prendre le mien, proposa Robert en levant la main.

Owen fronça les sourcils.

— Je vis dans le coin, alors il serait plus logique de prendre le mien, juste au cas où il y aurait un problème. Et puis... ajouta-t-il en prenant ma main. Je serai avec Devyn quand elle recevra les résultats, pas à l'autre bout du monde.

— Il est plus logique de prendre le mien, répliqua Robert en secouant la tête.

— Pourquoi ? demanda Owen.

Le docteur Talbot leva ses mains.

— D'accord, donc on part sur *deux* échantillons salivaires.

Dix minutes plus tard, nous sortîmes du bâtiment après avoir laissé tous les trois nos échantillons d'ADN.

— La limousine ne devrait pas tarder à arriver, nous informa Robert. J'ai envoyé un message au chauffeur avant qu'on sorte, et il attendait au coin de la rue. C'était plus rapide que prévu, alors je peux vous déposer avant d'aller à l'aéroport. Aiden doit sûrement retourner au travail de toute façon.

— Non, *Owen* n'a pas besoin de retourner au travail, intervint l'intéressé. Je vais ramener Devyn. Tu ne voudrais pas rater ton vol et rester ici plus longtemps que nécessaire.

— Je la dépose, rétorqua Robert.

— Je m'en charge, renchérit Owen.

Je tendis les mains pour les séparer.

— Arrêtez ! Personne ne me déposera. Je vais prendre un taxi. Seule.

— Mais...

Je regardai sur ma droite.

— Au revoir, Robert. Bon retour à Rome.

Je regardai sur ma gauche.

— Va travailler, Owen. Passe une bonne journée.

Aucun d'eux ne semblait ravi, mais je m'en fichais. Je commençai à avancer sans un regard en arrière. Ces trois à cinq jours allaient vraiment être *très longs*.

CHAPITRE 26

Le lendemain, je faisais les cent pas en parlant à Mia au téléphone.

— Maintenant que c'est fait, je panique. Même si j'ai besoin de savoir, je ne suis *pas* prête.

— Je comprends. C'est le genre de choses pour lesquelles on n'est jamais prêt.

— J'ai l'impression que je n'arriverai pas à respirer tant que je n'aurai pas reçu les résultats.

— J'imagine, répondit-elle, avant de marquer une pause. Comment Owen gère la situation ?

Je jetai un coup d'œil par la fenêtre et remarquai les gouttes qui s'accumulaient sur la vitre.

— Il est occupé à faire plusieurs visites aujourd'hui, mais je m'en veux de la façon dont j'ai géré les choses. Robert et lui n'arrêtaient pas de se chercher. Après le rendez-vous d'hier, je les ai laissés tous les deux parce que j'en avais eu assez. Mais je m'en veux de m'en être prise à Owen. Ce n'était pas sa faute. Robert l'a poussé à bout.

— Sois indulgente envers toi-même. Tu as été telle-ment stressée. Je ne sais pas comment tu as fait pour gérer le fait que Robert ait débarqué comme ça. Je ne peux en vouloir ni à Owen ni à toi pour avoir mal agi. La situation est difficile pour tout le monde.

— Quand les résultats arriveront, il faudra que je mette ma famille au courant. C'est difficile de leur cacher ça, même si je redoute ce moment. Enfin, pas tellement de le dire à Vera, mais quand mon frère et ma sœur vont apprendre ma grossesse, ils vont paniquer.

— Tu es enceinte ? demanda quelqu'un derrière moi.

Je me tournai brusquement.

Hannah.

Mon cœur s'arrêta en la voyant là. Elle était censée être partie au magasin avec Vera et Heath.

— Je dois te laisser, Mia. Je t'expliquerai plus tard, déclarai-je, le cœur battant, avant de raccrocher. Je ne savais pas que tu étais là.

— Il a commencé à pleuvoir, alors je suis venue chercher un parapluie, m'apprit-elle, les yeux écarquillés.

— Où sont maman et Heath ? l'interrogeai-je en posant ma main sur ma poitrine.

— Ils m'attendent dehors, répondit-elle en m'observant attentivement. Tu es enceinte ?

— Oui, murmurai-je. Je voulais attendre avant de vous l'annoncer.

— Parce que tu ne veux pas nous dire que tu pars ?

— Non, réfutai-je en m'approchant d'elle. Ça ne change rien, je ne vous laisserai pas, même si je ne sais pas encore *où* on devrait tous habiter.

— C'est Owen le père ?

Comment pourrais-je lui mentir ?

— C'est pour ça que je ne pouvais pas encore vous en parler. En fait... je ne suis pas sûre.

— Oh.

Ses épaules s'affaissèrent.

— C'est très gênant pour moi de l'admettre, avouai-je en me mettant à divaguer nerveusement. Mais comme tu le sais, je suis une adulte. Et j'ai... une vie sexuelle. J'ai toujours pris mes responsabilités, mais quelque chose ne s'est pas passé comme prévu. Faisons en sorte que ça te serve de leçon.

Alors qu'elle se tenait toujours au même endroit, comme en état de choc, je poursuivis.

— Le bébé pourrait être d'Owen ou de Robert. On a fait un test ADN et on attend les résultats. On devrait les recevoir dans quelques jours.

Vera entra brusquement.

— Qu'est-ce qui te prend tant de temps, Hannah ?

Heath était juste derrière elle.

— Devyn est enceinte, lâcha ma sœur.

Mon frère blêmit, et ma mère arbora un sourire amusé.

— Eh bien, c'est le comble. Il faut croire que tu me ressembles plus que ce que je pensais.

Mes joues s'enflammèrent. Pour moi, c'était une énorme insulte.

Je passai plusieurs minutes insoutenables à m'asseoir avec eux pour leur expliquer ce que j'avais déjà dit à Hannah. Ce n'était pas comme ça que j'avais imaginé leur annoncer cette nouvelle. Pas du tout. L'ambiance n'était absolument pas joyeuse.

Heath me fit part des mêmes peurs que ma sœur.

— Tu n'auras vraiment plus du tout de temps pour nous.

— Ce n'est pas vrai, lui assurai-je en prenant sa main. Même si c'est inattendu, ça ne change *rien*. Je ferai tout ce qu'il faudra pour être certaine qu'on s'occupe bien de vous.

— Ce n'est pas nécessaire, intervint Vera. Je n'ai pas prévu de repartir, Devyn.

— Et combien de fois j'ai entendu ça ? rétorquai-je en la fusillant du regard.

— C'est un électrochoc. Je vais être grand-mère, bon sang. Tu n'as pas besoin de t'inquiéter pour Heath et Hannah. Je serai là. Occupe-toi de ton bébé, ma fille.

Pour le bien des enfants, je ne voulais pas déclencher une dispute, alors je me retins de lui répéter toutes les raisons pour lesquelles on ne pouvait pas lui faire confiance. Sans parler du fait que je lui avais rappelé à plusieurs reprises depuis son retour que j'avais la garde légale des enfants à présent, donc sa présence n'avait pas vraiment d'importance.

Je me tournai vers Heath.

— Une fois que les résultats du test de paternité arriveront, j'en saurai bien plus sur mes projets. Mais vous serez toujours inclus dedans, je vous le promets.

À mon grand soulagement, Heath et Hannah vinrent tous les deux me faire un câlin. Vera s'abstint de nous rejoindre, ce qui était une bonne chose, parce que je ne lui aurais pas rendu son étreinte.

Lorsque mon frère et ma sœur regagnèrent leurs places, Vera tendit la main vers moi.

— Tu te débrouilleras très bien, Devyn. Tu as déjà un côté très maternel.

— Je suppose que c'est ce qui arrive quand on est obligée de s'élever seule, répliquai-je avec sarcasme.

— Si tu me laisses emménager avec toi, je pourrais te servir de baby-sitter, proposa Hannah.

Ça me fit mal au cœur qu'elle ressente le besoin de dire ça, comme si elle devait mériter sa place dans ma vie. Toutefois, Vera intervint avant que je puisse lui répondre.

— J'espère surtout que c'est le bébé de Robert Valentino.

— Pourquoi tu dis ça? demandai-je en serrant les dents.

— Ce n'est pas évident? lança-t-elle en haussant les épaules. Jackpot!

— Je me débrouille très bien toute seule. Je n'ai pas besoin de son argent.

— Eh bien, *moi*, je ne le refuserais pas, admit-elle en riant.

J'avais envie de vomir. Pas seulement à cause de son attitude, mais parce que son commentaire me rappela le besoin d'Owen d'être en compétition avec Robert. Depuis que ce dernier avait débarqué, Owen ne se sentait pas bien. Il n'était pas venu me voir depuis le rendez-vous, et je n'aimais pas la façon dont j'avais laissé les choses entre nous. Je me demandais aussi si voir Robert en personne avait pu le pousser à tout remettre en question. C'était sans doute l'intention de Robert.

Quand la pluie s'arrêta, Vera et les enfants partirent faire des courses. Une fois seule, je me mis à cogiter, jusqu'à ce que mon téléphone sonne vers dix-huit heures.

C'était Owen.

Mon cœur fit un bond quand je décrochai.

— Salut, je suis contente que tu m'appelles. Tu me manques.

— Tu es occupée? demanda-t-il.

— Pas vraiment.

— Tu peux descendre chez Holden une minute?

— Chez Holden? Pourquoi? Qu'est-ce qui se passe?

— Je veux juste te montrer quelque chose.

— D'accord, j'arrive.

La porte de l'appartement de Holden et Lala était légèrement ouverte lorsque j'arrivai. Je faillis fondre devant la scène qui m'attendait au moment où j'entrai.

— Qu'est-ce qui se passe ici ? m'enquis-je.

Owen se tourna pour me regarder, en arborant un sourire magnifique. Bébé Hope se trouvait dans ses bras. Il la berçait doucement, toujours dans sa tenue de travail, ses manches relevées. Holden et Lala n'avaient pas l'air d'être là.

— Regarde-toi, soufflai-je en avançant de quelques pas. Je suis presque sûre que si je n'étais pas déjà enceinte, je pourrais l'être rien qu'en te voyant comme ça.

Je passai mon pouce sur le front de Hope. Elle avait l'air si bien dans ses bras. Je ne pouvais pas lui en vouloir.

— Tu fais du baby-sitting, Dawson ?

— Eh bien, je suis passé pour dire bonjour, et il s'avère que Holden et Lala parlaient du fait qu'ils n'étaient pas allés au restaurant rien que tous les deux depuis un moment, alors je leur ai proposé mon aide. Hope a rempli sa couche avant leur départ, alors ça devrait aller. Ils ont dit qu'ils seraient de retour dans une heure. Ils sont juste allés au restaurant indien au coin de la rue – tu sais, juste au cas où j'aurais besoin qu'ils rentrent, plaisanta-t-il.

— C'est la première fois que tu t'occupes d'un bébé ?

— En fait, oui, avoua-t-il en haussant les épaules. Mais peut-être que je dois m'y habituer ?

Peut-être.

Je n'aimais pas son choix de mots. C'était moi qui avais fait germer ce doute.

— Je peux la porter ? demandai-je.

— Bien sûr, accepta-t-il en mettant Hope dans mes bras.

Même si j'avais déjà porté des bébés, je n'étais pas totalement à l'aise. Et lorsque je regardai ses yeux endormis, la réalité commença à s'imposer à moi.

— J'ai du mal à croire que ce sera bientôt ma vie.

— Tu seras une très bonne mère, Devyn.

Je levai les yeux vers lui en berçant le bébé.

— Parce que j'ai eu un très bon exemple ?

— Un très bon exemple de ce qu'il ne faut *pas* faire, précisa-t-il, avant de marquer une pause. Et parce que tu es une vraie bonne personne avec un grand cœur. Ton frère et ta sœur ont de la chance de t'avoir.

Il m'embrassa tendrement sur le front.

— Quant au bébé qui grandit en toi, elle a beaucoup de chance que tu sois sa maman.

— Elle ? répétai-je en arquant un sourcil. Une fille, hein ?

— Oui, confirma-t-il en souriant. C'est bizarre, hein ? C'est sorti comme ça. Peut-être que je suis au courant d'un truc que tu ignores.

Il me fit un clin d'œil, et un frisson me parcourut.

— Tu penses que c'est une fille ?

— Je crois, oui, répondit-il en souriant.

— Eh bien, il faudra qu'on décide si on veut le découvrir ou non.

— Une seule grande révélation à la fois, tu veux bien ? soupira-t-il.

— Tu as raison.

Je soupirai en observant Hope.

— Même si Robert est très prétentieux, il tient à toi.

J'écarquillai les yeux sous l'effet de la surprise.

— Qu'est-ce qui te fait dire ça ?

— Quand tu nous as laissés hier, on a eu une conversation. Il m'a raccompagné chez moi, et on a parlé sur le trajet.

— Ça a l'air dangereux, confiai-je en plissant les yeux.

— Ne te fais pas d'idées. Il n'est pas question d'amitié. Loin de là. Mais quand tu es partie, il a arrêté son petit jeu. Peu à peu, il a perdu son air arrogant et j'ai pu lire la peur dans ses yeux. D'ailleurs, il a avoué qu'il avait peur, et moi aussi. Il ne sait peut-être pas comment être un bon partenaire, mais j'ai vu qu'il tenait à toi.

— Waouh, je suis surprise que vous n'ayez pas continué votre combat de coqs. C'est impressionnant.

— En fin de compte, se détester ne nous rend pas service. Il le sait. On veut tous les deux ce qu'il y a de mieux pour toi. Et on pense tous les deux être celui qu'il te faut. La seule différence, c'est que je *sais* que je suis celui qu'il te faut, affirma-t-il en passant sa main dans mon dos. Mais rien de tout ça n'a d'importance, à moins que *tu* ressentes la même chose.

Je fixai Hope pendant un moment.

— J'ai parlé de ma grossesse à ma mère et aux enfants, Owen.

— Quoi ? s'étonna-t-il, les yeux écarquillés. Je pensais que tu allais attendre les...

— Je sais. Je n'allais rien dire jusqu'à l'arrivée des résultats, mais malheureusement, Hannah est arrivée pendant que j'étais au téléphone avec Mia. Elle m'a entendu en parler, alors j'ai été forcée de l'annoncer à Vera et Heath, y compris la partie concernant le test de paternité.

— Mince, grimaça-t-il. Ils ont réagi comment ?

— Les enfants sont restés indifférents au sujet du test ADN. Ils ont surtout peur que ça signifie que je n'aurai plus de temps pour eux.

— Je ne peux pas leur en vouloir d'être inquiets, mais on sait tous les deux que ça n'arrivera pas.

Owen et moi nous installâmes sur le canapé avec Hope, et elle ne tarda pas à s'endormir profondément.

— Elle dort, observai-je en voyant ses yeux se fermer.

— Elle est tellement détendue dans tes bras. Ils sont magiques.

— Je parie que mon bébé ne dormira jamais, plaisantai-je. Ce serait bien ma chance.

Owen se pencha et posa sa joue sur mon ventre. Mon cœur s'emballa lorsqu'il se mit à parler au bébé.

— Tu vas bien dormir pour maman, hein ? Tu ne sais pas à quel point tu as de la chance, petit bout. Et j'ai hâte de faire ta connaissance.

— Qu'est-ce qui se passe ? Pourquoi tu parles à son ventre ?

Owen se redressa brusquement. Holden était apparu sur le seuil, Lala juste derrière lui.

Nous ne les avions pas vus rentrer de leur sortie, et j'avais dû oublier de refermer complètement la porte derrière moi à mon arrivée, car je n'avais entendu aucun bruit.

Merde !

Owen se leva pour les accueillir.

— Tu me caches quelque chose, mec ? demanda Holden en lui donnant une tape sur l'épaule.

Je n'avais jamais vu Owen rougir autant. Je ne voulais pas qu'il mente à son ami, et je soupçonnais qu'il était sur le point de le faire – dans mon intérêt –, alors j'intervins.

— En fait, je suis enceinte... annonçai-je en me levant du canapé.

Lala haleta, et Holden resta bouche bée.

— Quoi ? Je ne faisais que plaisanter, précisa-t-il en se tournant vers Owen. Mince alors.

Je rendis à Lala une Hope endormie.

— Avant que vous ne disiez quoi que ce soit, sachez que je n'ai rien dit car il y a un risque qu'Owen ne soit pas le père.

Ce dernier ferma les yeux un instant, puis il passa son bras autour de moi par solidarité.

— On attend les résultats du test ADN, ajoutai-je. On l'annoncera à tout le monde quand on aura la réponse.

— Ça n'a pas été facile de vous le cacher, mais c'était la meilleure décision vu les circonstances, intervint Owen.

— Il faut que j'aille la coucher pour avoir cette conversation. Attendez.

Lala disparut dans la chambre de bébé et nous laissa tous les trois dans un silence gênant.

Holden avait toujours la bouche ouverte.

— Tu vas bien ? me demanda Lala en tapotant mon bras lorsqu'elle revint.

— Pas vraiment, mais ça ira mieux, lui assurai-je avec un petit sourire.

— Est-ce que je peux demander qui est l'autre père potentiel ? m'interrogea Holden.

— Robert Valentino.

Il écarquilla les yeux.

— L'acteur ?

Lala resta bouche bée lorsque j'acquiesçai.

— On s'est fréquentés par intermittence pendant plusieurs années. Ça a commencé avant qu'il devienne célèbre. Il n'a jamais été mon petit ami, mais on a couché ensemble peu de temps avant que j'arrive à New York.

— Et ensuite, elle m'a rencontré... ajouta Owen en haussant les épaules.

— D'où cette situation. Ce n'est pas quelque chose que je désirais. Je ne comprends pas comment c'est arrivé parce que je prenais mes précautions. Mais rien n'est fiable à cent pour cent.

— Je comprends, m'assura Holden en levant ses mains. Tu ne me dois aucune explication. C'est un vrai miracle que ça ne me soit pas arrivé pendant toutes ces années. Même en étant prudent, des accidents arrivent.

Il secoua la tête.

— Non pas que cette grossesse soit un accident, reprit-il. C'est... merveilleux. Enfin, félicitations.

— Merci. Enfin, je crois, plaisantai-je.

Il se tourna vers Owen.

— Je n'en reviens pas que tu aies caché ça.

— J'espérais pouvoir vous donner de bonnes nouvelles et rejoindre vos rangs, mais je ne sais pas si ce sera le cas, déclara-t-il en m'attirant contre lui. Mais j'ai fait savoir à Devyn que je serais présent quoi qu'il arrive.

Quelques instants plus tard, je tentai de dédramatiser la situation.

— Bon, je pense que Lala et toi ne vous en attendiez pas à autant pour ce soir.

— Je n'arrive pas y croire, soupira-t-elle.

— À qui le dis-tu ? Owen est bien le dernier du groupe que j'imaginais devenir papa, avoua-t-il en riant.

— Je t'assure que c'est moi le plus surpris dans l'histoire, mec.

— Je ne dirai rien aux garçons, promit Holden.

— Merci. On recevra les résultats dans quelques jours, alors ça ne restera plus secret très longtemps.

— En revanche, Billie est au courant, admis-je.

Holden arqua les sourcils.

— Sérieusement ?

— Billie est la plus douée pour garder les secrets, contrairement à d'autres personnes, répliqua Lala en donnant un coup de coude à son mari.

— Ce n'est pas vrai, se défendit celui-ci. À l'époque, j'ai très bien caché qu'on se fréquentait.

Il fixa Owen, les larmes aux yeux, et il se mit à renifler.

— Putain...

Je le regardai, choquée.

— Tu pleures ? lui demanda Lala en riant un peu.

— Je suis ému, avoua-t-il en essuyant ses yeux. Je n'aurais jamais imaginé qu'Owen deviendrait père. Je sais qu'on n'en est pas encore sûrs, mais ça va quand même me rendre dingue.

Owen lui donna une tape dans le dos.

— Bienvenue au club, mec.

Le lendemain, Owen et moi étions censés aller dîner ensemble après sa journée de travail, mais il fit un détour.

Il se gara devant un magnifique *brownstone* à Gramercy Park, et nous sortîmes de la voiture.

J'observai le quartier chic autour de moi.

— Qu'est-ce qu'on fait là ?

— Je me suis dit que tu aimerais jeter un coup d'œil, répondit-il en me faisant signe de monter les escaliers. Ce bien vient d'arriver sur le marché et n'est pas encore en ligne. L'agent immobilier qui s'en charge est un ami à moi. Il y a quatre chambres.

— Pourquoi cette maison m'intéresserait ?

— Ce n'est pas évident ? demanda-t-il en inclinant la tête. Viens, il m'a laissé lui emprunter la clé.

L'intérieur était magnifique : de hauts plafonds, des moulures sublimes, un escalier en bois foncé, et une très belle architecture. Je suivis Owen dans tout l'espace, ébahie.

— Est-ce que tu fais ça parce que Robert a dit qu'il cherchait à acheter en ville ? me sentis-je obligée de demander lorsque nous nous arrêtâmes dans la cuisine.

— Bien sûr que non, m'assura-t-il en croisant les bras. Ça n'a rien à voir avec lui, Devyn. J'ai pensé à *nous*. On a besoin de plus d'espace. Et même si tu décidais de retourner en Californie, on aurait besoin d'un logement sur les deux côtes. Il nous faudra un endroit plus grand quoi qu'il arrive.

Je regardai le petit jardin par la fenêtre. Je ne pouvais pas laisser Owen acheter un bien en toute conscience, alors que je ne savais pas comment il réagirait s'il s'avérait que Robert était le père du bébé.

— C'est magnifique, mais tu ne veux pas attendre de...

— Je t'ai dit que les résultats du test de paternité ne changeront rien pour moi, m'assura-t-il en me regardant droit dans les yeux. C'est toi qui as l'air d'hésiter. Au départ, je pensais que c'était parce que tu refusais de me croire, mais je n'en suis plus certain.

Mon cœur s'emballa.

— Qu'est-ce que tu es en train de dire ?

— Si tu ne peux pas prendre la décision d'être avec moi, c'est que tu dois encore avoir des sentiments pour *lui*.

La peur m'envahit.

— Ce n'est pas ça, Owen. C'est juste que je ne veux pas que tu te sentes dépassé.

— Je t'ai donné ma parole que mon cœur est à toi peu importe ce que dira ce test. Mais toi, tu ne l'as pas fait. Tu ne m'as rien garanti. Je ne sais pas ce que je peux faire de plus. Et peut-être qu'il n'y a rien à faire. La balle est dans ton camp, Dev. Soit tu veux de moi dans ta vie, soit tu n'en as pas envie, déclara-t-il en rougissant. Mais si tu comptes le choisir lui, s'il te plaît, j'aimerais le savoir au plus vite.

CHAPITRE 27

Devyn

— Mademoiselle Marks, vous avez un instant ?

Je levai les yeux.

— Euh... bien sûr.

Hannah sortit du bureau du psychologue mandaté par le tribunal, et s'approcha de l'endroit où j'étais assise dans la salle d'attente.

Je me levai.

— Tu as quelque chose à me dire ? lui murmurai-je.

— Non, répondit-elle en levant les yeux au ciel.

— D'accord. Attends-moi ici.

Le docteur Friedman ne devait pas être beaucoup plus âgée que moi. C'était la deuxième fois que nous venions pour le nouveau rendez-vous du samedi matin de ma sœur, mais c'était la première fois qu'elle demandait à me parler.

Elle ferma la porte de son bureau derrière nous et désigna le canapé.

— Je vous en prie, mettez-vous à l'aise.

— Est-ce que tout va bien ? demandai-je en m'asseyant d'un air hésitant.

— Oui, je suis désolée, je ne voulais pas vous faire peur. Tout va bien. Hannah est une fille merveilleuse.

— Oh, Dieu merci, soupirai-je, soulagée.

Elle s'assit en face de moi en m'adressant un sourire chaleureux.

— Hannah m'a donné la permission de vous parler. En général, je fais quelques séances individuelles avant de commencer une thérapie familiale. Quand un parent perd la garde d'un mineur, on utilise les séances de groupe pour rétablir la communication entre le parent et l'enfant. Cependant, Hannah m'a confié qu'elle ne désirait pas que sa mère participe aux séances familiales.

Je fronçai les sourcils.

— Elle est très en colère contre elle.

Le docteur Friedman acquiesça.

— Hannah aimerait que ce soit vous qui y assistiez.

— Est-ce que c'est autorisé ?

— Il n'y a aucune règle établie en matière de thérapie. Notre but est de rétablir la confiance avec le parent ayant la garde. Dans ce genre de procédures, les enfants ont souvent un sentiment d'abandon, même après le retour du parent. Nos séances sont un exutoire pour que l'enfant puisse exprimer ce qu'il ressent, pour confirmer que ses inquiétudes sont réelles, et pour commencer à travailler sur ce qui peut être fait pour réinstaurer la confiance. Si on ne répare pas les liens endommagés, les sentiments d'abandon chez l'enfant peuvent engendrer de sérieux problèmes de santé mentale au fil du temps. Des études montrent que les jeunes ayant appris à avoir peur de l'abandon ont plus de risques de souffrir d'anxiété, de dépression, et de problèmes d'estime de soi. Ça peut aussi affecter leurs relations dans la vie adulte, avec une peur persistante ou un rejet du partenaire. Il n'est pas rare pour des adultes ayant des soucis non résolus d'éprouver des difficultés à s'engager dans une relation.

— Je vois...

— Je pense que quelques séances de thérapie en famille pourraient aider Hannah. Avec un peu de chance, elle finira par accepter que sa mère se joigne à nous à un moment donné, mais pour l'instant, elle me parle surtout de vous.

Je ne savais pas vraiment si c'était une bonne ou une mauvaise chose, mais la faire parler revenait déjà à faire la moitié du chemin.

— D'accord. Je ferai tout ce qu'il faudra pour aider.

— Parfait. Merci, déclara-t-elle en croisant ses mains sur ses cuisses. Avant qu'on se voie tous ensemble, ça m'aiderait beaucoup d'en savoir plus sur votre situation.

— Ma situation ?

Elle hocha la tête.

— Hannah semble penser que vous n'allez pas tarder à partir. Elle a parlé du fait que vous allez bientôt avoir votre propre famille à gérer.

Je fermai les yeux. Bon sang, ces enfants devaient déjà supporter d'avoir Vera comme mère, et maintenant qu'ils commençaient à me faire confiance, je devenais moi aussi évasive.

Lorsque les larmes me montèrent aux yeux, le docteur Friedman me tendit la boîte de mouchoirs à côté d'elle.

— Merci, soufflai-je en en sortant deux pour tamponner mes yeux. Je suis enceinte. Je m'en veux terriblement de ne pas avoir réussi à rassurer ma sœur et mon frère sur le fait que je n'allais pas les laisser. Ma vie est en Californie, ou du moins, c'était le cas quand je suis arrivée à New York pour m'occuper d'eux. Mon travail est là-bas, tout comme mon appartement, mes amis... Mais maintenant, je ne suis plus sûre de ce que je suis en train de faire. Et j'ai peur d'empirer les choses avec Heath et Hannah. Si je les laisse, ils vont avoir l'impression de ne pas pouvoir non plus compter sur moi.

— On dirait que vous avez beaucoup de choses à gérer.

— C'est vrai, mais je ne veux pas que ma vie privée puisse faire du mal à mon frère et ma sœur.

Elle hocha la tête.

— Je pense que quelques séances pour que vous puissiez vous dire toutes les deux ce que vous ressentez pourraient vous faire du bien. J'ai l'impression que Hannah s'éloigne de vous pour se préparer à votre départ.

— Elle a été plus distante ces derniers temps, plus silencieuse et réservée. Je pensais que c'était à cause du retour de sa mère.

— Les enfants ayant peur de l'abandon s'attendent à ce que tout leur entourage disparaisse, alors ils ont souvent peur d'aimer.

Ces mots résonnèrent profondément en moi.

— Je ferai tout ce qui est en mon pouvoir pour aider Hannah.

— Super, répondit le docteur Friedman en souriant. Et si vous vous joigniez à nous pour la prochaine séance alors ?

— D'accord.

Hannah fut silencieuse sur le chemin du retour. Je ne savais pas trop si je devais insister alors qu'elle avait passé une heure à s'ouvrir à quelqu'un. Une fois rentrées à l'appartement, elle se rendit aussitôt dans sa chambre, et mit la musique à fond après avoir fermé sa porte. Vera regardait un feuilleton télévisé. Je décidai qu'il était temps d'avoir un petit tête-à-tête avec elle, alors je récupérai la télécommande et j'éteignis la télé.

— J'étais en train de regarder.

— Je suis sûre que tu arriveras très bien à suivre demain sans avoir vu la fin aujourd'hui. De toute façon, c'est toujours la même chose avec ces émissions.

— Qu'est-ce qui est si important ?

J'eus du mal à ne pas lever les yeux au ciel.

— Tes enfants.

— Qu'est-ce qu'ils ont ?

— Tu es en train de les détruire.

— Je fais de mon mieux. Ce n'est pas facile d'être mère célibataire. Tu le découvriras bien assez vite, à moins que tu réussisses à décrocher l'un de ces hommes et que tu le fasses rester un moment.

— Tu ne fais pas de ton mieux. Loin de là. À quel moment disparaître avec un type que tu connais à peine était la meilleure décision à prendre pour tes enfants ?

— Je t'ai dit qu'à partir de maintenant je ne partirais plus. Arrête de ressasser le passé.

— Est-ce que tu sais combien de fois je t'ai entendue dire que tu allais rester, avant de finir par repartir ? Un nombre incalculable de fois. Alors désolée si je n'arrive pas à croire à tes promesses. Maintenant, c'est à Hannah et Heath que tu fais du mal. Ils ont besoin d'un environnement sûr et structuré. Le fait que tu disparaisses sans cesse va les empêcher de faire confiance à qui que ce soit quand ils seront adultes.

— Très bien ! Alors je leur rends service. Tous les hommes à qui j'ai fait confiance ont fini par partir. Ce sera plus facile pour eux s'ils l'apprennent maintenant. Ils n'ont pas besoin de grandir en pensant que le monde est tout rose.

Je la fixai, et je repensai à ce que m'avait dit le docteur Friedman. *« Il n'est pas rare pour des adultes ayant des soucis non résolus d'éprouver des difficultés à s'engager dans une relation.* » Je n'avais jamais connu mes grands-parents. Dès que je posais des questions sur eux ou sur tout autre membre de la famille de Vera, elle m'ignorait.

— Qu'est-ce qui t'est arrivé quand tu étais petite ? lui demandai-je.

— De quoi tu parles ?

— Tu étais proche de ta mère ?

Elle rit d'un air moqueur.

— Tu te prends pour une psy maintenant ?

— Réponds juste à ma question.

— Ma mère était occupée. Elle faisait le ménage chez les gens et elle était serveuse pour qu'on ait à manger.

— Pourquoi tu n'as pas gardé contact avec elle ?

— Pourquoi j'aurais dû ? Elle m'a mise à la porte quand je suis tombée enceinte de toi à dix-sept ans. Je l'ai appelée à ta naissance, après le départ de ton bon à rien de père. Elle m'a dit d'oublier son numéro si j'appelais pour de l'argent.

Bon sang. *On dirait que l'histoire se répète.* J'imaginais que Vera ne faisait que reproduire ce qu'elle avait vécu. Même si ça m'aidait à mieux comprendre la façon d'agir de ma mère, ça me rendit encore plus déterminée à mettre *fin* à ce cercle vicieux. Hannah et Heath avaient besoin d'une thérapie, et de savoir que tout le monde n'était pas comme leur mère. J'étais perdue dans ma propre vie, mais je me promis de tout faire pour m'assurer qu'ils ne finiraient pas comme Vera.

Après tout, je n'étais pas comme elle... *pas vrai ?*

Elle récupéra la télécommande et ralluma la télé. Si je pensais qu'il y avait la moindre chance de lui faire entendre raison, j'aurais insisté, mais lui faire la leçon n'allait pas suffire.

Je soupirai et me levai.

— Je vais sortir un peu.

— Comme tu veux, répondit-elle sans détourner les yeux de la télévision.

Heath travaillait à la pizzeria, mais je passai par la chambre de ma sœur pour la prévenir que j'allais faire quelques courses. Sa réponse fut presque aussi enthousiaste que celle de sa mère.

Dehors, le soleil brillait, alors je décidai de me promener. J'espérais que l'air frais et le changement de décor allaient me vider la tête, mais je n'arrêtais pas de penser à ce que la psy avait dit à propos des effets à long terme de l'abandon. « *Il n'est pas rare pour des adultes ayant des soucis non résolus d'éprouver des difficultés à s'engager dans une relation.* » Il était facile de se rendre compte que Vera ne se poserait jamais, mais est-ce que j'avais des problèmes, moi aussi ?

Je plaisantais toujours en disant que ma mère m'avait démolie, mais je n'avais jamais creusé plus que ça. Est-ce que j'avais déjà eu une relation sérieuse ? J'étais sortie avec plusieurs hommes, mais la plupart d'entre eux n'étaient pas du genre à s'engager.

N'est-ce pas ?

Je repensai à l'époque où j'avais commencé à fréquenter Robert. Est-ce qu'il avait vraiment dit qu'il ne voulait pas de relation sérieuse ? Sa carrière avait commencé à décoller, et je m'étais juste toujours dit qu'il voudrait être libre de papillonner.

Avec du recul, est-ce que c'était lui qui ne voulait pas s'engager, ou... est-ce que c'était moi qui avais peur d'être en couple ?

Si je ne m'attache pas, ce ne sera pas aussi douloureux lorsqu'il partira...

Oh, bon sang.

Est-ce que je ressemblais déjà à Vera? Est-ce que c'était moi qui n'arrivais pas à m'engager depuis le départ, même si je le lui reprochais?

Le seul autre adulte avec qui j'avais eu une relation, c'était Owen. Mais il y avait des tas de raisons qui expliquaient que je ne me sois pas engagée avec lui, pas vrai?

On ne se connaît pas depuis longtemps.

J'attends peut-être l'enfant de quelqu'un d'autre.

Il vit à New York, et moi en Californie.

J'ai la garde de deux adolescents.

Ma vie est chaotique.

Même si... il m'avait dit qu'il m'aimait. Aucun de ces obstacles ne semblait l'empêcher d'être en couple avec moi.

Oh, bordel.

Je suis comme Vera!

J'avais des tas d'excuses prêtes à être sorties à tout moment, des raisons pour lesquelles ça ne pourrait jamais fonctionner. Pourquoi je n'essayais *jamais*? Pourquoi je n'oubliais jamais tous les obstacles pour voir ce qui pouvait se passer, pour donner une chance à l'amour? Parce que j'avais peur de dépendre d'une personne et qu'elle finisse par partir, comme le faisait ma mère.

Je marchai encore et encore, perdue dans mes pensées pendant presque une heure. Quand je finis par m'arrêter et regarder autour de moi, je me rendis compte que j'étais à Gramercy Park, le quartier dans lequel Owen m'avait fait venir la dernière fois pour visiter un *brownstone*. Quelques rues plus loin, je me retrouvai devant cette même maison.

Est-ce que je pouvais m'imaginer vivre ici? Pousser une poussette dans ce magnifique parc bordé d'arbres au coin de la rue ? Ramasser des plantes aromatiques dans le petit jardin à l'arrière, préparer des plats dans la cuisine quand mon frère et ma sœur viendraient après les cours ? Ou peut-être qu'ils vivraient avec nous.

Je fermai les yeux et visualisai la scène.

Écouter des musiques de Noël en installant un sapin devant la grande baie vitrée qui donne sur la rue.

Notre bébé dormant dans son berceau pendant qu'Owen et moi buvons un verre de vin sur le canapé. Son bras posé sur mon épaule, ma tête blottie contre son torse, tout en parlant de nos journées.

Des fenêtres décorées de pétunias au printemps et de chrysanthèmes en automne.

Une photo de notre enfant accrochée sur le frigo grâce à un aimant venant de Caroline du Sud – l'un des endroits où nous nous sommes arrêtés lors de notre road-trip, l'été dernier. Je me vois fondre en le regardant. Notre petite fille toute souriante, assise sur les épaules d'Owen pendant notre balade sur la plage.

Pouvoir m'endormir tous les soirs dans les bras d'Owen.

J'en avais envie. J'en avais *très, très* envie.

Et c'était si près de moi, juste devant mon nez.

Et pourtant...

J'étais terrifiée à l'idée de tendre la main pour l'attraper.

Quand je finis par ouvrir les yeux, j'aperçus une dame âgée sur la marche la plus haute de la maison. D'après son air interrogateur, on aurait dit qu'elle m'observait depuis un moment.

Je clignai des yeux pour revenir à la réalité, et je secouai la tête.

— Désolée. Je, euh, j'admirais juste votre belle maison.

La femme sourit et pointa du doigt le panneau de l'agence immobilière.

— Elle est à vendre, vous savez.

— Je suis venue la visiter l'autre jour. Elle est magnifique.

— C'est aussi un bon endroit pour observer les gens. Je m'installe ici presque tous les soirs depuis une quarantaine d'années.

Elle s'assit sur les marches et tapota la place à côté d'elle.

— Venez vous joindre à moi si vous n'êtes pas pressée.

— Bien sûr. Pourquoi pas ? acceptai-je en m'installant à ses côtés.

— Je m'appelle Francine Meyers, mais mes amis m'appellent Fanny.

— Moi, c'est Devyn. Enchantée.

— Alors, Devyn, vous vivez seule ou vous voyez cette maison comme un endroit où élever vos enfants ?

— Je suis venue la visiter avec mon petit ami.

— J'espère qu'un gentil couple achètera cet endroit, avoua-t-elle en souriant. Mon Arthur et moi avons passé tellement de bonnes années ici. Il y a eu beaucoup d'amour et de rires entre ces murs. J'ai élevé quatre enfants *et* un mari ici.

Elle me fit rire.

— Est-ce que je peux vous demander pourquoi vous déménagez ? Est-ce que vous prenez votre retraite dans un endroit plus chaud ?

Fanny hocha la tête.

— C'est trop grand pour moi aujourd'hui, alors je vais habiter en Floride, près de chez ma sœur. Un appartement. Sans travaux. Je suis toute seule à présent. Mon Arthur est mort l'année dernière.

— Toutes mes condoléances.

— Merci. On a passé quarante-neuf belles années ensemble.

— Waouh. Quarante-neuf ans de mariage, c'est énorme.

Elle sourit.

— C'est vrai. Pourtant, la seule chose que je regrette, c'est de ne pas l'avoir rencontré plus tôt.

— C'est adorable, répondis-je en posant ma main sur mon cœur.

Le silence s'installa entre nous lorsque nous observâmes une femme passer avec deux petites filles. Elles avaient probablement six ou sept ans, et elles portaient des uniformes bleu et gris d'une école catholique, avec des nœuds assortis dans leurs couettes.

— Je peux vous poser une question, Fanny ?

— Allez-y, ma chère.

— Quand vous vous êtes mis ensemble, est-ce que vous saviez au fond de votre cœur qu'Arthur et vous alliez passer presque un demi-siècle ensemble ?

— Je n'avais que vingt-deux ans. Je ne sais pas si je me suis projetée aussi loin, mais je savais avec certitude que je regretterais de ne pas saisir ma chance avec cet homme.

Je souris et regardai une nouvelle fois la maison par-dessus mon épaule. Imaginer ne pas installer le sapin de Noël ou ne pas avoir d'aimants sur le frigo me serra le cœur.

— Merci, Fanny. Il faut que j'y aille. Je viens de me rendre compte que je devais faire quelque chose.

— Lancez-vous, ma belle, m'encouragea-t-elle avec un clin d'œil.

Je courus presque pour rentrer. J'ignorais ce que j'allais dire ou faire, mais j'en avais assez de laisser mes peurs me contrôler. Même si ça ne fonctionnait pas, Owen valait le coup que je prenne le risque. Je voulais tout avec lui.

Le bébé.

Mon frère et ma sœur.

Voir Owen rentrer tous les soirs.

Peut-être même un chien ou un chat.

Et, bon sang, je voulais aussi la maison.

Oh, mon Dieu. J'avais vraiment perdu la tête ! *Je n'aime même pas les animaux.*

Mais je m'en fichais. Après ma prise de conscience, la seule chose qui importait, c'était de voir Owen.

Une fois arrivée à l'immeuble, l'ascenseur n'arriva pas au bout de trois secondes, alors je me précipitai vers les escaliers. Dieu merci, il n'habitait qu'au deuxième étage, parce que j'étais complètement à bout de souffle en arrivant.

Owen ouvrit la porte, aperçut mon visage rouge, mon souffle court, et il paniqua.

— Qu'est-ce qui s'est passé ? Qu'est-ce qui ne va pas ?

— Rien.

Je me penchai en avant et posai mes mains sur mes genoux.

— Tu es sûre ? Pourquoi tu es essoufflée ?

Je levai un doigt en reprenant ma respiration. Une fois capable de parler, je me redressai.

— Désolée.

— Qu'est-ce qui se passe, Dev ? Tu me fais peur.

— Eh bien, comme ça, on est deux. Parce que je suis terrifiée.

— Qu'est-ce qui m'échappe ? De quoi tu as peur ?

— De toi, Owen ! J'ai peur de toi !

— Pourquoi ?

— Parce qu'il se passera quoi si tu me quittes ?

Son visage se décomposa.

— Tu as eu les résultats ? Je ne suis pas le père ?

— Oh, mon Dieu ! Non ! Les résultats ne sont pas encore arrivés.

— Alors, qu'est-ce qu'il y a ? Pourquoi je te quitterais ?

— Je ne sais pas, mais j'ai peur…

Le pauvre Owen était totalement perdu, mais il sembla soudain commencer à comprendre. Son expression s'adoucit, et il s'approcha pour poser sa main sur ma joue.

— Je ne vais nulle part, Dev.

— Super. Parce que… Parce que je t'aime.

— C'est vrai ? demanda-t-il, les yeux écarquillés.

Les larmes me montèrent aux yeux lorsque je hochai la tête.

— Et je veux absolument tout avec toi. Même le fichu chien.

— Quel chien ?

— Tais-toi et contente-toi de m'embrasser.

Il enroula un bras autour de ma taille et me colla contre lui.

— Oui, madame.

J'eus l'impression que la Terre s'arrêta de tourner quand sa bouche s'écrasa sur la mienne. Toutes mes peurs semblèrent disparaître.

Du moins, jusqu'à ce que mon téléphone se mette à sonner…

CHAPITRE 28

Owen

Un appel du médecin de Devyn avait interrompu notre moment, et nous avions tous les deux pensé que les résultats étaient prêts. Toutefois, le docteur Talbot appelait seulement pour donner à Devyn les résultats du reste de la prise de sang. Il nous avait fallu un peu de temps pour nous remettre de la montée d'adrénaline, après avoir pensé que nous allions pouvoir avoir la réponse au sujet de la paternité.

Et à présent, deux jours plus tard, nous attendions encore. J'étais toujours sur mon petit nuage après avoir entendu Devyn me dire qu'elle m'aimait, mais j'étais aussi tendu. Le délai pour avoir les résultats était de trois à cinq jours, et ça faisait justement cinq jours aujourd'hui. L'attente était pratiquement en train de nous tuer à ce stade.

Cet après-midi, Devyn avait emmené son frère et sa sœur à la piscine couverte. Puisque mes visites du jour étaient terminées, je n'arrivais pas à tenir en place en attendant son retour. Je décidai de rendre visite à Holden, qui était en train de réparer l'un des appartements vides pour de nouveaux locataires.

La porte était ouverte, alors j'entrai, et je trouvai mon ami sous l'évier.

— Toc, toc, lançai-je pour annoncer mon arrivée.

— Hé, comment tu vas? demanda-t-il en sortant du meuble.

J'étais content qu'au moins l'un des garçons soit au courant pour pouvoir me confier.

— Toujours pas de résultats, soupirai-je. Je suis une boule de nerfs, mais un peu moins qu'avant.

— Qu'est-ce qui a changé?

— Devyn m'a dit qu'elle voulait que ça marche entre nous, peu importe les résultats. C'était énorme. Elle m'a dit qu'elle m'aimait pour la première fois, alors ça m'a enlevé un peu de pression au sujet du test ADN.

Il sourit.

— Super. Je suis content de l'entendre.

— Robert essaiera peut-être d'interférer si le bébé est le sien, mais savoir qu'elle a pris la décision d'être avec moi *avant* d'avoir les résultats, ça signifie beaucoup.

— Tu m'étonnes. Sinon tu te serais toujours posé la question.

— Exactement. Je n'aurais pas voulu avoir l'impression qu'elle me choisissait uniquement pour le bien du bébé.

— Totalement. Je comprends.

Il se leva et me donna une tape sur l'épaule.

— On dirait que tu vas élever un enfant quoi qu'il arrive, ajouta-t-il en me tendant sa main. Bienvenue dans le club des nuits sans sommeil, mec.

Je la lui serrai.

— C'est fou, hein? *Moi*, pas quelqu'un d'autre.

— Je pensais que ça n'arriverait jamais, avoua-t-il

en regardant le plafond. Ryan s'amuse bien là-haut en envoyant des bébés à tout le monde.

Holden se baissa de nouveau pour se remettre au travail.

— Il faut que je continue, mais je t'écoute.

— Qu'est-ce qui ne va pas avec l'évier ?

— Un tuyau fuit au niveau du joint, répondit-il.

Quelques minutes plus tard, un déluge d'eau gicla partout.

— Putain ! s'écria-t-il. Le tuyau a lâché.

Pendant qu'il se précipitait pour couper l'arrivée d'eau, je fouillai partout pour trouver un récipient afin de minimiser les dégâts. Je finis totalement trempé, de la tête à mon entrejambe, avant que le jet s'arrête.

— Je suis vraiment bête de ne pas avoir pensé à le faire avant de réparer le tuyau, déclara-t-il à son retour.

— Eh bien, tu ne t'attendais pas à ce que ça explose.

Je restai encore quelques minutes, puis je décidai de le laisser continuer ce qu'il avait à faire.

— Je voulais juste passer te dire bonjour. Tu as besoin de quelque chose avant que j'y aille ?

— Non, ça ira, répondit-il en sortant un instant de sous l'évier. Tiens-moi au courant, d'accord ? On attend aussi avec impatience.

— Je le ferai.

Je sortis dans le couloir, encore totalement trempé, et je reçus un message au moment d'entrer dans l'ascenseur.

Devyn : Tu es où ? Je suis devant chez toi.

Owen : J'arrive tout de suite. J'étais avec Holden. Reste là, je te rejoins.

En arrivant à mon étage, je l'aperçus devant ma porte. Elle se précipita vers moi, enroulée dans une serviette, les cheveux mouillés. On aurait dit que nous venions tous les deux d'échapper à la mousson.

— Qu'est-ce qui s'est passé, Devyn ? Pourquoi tu as encore ton maillot de bain ?

Il s'est passé quelque chose à la piscine ? Il y a eu un accident ?

Elle reprit son souffle.

— Le médecin a appelé.

Les quelques secondes qu'il lui fallut pour reprendre son souffle furent les plus longues de ma vie.

— J'ai couru jusqu'ici pour te dire...

Mon cœur battait à tout rompre.

— Quoi donc ?

— C'est le tien, Owen, m'apprit-elle d'une voix tremblante. C'est toi le père.

L'euphorie prit possession de mon corps.

— Oh, mon Dieu.

— Je sais, souffla-t-elle, les larmes aux yeux.

Mes mains tremblaient.

— Oh, mon Dieu.

— On a tellement de chance, ajouta-t-elle, alors qu'une larme roulait sur sa joue.

— Oh, mon Dieu ! répétai-je encore.

Ma voix résonna dans le couloir alors que je soulevais Devyn pour la faire tourner dans les airs.

Je fermai les yeux.

— J'ai l'impression de pouvoir respirer pour la première fois depuis que tu m'as annoncé ta grossesse.

— Moi aussi, Owen.

Je la reposai, puis je me mis à genoux pour poser une main sur son ventre, qui commençait à grossir.

— C'est *mon* bébé à l'intérieur de toi. Bon sang.

— Oui, confirma-t-elle en passant ses doigts dans mes cheveux.

— *Mon* bébé, murmurai-je.

— Oui ! hurla-t-elle.

Je me relevai, la portai de nouveau, et la serrai fort dans mes bras.

— Qu'est-ce qui s'est passé ? Il y a eu une inondation ?

Nous nous tournâmes, et nous aperçûmes Colby tenant deux cafés. Il avait l'air confus, ce qui était compréhensible.

Je reposai Devyn.

— Ce qui s'est passé... c'est que je vais avoir un bébé, Colby, annonçai-je d'un air rayonnant.

— Quoi ? lâcha-t-il, les yeux écarquillés. D'abord, pourquoi vous êtes trempés ?

Il secoua la tête.

— Mais, quoi ? reprit-il.

— Un tuyau a explosé, l'informai-je.

— Je suis venue directement de la piscine pour lui apprendre la nouvelle, ajouta Devyn.

— D'accord. Deuxièmement... quoi ? répéta-t-il en riant. Vous allez avoir un bébé ?

— On est au courant qu'elle est enceinte depuis un moment, mais... c'est une longue histoire. Il fallait qu'on garde le secret un moment, mais maintenant on peut le crier au monde entier.

La mâchoire de Colby faillit se décrocher.

— Eh bien... félicitations ! Quelqu'un d'autre est au courant ?

— Holden, répondis-je à contrecœur.

Il plissa les yeux.

— Tu l'as dit à *Holden* avant de me le dire à moi ?

— Il nous a surpris en train d'en parler un jour. D'ailleurs, Lala et lui. Ils l'ont découvert par accident.

— Il a gardé le secret ?

— Les miracles arrivent, affirmai-je en haussant les épaules.

— Ta femme est aussi au courant, ajouta Devyn.

— Vraiment ? Mince alors, elle ne m'a rien dit.

Il secoua la tête, et Devyn acquiesça.

— Je sais. C'est une bonne amie. Je suis désolée de lui avoir dit de ne pas t'en parler.

— Brayden ne le sait pas ? demanda-t-il.

— Non, il sera le dernier à l'apprendre.

— Il ne va pas être ravi, plaisanta Colby. Allons chez moi pour l'appeler.

Nous nous dirigeâmes tous les trois vers son appartement, et j'appelai Brayden dès notre arrivée.

— Quoi de neuf ? lança-t-il quand il décrocha.

— On est chez Colby. Rejoins-nous. Il faut que je t'annonce une grande nouvelle.

Puis je raccrochai.

Billie arriva de la cuisine avec Maverick dans les bras. Elle sembla surprise de nous voir, Devyn et moi.

— Salut, les gars. Quoi de neuf ? Vous étiez en train de nager ?

— Tu étais au courant pour la grossesse, hein ? lança Colby en s'approchant d'elle pour lui donner une tape sur les fesses.

— En effet, avoua-t-elle en haussant les épaules.

— C'est moi le père, Billie, annonçai-je.

Elle écarquilla les yeux.

— Super ! s'écria-t-elle en sautant de joie. C'est trop bien !

Colby plissa les yeux et se tourna vers moi.

— Qui d'autre aurait pu l'être ? demanda-t-il.

— Encore une fois, c'est une longue histoire que je te raconterai un autre jour.

Il ouvrit la bouche pour répondre, mais il choisit de ne pas insister et se contenta de hocher la tête.

— Pourquoi vous êtes trempés ? s'enquit Brayden en entrant dans l'appartement.

— On va avoir un bébé, révélai-je en enroulant mon bras autour de Devyn pour l'attirer contre moi.

— Alors, rappelle-moi de rester hors de l'eau, plaisanta-t-il, avant de prendre un air sérieux lorsqu'il comprit. Attends, sérieusement ? Elle est enceinte ?

— Oui, mec.

Il nous regarda tour à tour.

— Vous êtes au courant depuis quand ?

— Véritablement ? Depuis une dizaine de minutes seulement, répondis-je.

— Est-ce que c'est une bonne nouvelle ? nous interrogea-t-il.

Devyn sourit.

— Oui, on est heureux.

— Tellement heureux, confirmai-je en déposant un baiser sur son front. C'est le plus bel accident qui soit.

— Alors, félicitations, ajouta-t-il en nous enlaçant tous les deux. Vous savez vraiment comment choquer les gens.

Je lui donnai une tape dans le dos.

— Tu ferais mieux de te mettre au travail, Brayden. Tu seras bientôt le seul d'entre nous à ne pas avoir d'enfant.

Il leva sa main.

— Ça ira. Je serais ravi de rester l'intrus de la bande pendant un *long* moment.

— Billie vient de m'envoyer un message. J'ai entendu dire que c'est toi le père ! s'exclama Holden en arrivant à son tour.

— Pourquoi tu dis ça ? s'étonna Brayden en plissant les yeux.

— Laisse tomber, répondit Holden en m'adressant un regard désolé.

Puis Lala entra en portant Hope, et elle rejoignit aussitôt Devyn.

— Je suis tellement contente pour vous !

Saylor, la fille de Colby, sortit de sa chambre.

— Pourquoi tout le monde crie ? demanda-t-elle.

— Devyn et Owen vont avoir un bébé, lui annonça son père.

La petite leva les yeux vers nous.

— Vous êtes amoureux ?

— Oui, on l'est, confirmai-je en ébouriffant ses cheveux.

— Je ne savais pas, avoua-t-elle en haussant les épaules.

Devyn et moi échangeâmes un regard en riant, puis elle s'écarta de moi.

— S'il vous plaît, je voudrais juste dire quelque chose, déclara-t-elle en levant la voix pour que tout le monde l'entende.

— Chuut... lança Holden en agita sa main. Laissez-la parler.

— Salut, commença-t-elle maladroitement en jouant avec ses doigts, une fois que l'attention fut sur elle. Je voulais juste vous dire que dès que je suis arrivée ici et que je vous ai tous rencontrés, j'ai admiré votre amitié – la famille que vous avez formée. À cause de mon passé, je ne me sentais pas digne de ce genre de liens. Je vous enviais. Pendant longtemps, et pour des raisons que je n'aborderai pas aujourd'hui, ma relation avec Owen était en suspens.

Elle prit ma main dans la sienne.

— Je suis très heureuse de pouvoir enfin imaginer notre avenir ensemble, et je suis encore plus heureuse de savoir que vous en ferez tous partie. Vous avez tous été gentils avec moi dès le premier jour. J'espère qu'il vous reste de la place pour un membre de plus dans votre groupe.

— Techniquement, il y a deux membres de plus, rectifiai-je en posant ma main sur son ventre.

— C'est vrai, confirma-t-elle en riant.

Billie nous souffla un baiser.

— On t'aime, Devyn.

— Et *moi*, j'aimerais dire que depuis le moment où j'ai tenté de te voler à Owen, il était clair que tu n'avais d'yeux que pour lui, intervint Brayden. Je suis extrêmement heureux de voir que mon ami a enfin trouvé la femme de ses rêves. Ça faisait longtemps qu'il t'attendait.

— Merci, Brayden.

Elle lui sourit, puis elle se mit à frissonner.

Il fallait qu'on se débarrasse de ces affaires trempées.

— Si vous voulez bien nous excuser, il faut qu'on aille se sécher, déclarai-je en prenant sa main. On fêtera ça plus tard.

Brayden nous interpella au moment où nous allions passer la porte.

— Est-ce que tu vas me dire avec quel acteur elle sortait, alors ?

Je lui fis un doigt d'honneur – avec amour – tout en continuant mon chemin avec Devyn.

J'avais donné l'un de mes T-shirts à Devyn après avoir pris une longue douche chaude avec elle. Elle m'avait demandé d'être là lorsqu'elle appellerait Robert pour lui annoncer la nouvelle, alors nous étions assis l'un à côté de l'autre sur le canapé quand elle composa son numéro.

Elle essuya sa paume sur sa cuisse en attendant qu'il décroche.

— Salut, Robert, finit-elle par prononcer, avant de prendre une grande inspiration. On a eu les résultats.

Elle marqua une pause.

— C'est le bébé d'Owen.

Elle poussa un soupir et humecta ses lèvres.

Je l'observai cligner des yeux et hocher la tête pendant qu'elle écoutait ce qu'il disait.

— Je sais, reprit-elle. Je suis désolée de te l'annoncer comme ça par téléphone, mais je n'avais pas le choix.

Quelques secondes s'écoulèrent.

— On va élever ce bébé ensemble, en couple. Je l'aime, Robert, affirma-t-elle en prenant ma main. Je l'aime vraiment.

Elle se tourna vers moi.

— Il veut que je le mette sur haut-parleur pour que tu puisses l'entendre.

— D'accord, acceptai-je en inspirant doucement, et en me préparant à une conversation malaisante.

Elle plaça le téléphone entre nous.

— Salut, Owen, commença Robert.

— Salut.

— Félicitations.

— Merci, c'est gentil. Je sais que ça ne doit pas être facile pour toi.

— C'est compliqué, mais c'est comme ça. Je respecte beaucoup le fait que tu sois resté auprès d'elle pendant tout ce temps, alors que je ne pouvais pas le faire, déclara-t-il, avant de marquer une pause. Je n'ai pas toujours traité Devyn comme elle le méritait, mais je l'aime plus que tout au monde. Je l'aimerai *toujours*. J'espère que tu le sais, Devyn. J'aurais aimé savoir que les moments qu'on a passés ensemble avant ton départ à New York étaient les derniers. Je les aurais encore plus appréciés, j'en aurais chéri chaque seconde. Je pensais vraiment pouvoir changer pour toi, pour ce bébé. Et je ne vais pas mentir, c'est terriblement douloureux. Mais il faut que je sois convaincu que tout arrive pour une raison. Je suis content que tu aies trouvé quelqu'un qui t'aime, quelqu'un qui, j'en suis sûr, sera un bon père.

— Merci, Robert, répondis-je.

Quand je regardai Devyn, je vis qu'elle avait les larmes aux yeux.

Je comprenais pourquoi elle pleurait. Elle avait eu une longue histoire avec cet homme, même si c'était compliqué. Elle tenait profondément à lui. Je devais bien lui accorder ça.

— Je dois tourner une scène triste aujourd'hui, nous informa-t-il. Je pense que ça ne devrait pas poser de problème.

Il rit, même si je pouvais entendre la mélancolie dans sa voix.

— Je comprends... murmura-t-elle.

— Je veux ajouter une dernière chose avant de te laisser, Devyn.

— D'accord.

— Tu es à mes côtés depuis le début. La seule chose que je n'accepterai pas, c'est de perdre ton amitié. J'espère que tu n'as rien contre ça, Owen, parce que je ne compte pas changer d'avis.

— Tant que tu ne la touches pas, tout ira bien entre nous, répliquai-je en faisant un clin d'œil à ma petite amie. Je plaisante. Enfin, presque.

— Et si tu venais à lui faire du mal, je me servirai des leçons de karaté que j'ai dû prendre pour un film, ajouta-t-il.

— C'est noté, acquiesçai-je en riant.

Quand il raccrocha, un incroyable sentiment de paix m'envahit.

— Je ne sais pas pour toi, mais je ne me suis jamais senti aussi détendu qu'en ce moment même, indiquai-je en caressant sa jambe.

— Moi aussi, me confia-t-elle en posant sa main sur la mienne. En fait, ça m'excite.

— Ah bon ? demandai-je en arquant un sourcil.

— Oui. Le stress entrave ma libido, mais quand je me sens vraiment détendue... je n'ai qu'une seule envie : faire l'amour.

— Eh bien, rappelle-moi de t'offrir un abonnement à un salon de massage.

Je me levai et lui tendis ma main.

— Viens, laisse-moi arranger ça.

Devyn me suivit dans ma chambre, mais ce fut le dernier moment où je pris les rênes.

— Allonge-toi, Owen, ordonna-t-elle en prenant le contrôle de la situation.

Je lui obéis et l'observai retirer mon T-shirt avant de s'asseoir sur moi. Mon sexe gonfla.

Je pinçai doucement son mamelon, et je laissai échapper un son guttural devant sa poitrine plus ferme que jamais.

— Ton corps change de jour en jour, et ça me plaît énormément.

Elle frotta ses seins l'un contre l'autre.

— Je me suis dit que tu les aimerais beaucoup.

— Oh que oui. Tu es de plus en plus belle.

Elle glissa sa main dans mon boxer et sortit mon érection, avant d'approcher sa bouche pour me sucer. Son excitation due aux hormones devait être contagieuse, car je faillis jouir rien qu'en sentant sa bouche chaude autour de ma queue.

— Est-ce qu'on peut arrêter le temps, là, maintenant ? demandai-je en laissant tomber ma tête en arrière.

Devyn fit tourner sa langue sur mon gland, léchant tout le liquide pré-séminal qui s'y était accumulé.

— Qu'est-ce que j'ai fait pour mériter ça ? demandai-je.

— Tu es le père de mon bébé.

Je souris, bien trop dans ma bulle pour formuler une réponse cohérente à ça. Je glissai mes doigts dans ses cheveux et savourai chaque seconde.

— C'est trop bon, mais je veux jouir en toi, pas dans ta bouche.

— Reste allongé, alors. C'est à mon tour de te chevaucher.

Oh oui.

— Tu ne vas pas m'entendre me plaindre.

Devyn retira sa culotte, avant de se laisser descendre sur moi. Un plaisir sans précédent s'empara de moi lorsqu'elle fit monter et descendre son magnifique sexe trempé sur mon érection.

Mes mains posées sur ses hanches, je la fis s'asseoir jusqu'à être totalement enfoncé en elle.

— Je t'aime tellement, Devyn, déclarai-je en la regardant droit dans les yeux.

— Je t'aime aussi, prononça-t-elle avant de fermer les paupières.

Après seulement quelques minutes, ses bruits de plaisir résonnèrent dans ma chambre, me donnant le signal pour me laisser aller à mon tour. Lorsqu'elle se contracta autour de moi, je jouis si fort que mes jambes tremblèrent en dessous d'elle.

Devyn remua ses hanches jusqu'aux dernières vagues de son orgasme, puis elle s'effondra sur moi et retrouva ma bouche affamée dans un baiser passionné.

Une fois redescendus de notre extase, nous restâmes l'un face à l'autre, nos corps nus emmêlés dans les draps.

Je caressai sa joue du dos de mes doigts.

— Je n'ai jamais été aussi heureux que maintenant.

— C'est pareil pour moi. Je suis sérieuse.

— On a enfin annoncé la grossesse à tout le monde et on a parlé à Robert, ce qui fait un gros poids en moins, mais tu sais, ce n'est pas la conversation la plus importante de la journée.

— Est-ce qu'on a oublié quelqu'un ? demanda-t-elle en écarquillant les yeux. En fait, tu as raison. On doit encore dire à Mia et aux enfants que c'est toi le père.

— Ce n'est pas ce que je voulais dire.

Je descendis pour approcher ma tête de son ventre.

— Je n'ai pas encore parlé à *mon bébé*.

— Ah... observa-t-elle en souriant.

— Salut, petit bout. Je peux enfin le dire. C'est moi, ton papa. Et j'ai hâte de faire ta connaissance. Je ne sais pas comment je me débrouillerai en tant que père, mais j'espère que tu seras indulgent. Je te promets d'apprendre. Et je te promets de t'aimer et de faire tout mon possible pour que tu sois en sécurité. Enfin, on s'en assurera tous les deux, ta mère et moi, précisai-je en regardant Devyn.

Elle posa les yeux sur son ventre.

— C'est ma chance de prouver que je ne ressemble pas à Vera ni à sa mère.

— Tu vas briser la chaîne, ma belle, lui assurai-je en posant ma main sur sa joue. Et je serai là à chaque seconde pour voir ça.

CHAPITRE 29

Un mois plus tard, je rejoignis Holden à Gramercy Park. Il siffla d'un air admiratif lorsque nous arrivâmes à la maison. Je souris en pensant à quel point les choses avaient changé ces deux dernières années. Désormais, Holden Catalano sifflait en voyant des biens immobiliers, et non plus des femmes.

— Bon sang, lança-t-il en secouant la tête. Tu as les moyens de te payer un endroit comme ça dans ce quartier luxueux ?

— J'ai la moitié de la somme. Je me suis dit que je pourrais emprunter le reste, comme ça, le remboursement serait raisonnable.

— Surtout avec deux revenus. Devyn doit être surexcitée.

— Je voulais t'en parler. Tu ne peux pas lui dire qu'on est venus ici aujourd'hui. Elle ne sait pas que je vais faire une offre pour la maison. Je veux lui faire la surprise.

Holden arqua les sourcils.

— Tu es sûr que c'est une bonne idée ? Et si elle ne l'aimait pas ?

— On est venus visiter le mois dernier, juste avant qu'elle soit mise sur le marché. Elle l'a adorée. En plus, c'est un bon investissement immobilier. S'il s'avère qu'elle ne veut pas habiter ici, je pourrais toujours mettre la maison en location. Le prix est correct, et ce quartier rapporte gros en matière de loyers. J'économise depuis plusieurs années dans l'intention d'acheter une propriété pour un revenu passif.

Je savais que ce *brownstone* était un bon investissement financier, car je connaissais le marché immobilier de New York. Cependant, Holden s'y connaissait en plomberie et en chauffage, alors je lui avais demandé de venir pour vérifier s'il n'y avait rien de flagrant dans les installations, avant de faire une offre. Je prévoyais de faire faire une inspection dans les moindres détails par un technicien si mon offre était acceptée, mais j'étais sur le point de vider mon compte en banque, et j'avais besoin d'un deuxième avis avant de me lancer.

La propriétaire n'était pas là ce matin, alors l'agent immobilier m'avait donné la combinaison de la boîte sécurisée accrochée à la porte d'entrée. Je fis faire une visite rapide à Holden, avant de jeter un coup d'œil aux éléments essentiels du système de climatisation et de la plomberie. Nous y restâmes plus d'une heure, le temps qu'il teste divers mécanismes.

— Je devrais te dire que les tuyaux sont en plomb et dangereux, que le système de chauffage est en fin de vie, et que les murs sont recouverts d'amiante, commença Holden en frappant dans ses mains pour en retirer la poussière, alors qu'il se relevait après avoir regardé sous l'évier. Mais ce serait mentir. Ça va juste être nul de ne plus t'avoir dans l'immeuble.

— Je sais. Je me suis habitué à vous avoir près de moi, mais Devyn veut vraiment avoir de l'espace pour Heath et

Hannah. Pour l'instant, elle a toujours la garde temporaire. Vera doit assister à des cours sur la parentalité et faire une thérapie avant que le tribunal envisage de lui rendre la garde après toutes les conneries qu'elle a faites. Et Dev veut s'assurer que les enfants sachent qu'il y aura toujours de la place pour eux quoi qu'il arrive. Mon instinct me dit qu'ils vont finir par venir vivre avec nous définitivement.

— C'est un énorme engagement, mon ami. Un nouveau-né, deux adolescents, et un bon gros emprunt.

— C'est vrai, mais je n'ai jamais été aussi heureux.

Holden sourit.

— Le système de climatisation a moins de cinq ans, la tuyauterie en PVC est traitée contre la corrosion, et je ne vois aucune fissure d'usure ni de problèmes d'ordre structurel.

Je poussai un soupir de soulagement.

— Merci, mec. C'est gentil d'être venu avec moi.

— Pas de problème. Mais tu sais que ce n'est pas gratuit. Tu vas venir faire du baby-sitting le week-end prochain pour que je puisse aller dîner avec ma superbe femme.

— Marché conclu, acceptai-je en riant.

Je verrouillai la maison derrière nous, et alors que Holden et moi étions en train de descendre les marches, une femme approcha. Je n'avais pas rencontré la propriétaire, mais je lui avais parlé au téléphone...

— Vous êtes madame Meyers ?

— En personne.

Je lui tendis ma main.

— Owen Dawson. Merci de m'avoir permis de visiter la maison ce matin. C'est très gentil.

— Pas de souci. Mais j'ai bien peur que vous soyez venu pour rien. Je viens juste de recevoir une offre il y a une demi-heure.

Mon visage se décomposa.

— Ah bon ?

— Désolée de vous avoir fait venir pour rien, s'excusa-t-elle en hochant la tête.

La panique m'envahit. J'avais imaginé ma famille vivre ici. En fait, j'en avais même rêvé la nuit dernière. Je m'étais vu en train de coller du papier peint dans la chambre du bébé avec Devyn, pousser la poussette dans le parc au coin de la rue, et préparer le repas côte à côte dans la cuisine avec de la musique en fond.

— Vous avez déjà accepté l'offre ? J'en ferai une plus importante si vous n'avez pas encore signé les papiers.

— J'ai accepté, m'informa la femme en souriant. Les papiers ne sont pas signés, mais cette maison représente beaucoup pour moi. J'ai rencontré l'acheteur, et je suis contente qu'elle aille à de bonnes personnes qui veulent fonder une famille ici. J'ai obtenu un bon prix, alors j'ai bien peur que ce soit une affaire conclue.

Abattu, je ne pris pas la peine de lui dire que j'avais aussi prévu de fonder une famille.

— D'accord, merci, répondis-je avec un sourire. Je parlerai à l'agent immobilier pour une offre de réserve, juste au cas où quelque chose ne se passe pas comme prévu.

— Bonne chance dans vos recherches.

— Merci.

Je m'éloignai avec un sentiment de vide intérieur.

— Désolé, mec, me réconforta Holden en posant une main sur mon épaule. Je voyais bien que tu espérais vraiment l'avoir.

— Je n'en reviens pas qu'elle me soit passée sous le nez, confiai-je en secouant la tête.

— Je sais, ça craint. C'est une super maison. Mais ces dernières années, j'ai appris que tout arrive pour une raison, chaque chose en son temps. Quelque chose de mieux et de plus grand t'attend.

Il voulait bien faire, mais je ne voulais *pas* de quelque chose de mieux et de plus grand. J'avais eu un coup de cœur pour cet endroit. Je m'y sentais bien. Je regardai en arrière une dernière fois et ressentis un pincement au cœur.

Je ne parvins pas à me débarrasser de ce sentiment de mélancolie, malgré les heures qui défilaient. Je retournai au bureau et consultai les nouvelles mises en vente pour voir s'il y avait quelque chose d'intéressant, mais tout était soit au-dessus de mon budget, dans un quartier horrible, ou trop petit pour nous. Je m'en voulais d'avoir attendu aussi longtemps pour faire une offre. Si je l'avais faite une heure plus tôt, cette maison aurait été à moi. La seule fois où je retrouvai le moral fut lorsque Devyn m'appela.

— Salut, ma belle.

— Je crois que je viens de sentir le bébé bouger !

— Bon sang. Sérieusement ?

— Oui. J'étais assise sur le canapé, après une réunion téléphonique pour le travail qui a duré deux heures, et je mangeais des Oreo. J'en ai avalé deux, et je voulais vraiment aller chercher du lait pour tremper le reste du paquet dedans, mais mon pantalon était déjà serré, alors je me suis retenue de le faire. Je me suis levée pour ranger les gâteaux dans le placard, histoire de me débarrasser de la tentation, et dès que je l'ai fermé, j'ai senti un coup.

— Bordel.

— Je sais ! Le bébé m'a donné un coup parce qu'elle voulait des Oreo et que je ne voulais plus lui en donner.

— Tu te rends compte que tu viens de dire « elle » ? demandai-je en souriant.

— Ah bon ?

— Oui.

— Il faut croire que tu déteins sur moi. D'ailleurs, pourquoi tu es convaincu que c'est une fille ?

— Je ne sais pas. Mais je suis encore plus sûr de moi maintenant qu'elle veut des choses sucrées.

— Oooh, c'est parce qu'elle ressemble à sa mère ?

— Je te rappelle que je t'ai regardée avaler la moitié d'une tarte au citron vert, hier soir.

— Attention, mon pote, sinon je dirai à ma petite fille de te frapper aussi.

Mon sourire s'élargit.

— J'ai hâte.

— On sort dîner ce soir, n'est-ce pas ?

J'avais presque oublié que j'avais réservé une table dans un petit restaurant romantique. J'avais espéré pouvoir lui faire une surprise en lui annonçant que l'offre pour la maison avait été acceptée.

— Oui. À dix-neuf heures trente.

— D'accord ! Mais est-ce que tu penses pouvoir aller chercher quelque chose pour moi sur le chemin du retour ?

— Bien sûr. Tu as besoin de quoi ?

— De plus d'Oreo. En fin de compte, ce bébé m'a poussée à finir le paquet.

— Compris, répondis-je en riant. On se voit bientôt.

J'étais encore déçu d'avoir perdu le *brownstone*, mais j'avais retrouvé le moral. J'avais hâte de rentrer chez moi et de sentir moi-même ces petits coups.

Devyn m'attendait dans mon appartement lorsque j'arrivai une heure plus tard. Nous n'avions pas officiellement emménagé ensemble, mais je lui avais donné une clé pour qu'elle puisse travailler en paix pendant la journée, et elle avait dormi ici pratiquement tous les soirs depuis le retour de Vera. La voir quand je rentrais rendait même les journées horribles plus supportables.

Je posai le carton que je portais sur le comptoir de la cuisine, et je l'attirai contre moi pour l'embrasser.

— Tu es magnifique.

— Tu as oublié les Oreo ?

— Bon sang, quelqu'un est impatient. C'est une envie de femme enceinte ?

Elle secoua la tête.

— Non, mais je n'ai pas senti d'autres coups, alors j'espérais que si j'en mangeais un, elle pourrait le refaire pour toi.

— Ils sont là-dedans, indiquai-je en désignant le carton.

Devyn écarquilla les yeux en l'ouvrant.

— Ce carton est *rempli* d'Oreo ? Tu en as acheté combien ?

— J'ai pris tout ce qu'il y avait sur l'étagère de la supérette en bas de la rue, répondis-je en haussant les épaules. Je crois qu'il y avait treize paquets.

— Treize paquets ? Tu es fou ?

— J'avais *vraiment* envie de sentir le bébé bouger, avouai-je en souriant.

Devyn se mit à rire et prit ma main.

— Viens, allons nous asseoir pour voir ce qui se passe.

Nous restâmes assis pendant une demi-heure, mais le bébé ne bougea pas, alors que nous avions mangé une demi-douzaine de gâteaux. À ce rythme-là, nous allions *tous les deux* avoir un gros ventre.

— On ferait mieux d'y aller, déclarai-je. Le restaurant n'est pas à côté.

J'avais choisi un restaurant à Gramercy pour pouvoir passer devant la maison après le dîner, afin de lui annoncer la nouvelle. À présent, ce n'était plus qu'un trajet peu pratique de trente minutes en Uber dans la circulation du centre-ville. Mais ce n'était pas grave. Je serais assis à côté de ma copine. Rien d'autre n'était plus important.

Une fois à table, nous partageâmes deux plats : des *fettuccini* carbonara et du poulet balsamique à la *caprese*. Nous étions tous les deux rassasiés, mais en voyant le cheese-cake aux Oreo sur le menu, je ne pus m'empêcher de le commander.

Devyn était affaissée sur sa chaise, les mains posées sur son ventre.

— Je ne peux plus rien avaler.

— Il va falloir que tu en manges encore une cuillère, et ensuite je dirai à la petite qu'elle ne peut plus en avoir. Avec un peu de chance, elle te donnera un coup.

— Je commence à me demander si ce n'étaient pas plutôt des gaz que j'ai sentis, et pas le bébé qui bougeait, confia Devyn en caressant son ventre.

— Oh, super, la taquinai-je. C'est maintenant que tu me le dis ? Alors que je n'ai pas arrêté de faire manger une femme enceinte ? Je prendrai une autre couette ce soir, comme ça je ne serai pas coincé sous celle qui pue.

— Imbécile, lança Devyn en jetant sa serviette sur moi.

Quelques minutes plus tard, la serveuse apporta un énorme morceau de cheesecake aux Oreo. Je l'avais commandé pour plaisanter, mais j'avais vraiment envie de sentir le bébé donner des coups, alors j'en pris une grosse cuillère et la tendis à Devyn.

— Ouvre ta bouche.

Elle obéit, et je la nourris.

— Attends. Il suffit de ça pour que tu ouvres grand comme ça ? Je pense que je vais ramener le dessert à la maison pour m'en servir plus tard...

— Donne-moi ça tout de suite.

— Oh, avec plaisir...

Malheureusement, le bébé se fichait que Devyn n'ait mangé qu'une seule bouchée de cheesecake. Elle ne bougea pas. Nous quittâmes le restaurant le ventre rempli, mais heureux quand même. À l'extérieur, je sortis mon téléphone pour appeler un Uber, mais Devyn m'en empêcha.

— Marchons un peu. J'ai besoin d'éliminer un peu tout ce que j'ai mangé, et ce quartier est vraiment très beau.

— D'accord, acceptai-je en désignant la direction opposée à la maison. Le parc est juste au coin de la rue.

— En fait, est-ce qu'on pourrait aller par là-bas ? demanda-t-elle en pointant du doigt dans l'autre sens. Les maisons sont trop jolies.

Je n'avais pas encore digéré d'avoir perdu celle que je voulais, mais je ferais tout pour rendre Devyn heureuse, alors je haussai les épaules.

— Bien sûr. Pas de souci.

Nous descendîmes la 19ᵉ Rue côte à côte, en discutant d'un éventuel voyage en Californie maintenant que les enfants étaient en vacances d'été. Devyn avait besoin d'assister à quelques rendez-vous et elle voulait récupérer des petites choses dans son appartement. Nous ne savions toujours pas comment allaient fonctionner les choses au long terme avec tous les allers-retours qu'elle allait devoir faire pour son métier.

— Je réfléchissais, commença-t-elle. Je suis amie avec une femme qui tient une agence de casting concurrente. Elle s'appelle Suzie. Elle s'est mariée l'année dernière, et je sais qu'elle a pour projet de fonder une famille. Peut-être que je pourrais la contacter pour voir si ça l'intéresserait qu'on unisse nos forces. Elle habite à Los Angeles, alors elle pourrait sûrement gérer une grande partie de ce qui doit se faire en présentiel, et je pourrais m'occuper d'un nombre plus important de visioconférences et de travail administratif. Je ne pense pas que ça pourrait totalement réduire mon besoin de me rendre sur la côte Ouest, mais ça aiderait. Et puis, on pourrait s'entraider quand on aurait des obligations avec les enfants.

— C'est une super idée si ça te convient. Mais si ce n'est pas le cas, je peux modifier mon planning pour pouvoir m'occuper du bébé quand tu devras aller là-bas. Je ferai tout ce dont tu as besoin. Tu renonces à beaucoup de choses pour venir vivre à New York.

En parlant de ça, la maison que j'aurais aimé acheter pour nous n'était plus très loin. Je me demandais si Devyn allait le remarquer.

Elle secoua la tête.

— Je pense que je vais lui parler. Suzie ne sera peut-être pas intéressée, mais j'aimerais m'installer ici, et pour ça, il faut que je sache que mon entreprise ne risque rien. Et puis, il me faut aussi un endroit où habiter. Il n'y a plus de place pour moi depuis le retour de Vera.

— Tu peux rester avec moi.

— En fait... j'espérais que *tu* pourrais rester avec *moi*, rectifia Devyn en s'arrêtant.

— Où ça ?

Elle pointa la maison du doigt.

— Ici. J'ai adoré cet endroit quand tu me l'as fait visiter, mais j'avais trop peur de m'engager à l'époque.

Mince. Je m'en voulais de lui dire que c'était trop tard.

— Je suis désolée, ma belle. Elle est déjà vendue, révélai-je en fermant les yeux.

— Je sais. Je l'ai achetée, répliqua-t-elle avec un grand sourire.

J'ouvris brusquement les paupières.

— Tu as fait quoi ?

— Je l'ai achetée pour nous, répéta-t-elle en mordillant sa lèvre, malgré son sourire.

— De quoi tu parles ? Quand ça ?

— Aujourd'hui. J'ai fait une offre et Fanny l'a acceptée.

— Fanny ?

— Francine Meyers. La propriétaire. Elle est très gentille.

Je jetai un coup d'œil à la maison, avant de revenir à Devyn.

— Tu es sérieuse ?

Elle hocha la tête.

— Quand j'ai appris que j'étais enceinte, plutôt que de t'enfuir ou d'attendre de savoir qui était le père, tu t'es engagé envers moi. Tu l'as fait dès le jour de notre rencontre. Il est temps que je te montre que je vois les choses sur le long terme, moi aussi. Mon foyer se trouve là où tu es, Owen.

— Devyn, soufflai-je en secouant la tête, incrédule. Je suis venu ici *aujourd'hui* avec Holden. Je lui ai demandé de jeter un coup d'œil à la maison parce que je prévoyais de faire une offre de mon côté. Je voulais te faire la surprise. Mais en sortant, la propriétaire nous a dit qu'elle venait de la vendre à des gens bien qui voulaient fonder leur famille ici.

— Waouh.

— Je n'arrive pas à y croire. J'ai été déprimé toute la journée parce que je pensais que quelqu'un d'autre l'avait achetée.

— Non. Elle est tout à nous. Enfin, à nous et à la banque. Je n'ai que la moitié de la somme à investir.

— Bon sang, Dev. J'allais donner la moitié aussi ! Ensemble, on peut l'acheter directement. Nos deux moitiés forment un tout.

Devyn ouvrit grand la bouche en posant sa main sur son ventre.

— Oh, mon Dieu. Le bébé a bougé. Owen, dépêche-toi, donne-moi ta main.

Je posai ma paume sur son ventre, et après quelques secondes, je sentis un mouvement distinct. Ce n'était pas vraiment un coup, mais plutôt comme une petite balle roulant de gauche à droite.

— Bordel ! Je le sens ! m'exclamai-je, les yeux écarquillés.

— Je crois qu'elle est encore énervée.

— À cause des Oreo ?

— Non, parce que tu as dit que nos deux moitiés forment un tout, alors qu'au total, ça fait trois !

ÉPILOGUE

Owen

Six mois plus tard

— Tu as vu ça ? demanda Devyn.

Nous venions de sortir de l'immeuble après avoir rendu une petite visite à Colby et Billie. Devyn, Heath, Hannah et moi étions tous installés dans ma voiture, et j'avais aperçu Brayden lorsque nous nous étions arrêtés au dernier feu rouge. Il n'était pas seul.

— Oh, oui, j'ai vu, confirmai-je, alors que la circulation reprit. Visiblement, *lui* ne nous a pas vus.

Brayden avait plaqué une femme contre le mur d'un bâtiment au bout de la rue. Ils étaient en train de s'embrasser, sans tenir compte du monde autour d'eux. J'avais pu la voir rapidement lorsqu'il s'était écarté. Elle avait l'air un peu plus âgée que lui, même si je ne pouvais pas en être sûr. Peut-être que c'était mon imagination, à cause du commentaire qu'il avait fait une fois sur les femmes de son âge qui ne seraient pas assez matures.

— Il ne nous a pas dit qu'il voyait quelqu'un, ajoutai-je. Mais venant de lui, ce n'est pas surprenant.

— On aurait dû klaxonner, plaisanta Devyn.

— Je doute qu'il l'aurait remarqué. Il avait l'air plutôt occupé.

— Je les ai filmés en train de s'embrasser, avoua Heath depuis le siège arrière.

— Ne poste rien sur les réseaux ! le réprimanda Devyn.

— Je ne le ferai pas, mais je pourrai l'utiliser à mon avantage la prochaine fois que j'aurai besoin d'argent. Brayden est doué pour ça, pas vrai ?

— Dommage que ce ne soit pas Holden, intervint Hannah. Ça ne m'aurait pas dérangée de le voir embrasser comme ça !

Devyn ricana en levant les yeux au ciel.

— Tu es une cause perdue, petite sœur.

La vie avait été douce ces derniers mois. Devyn et moi avions été occupés à décorer notre nouvelle maison et à nous préparer à l'arrivée du bébé, même si nous avions choisi de ne pas découvrir le sexe. Après avoir assisté à ses cours obligatoires et après des mois de thérapie familiale, Vera avait réobtenu la garde de Heath et Hannah, mais nous les avions toujours à l'œil. De toute façon, ils passaient la moitié du temps chez nous.

Tout avait été calme dans l'ensemble. Peut-être un peu *trop* calme. Et si j'avais pensé que voir Brayden en train d'embrasser quelqu'un contre un mur était la chose la plus intéressante de la journée, je me trompais lourdement.

Il commençait à faire sombre. Nous étions censés aller dîner tous les quatre chez l'un de mes collègues de travail dans le Connecticut ce soir. Cependant, vingt minutes après notre entrée sur l'autoroute, nous nous retrouvâmes coincés dans les embouteillages.

Alors que nous n'avancions plus, Devyn se tourna vers moi.

— Oh oh.

— Qu'est-ce qui ne va pas? demandai-je, les yeux écarquillés.

Elle baissa les yeux.

— Je crois que je viens de perdre les eaux.

— Tu es sûre que ce n'est pas une fuite urinaire? Tu m'as dit que ça t'était arrivé ces derniers temps.

— Beurk... grogna Heath à l'arrière.

— Je suis sûre que ce n'est pas ça, m'assura Devyn en tenant son ventre. C'est différent. Ça coule beaucoup plus.

Devyn avait dépassé sa date de terme, et un déclenchement était déjà prévu dans quelques jours.

Ça s'annonce mal.

— Il faut qu'on fasse demi-tour et qu'on aille directement à l'hôpital, me pressa-t-elle.

Une vague d'adrénaline se répandit en moi.

— La circulation est complètement à l'arrêt.

Je me mis à transpirer en nous voyant bloqués dans un océan de voitures.

Quelques minutes plus tard, Devyn posa sa tête en arrière sur son siège, et sa respiration devint laborieuse.

— Qu'est-ce qui se passe? l'interrogeai-je en prenant sa main.

— Ce n'est pas normal, haleta-t-elle.

— Comment ça?

Mon cœur s'emballa.

— Je ressens une forte pression. C'est arrivé soudainement.

— Quel *genre* de pression?

— Comme s'il fallait que je pousse.

— Merde! s'exclama Heath, tandis que Hannah semblait stupéfaite.

— J'appelle une ambulance, annonçai-je en récupérant mon téléphone.

La régulatrice décrocha aussitôt.

— 911, quelle est votre…

— Ma fiancée est en train d'accoucher ! On est coincés dans les embouteillages sur l'autoroute 95 nord, juste après la sortie de Darien. J'ai besoin que vous envoyiez les secours tout de suite.

La femme nous demanda quelques informations, et m'assura qu'une ambulance allait arriver. Elle proposa de rester en ligne juste au cas où nous aurions besoin d'elle, alors je la laissai sur haut-parleur.

— J'ai peur, souffla Devyn.

Même si j'étais terrifié, il *fallait* que je reste calme pour elle.

— Ne t'inquiète pas, ma belle. On va te sortir de là.

— Est-ce qu'elle va avoir le bébé dans la voiture ? demanda Hannah.

— Aaaah ! s'écria Devyn, comme pour lui répondre.

— Qu'est-ce qui se passe ? Dis-moi ce que tu ressens, lui demandai-je en commençant à paniquer, malgré ma promesse.

— Je ne pense pas qu'on ait encore beaucoup de temps, répondit-elle entre deux respirations.

Réfléchis, Owen. Réfléchis !

— D'accord. Voilà ce qu'on va faire. Il y a plus de place à l'arrière, expliquai-je en retirant ma ceinture. Devyn, tu vas passer derrière. Heath, sors. Prends le volant. Si la circulation reprend, avance jusqu'à la prochaine sortie.

Nous parvînmes à nous installer à l'arrière en échangeant nos places avec Heath et Hannah.

— Je n'en reviens pas que tu me laisses conduire ! se réjouit ce dernier en arborant un sourire niais.

— Oui, eh bien, aux grands maux les grands remèdes, même si certains sont illégaux, soupirai-je.

Malheureusement, tu as fait tes preuves le jour où tu as pris ma voiture pour aller faire un tour sans mon accord, et que tu es revenu indemne.

— Ooh. Ooh ! gémit Devyn. Ça empire !

— Mais ils sont où, putain ?! hurlai-je en caressant sa jambe.

Je regardai derrière moi et ne pus rien voir d'autre qu'un nombre infini de phares de voitures.

Je tentai de la rassurer en me forçant encore une fois à faire semblant d'être calme.

— On va y arriver, Devyn. Tout va bien se passer, ma belle. Je te le promets.

Où est l'ambulance, bon sang ?

— Je ne vais pas tenir jusqu'à ce qu'ils arrivent ! s'écria-t-elle.

Oh, mon Dieu.

— Monsieur, vous avez besoin de mon aide ? proposa la régulatrice.

J'avais presque oublié qu'elle était encore en ligne.

— J'ai besoin que vous fassiez arriver l'ambulance ! m'exclamai-je. Voilà ce dont j'ai besoin !

— Je ne sais pas ce qui les retarde, monsieur, mais je vais vous préparer au cas où vous seriez amené à mettre au monde le bébé.

Moi ?

— Votre compagne est enceinte de combien de semaines ? poursuivit la femme avant que je puisse digérer ce qu'elle venait de me dire.

— Elle est à terme. Elle a même dépassé la date prévue et un déclenchement est prévu cette semaine ! hurlai-je dans le téléphone.

— D'accord.

— Le bébé sort ! annonça Devyn. Je peux le sentir !

Oh non.

Nous fîmes notre possible pour lui retirer son pantalon et sa culotte, alors que je commençais à transpirer abondamment.

— Au secours ! vociférai-je. Le bébé arrive !

— Est-ce que vous avez des vêtements de rechange que vous pourriez placer autour d'elle ? demanda la femme.

Je retirai aussitôt ma veste et me tournai vers Heath et Hannah.

— Donnez-moi vos manteaux.

— Eh, mec. Je viens juste de l'acheter, marmonna Heath.

— Dépêche-toi ! lui ordonnai-je.

Une fois les manteaux récupérés, j'en plaçai un sous Devyn.

— Vous allez aussi avoir besoin de quelque chose pour envelopper le bébé.

— Je ne peux pas faire ça, murmurai-je.

— Si, vous pouvez. Contentez-vous de respirer et de faire ce que je vous dis.

Je pris une grande inspiration et je soufflai lentement.

Quand Devyn hurla de douleur, je sentis son cri jusqu'au plus profond de mon être. Je ne me redis plus que je ne pouvais pas le faire. Il *fallait* que je le fasse.

Notre bébé était en train d'arriver, que je sois prêt ou pas.

Quelques secondes plus tard, lorsque je regardai entre ses jambes, je l'aperçus.

— Oh, mon Dieu. Il y a quelque chose. Je crois que c'est la tête du bébé ! Je vois des cheveux !

— D'accord. Assurez-vous d'avoir une serviette ou un vêtement près de vous, et posez votre main sur la tête pour qu'elle ne sorte pas trop vite.

Devyn poussa le cri le plus fort que j'aie jamais entendu, tandis que j'aidais *notre bébé* à sortir de son corps. Puis vinrent les pleurs, le plus merveilleux bruit du monde.

Le bébé était dans mes bras et il remuait. Le temps sembla s'arrêter lors de ce moment surréaliste. Je restai bouche bée et je me figeai, totalement émerveillé, en regardant mon enfant dans les yeux. Je me repris rapidement pour envelopper le bébé dans ma veste et le poser sur la poitrine de Devyn.

J'entendis les sirènes au loin. L'ambulance se frayait enfin un chemin vers nous dans cet embouteillage horrible.

J'avais été tellement sous le choc que je n'avais pas vérifié si nous avions bien eu une fille. Ou est-ce que c'était un garçon ?

— C'est un garçon, annonça Devyn en levant les yeux un instant.

Quoi ?

— Un garçon ?

Une larme m'échappa. *J'ai un fils.*

Il n'y avait plus un bruit à l'avant. Les enfants devaient être aussi choqués que moi.

Les secours arrivèrent enfin à notre niveau et nous ouvrirent la route pour que nous puissions nous garer sur le côté. Ils aidèrent Devyn pour la délivrance du placenta – ce dont je n'avais jamais entendu parler. (C'était probablement une bonne chose, sinon je me serais sûrement évanoui.) Puis ils installèrent la maman et le bébé dans l'ambulance. Puisque Heath ne pouvait pas conduire légalement, je n'eus pas la possibilité d'accompagner Devyn à l'hôpital. La laisser partir avec mon fils alors que je devais trouver le moyen le plus rapide de les rejoindre était déchirant. J'avais l'impression que toute ma vie était dans cette ambulance lorsque je la regardai s'éloigner.

♥

Le lendemain, Devyn et moi étions seuls dans sa chambre d'hôpital du Connecticut, alors qu'elle berçait notre fils. Mia venait juste de partir, alors nous avions une pause avant les prochaines visites.

Je caressai ses petits cheveux châtains du bout des doigts.

— Je n'en reviens pas de m'être trompé à ce point.

— À propos du sexe du bébé ?

— À propos de tout, rectifiai-je en secouant la tête. Je pensais qu'être père ne serait pas naturel pour moi, mais dès que je l'ai tenu dans mes bras, ça m'a paru évident. J'ai presque oublié de te le donner quand il est sorti. Je sais que ça ne fait qu'une journée, mais j'ai l'impression de le connaître depuis toujours. Je n'imagine pas un seul instant où il n'était pas là. Comme si j'étais né pour être son père.

Elle me sourit, les yeux brillants.

— Tu sais qu'il va falloir qu'on finisse par lui trouver un prénom.

— Tu veux dire qu'on ne peut pas l'appeler bébé Dawson éternellement ?

Nous étions tellement sûrs d'avoir une fille que nous n'avions pas réfléchi à des prénoms de garçon.

— Et si on l'appelait Devin ? proposai-je. Ça s'écrirait D-E-V-I-N, mais ça se prononcerait comme toi.

Elle hocha la tête en regardant notre fils.

— Devin Dawson. Ça sonne bien, admit-elle en le relevant pour déposer un baiser sur son front. Ce serait un honneur de partager mon prénom avec lui.

— Alors, marché conclu, affirmai-je, avant d'hésiter un instant. J'aimerais que son deuxième prénom soit Ryan, si ça te va. C'est une sorte de tradition que les garçons ont instaurée.

Il ne se passait pas une journée sans que je sente la présence de Ryan, et elle semblait encore plus forte depuis la naissance de mon fils.

— Bien sûr, accepta Devyn. Je m'y attendais. Que ce soit une fille ou un garçon, j'étais certaine de vouloir trouver un moyen d'honorer Ryan.

— Merci.

Quelqu'un frappa à la porte.

— Entrez ! lançai-je.

Holden et Lala entrèrent dans la chambre, suivis de Colby et Billie.

— Où sont les bébés ? demandai-je.

Leurs enfants ne semblaient pas être là.

— La mère de Colby surveille tout le monde pour qu'on puisse rencontrer notre nouveau neveu en paix, nous informa Billie.

Ils nous entourèrent, et prirent chacun leur tour le temps de faire la connaissance de Devin.

— Il est tellement mignon, murmura Lala.

— Mec, tu es le meilleur, déclara Holden en me donnant une tape dans le dos. Mettre au monde ton bébé ? Je pensais être le plus débrouillard du groupe, mais ça, c'est un autre niveau de talent. Tu décroches la première place, mon pote.

— Ryan s'amuse vraiment bien là-haut, plaisantai-je. Mais tu serais surpris de ce que tu serais capable de faire quand tu n'as pas d'autre choix.

— Je suis tellement excitée qu'on puisse élever nos enfants ensemble, se réjouit Billie.

— Brayden ferait mieux de se bouger, ajouta Colby. Il ne reste plus que lui.

— En parlant de lui, j'ai une histoire intéressante à vous raconter... intervins-je.

Le regard de Holden s'éclaira.

— Quoi donc ?

Cependant, le moment n'était pas bien choisi.

— Je vous raconterai ça plus tard, promis-je.

— Où sont Heath et Hannah ? s'enquit Billie.

— Owen les a ramenés à la maison hier soir, mais Vera va emprunter la voiture d'une amie pour les déposer ici tout à l'heure, répondit Devyn.

— Elle ne vient pas rencontrer son petit-fils ? demanda Lala.

Devyn me regarda brièvement.

— Je lui ai dit que je préférais qu'elle le rencontre une fois qu'on sera sortis de l'hôpital.

J'étais fier que Devyn mette des limites et qu'elle fasse passer sa santé mentale en priorité. Vera trouvait toujours le moyen de l'énerver, et nous avions besoin de profiter de ce moment en paix, sans distractions indésirables.

Après le départ de nos amis, Devyn et moi avions quelques minutes à nous avant l'arrivée de son frère et sa sœur.

— J'ai une surprise pour toi, annonçai-je.

— Oh ? réagit-elle en souriant.

Je récupérai un sac que j'avais ramené lorsque j'étais passé à la maison pour lui rapporter quelques affaires. Une boîte entourée de packs de glace se trouvait à l'intérieur.

— Je t'ai acheté une tarte sur le chemin du retour.

— Miam ! s'exclama-t-elle d'un air rayonnant. Je suis partante pour en manger une part.

— Je ne pouvais pas marquer la naissance de notre fils sans le dessert préféré de sa maman.

La dernière tarte au citron vert que j'avais offerte à Devyn dissimulait un écrin. Je l'avais demandée en mariage un soir, lorsqu'elle était enceinte de six mois. Ce n'était peut-être pas la demande la plus élaborée, mais ça *nous* ressemblait – un peu brouillon, mais quand même parfait au bout du compte. Nous avions hâte d'organiser notre mariage une fois que les choses se seraient calmées.

Devyn accepta la fourchette en plastique que je lui tendis, puis elle piocha dans la part de tarte posée sur sa table de chevet, en faisant attention de ne pas en faire tomber sur notre bébé endormi.

— C'est moi, ou est-ce que cette tarte est particulièrement bonne ? demanda-t-elle en me regardant après sa première bouchée.

— Tout est meilleur quand on est heureux, répondis-je, la bouche pleine.

— C'est vrai. Je n'ai jamais été aussi heureuse, Owen. Et je suis étonnamment calme. Je ne doute plus de mes capacités à être mère.

— J'adore ce que j'entends, avouai-je en souriant. Mais qu'est-ce qui a changé ?

Elle lécha la crème fouettée au coin de sa bouche.

— Tu crois en moi, et ça m'a aidée à prendre confiance.

Je me penchai pour déposer un baiser sur ses lèvres, avant d'en déposer un sur la joue de mon fils.

La porte s'ouvrit, et Heath et Hannah entrèrent.

— Salut, les gars, les accueillis-je en souriant.

— Comment va mon neveu ? demanda Heath.

Devyn posa les yeux sur le bébé.

— Il est en train de dormir, l'informa-t-elle, avant de se tourner vers Hannah. Pourquoi tu es toute rouge ?

Heath ricana.

— On a croisé Holden en chemin.

— Ah... répondis-je en riant.

— Bon... je pense que vous allez être en colère à cause d'un truc, annonça Heath quelques instants plus tard.

— Qu'est-ce que Vera a fait ? répliqua Devyn en se tournant vers lui.

— Rien. Elle se tient bien. Elle est toujours folle, mais ça ne la concerne pas.

— Qu'est-ce qui se passe alors ? insistai-je en arquant un sourcil.

Heath grimaça.

— L'une de mes vidéos est devenue virale aujourd'hui.

— En quoi c'est une mauvaise chose ? demandai-je.

Il hésita.

— Parce c'est en quelque sorte... une vidéo de Devyn en train d'accoucher dans la voiture.

— Quoi ? lâcha-t-elle, les yeux écarquillés.

— Ne t'inquiète pas, reprit Heath. J'ai flouté tout ce qui était dégoûtant. On ne peut rien voir.

— Pourquoi tu as fait ça, Heath ? le réprimandai-je.

— Flouter la vidéo ? Parce que c'est horrible.

— Ce n'est pas ce que je voulais dire, rétorquai-je en haussant le ton. Pourquoi tu as filmé ça ?

Il haussa les épaules.

— Je me suis dit que vous voudriez en avoir un souvenir.

— Bien sûr, mais pas pour le partager avec la moitié de la Terre !

Je passai une main dans mes cheveux en commençant à faire les cent pas.

— Donne-moi ton téléphone, ordonna Devyn en tendant sa main. Laisse-moi la voir.

Je fis le tour du lit pour la regarder aussi.

Il avait raison. On ne voyait rien d'autre que le visage de Devyn et l'arrière de ma tête. *Dieu merci.*

— Monte le son, demandai-je.

Il obéit, mais je ne pouvais tout de même rien entendre, car il avait ajouté la chanson *Push it* de Salt-N-Pepa.

Nous regardâmes tous la vidéo plusieurs fois.

Pendant la dernière lecture, mes yeux se posèrent sur les nombres à droite de l'écran.

— Cinq millions de vues?

— C'est dingue! s'exclama Devyn en riant, alors qu'elle semblait avoir retrouvé son calme.

Puis je remarquai quelque chose. Parmi les centaines de commentaires sur ce post, l'un d'entre eux attira mon attention. Je le pointai du doigt pour que Devyn le voie.

— Regarde ce commentaire juste ici.

Un frisson me parcourut.

Évidemment, je savais que ce n'était pas *vraiment* lui.

C'était une personne avec le logo des Eagles de Philadelphie en photo de profil. L'équipe préférée de Ryan. Cependant, c'était le *nom* de profil qui ressortait encore plus.

RyanEaglesFan : Bravo, mec. Fier de toi.

DE VI KEELAND & PENELOPE WARD

L'art de séduire
Nos Lettres Enflammées
Bien à Vous

DE VI KEELAND

Bientôt disponible
Disponible dès maintenant

DE PENELOPE WARD

Disponible dès maintenant
Entre amis et amants
Hors d'atteinte
Step Brother
The Boy Next Door
Room Hate
Mack Daddy
Hors d'atteinte
Mon Voisin Idéal… Ou Pas
Love Online
The Crush

PLUS DE VI KEELAND & PENELOPE WARD

Cocky Bastard
Avec Toi Malgré Moi
Playboy Pilot
My Little Lie

REMERCIEMENTS

Merci à tous les blogueurs, bookstagrammeurs et book-tokeurs géniaux qui nous ont aidées à promouvoir ce livre. Votre enthousiasme nous donne envie de continuer, et nous serons toujours reconnaissantes de tout votre soutien.

À nos piliers : Julie, Luna et Cheri. Merci pour votre soutien indéfectible et d'être toujours là pour illuminer nos journées.

À Jessica. Merci d'avoir fait briller Owen et Devyn !

À Elaine. Une éditrice, correctrice et maquettiste géniale. Tu fais tellement pour nous, et nous sommes reconnaissantes de pouvoir te compter parmi nos amies proches !

À Julia. Merci pour ton attention aux détails sans faille. Ton œil de lynx rend nos manuscrits impeccables.

À notre agent, Kimberly Brower. Merci de nous aider à mettre nos livres dans les mains des lecteurs partout dans le monde. Nous avons hâte de voir où vont atterrir Owen et Devyn.

À Kylie et Jo de *Give Me Books Promotions*. Nous apprécions tout ce que vous faites pour promouvoir nos livres et créer un engouement !

À Sommer. Merci d'avoir donné vie à Owen sur la couverture !

À Brooke. Merci pour tout ce que tu fais pour nous dans l'ombre !

Enfin et surtout, merci à nos lecteurs. Pour faire simple, sans vous, nous ne serions pas là. Merci pour votre fidélité. Nous vous aimons !

Avec toute notre affection,

Penelope et Vi

À PROPOS DE L'AUTEURE

Penelope Ward est auteure de best-sellers au classement du *New York Times, USA Today* et *Wall Street Journal*.

Elle a grandi à Boston avec cinq grands frères et a été présentatrice de journaux télévisés quand elle avait une vingtaine d'années. Aujourd'hui, Penelope vit à Rhode Island avec son mari, leur fils et leur jolie fille atteinte d'autisme.

Auteure de plus de vingt-cinq romans, elle a vendu plus de deux millions de livres et a fait partie de la liste de best-sellers du *New York Times* vingt et une fois. Ses livres ont été traduits dans plus d'une douzaine de langues et sont disponibles dans les librairies du monde entier.

À PROPOS DE L'AUTEURE

Vi Keeland est une auteure de best-sellers n° 1 au classement du *New York Times*, n° 1 au classement du *Wall Street Journal* et figurant au classement de *USA Today*. Avec des millions d'exemplaires vendus, ses titres sont mentionnés dans plus d'une centaine de listes de best-sellers et sont actuellement traduits en vingt-cinq langues. Avec son mari et ses trois enfants, elle habite à New York où elle vit son propre conte de fées avec le garçon qu'elle a rencontré à l'âge de six ans.

www.ingramcontent.com/pod-product-compliance
Lightning Source LLC
Chambersburg PA
CBHW031157310726
48969CB00001B/115